GOLDMANN

Demnächst erscheint von Peter James im Goldmann Verlag
Der Alp. Roman (9745/Februar 1991)

PETER JAMES

Der Sohn

Ein Psycho-Thriller

Aus dem Englischen von
Waltraud Götting

GOLDMANN VERLAG

Deutsche Erstveröffentlichung

Die Originalausgabe erschien unter dem Titel »Possession«
bei Victor Gollancz Ltd., London

Der Goldmann Verlag
ist ein Unternehmen der Verlagsgruppe Bertelsmann

Made in Germany · 12/90 · 1. Auflage

Umschlaggestaltung: Design Team München
Umschlagillustration: Matilda Harrison
Fotovorlage: Pinsharp
Satz: Uhl + Massopust, Aalen
Druck: Elsnerdruck, Berlin
Verlagsnummer: 8070
Lektorat: Silvia Kuttny
Redaktion: Ilse Wagner
Herstellung: Heidrun Nawrot
ISBN 3-442-08070-3

Für Georgina

»Denn das Leben ist nur ein Traum, dessen Gestalten wiederkehren, manche häufig, manche selten, manche bei Nacht und manche bei Tag.«

James Thomson

Danksagung

Einen ganz besonderen Dank schulde ich meinem Agenten Jon Thurley, dessen Vertrauen, Unterstützung und Rat eine nicht versiegende Quelle der Kraft waren. Außerdem Joanna Goldsworthy und dem Team von Victor Gollancz für ihr außerordentlich konstruktives Engagement und dafür, daß sie das Vertrauen und den Mut hatten, sich der Sache anzunehmen...

Längst fällig ist die Erwähnung von David Summerscale, der mich in Charterhouse in Englisch unterrichtete und mir, vermutlich ohne es zu wissen, das Selbstvertrauen gab, mit dem Schreiben zu beginnen.

Viele Menschen haben mich, direkt wie auch indirekt, bei meinen Nachforschungen unterstützt, und ihnen ist ein großer Teil der Authenzität dieses Buches zu verdanken. Die Liste ist lang, und viele haben erheblich mehr beigetragen als das, worum ich sie gebeten hatte: insbesondere Canon Dominic Walker, O. G. S.; Reverend David Gutsell; Reverend Jim Mynors; die Lehrer des College of Psychic Studies; Reverend Gerald Shaw, Geistlicher im Krankenhaus von Bradmoor; Dr. Duncan Stewart; Tim Parker von St. Cuthmans Wines; Peter Hall von Breaky Bottom; Renée-Jean Wilkin; Peter Lee; Jim Sitford; meine Sekretärin Peggy Fletcher und meine Frau Georgina, die mich unermüdlich mit Geduld und Ermunterung unterstützte.

1

Fabian lag eingehüllt in die wohlig weiche Wärme des Bettzeugs und starrte durch die aufgezogenen Vorhänge nach draußen. Rote Strahlen durchbohrten wie Pfeile den Morgenhimmel, grell, blutig.

Er rollte sich herum und betrachtete das schlafende Mädchen an seiner Seite. Dann schlüpfte er aus dem Bett und stieg nackt über das Kleidergewirr am Boden zum Fenster. Er blickte in den Morgennebel hinaus und auf die dichten Rauchschwaden der letzten Abfallverbrennung in den Weinbergen. Wie die Nachwehen einer Schlacht, dachte er und schauderte plötzlich, und sein magerer, sehniger Körper überzog sich mit einer Gänsehaut.

Die Luft war angenehm, erfüllt von Tau und den sinnlichen Gerüchen des Mädchens; er kratzte sich und starrte dann wieder unbehaglich aus dem Fenster.

»Fabian?« Ein leises Scharren ertönte an der Tür, gefolgt von einem zögernden Klopfen.

»Noch zwei Minuten.« Er spürte den Druck in der Kehle, als er gleichzeitig zu rufen und zu flüstern versuchte. Das Mädchen regte sich kaum merklich, raschelte wie ein Blatt im Wind und war wieder ruhig.

Er zog seine Jeans, das kragenlose Hemd und den Pullover an, stopfte die übrigen Kleider in seine Tasche und spritzte sich etwas Wasser ins Gesicht. Er trocknete sein Gesicht ab, machte zögernd einen Schritt auf das Mädchen zu, dann hielt er inne, griff seine Tasche, ging aus dem Zimmer und schloß die schwere Tür leise hinter sich.

Otto, Charles und Henry warteten bereits draußen. Otto,

hochgewachsen, mit einer Hakennase, dem schwarzen Haar, das streng aus dem pockennarbigen Gesicht zurückgekämmt war, dem Fischgrätmantel, der an seiner schlaksigen Gestalt hing, sah aus wie ein riesiger Raubvogel. Charles stand mit trübem Blick und dem gewohnten verwirrten Gesichtsausdruck neben ihm, als hätte sich der Morgen herangepirscht und ihn unverhofft überrascht. »Gott, fühle ich mich mies«, sagte er mit einem Gähnen. Henry lehnte mit geschlossenen Augen, die Hände tief in den Manteltaschen vergraben, am Auto.

»Tut mir leid, daß ich verschlafen habe«, erklärte Fabian, während er den Kofferraum des Wagens aufschloß und den Scheibenkratzer herausholte.

»Ist noch ein Kaffee drin, bevor wir aufbrechen?« erkundigte sich Charles.

»Laßt uns unterwegs einen trinken«, entgegnete Fabian und fuhr mit dem Kratzer über die dicht beschlagenen Fenster. Es war immer noch fast dunkel hier draußen Er starrte zu den schwarzen, drohenden Umrissen der hohen Tannen und den kalten grauen Mauern des Schlosses hinüber. Dann blickte er zu den Fenstern hinauf und versuchte, dasjenige mit den aufgezogenen Vorhängen auszumachen; er glaubte, ein Gesicht dahinter zu erkennen und wandte den Blick ab. »Ich fahre das erste Stück.«

Charles und Henry schoben sich auf den Rücksitz, und Otto ließ sich auf den Beifahrersitz fallen. Fabian ließ den Motor an. Die Maschine drehte geräuschvoll ratternd und knatternd durch, hustete noch einen Augenblick und starb ab.

»Spitze«, erklärte Charles. »Das wird ein absoluter Spitzentag.«

»Genau, wirklich reizend«, pflichtete Henry mit seiner schleppenden, tiefen Stimme bei. Er schloß die Augen. »Weckt mich in Calais.«

»Ich würde lieber Richtung Süden als nach Norden fahren«, sagte Otto, der an seinem Sicherheitsgurt herumnestelte. »Verdammtes Ding; ich vergesse immer, wie es funktioniert.«

Der Motor heulte auf, gab ein erneutes Knattern von sich und rasselte wütend.

»Tut mir leid, daß wir dich wegschleppen, Fabian«, bemerkte Charles.

Fabian zuckte die Schultern, beugte sich vor und schaltete die Scheinwerfer ein.

»Ist sie gut im Bett?« erkundigte sich Otto.

Fabian lächelte wortlos. Er sprach nie über Frauen.

Das Mädchen stand mit leerem, ausdruckslosem Gesicht am Fenster und sah dem roten Golf nach, der in dem Nebel verschwand. Sie berührte vorsichtig ihren linken Arm; er tat höllisch weh. Dann trat sie an die Frisierkommode, setzte sich und starrte in den Spiegel. Sie zuckte zusammen und betrachtete eingehend die violetten Blutergüsse an ihren Brüsten, den tiefen Kratzer, der sich über ihre linke Wange zog, die Schwellung unter dem rechten Auge und ihre aufgequollene, aufgeplatzte und mit geronnenem Blut überzogene Lippe. Lange starrte sie sich, unfähig, den Blick abzuwenden, selbst in die Augen, legte dann vorsichtig die Hand zwischen die Beine und stöhnte vor Schmerz bei der Berührung. »Dreckskerl«, sagte sie.

»Was glaubt ihr, welche Fähre wir erreichen?« fragte Charles.

»Wenn die Straße frei ist, müßten wir gegen vier Uhr in Calais sein.«

»Dir fällt das Glück in den Schoß, Fabian, findest du nicht?«

»Glück?«

»Ja, Glück.«

DIJON ... MÂCON ... LYON ... PARIS ... Das Gewirr von Hinweisschildern huschte vorbei, und Fabian spürte, als er auf der Zufahrtsbrücke beschleunigte, wie sich die Reifen in den Asphalt fraßen, spürte die Vibration des Lenkrads, das kraftvolle Dröhnen des warmgelaufenen Motors, und die offen und frei vor ihm liegende Straße versetzte ihn in freudige Erregung. Als sich die Kurve in die Autobahnauffahrt auslief, trat er das Gaspedal durch, und der Volkswagen schoß vorwärts. Manchmal hatte er das Gefühl, der Wagen könnte abheben, sich von der Straße lösen und fliegen, geradewegs zu den Sternen hinauffliegen. Er beobachtete die Nadel des Drehzahlmessers und schaltete schwungvoll, sobald die Nadel den roten Bereich berührte, bis er, das Gaspedal immer noch bis zum Boden durchgedrückt und den Blick fest auf dem Tachometer, den fünften Gang erreicht hatte. Hundertfünfundzwanzig. Hundertdreißig.

»Was sind deine Pläne für dieses Semester?« Fabians Frage übertönte das Dröhnen des Motors.

Otto und Charles, die nicht wußten, an wen die Bemerkung gerichtet war, wechselten einen Blick. Otto drückte auf den Zigarettenanzünder und schüttelte eine zerdrückte Marlboro aus einer verknitterten Schachtel.

»Ich habe keine Pläne«, sagte Otto. »Ich mache nie Pläne.«

»Wie geht es deinen Eltern?« erkundigte sich Charles.

»Meinen?« gab Fabian zurück.

»Ja.«

»Ganz gut.« Er zögerte unbehaglich. »Immer noch getrennt. Was macht deine Mutter?« Er hob den Arm, um das Schiebedach aufzukurbeln, und das Tosen, mit dem die eiskalte Luft hereinwirbelte, verschluckte Charles' Erwiderung. Er starrte auf die Sonne, eine rote Kugel, die über den Hügeln von Burgund aufstieg, die Sonne, die die Trauben wärmen würde, aus denen die Weine gemacht wurden, hervorragende Weißweine, hervorragende Rotweine, rot wie Blut. Vielleicht würde er in zwanzig Jahren eine Flasche Clos de Vougeot öffnen, sich zu jemandem hinüberbeugen und sagen: »Ich habe die Sonne gesehen, die in dieser Flasche steckt; ich war dabei.«

Wieder überkam ihn eine unheilvolle Vorahnung; die Sonne schien ihm plötzlich zu nahe zu sein. Am liebsten hätte er das Fenster geöffnet und sie weiter weggeschoben. Ein Lichtstrahl tanzte für einen Augenblick auf dem Armaturenbrett und glitt dann daran herunter wie frisches Blut, fand er.

»Ich werde in diesem Semester versuchen, Kricket zu spielen«, erklärte Charles.

»Kricket«, wiederholte Otto und warf ihm einen sonderbaren Blick zu.

»Cambridge ist vielleicht meine letzte Gelegenheit zu spielen.«

»Hast du Kricket gesagt?« rief Fabian aus.

»Ja«, schrie Charles zurück.

Fabian sah in der Ferne ein Gewirr roter Lichter; das Tageslicht reichte noch nicht aus, um etwas klar erkennen zu können. Es waren einige dicht beieinanderstehende Fahrzeuge: ein gelber Blinker leuchtete auf; etwas schwenkte auf die mittlere Fahrbahn hinaus. Er zog den Golf auf die Überholspur, verminderte den Druck des Fußes auf das Gaspedal ein wenig und betätigte die Lichthupe. »Ich wußte gar nicht, daß du spielst.«

»In Winchester war ich in der ersten Elf.«

»Die Wichser der ersten Elf«, grinste Fabian und drehte sich einen Augenblick nach hinten um.

»Was?«

»Wichser!«

»Fabian!«

Fabian hörte Ottos Stimme, eigenartig, fremd, atemlos, und spürte, wie er zusammenzuckte und steif wurde. Er richtete den Blick wieder auf die Straße.

Scheinwerfer kamen direkt auf sie zu. Große, blendende Lichter, die ihnen in falscher Richtung auf der Überholspur entgegenkamen.

»Lastwagen!« schrie er. »Himmel!«

Sein Fuß schoß zum Bremspedal, aber er wußte, daß es sinnlos war, wußte, daß er zu spät reagiert hatte. Durch den blendenden Schein der gelben Scheinwerfer erkannte er die letzten beiden Ziffern des Nummernschildes: 75. *Paris*, dachte er bei sich.

Dann befand er sich plötzlich über dem Auto und blickte auf es hinunter: durch das offene Dach konnte er Otto, Charles und Henry sehen, die durcheinandergeschleudert wurden wie Marionetten. Fasziniert beobachtete er, wie, alle Bewegungen jetzt in Zeitlupe, der Golf an der Kühlerhaube des Lastwagens zerdrückt wurde, dann erkannte er, daß es überhaupt kein Lastwagen war, sondern ebenfalls ein Personenwagen, ein Citroën, eines der großen alten Modelle, aufgebäumt, hoch über dem Boden.

Zuerst verkeilte sich die Nase, dann schob sich das Dach

zusammen, dann schien sich die Windschutzscheibe in Federn aufzulösen, Hunderttausende von Federn, die umherschwebten; Gegenstände flogen jetzt durch die Luft, Formen, groß und klein. Die hinteren Türen des Citroën öffneten sich, eine nach innen, eine nach außen, und der Wagen drehte sich auf die Seite. Die Hinterbank war mit Päckchen beladen, die jetzt langsam hochflogen und aufplatzten, als sie gegen das Dach stießen; kleine Menschen, weiß, braun, schwarz, pelzig, die Arme ausgebreitet, drehten sich gemeinsam in einem eigenartigen, ritualisierten Tanz durch die Luft. Teddybären erkannte er, während sie fielen, hüpften und wieder fielen.

Die Luft war erfüllt von Benzingeruch; ein starker, überwältigender Geruch. Für einen Augenblick verschwamm alles, als hätte man eine Milchglasscheibe unter ihn geschoben, dann war ein eigenartiger dumpfer Schlag zu vernehmen, gefolgt von einer Welle glühender Hitze. Als erstes brannten die Bären, dann schlug der Lack an den Autos Blasen.

Fabian begann, in der Hitze zu vibrieren, haltlos zu zittern. Er versuchte, sich zu bewegen, war dazu aber nicht in der Lage; alles um ihn herum war jetzt ein Flimmern, und es schloß sich immer enger um ihn. »Nein«, sagte er unvermittelt. »Nein!« Er blickte um sich, versuchte erneut, sich freizukämpfen. »Carrie!« schrie er. »Carrie!«

Dann hatte er sich plötzlich aus der Hitze gelöst, raste wieder über die Autobahn. Es war strahlend hell – die Sonne muß rasch aufgegangen sein, dachte er –, und er spürte, wie der Wagen beschleunigte, während er das Lenkrad fester packte. Er brauchte nicht zu schalten, das Fahrzeug beschleunigte von selbst, hatte sich von der Straße gelöst, glitt knapp über dem Asphalt dahin. Er flog jetzt, er konnte zu den Sternen fliegen! Er zog das Lenkrad zu sich hin, aber der Wagen stieg nicht auf, sondern setzte seinen stillen Flug durch das Licht fort, auf einen verschwindenden Punkt im weißen Nebel am Horizont zu. Er kam an einem schwelenden Autowrack am Straßenrand vorüber, dann an einem umgestürzten Bus, an einem Lastwagen, dessen Führerhaus in zwei Teile zerrissen war, zwei Wagen, die ineinander verkeilt waren wie kämpfende Insekten, verrostet und verlassen, ein brennendes Auto, in den Flammen undeutlich erkennbare Gestalten, und vorne das Licht, das mit jeder Sekunde heller wurde. Er blickte sich um. Ottos Sitz war leer. »Wo ist Otto?«

»Muß rausgefallen sein«, erwiderte Charles.

»Er hat sich eben eine Zigarette angezündet. Wo ist die Zigarette?«

»Muß er wohl mitgenommen haben.«

Charles' Stimme klang merkwürdig, wie aus weiter Ferne. Fabian sah über die Schulter nach hinten. Er glaubte, daß Charles und Henry dort saßen, war sich aber nicht sicher.

»Sind wir mit dem Wagen zusammengestoßen, Charles?«

»Ich weiß es nicht. Ich glaube, ja.«

Das strahlende Licht tat ihm in den Augen weh. Fabian beugte sich vor und tastete nach seiner Sonnenbrille. Vor sich sah er Schatten in dem weißen Nebel, Gestalten, die sich bewegten. »Wegezoll«, sagte er. »Ich brauche ein bißchen Geld.«

»Nein«, entgegnete Charles. »Nein, ich glaube nicht, daß wir Geld brauchen.«

Fabian spürte, wie das Auto hochgehoben wurde, dann unter ihm wegfiel, fand sich in dem weißen Licht schwebend wieder; es war warm, er ließ sich hineinsinken und sah Gestalten, die auf ihn zukamen.

Dann fiel es ihm wieder ein, und ein Zittern überlief ihn. »Carrie!« Er versuchte, es den Gestalten zuzurufen, aber kein Laut kam über seine Lippen. »Carrie! Ihr müßt mich gehen lassen. Ihr müßt!«

Die Gestalten standen jetzt, lächelnd, freundlich, um ihn herum, erfreut, ihn zu sehen.

2

Alex sah zu, wie der Kellner den Chambertin zwei Zentimeter hoch in das Glas ihres Mannes eingoß, zurücktrat und steif neben ihm stehenblieb. David hielt das Glas gegen das gedämpfte Licht, schwenkte es in der Hand, ließ den Wein an der Glaswand kreisen und betrachtete kritisch die Glycerintropfen, nachdem sich der Wein gesetzt hatte. Er sog tief den Duft ein, runzelte die Stirn, setzte das Glas an, leerte es mit geräuschvollem Schlürfen und begann dann, den Wein zu kauen, als wäre er ein zähes Stück Steak. Laß ihn nicht zurückgehen, bitte laß ihn nicht zurückgehen, dachte sie bei sich; ich kann es nicht ertragen, wenn du ihn zurückgehen läßt.

Zu ihrer Erleichterung bedachte David den Kellner mit einem kurzen Nicken, und die Qual war vorüber.

»Chambertin '71«, sagte David stolz, als hätte er ihn selbst produziert.

»Ah«, entgegnete sie und bemühte sich, ein begeistertes Gesicht zu machen, bemühte sich, so zu tun, als wüßte sie einen guten Burgunder wirklich zu schätzen, als könnte sie einen Burgunder von einem Claret unterscheiden, was ihr nie gelang und wahrscheinlich auch nie gelingen würde. »Danke, er ist köstlich.«

»Du klingst heute sehr förmlich«, bemerkte er. »Es ist, als würde ich eine altjüngferliche Tante zum Tee ausführen.«

»Es tut mir leid, ich werde mir Mühe geben, weniger förmlich zu sein.« Ihr Blick fiel auf seine Hände, die jetzt immer so ungepflegt waren mit den roten, fast rissigen, plumpen Fingern und dem schwarzen Schmutzrand unter den Nägeln, den schäbigen Tweedanzug und das ausgefranste Wollhemd; gehörte das alles zu seinem neuen Image, oder war es ihm wirklich gleichgültig geworden? Sie betrachtete sein Gesicht, das sonnengebräunt und entspannt wirkte und sogar ein wenig ledern geworden war vom Leben in der Natur, sein zottiges Haar, fast so buschig wie sein dichtes Bartgewirr. Er hob ihr sein Glas entgegen.

»Prost.«

Sie hob das ihre, und die Gläser stießen klirrend zusammen.

»Weißt du, warum die Leute mit ihren Gläsern anstoßen?« fragte er.

»Nein.«

»Man kann den Wein sehen, riechen, fühlen, schmecken. Aber man kann ihn nicht hören! Darum stoßen wir mit den Gläsern an; es vervollständigt die fünf Sinneswahrnehmungen.«

»Der alte Werbemensch. Es liegt dir immer noch im Blut.« Sie lächelte und zog eine Zigarette hervor. »Wie steht es mit Telepathie? Kann man mit Wein kommunizieren?«

»Ich kommuniziere ständig mit ihm. Ich spreche sogar mit meinen Weinstöcken.«

»Antworten sie dir?«

»Sie sind keine Unterhaltungskünstler. Ich dachte, du hättest das Rauchen aufgegeben.«

»Das habe ich auch.«

»Das macht London aus dir. Es frißt dich auf, bringt dich völlig durcheinander. Du tust Dinge, die du aufgegeben hattest, und die Dinge, die du dir vorgenommen hast, tust du nicht.«

»Doch, ich tue sie.«

Er nickte mit einem unwilligen Grinsen. »Ja. Vielleicht hast du recht.«

Alex zog lächelnd die Augenbrauen hoch.

»Du siehst sehr gut aus.«

Sie errötete. Komplimente hatten sie schon immer verlegen gemacht. »Danke«, erwiderte sie steif.

»Da hast du es. Wieder die altjüngferliche Tante.«

»Was soll ich deiner Meinung nach sagen?«

Er zuckte die Achseln und schnupperte an seinem Wein. »Hast du von Fabian gehört?«

»Seit ein paar Tagen nichts mehr. Er wird morgen abend zurückkommen.«

»Wann geht er wieder nach Cambridge?«

»Am Wochenende.« Alex bemerkte die enttäuschte Miene ihres Mannes. »Was ist los?«

»Ich hatte gehofft, daß er am nächsten Wochenende herkommt. Wir haben einiges zu pflanzen.«

Alex strich sich ein paar lange Haarsträhnen aus dem Gesicht. David entging die Gereiztheit ihrer Bewegung nicht. Fabian war ein heikles Thema. »Weißt du, Liebling«, sagte er, »diese Trennung, sie ist albern – bestimmt könnten wir ...?«

Er spürte ihre Abwehr, bevor sie antwortete.

Alex spielte mit ihrer Zigarette, rollte sie zwischen den Fingern und klopfte sie dann einige Male im Aschenbecher ab.

»Ich habe mir oft Gedanken über die Sache gemacht, David.« Die Zigarette fiel auf das rosarote Tischtuch, sie nahm sie hastig wieder auf und rieb mit der Fingerspitze über den Fleck im Stoff. »Ich möchte mich scheiden lassen.«

David schwenkte den Wein in seinem Glas, diesmal so achtlos, daß ein paar Tropfen herausschwappten und über seine Hand herunterliefen. »Gibt es jemanden?«

»Nein.«

Sie strich ihr Haar erneut zurück, zu hastig, wie er fand, während er versuchte, die Wahrheit in der Röte ihrer Wangen zu erkennen und in ihren blauen Augen, die auf das Tischtuch blickten. Gott, sie sah großartig aus. Das Selbstvertrauen ihres Erfolges und die Härte, die diese mit sich gebracht hatte, hatten sie verändert, aber vorteilhaft; die Veränderung hatten ein gutes Mittelmaß zwischen Schönsein und Hübschsein bewirkt.

»Würde es dich stören, wenn ich heute nacht hier bleibe?«

Sie schüttelte den Kopf. »Nein, David, ich möchte nicht, daß du hier bei mir bleibst.«

»Es ist mein Haus.«

»Unser Haus.«

Er nahm einen Schluck Wein und roch noch einmal gereizt und enttäuscht daran. »Ich fahre nach Sussex zurück.«

Er setzte sie in der King's Road am Anfang der Sackgasse ab. »Ich rufe dich an«, sagte er.

Sie nickte und biß sich, gegen die Traurigkeit ankämpfend, auf die Lippe. »Das wäre schön.«

Sie knallte die Tür des schlammverkrusteten Landrover zu und wandte sich ab, dann eilte sie an den eleganten Eingangstüren der Regency-Stadthäuser vorbei die Straße hinunter und blinzelte im Regen, um die Tränen zu unterdrücken. Nachdem sie ihren Mantel über den Kleiderständer gehängt hatte, trat sie ins Wohnzimmer und wanderte ruhelos umher. Sie warf einen Blick auf ihre Armbanduhr. Elf Uhr dreißig. Sie fühlte sich zu aufgewühlt, um schlafen zu können.

Sie öffnete die Tür unter der Treppe und stieg die steilen Stufen in den Keller hinunter, wo sie durch die Lichtschleuse hindurch in die vertrauten Gerüche von Entwickler und Fixierbad in ihre Dunkelkammer eintrat. Sie schloß die Tür hinter sich mit einem Knall, der wie ein Pistolenschuß klang. Plötzlich war ihr die Stille im Raum überdeutlich bewußt, und sie fragte sich einen Augenblick, ob Geräusche vom Licht getragen werden könnten. Verbannte man sie, wenn man das Licht löschte? Sie lauschte ihren eigenen Geräuschen, ihrem Atem, dem Rascheln ihrer Bluse, und einen Moment lang kam sie sich in ihrem eigenen Haus wie ein Eindringling vor.

Sie knipste den Lichttisch an, nahm einen Negativfilm von der Trockenleine und legte ihn auf den Tisch. Dann besah sie sich eines der Bilder genauer; ein dicker, schwarzer, schlauchförmiger Gegenstand mit zwei Köpfen starrte sie an.

Alex schnitt die Filmrolle in vier Streifen und legte sie in den Kontaktkopierer. Dann knipste sie das rote Kontrollämpchen an, nahm einen Bogen Bromsilberpapier aus dem Kasten und schob ihn in den Kopierer. »Eintausendeins, eintausendzwei, eintausenddrei.« Sie zählte bis fünfzehn, schaltete dann das Licht aus und ließ den Bogen in die flache Entwicklerwanne gleiten. Sie hob die Wanne auf und beförderte den Papierbogen durch heftiges Rütteln ans untere Ende.

Sie betrachtete eines der Bilder, weiß auf weiß, bis es sich silbriggrau färbte. Als nächstes tauchten die Löcher der Perforation auf, dann die Umrisse von zwei Ovalen, eines lag tiefer als das andere. Was war das? Etwas langes, das zwischen den beiden Ovalen hing, begann, Gestalt anzunehmen, und jetzt erkannte sie es. »Schwein!« sagte sie grinsend. Ein paar Haare tauchten auf, dann der Phallus selbst, dick und schlaff, die Haut am Kopf faltig, der kleine Schlitz vorne wie der grinsende Mund eines häßlichen Reptils. Wem er wohl gehörte, einem Elefanten? Er war jedenfalls nicht menschlich. Das konnte unmöglich sein.

Sie schüttelte lächelnd den Kopf, zog den Papierbogen aus dem Entwickler und ließ ihn in das Fixierbad fallen. Sie bewegte das Bad ein paar Sekunden lang, warf dann einen Blick auf ihre Armbanduhr und wartete weitere vierzig Sekunden. Sie zog den Bogen heraus, tauchte ihn ins Wasser und schaute wieder auf die Uhr. Sie räumte auf und warf erneut einen ungeduldigen Blick auf ihre Armbanduhr. Als die fünf Minuten vorbei waren, holte sie den Bogen heraus und hängte ihn an einer Klammer an die Trockenleine. Sechsunddreißig Phalli starrten ihr entgegen, immer derselbe, aber jedesmal aus einem etwas anderen Winkel aufgenommen.

Als sie die Treppe hinaufstieg, lächelte sie wieder; sie fühlte sich jetzt wesentlich besser, so, als hätte sie einen heimlichen Triumph über David erzielt.

Sie fuhr in ihrem breiten Bett aus dem Schlaf hoch und fragte sich, ob sie verschlafen hatte. Sie streckte die Hand aus und griff nach ihrer Uhr. Sechs Uhr fünfzehn. Erleichtert ließ sie sich in das Kissen zurücksinken und schloß die Augen. In der Ferne hörte sie einen Lastwagen donnern. Dann vernahm sie das Klicken einer Tür; es klang wie ihre Haustür. Sie lauschte angestrengt, bis ihr klar wurde, daß sie sich das Geräusch eingebildet haben mußte, und schloß wieder die Augen. Noch eine Stunde Schlaf. Sie hatte ihn nötig. Ihre Lungen brannten, und in ihrem Kopf bohrte ein hämmernder Schmerz. Wenn sie David traf, rauchte und trank sie immer zuviel. Es war nicht leicht, sich zu trennen; manchmal erschien es ihr schwerer als zusammenzubleiben.

Ein Schatten glitt in dem dunklen Zimmer vor ihren Augen vorüber, und ihr war plötzlich kalt. Sie schlug die Augen auf und sah Fabian, der an ihrem Bett stand; sah ihn deutlich trotz der Dunkelheit.

»Liebling!« sagte sie.

»Hallo, Mutter.«

Sie blickte zu ihm auf; er wirkte sorgenvoll, verstört.

»Ich habe dich nicht vor heute abend zurückerwartet, Liebling.«

»Ich werde mich jetzt ein bißchen ausruhen, ich bin sehr müde.«

»Du mußt die ganze Nacht durchgefahren sein.«

Fabian lächelte. »Schlaf weiter, Mutter.«

»Wir sehen uns später«, sagte sie, und während sie die Augen schloß, wartete sie auf das Einschnappen der Tür. Aber sie hörte kein Klicken. »Fabian, Liebling, mach bitte die Tür zu«, rief sie. Doch als sie die Augen aufschlug und zur Tür blickte, sah sie, daß sie geschlossen war. Sie lächelte verwirrt und fiel wieder in einen leichten Halbschlaf.

Es kam ihr vor, als wäre es nur wenige Sekunden später, als sie den schrillen, eindringlichen und hartnäckigen Schrei eines Insekts in Nöten hörte, der immer lauter wurde. Sie tastete nach ihrer Uhr, wollte sie abstellen, bevor sie Fabian weckte. Ihre Hand glitt über den Nachttisch, stieß auf Schlüssel, ein Buch, ein Glas Wasser, den harten, schuppigen Einband ihres Filofax. Das beharrliche Schrillen hörte nicht auf; sie ließ sich zurücksinken und wartete einen Augenblick darauf, daß es verstummte, dann fiel ihr ein, daß es das nicht tun würde; die wunderbare Solaruhr, die sich niemals selbst abstellen würde, die darauf programmiert war, wenn nötig bis ans Ende aller Tage zu piepsen. Augenblicklich wurde daraus ein weiterer Grund der Abneigung gegen David. Was für ein verdammt blödsinniges Weihnachtsgeschenk; grausam und masochistisch. Er hatte es gekauft, weil er Spaß daran hatte; Wein und technische Spielereien. Für einen Menschen, der dem zivilisierten Stadtleben den Rücken gekehrt hatte, mochte er technische Kinkerlitzchen verdammt gern.

Sie schlüpfte in ihren Trainingsanzug und tappte leise in den Flur hinaus, um Fabian nicht zu wecken. Sie freute sich, daß er zurück war und notierte sich im Geiste, eine Verabredung für den Abend abzusagen, damit sie etwas zusammen unternehmen konnten, vielleicht ins Kino und hinterher chinesisch essen gehen. Er war jetzt in einem angenehmen Alter, studierte das zweite Jahr in Cambridge und begann, den Lauf der Welt klar zu durchschauen, hatte aber die Begeisterungsfähigkeit der Jugend noch nicht eingebüßt; er war ein guter Freund, ein Gefährte.

Sie rannte die täglichen zwei Meilen zur Fulham Road und um den Friedhof Brompton herum, nahm dann die Zeitungen und die Milch von der Eingangsschwelle und ging ins Haus zurück. Es kam ihr ein wenig merkwürdig vor, daß Fabian nicht das übliche Durcheinander auf seinem Weg durch die Diele hinterlassen hatte. Sie hatte auch sein Auto nicht vor dem Haus entdeckt, aber vielleicht hatte er es in einer anderen Straße abstellen müssen. Leise ging sie nach oben, um zu duschen und sich anzukleiden.

Sie überlegte, ob sie ihn wecken sollte, bevor sie ging, begab sich aber statt dessen in die Küche und kritzelte eine Nachricht auf einen Zettel. »Bin um sieben Uhr zurück, Liebling. Wenn du Zeit hast, könnten wir ins Kino gehen. Liebe Grüße, Mutter.« Dann warf sie einen Blick auf die Uhr und eilte davon.

Als sie den Parkplatz an der Poland Street erreichte, hatte sich ihre gute Laune in düstere Stimmung verändert. Auf dem Weg über die Auffahrt nickte sie dem Wächter mechanisch zu. Etwas stimmte nicht, aber sie konnte es nicht einordnen; sie fühlte sich leer und niedergeschlagen und machte David dafür verantwortlich. Etwas an Fabians Gesichtsausdruck hatte sie beunruhigt, als würde er irgend etwas vor ihr geheimhalten, als wäre eine Verschwörung im Gange und sie wäre der einzige Mensch, der keine Ahnung davon hatte.

3

Alex starrte ungläubig auf den dicken Stapel Versandtaschen, die ihre Sekretärin auf ihren Schreibtisch legte.

»Das ist alles heute gekommen, Julie?« Sie nahm eines der Kuverts und las mißtrauisch die Aufschrift. »Mrs. Alex Hightower, Literaturagentur Hightower«, war in großen, fahrigen Buchstaben zu lesen. »Hoffentlich hat er das Manuskript nicht mit der Hand geschrieben.«

»Philip Main hat vor ein paar Minuten angerufen. Er fragte, ob Sie die Botschaft verstanden haben. Vielleicht war es ein Scherz, aber ich war mir nicht sicher.«

Alex dachte an die Negative, die sie entwickelt hatte und grinste. »Ich rufe ihn zurück, wenn ich die Post aufgemacht habe.«

»In ungefähr zwei Wochen.«

Alex nahm ihren Brieföffner zur Hand und suchte erstaunt nach einer Lücke im Tesafilm.

»Ein Walter Fletcher hat angerufen – wollte wissen, ob Sie sein Manuskript bereits gelesen haben.«

»Sagt mir nichts.«

»Er hat sich bitter darüber beschwert, daß Sie es schon seit fast einer Woche haben.«

Alex warf einen Blick auf das Regal neben ihrem Schreibtisch, in dem sich die Manuskripte von Romanen, Stücken und Filmdrehbüchern türmten. »Walter Fletcher? Wie war der Titel?«

»*Die Entwicklung der Stammestänze im Mittelalter.*«

»Sie machen Witze!« Alex nippte an ihrem Kaffee. »Haben Sie ihm gesagt, daß wir solche Themen nicht im Programm haben?«

»Ich habe es versucht. Er schien ziemlich überzeugt zu sein, daß es ein Renner wird.«

Alex riß den Umschlag auf und zog einen Packen eselsohriger Blätter hervor, etliche Zentimeter dick und nachlässig mit Gummibändern zusammengebunden. »Das überlasse ich Ihnen«, sagte sie, indem sie ihn ohne Umstände an ihre Sekretärin weiterreichte, die unter dem Gewicht zusammenzuckte.

Julie legte den Packen auf den Schreibtisch und überflog die erste Seite, eine kaum entzifferbare Schrift mit orthographischen Fehlern, durchgestrichenen Wörtern und roten Unterstreichungen. »Er scheint das Manuskript ohne Farbband getippt zu haben.«

»Betrachten Sie's von der angenehmen Seite«, gab Alex zurück. »Immerhin ist es getippt.«

Die Telefonanlage summte, und Julie nahm den Hörer ab. »Philip Main für Sie.«

Alex zögerte einen Augenblick. »In Ordnung.« Sie drückte auf den Knopf. »Du bist verrückt«, sagte sie. »Vollkommen verrückt.«

Sie lauschte auf das übliche Schniefen, gefolgt von einem Räuspern, das wie ein Grunzen klang, wiederum gefolgt von dem langgezogenen Zischen, mit dem er tief an der unvermeidlichen schwarzen Capstan zog, die er mit nikotingelbem Zeigefinger und Daumen zwischen seinen Bart steckte. »Hast du es verstanden?« In seiner tiefen, ruhigen Stimme schwang jungenhafte Aufregung.

»Verstanden? Was sollte ich denn verstehen?«

Schniefen, Grunzen, Zischen. »Es ist eine völlig neue Art der Kommunikation; eine neue Sprache. Wir lassen in unserer Entwicklung den Dialog hinter uns; es ist eine in Zelluloid mutierte willkürliche Kommunikation. Niemand macht sich mehr die Mühe, zu sprechen, das ist viel zu banal; wir machen Filme, knipsen Bilder und reichen sie herum. Das Gespräch ist zu beherrschend – man hat keine Gelegenheit, seine Gedanken zu entwickeln wenn man einem Gespräch lauscht, – aber wenn du die Bilder eines anderen entwickelst, sprechen sie zu dir – ein Teil deiner Seele findet darin Eingang.«

Alex warf ihrer Sekretärin einen Blick zu und tippte sich an die Stirn.

»Demnach sollten mir sechsunddreißig Fotos der Genitalien eines Tieres also etwas mitteilen.«

Grunzen. Zischen. »Ja.«

»Alles, was sie mir mitgeteilt haben, war, daß sie viel zu klein sind.« Sie hörte ein Kichern von Julie.

»*Organe der Spezies.*«

»*Organe der Spezies?*«

»Das ist der Titel; ich habe den Titel gefunden.«

»Wovon?«

»Von einem neuen Buch; wir werden es zusammen schreiben.« Grunzen. Zischen. »Deine Begeisterung für die Fotografie. Meine Besessenheit von Geschlechtsorganen.«

»Philip, ich habe viel zu tun. Freitag ist bei mir der schlimmste Tag.«

»Laß dich nächste Woche von mir zum Essen einladen.«

»Es gibt viel Arbeit nächste Woche.«

»Wie wär's mit einem Abendessen?«

»Ich glaube, Mittagessen wäre besser.«

»Du traust mir nicht.« Seine Stimme klang gekränkt.

»Dienstag. Ich könnte ein kurzes Mittagessen am Dienstag einrichten.«

»Ich hole dich um ein Uhr ab. Einverstanden?«

»Schön. Mach's gut.«

Alex legte mit einem Kopfschütteln den Hörer auf.

»Philip Main?« erkundigte sich Julie.

Alex nickte lächelnd. »Verrückt. Vollkommen verrückt, aber das Buch, an dem er schreibt, könnte großartig werden – ein Bestseller, – wenn er es je beendet.«

»Wird auch nur ein Mensch in der Lage sein, es zu verstehen?«

»Nein, es müßte demnach ein paar Literaturpreise gewinnen.«

Die Telefonanlage summte wieder.

»Ja?« sagte Alex.

»Hier unten ist ein Polizist, Mrs. Hightower.«

»Ein Polizist?« Instinktiv reagierte sie mit Schuldgefühlen und forschte in ihrem Gedächtnis, ob sie irgendwelche unbezahlte Strafzettel ausstehen hatte. Oder hatte sie eine Anzeige wegen verkehrswidrigen Fahrens bekommen? Bestimmt nicht. »Was will er?«

»Er würde gern mit Ihnen sprechen.« Aus der Stimme ihrer Empfangsdame glaubte sie, eine gewisse Beharrlichkeit herauszuhören; wahrscheinlich ließ sie sich von Polizeibeamten zu leicht einschüchtern.

»Vielleicht hat er ein Buch geschrieben?« mutmaßte Julie.

Alex zuckte die Achseln. »Sagen Sie ihm, er soll heraufkommen.«

Er trat, die Mütze in der Hand, ein, den Blick auf seine makellos polierten Schuhe gerichtet; dann sah er auf, und seine Augen fixierten den unteren Rand von Alex' Schreibtischplatte. Er war jung, stellte sie erschrocken fest; sie hatte einen älteren Menschen erwartet, aber er war im selben Alter wie ihr Sohn. Er hatte eine flache Boxernase, aber weiche, sanfte blaue Augen, scheue Augen. »Mrs. Hightower?« wandte er sich erwartungsvoll an beide Frauen.

»Ja«, antwortete Alex.

Sein Blick wanderte nervös von Julie zu Alex, dann verschränkte er die Hände hinter dem Rücken und wiegte sich kaum merklich von einem Fuß auf den anderen. »Glauben Sie, ich könnte ein Wort unter vier Augen mit Ihnen wechseln?«

»Es ist schon gut, Wachtmeister – meine Sekretärin arbeitet immer mit mir zusammen.«

Er sah Julie an, dann Alex. »Ich glaube, es wäre besser, wenn ich mich allein mit Ihnen unterhalten könnte.«

Alex nickte Julie zu. Sie ging hinaus und zog die Tür hinter sich zu.

»Mrs. Hightower – ich bin Wachtmeister Harper von der Polizeibehörde London.« Er blinzelte aufgeregt.

Alex sah ihn fragend an; sie fühlte sich unbehaglich in seiner Gegenwart.

»Sie haben, glaube ich, einen Sohn – Fabian?«

»Ja?« Sie fühlte Kälte in sich aufsteigen und starrte an ihm vorbei, durch die Spalten der Jalousie auf die grauen Dächer dahinter, sah den Regen, der an den Fenstern hinunterlief und Spuren wie Schlangen hinterließ. Ihre Gedanken begannen, sich zu überschlagen.

Der Polizist knöpfte den obersten Knopf seiner Uniformjacke auf, knöpfte ihn wieder zu; seine Mütze fiel zu Boden, und er ließ sich auf das Knie nieder, um sie aufzuheben, und fand dann seine Fassung wieder. »Er besitzt einen roten Volkswagen Golf?«

Alex nickte. Was zum Teufel hatte er diesmal angestellt? Die Polizei war schon einmal bei ihr gewesen, vor achtzehn Monaten, als ihn jemand wegen Rücksichtslosigkeit am Steuer angezeigt hatte. Der Polizeibeamte las das Kennzeichen laut vor, und sie nickte ausdruckslos.

»War er in Frankreich unterwegs?«

»Ja. Er war mit Freunden Ski laufen – und dann fuhr er zu einer Party nach Burgund – einer Geburtstagsfeier zum Einundzwanzigsten – die Tochter von einem Freund meines Mannes.«

Der Polizist blickte mit großen, starren Augen vor sich hin, und um seinen Mund zuckte es, als würde elektrischer Strom hindurchfließen. Alex wandte den Blick wieder von ihm ab und betrachtete ihr Gesicht im Bildschirm des Computers am Rande ihres Schreibtischs. Sie fand, daß sie plötzlich alt aussah, unnatürlich alt.

»Wir haben einen Anruf von der Polizei – Gendarmerie – äh – Polizei in Mâcon erhalten. Es hat leider einen Unfall gegeben.« Die Worte fingen an, unzusammenhängend um sie herumzuschweben, als wären sie im Innern einer Wasserblase eingeschlossen; sie sah sie, hörte sie, und sie wiederholten sich in immer veränderter Reihenfolge. Gebracht. Krankenhaus. Ankunft. In. Fort. Festgestellt. War. Aber. Sein. Ankunft. Tod. Sie spürte, daß ihr Knie gegen etwas Hartes stieß, gleich darauf noch einmal. Sie starrte dem Polizisten ins Gesicht, sah zwei Gesichter, dann vier.

»Möchten Sie eine Tasse Tee?«

Wer, fragte sie sich plötzlich, hatte das gesagt? Er? Sie? Sie sprach mechanisch und bestimmt, gab sich Mühe, höflich zu bleiben, damit er sich nicht vorkam wie ein Idiot, obwohl sie Ärger in sich aufsteigen spürte. »Es tut mir außerordentlich leid«, sagte sie. »Es muß ein Irrtum sein; ein furchtbarer Irrtum. Mein Sohn ist zu Hause im Bett und schläft; er ist heute morgen gesund zurückgekommen.«

4

Wachtmeister Harper verabschiedete sich unter aufgeregt hervorgestoßenen und von Unbehagen begleiteten Entschuldigungen. Alex setzte sich, starrte auf die Regenspritzer an der Fensterscheibe und wählte ihre Privatnummer.

Sie hörte das Klicken, als der Hörer abgehoben wurde und ein dumpfes Dröhnen. Das Dröhnen wurde von der Stimme ihrer Putzhilfe übertönt. »Einen Moment, gehen nicht weg, bitte.« Es folgte ein Schlag, der das Dröhnen beendete, und dann kehrte ihre Stimme deutlicher zurück. »Entschuldigen; gehen 'oover ausmachen. Missy Eyetoya 'aus.«

»Mimsa, hier spricht Mrs. Hightower.«

»Missy Eyetoya nix da; telefonieren in Büro, bitte.«

Alex wartete geduldig und wiederholte ihre Worte dann langsam und etwas lauter.

»Allo, Missy Eyetoya.« Es trat eine Pause ein, als würde Mimsa etwas in einem Wörterbuch nachschlagen. »Wie ge ges?« sagte sie bestimmt, langsam und triumphierend.

»Gut, kann ich bitte mit Fabian sprechen?«

»Misser Fabbian? Er nix hier.«

»Er liegt in seinem Bett und schläft.«

»Nein, er nix schlaf. Ich eben putz sein Zimmer. Sie sagen er kommen wieder heute abend; ich eben putz Zimmer für ihn.«

Alex legte den Hörer auf, griff nach ihrem Mantel und trat in den Gang hinaus. Sie steckte den Kopf zu Julies Bürotür hinein. »Ich bin in einer Stunde zurück.«

Julie warf ihr einen besorgten Blick zu. »Ist alles in Ordnung?«

»Ja, schon gut«, gab sie knapp zurück.

Sie parkte in zweiter Reihe, rannte zum Haus und die Treppe

hinauf. Das ohrenbetäubende Dröhnen des Staubsaugers und der strenge Geruch von Möbelpolitur schlugen ihr entgegen. Sie ging weiter und sah Mimsa, die wie ein Huhn vornübergebeugt dastand und das Wohnzimmer saugte. Dann eilte sie die Treppe hinauf und durch den Flur zu Fabians Schlafzimmer, wo sie stehenblieb und leise anklopfte. Sie öffnete die Tür. Das Bett war ordentlich gemacht, es waren weder Koffer zu sehen, noch herrschte ein Durcheinander auf dem Fußboden. Es roch sauber, frisch gelüftet, unbenutzt.

Ihr Blick wanderte durchs Zimmer, fiel auf das eigenartig hohlwangige Porträt ihres Sohnes. Er starrte auf sie herab, streng, hochmütig, eine Hand unter das Jackett geschoben wie Napoleon. Die Augen waren starr; sie blickten kalt und grausam, nicht warm und voller Leben, wie es seinem wahren Ich entsprach. Fabian hatte ihr das Foto im vergangenen Jahr zum Geburtstag geschenkt, aber es hatte sie nervös gemacht; sie hatte es versuchsweise an verschiedenen Wänden aufgehängt und es schließlich in sein eigenes Zimmer gebracht. Als sie es jetzt betrachtete, überlief sie ein Schauder.

Sie ging hinauf und sah im Gästezimmer nach, dann im Badezimmer, aber nichts deutete darauf hin, daß Fabian zurückgekehrt war. Sie trat in ihr Schlafzimmer, hob den Telefonhörer ab und wählte die Nummer ihres Mannes.

»Kann ich dich zurückrufen?« erkundigte er sich. »Ich bin gerade mitten in einer wichtigen Sache.«

»Ich auch«, gab sie zurück, und ihr wurde bewußt, daß ihre Stimme aufgeregter klang, als es in ihrer Absicht lag. »Ist Fabian bei dir?«

»Nein«, erklärte er ungeduldig. »Er wollte gestern abend zu dieser Geburtstagsfeier bei den Arboisses gehen. Er kann noch nicht zurück in England sein.«

»David, irgend etwas sehr Seltsames geht vor.«

»Hör zu – ich rufe dich in einer halben Stunde zurück. Bist du im Büro?«

»Nein. Ich bin zu Hause.«

Von der Straße klang ein Hupen herauf. Es wurde immer

ungeduldiger. Alex legte den Hörer auf und rannte die Treppe hinunter. Mimsa fuhr bei ihrem Anblick erschrocken zusammen. »Missy Eyetoya, oh, Sie mich erschrecken!« Alex hastete hinaus. »Verzeihung«, rief sie einem kleinen, dünnlippigen Mann in einem großen BMW zu, der sie böse ansah und den Kopf schüttelte. Sie stieg in ihren Mercedes, fuhr ein Stück nach vorne und setzte dann rückwärts in die Parklücke, die der BMW freigemacht hatte. Dann lief sie ins Haus zurück.

»Sie haben Fabian nicht gesehen, Mimsa?«

Mimsa schüttelte den Kopf; die obere Hälfte ihres gebückten Leibes bebte, als wäre er mit einem Gelenkbolzen an ihren Beinen befestigt. »Ich nix sehen Misser Fabbian. Sein noch nix zurück.«

Alex ging zum Wohnzimmer hinüber und setzte sich auf ein Sofa, und während sie die aprikotfarbenen Wände betrachtete, kam ihr plötzlich der Gedanke, wie hübsch der Raum aussah, und ebenso plötzlich, welch ein seltsames Gefühl es war, an einem Werktagvormittag zu Hause zu sein. Ihr Blick fiel auf die Vase mit roten Rosen auf dem Tisch neben der Tür, und sie lächelte. Sie waren vor drei Tagen an ihrem Geburtstag durch Fleurop überbracht worden. Fabians Karte steckte immer noch an dem Strauß. Rote Rosen; seine Lieblingsblumen. Er schenkte ihr immer rote Rosen. Als sie die Augen schloß, hörte sie den Staubsauger wieder lärmend aufheulen, und dann schwoll das Geräusch an und ab, während Mimsa das Gerät unerbittlich über den Teppich vor- und zurückschob.

Er war heute morgen in ihr Zimmer gekommen; sie hatte ihn gesehen; sie konnte es bei Gott beschwören, daß sie ihn gesehen hatte.

Sie hörte die Türklingel, beachtete sie jedoch nicht; wahrscheinlich der Milchmann; Mimsa sollte sich darum kümmern.

»Missy Eyetoya.« Als sie die Augen aufschlug, stand Mimsa mit aufgeregter Miene vor ihr. »Polizei hier.« Mimsa hatte die Augen weit aufgerissen; sie deutete heftig mit dem Daumen über die Schulter.

»Das ist schon in Ordnung, Mimsa, führen Sie ihn herein.«

Mimsa starrte sie an, und Alex nickte ihr mit einem beschwichtigenden Lächeln zu.

Einen Augenblick später stand Wachtmeister Harper, die Mütze in der Hand, unter der Tür, und sein Mund zuckte wie eine Kaninchennase. »Es tut mir leid, daß ich Sie schon wieder belästige«, sagte er.

Alex strich sich ein paar Haarsträhnen aus dem Gesicht und deutete auf einen Sessel. Er setzte sich und legte die Mütze vor sich auf die Knie. »Ein schönes Haus.«

Alex nickte lächelnd. »Danke.«

»Es gibt da offensichtlich ein Problem.« Er drehte die Mütze ein paarmal zwischen den Händen. »Ich weiß nicht recht, wie ich es sagen soll. In einem Krankenhaus in Mâcon liegt ein junger Mann, der an dem – äh – Unfall beteiligt war, Mr. Otto –«, er zog ein Notizbuch hervor und schaute nach. »Mr. Otto von Essenberg. Er sagt, daß es sich bei den drei anderen Personen im Wagen um einen Mr. Charles Heathfield, einen Mr. Henry Heathfield und Mr. Fabian Hightower handelte. Er steht offensichtlich noch unter Schock.«

»Charles und Henry Heathfield?«

»Ja.«

Sie nickte.

»Kennen Sie die beiden?«

»Ja, ihre Eltern leben in Hongkong. Charles ist mit Fabian zusammen in Cambridge. Henry ist sein jüngerer Bruder. Geht es ihnen gut?«

Harper erbleichte, senkte den Blick und schüttelte den Kopf. »Soweit ich weiß, sind«– er schüttelte noch einmal den Kopf –, »sind sie tödlich verunglückt.« Er wandte Alex wieder den Blick zu und drehte die Mütze in den Händen. »Sie haben gesagt, Sie hätten Ihren Sohn heute morgen gesehen.«

Alex nickte freudlos.

»Es tut mir leid, aber die Sache ist sehr schwierig.« Er wandte den Blick ab. »Wo genau haben Sie ihn gesehen?«

»Er kam in mein Schlafzimmer.«

»Um welche Zeit könnte das gewesen sein?«

»Gegen sechs. Ich glaube, ich habe auf die Uhr geschaut, genau weiß ich es nicht.«

Harper machte mit zitternder Hand ein paar sorgfältige Eintragungen in sein Notizbuch. »Gegen sechs?«

»Ja.«

»Hier?«

»Ja.«

»Aber jetzt ist er nicht im Haus?«

»Nein.« Langsam begriff sie das Unausweichliche und biß sich auf die Lippe.

»Wissen Sie, wohin er gegangen ist?«

Sie schüttelte den Kopf. Das Reden fiel ihr immer schwerer.

»Hat er irgend etwas gesagt?«

Alex nickte. »Er sagte ›Hallo, Mutter‹. Ich erklärte ihm, daß ich überrascht sei, ihn so früh wiederzusehen; darauf sagte er, er sei müde und wolle sich ein wenig schlafen legen. Er war heute morgen in seinem Zimmer, als ich aus dem Haus ging.«

»Haben Sie ihn noch einmal gesehen?«

Alex starrte dem Polizeibeamten direkt in die Augen. »Nein, ich habe ihn nicht gesehen; die Tür war geschlossen, und ich wollte ihn nicht wecken.«

»Und dann sind Sie ins Büro gefahren?«

Sie nickte.

Er schrieb wieder etwas auf. »Um welche Zeit haben Sie das Haus verlassen?«

»Ungefähr Viertel vor neun.«

»Und um welche Zeit kommt Ihre Putzfrau?«

»Ungefähr neun Uhr fünfzehn.«

»War sie heute morgen pünktlich?«

»Ich werde sie fragen.« Alex verließ den Raum. »Mimsa!« rief sie. Mimsa war so eingehend mit dem Staubsaugen beschäftigt, daß sie sie nicht hörte. Alex tippte ihr auf die Schulter. »Mimsa!«

Die Putzfrau fuhr auf. »Zweite Mal Sie mich erschrecken heute. Wir nix mehr haben Vim. Sie vergessen?«

Alex nickte. »Tut mir leid, ich werde mir Mühe geben, daran zu denken.«

»Der Fenserpuzzer nix komm. Er fauler Kerl.«

»Mimsa – um wieviel Uhr bist du heute morgen gekommen? Es ist sehr wichtig.«

»Heute morgen ich früh. Fünf vor neun. Ich kriegen frühe Bus – normal ich nix kriegen, weil machen Mann Frühstück; er nix Frühstück heute – muß zu Doktor wegen Tests, darum ich kommen früher; ich auch gehen früher wenn geht?«

»Schön.« Alex nickte und ging zum Wohnzimmer zurück. »Sie war um fünf vor neun hier.«

»Nur zehn Minuten, nachdem Sie gegangen waren?«

Alex nickte.

»Verzeihen Sie, es klingt vielleicht ein bißchen unhöflich – aber halten Sie es für möglich, daß Sie sich nur eingebildet haben, Ihr Sohn sei zurückgekommen, daß Sie es vielleicht geträumt haben?«

Das Telefon klingelte; sie lauschte einen Augenblick lang auf den schrillen Hall der Klingel, dessen gewohnter Klang dazu beitrug, sie zu beruhigen, dann nahm sie den Hörer ab. »Hallo?«

»Hallo, Liebling, tut mir leid wegen vorhin.«

Sie wünschte, Ihr Mann würde aufhören, sie Liebling zu nennen; sie war nicht mehr sein Liebling; warum konnte er nicht aufhören, so zu tun, als sei alles in Ordnung zwischen ihnen?

»Ich war mitten in einem entscheidenden Versuch – ich habe einen Katalysator gefunden, der es mir vielleicht möglich macht, einen Chardonnay zu produzieren, der sich mit dem Chablis messen kann; und er wird billiger sein. Kannst du dir einen wirklich guten britischen Chablis vorstellen?«

»Klingt aufregend«, sagte sie lahm.

»Ich rede von einem Chablis Premier Cru, mindestens! Hast du letzte Nacht gut geschlafen?«

»Ja«, erwiderte sie verwundert. »Sehr gut. Bist du gut nach Hause gekommen?«

»Ja, keine Probleme – kannst du einen Augenblick dranbleiben?«

Alex hörte im Hintergrund jemanden rufen.

»Hör zu, Liebling, ich muß zurück ins Labor – es gibt dort ein kleines Problem, er wird braun. Übrigens hatte ich einen komischen Traum – das heißt, ich habe es nicht für einen Traum gehalten, aber es muß wohl einer gewesen sein. Ich bin gegen sechs Uhr morgens davon aufgewacht; ich hätte schwören können, daß Fabian in mein Schlafzimmer kam. Er sagte ›Hallo, Vater‹ und verschwand wieder. Ich war so überzeugt, ihn gesehen zu haben, daß ich nach dem Aufstehen das ganze Haus nach ihm abgesucht habe. Das Landleben scheint mir doch nicht so gut zu bekommen – ich muß wohl mit den Nerven ziemlich am Ende sein.«

5

Sie starrte auf den hellen Eichensarg mit den Messinggriffen, auf dessen Deckel rote Rosen lagen, auf die Sonnenstrahlen, die durch die Buntglasscheiben hereintanzten, in das freundliche Gesicht des Pfarrers auf der Kanzel. »Jetzt blicken wir durch einen geheimnisvollen Spiegel«, las er mit ruhiger, klarer Stimme.

Dann hoben sie den Sarg hoch, hoben ihn ohne Mühe. Darin lag ihr Sohn; sie fragte sich, wie er wohl aussah. Sie hatten David nicht erlaubt, ihn zu sehen, als er nach Frankreich gefahren war. Zu schwere Verbrennungen, um identifiziert werden zu können, hatten sie gesagt. Sie spürte Davids Hand, die an ihr zog. Muß ich bleiben, fragte sie sich, von einer plötzlichen Unruhe ergriffen. Muß ich vor all diesen neugierigen Gesichtern den Gang hinuntergehen? Dann fiel ihr wieder ein, daß es ihre Freunde waren, ausnahmslos Freunde, und sie folgte ihrem Mann mit schleppenden Schritten hinaus und stieg in den schwarzen Daimler.

Der Leichenzug kam vor dem gepflegten roten Ziegelkrematorium zum Stehen; sie stiegen aus und beobachteten, schweigend im Sonnenschein, wie die Sargträger ihre Last abluden. Zwei Männer brachten die Rosen weg, die anderen trugen den Sarg in das Gebäude und setzten ihn vor einem dunkelblauen

Vorhang ab. Alex trat an den Sarg und legte eine einzelne rote Rose auf den Deckel. Leise und mit gesenktem Kopf sagte sie: »Leb wohl, Liebling.«

Sie ging zurück und setzte sich neben David in die erste Reihe. Dann kniete sie nieder, schloß die Augen und versuchte, sich an irgendein Gebet zu erinnern, aber es wollte ihr keines einfallen; sie hörte, wie sich der Saal mit Menschen füllte und leise Orgelmusik erklang. Sie bemühte sich, den Worten der Ansprache zu folgen, konnte aber nichts hören, nichts als das plötzliche Klikken und Surren, als der blaue Vorhang sich teilte, der Sarg sich in Bewegung setzte und langsam hindurchglitt.

Bei der anschließenden Feier, als sie inmitten des Menschengedränges in ihrem Haus stand, war ihr unbehaglich zumute, und sie leerte ein Glas Champagner auf einen Zug. Ganz in ihrer Nähe knallte unter Schäumen und Sprudeln laut ein Korken, und sie konnte sich nicht dagegen wehren, daß sie mit der hinausdrängenden Menge mitgezogen wurde. Es war, so dachte sie, als würde sie von einer gewaltigen Welle davongeschwemmt.

»Es tut mir leid, Alex«, sagte eine schwarz verschleierte Frau, die sie nicht erkannte.

»Er war ein netter Kerl«, entgegnete Alex. »Die Miesen werden nie genommen, nicht wahr?« Sie nestelte nach ihren Zigaretten. Plötzlich sah sie Sandy durch die Menge auf sich zukommen, das Haar zu einem wahnwitzigen Gebilde wirrer kohlschwarzer Strähnen aufgetürmt, die von etwas, das aussah wie Stricknadeln, lose zusammengehalten wurden, instinktiv wandte sie sich ab; Sandys theatralische Gefühlsausbrüche konnte sie jetzt nicht ertragen. Ihr Blick fiel auf Ottos scharfgeschnittenes Raubvogelgesicht, das, abscheulich zugerichtet, eine einzige Masse von Schwellungen und Pflastern, auf sie heruntersah. »Danke, daß Sie gekommen sind, Otto«, sagte sie.

Er nickte und zeigte ein mattes Lächeln, das seine Miene in ein grausames Grinsen verwandelte. »Fabian hat mich darum gebeten«, entgegnete er.

Alex starrte ihn an, aber er kehrte ihr den Rücken und wandte sich wieder einem Gespräch zu.

Nachdem sie die Tür hinter dem letzten Gast geschlossen hatte, nahm sie einen tiefen Zug von ihrer Zigarette und einen langen Schluck aus dem Glas. Die Benommenheit vom Alkohol, die Aufmunterung der Freunde und Familienangehörigen, die dagewesen waren, hoben ihre niedergeschlagene Stimmung etwas. Nur David zögerte noch zu gehen, lauerte, mit dem Glas in der Hand an die Wand gelehnt, an der Küchentür. »Hättest du gern, daß ich bleibe?« fragte er.

»Nein, David.«

»Ich finde, du solltest heute nacht nicht allein bleiben.«

»Ich möchte wirklich lieber allein sein. Bitte, ich muß auf meine Weise darüber hinwegkommen.«

»Warum kommst du nicht mit nach Lewes?«

»Ich komme hier zurecht.«

David zuckte die Achseln. »Wahrscheinlich gibst du mir die Schuld.«

»Dir die Schuld geben?«

»Weil ich ihm das Auto gekauft habe.«

»Nein. Unfälle passieren nun einmal; ich glaube nicht, daß es einen Unterschied gemacht hätte, welches Auto auch immer es gewesen wäre.«

»Wenn er ein bißchen langsamer gefahren wäre?«

Alex schüttelte lächelnd den Kopf.

David nahm eine Flasche und leerte sie in sein Glas; es kamen nur noch ein paar Tropfen heraus. Er betrachtete das Etikett. »Veuve Clicquot.«

»Fabians Lieblingschampagner; er fand ihn schick.«

»Die Witwe Clicquot.« Er zögerte und warf Alex errötend einen verlegenen Blick zu. Dann schnupperte er in sein Glas. »Eine etwas längere Lagerungszeit hätte ihm gutgetan.«

»Es tut mir leid«, sagte Alex. »Wenn du ihn darum gebeten hättest, hätte er vielleicht noch ein bißchen mit dem Sterben gewartet.« Sie schob sich an ihm vorbei in die Küche und schaltete den Wasserkessel ein. David folgte ihr und legte sanft die Arme um sie.

» Weißt du«, sagte er, »es ist doch unglaublich, daß wir beide zur selben Zeit denselben Traum von ihm hatten. Ich habe mir Gedanken darüber gemacht.«

»Es muß um die Zeit gewesen sein, als er gestorben ist«, entgegnete Alex.

»Ein erstaunlicher Zufall.«

Alex öffnete das Nescaféglas und löffelte etwas von dem Pulver in zwei Tassen. »Nimmst du immer noch Zucker?«

»Einen Löffel.«

»Du glaubst, daß es Zufall war?« erkundigte sie sich gereizt.

David hielt sein Champagnerglas gegen das Licht und begutachtete eingehend die Farbe. »Weißt du, ich bin sicher, daß er früher ein dunkleres Gelb hatte. Ich frage mich, ob sie die Reifezeit verkürzt haben – aber vielleicht irre ich mich auch. Das Bouquet ist jedenfalls fein.«

Alex warf ihm einen finsteren Blick zu. »Du glaubst, daß es ein Zufall war?«

»Zufall?« gab er verständnislos zurück. »Ach so, ja natürlich.« Er fing ihren Blick auf. »Nun, komm schon, Alex, glaubst du, daß es etwas anderes ist?«

Sie zuckte die Achseln. »Es war sehr eigenartig; es schien einfach wirklich zu sein.«

»Wir müssen Cambridge informieren«, sagte David und wechselte das Thema.

»Daran hätte ich nicht gedacht.«

»Ich rufe morgen dort an.«

»Ich sollte besser auch einen Brief an die Eltern von Charles und Henry schreiben.«

»Ja.«

Sie saßen sich gegenüber und tranken ihren Kaffee. »Wie macht sich dein Chardonnay?« erkundigte sich Alex.

David lächelte. »Einen Schritt vor und zwei zurück; es gelingt mir nicht, ihn zu stabilisieren. Wie geht's in der Agentur?«

»Viel zu tun.«

»Hast du irgendwelche Renner auf Lager?«

»Eine Anthologie von Urdu-Kriegsgesängen.«

»Ist es das, worauf die Welt gewartet hat?«

»Ich bezweifle es.«

Er runzelte die Stirn. »Ich denke daran, ein Buch über Weine zu schreiben.«

»Gutes Thema«, entgegnete sie. »Mir sind in diesem Jahr erst vierundsechzig Manuskripte über Weine auf den Schreibtisch geflattert.«

David erhob sich. »Du weißt ja, wie es heißt: beim fünfundsechzigsten Mal klappt es.«

Alex lächelte. »Ruf mich an, wenn du zu Hause bist.«

»Möchtest du das wirklich?«

»Ich möchte wissen, ob du unversehrt zu Hause angekommen bist.« Sie küßte ihn, und als sie die Tür hinter ihm geschlossen hatte, fühlte sie sich plötzlich sehr einsam.

Im Flur mit den nüchternen Fliesen und der hohen Decke war es dunkel, sie knipste das Licht an. Dann trat sie ins Wohnzimmer, in dem die Luft zum Schneiden dick mit weißlichen Rauchschwaden, Parfüm und der Weinsäure des Champagners erfüllt war, schob die Netzvorhänge auseinander und blickte durch das Erkerfenster auf die Straße hinaus; der wolkenlose Himmel hatte alle Farbe verloren und war jetzt eine dunkler werdende, verwaschene Fläche. Ottos seltsame Worte gingen ihr wieder durch den Kopf: »Fabian hat mich darum gebeten.« Plötzlich bewegte sich etwas hinter ihr. Sie spürte es, und Angst stieg in ihr auf, die stärker war als jede Angst, die sie bisher erlebt hatte; ihr war eiskalt, und auf ihrer Haut prickelte es wie mit kalten Nadeln. Sie spürte, wie der Raum sich um sie zusammenzog und wollte ans Fenster klopfen, um Hilfe rufen; aber sie war wie gelähmt. Aus dem Augenwinkel sah sie eine Bewegung, einen Schatten, der sich aus einem Sessel hinter ihr erhob.

»Oh, entschuldige, Liebling, ich muß wohl eingenickt sein«, sagte der Schatten.

Versteinert starrte sie ihn an, und plötzlich wurde ihr bewußt, daß es Sandy war.

»Mich hat diese ganze Aufregung überwältigt – ich nehme diese Tranquilizer, weißt du, und die vertragen sich einfach nicht mit Alkohol.« Sie streckte sich gähnend. »Sind alle weg?«

»Ja«, sagte Alex matt. Sie knipste die Tischlampe an und fühlte sich beruhigt von dem warmen Schein und den Farben, die in den Raum zurückkehrten. »Du hast mir einen Schrecken eingejagt.«

»Das tut mir leid, Schatz.« Sandy blinzelte, zupfte mit den Fingern in dem Heuhaufen schwarzer Haare herum und rückte ein paar der Stricknadeln darin zurecht.

»Möchtest du eine Tasse Kaffee?« erkundigte sich Alex, die jetzt dankbar war für die Gesellschaft, selbst wenn es nur Sandy war.

»Furchtbar gern. Was machst du heute nacht?«

»Nichts.«

»Wie – du willst hier ganz allein bleiben?«

Alex nickte. »Ich möchte allein sein.«

»Das kannst du nicht machen, Schatz, nicht heute nacht.«

»Ich bin jede Nacht allein; es macht mir nichts aus.«

Sie gingen zur Küche hinüber. Alex stellte plötzlich fest, daß sie sich der Gegenstände im Haus so deutlich bewußt war, als hätte sie ein Museum betreten. Ihr Blick fiel auf das strenge Porträt von Davids Urgroßvater in seiner Kavallerieuniform. »Fabian hat seine Augen«, pflegte David stolz zu behaupten, und sie hatte nie protestiert; es hatte keinen Sinn, ihm die Illusion zu nehmen, keinen Sinn, die Lüge aufzudecken. Nur sie wußte, daß Fabian nichts von David geerbt hatte, nicht ein einziges Gen; es war ihr Geheimnis, und sie hatte es zweiundzwanzig Jahre lang bewahrt.

»Schrecklich«, ließ sich Sandy vernehmen. »Die ganze Sache. Es waren noch zwei andere Jungen dabei, die...?«

Alex nickte. »Brüder. Charles und Henry Heathfield.«

»Entsetzlich. Wie entsetzlich. Was für eine furchtbare Geschichte. Ein Lastwagen, der auf der falschen Seite der Autobahn fuhr, nicht wahr?«

»Ein Personenwagen«, entgegnete Alex.

Sandy runzelte die Stirn. »Ich war sicher, daß in der Zeitung von einem Lastwagen die Rede war.«

»Das ist richtig. Aber es ist ein Irrtum.«

»Ein betrunkener Franzose?«

Alex nickte.

»Wie kann man nur auf einer Autobahn in der falschen Richtung fahren? Egal, wie betrunken man ist?«

Der Kessel schaltete sich mit einem Klicken aus.

»Weißt du etwas über ihn, Liebling?«

»Nein, eigentlich nicht«, erwiderte Alex. »Er hatte offenbar einen Streit mit seiner Frau und war wütend aus dem Haus gerannt. Hatte die ganze Nacht getrunken; sein Geschäft stand vor dem Ruin. Plüschtiere oder so was.« Sie zuckte die Achseln. »David weiß mehr darüber.«

»Grauenvoll.«

Alex trug die Tassen ins Wohnzimmer hinüber, und sie setzten sich. Kopfschmerzen machten sich bemerkbar. Alex schloß die Augen.

»Ich finde, du solltest ein Medium aufsuchen, Liebling«, erklärte Sandy, während sie in den brodelnden Kaffee starrte, in dem sich die letzten Körner auflösten.

»Ein Medium?«

»Ja.«

»Nein, Sandy, das ist nichts für mich; ich fürchte, ich glaube nicht an dieses Zeug.«

»Ich glaube, das tust du doch.«

»Das glaubst du wirklich?« sagte Alex fassungslos.

»Du bist Christin, also glaubst du an das ewige Leben.«

»Da bin ich mir nicht so sicher.« Alex starrte auf das Nervenbündel von einer Frau, die ihr gegenübersaß und gerade versuchte, eine Zigarette in eine lange, dünne Zigarettenspitze zu stecken, was ihr eine solche Mühe bereitete, als würde sie versuchen, Nähgarn einzufädeln. Das Mädchen, das sie seit ihren Schultagen kannte, verrückt, überdreht, aber gutmütig; jetzt eine Frau, die drei Scheidungen hinter sich hatte, die drogenabhängig, Alkoholikerin, Anhängerin der Christian Science und strenge Vegetarierin gewesen war, die unter Anleitung des Maharishi Yogi meditiert und buchstäblich alle anderen Religionen ausprobiert hatte, und die in ihrem Leben keine nur erdenkliche Katastrophe ausgelassen hatte; diese Frau versuchte, ihr gute Ratschläge zu erteilen.

»David hat mir erzählt, daß Fabian an dem Morgen, als er starb, sowohl ihn als auch dich aufgesucht hat.«

»Wir hatten den gleichen Traum.«

»Traum?« Sie schüttelte den Kopf. »Das war kein Traum, meine Liebe; er hat dich aufgesucht; eine sehr häufige Begebenheit.«

»Wie meinst du das?«

Sandy starrte sie an; ihr schmales, gequältes Gesicht, das einmal so hübsch gewesen war, wirkte jetzt ausgelaugt, und ihre riesigen blauen Augen sahen aus wie verlassene Teiche, fand Alex. »Wir alle haben Schutzgeister, die über uns wachen, aber sie sind nicht immer gegenwärtig. Wenn ein Mensch nun plötzlich stirbt, ohne daß es die Schutzwesen erwarten, können sie die Verbindung verlieren, und der Geist dieses Menschen irrt verloren umher. Das könnte Fabian widerfahren sein; und aus diesem Grunde habt ihr beide ihn gesehen; er versuchte, sich zurechtzufinden.«

Alex nippte an ihrem Kaffee und starrte ihre Freundin mit einem Gemisch aus Geringschätzung und Mitleid an.

»Du glaubst, ich bin eine alte Schrulle, die ihr Leben verpfuscht hat, nicht wahr? Nun, vielleicht trifft das, an deinen Maßstäben gemessen, zu, aber ich habe schon viele Leben gelebt – einige davon außerordentlich glücklich –, und ich bin dieses Mal geschickt worden, um zu lernen, wie man besser mit Schwierigkeiten fertig wird. Ich bin ein alter Geist, meine Liebe, ich habe alles schon durchgemacht; bei dir ist das anders, das merke ich, du bist ein junger Geist und mußt meine Hilfe annehmen, denn das ist einer der Gründe, warum ich hier bin – anderen zu helfen.«

Alex schüttelte den Kopf. Sie fühlte sich plötzlich müde und bedrängt, als wäre der Raum voller Menschen; sie wollte weg, wäre am liebsten zur Haustür hinausgegangen und auf den Straßen umhergewandert. »Vielleicht war es ein telepathischer Traum«, sagte sie. »Das wäre doch möglich, nicht wahr?«

»Es ist möglich, meine Liebe – davon gibt es genug im Seelenleben, aber warum sollte es? Wir wissen nicht viel mehr über Telepathie als über die Welt der Geister. Ich glaube, daß er zu euch gekommen ist, weil er Hilfe brauchte.«

»Was für eine Art von Hilfe?«

»Vielleicht geht es ihm inzwischen gut; vielleicht ist er mit seinen Schutzgeistern wieder vereinigt, und sie haben ihn mit sich genommen. Aber wenn es nicht so ist, dann irrt er möglicherweise führungslos umher.«

»Wie lange könnte er das tun?«

»Im Jenseits herrscht ein anderer Zeitbegriff, Schatz; es könnte ewig dauern. Du bist es ihm schuldig, herauszufinden, ob es ihm gut geht, und wenn es nicht so ist, ihm zu helfen.«

»Wie?«

»Indem du ein Medium aufsuchst; ein Medium wird es wissen. Wenn du meinem Rat folgst, weißt du wenigstens, daß du alles in deiner Macht Stehende getan hast. Ich kann dir ein ausgezeichnetes Medium empfehlen.« Sie verstummte und zog gierig an ihrer Zigarettenspitze; dann stieß sie den Rauch aus und wedelte ihn mit der Hand beiseite. »Du glaubst mir nicht, stimmt's, meine Liebe?«

»Nein«, sagte Alex und schüttelte den Kopf. »Nein, es tut mir leid, aber ich glaube dir nicht.«

6

Alex wachte plötzlich auf und hatte Angst. Der Raum war von einem pulsierenden Lichtschimmer erfüllt; sie bekam eine Gänsehaut und wagte nicht, die Augen zu öffnen, im Gegenteil, sie schloß sie noch fester und wartete. Etwas war in dem Zimmer, das fühlte sie.

Sie sah den schmucklosen Holzsarg, die rote Rose; ihr Gesicht fühlte sich plötzlich heiß an; sie nahm Petroleumdünste wahr, dann Hitze; ihr Gesicht brannte. Sie verlor die Kontrolle über ihren Atem, begann zu keuchen, ihre Knie schlugen unter der

Bettdecke zusammen. Sie riß die Augen weit auf und bemerkte ein grünes, pulsierendes Licht. Das Licht, zuerst ein undeutlicher Schatten, nahm scharfe Umrisse an. Vier Nullen. An, aus, an, aus. Die brennende Hitze ließ nach, ihr war nur noch kalt, und auch die Angst begann, von ihr zu weichen.

Sie betrachtete die Digitalanzeige ihres Weckers, die vier Nullen, die blinkend an und aus gingen. Mitternacht, dachte sie. Sie sah sich im Zimmer um und erkannte die Umrisse der Gegenstände, vertraute Schatten. Als Kind hatte sie sich im Dunkeln gefürchtet und immer mit brennendem Licht geschlafen; aber diese Furcht war seit langer Zeit vorbei, lange vor ihrer Heirat. Die Nullen blinkten.

Sie knipste die Nachttischlampe an; das Zimmer erschien ihr ganz normal zu sein, alles schien normal, klang normal. In der Ferne hörte sie einen Lastwagen, der durch die King's Road donnerte; es klang, als hätte es geregnet. Sie griff nach ihrer Armbanduhr. Fünf Uhr, aber die vier Nullen hörten nicht zu blinken auf. Dann fiel ihr ein, daß dasselbe schon einmal mit ihrer kostbaren Uhr während eines Stromausfalls passiert war; sie hatte sich automatisch auf Null eingestellt. Alex hantierte daran herum, versuchte, sich zu erinnern, wie man sie einstellte, während sie mit müden, brennenden Augen auf die blinkenden Lichter starrte und vor Kälte zitterte. Es war unerträglich kalt.

Sie schlüpfte aus dem Bett und trat ans Fenster, wo sie die schweren Vorhänge auseinander schob und eine Hand hinausstreckte. Die Luft war warm und mild; verwundert sah sie ihre ausgestreckte Hand an. Sie bemerkte, daß ihr Atem als weißer Dampf sichtbar war und stieß einen leisen Schreckensschrei aus, spürte, daß sich ihre Nackenhaare sträubten. Ihr Blick wanderte wieder durch die Vorhänge zu den geparkten Wagen, zu dem Schein der Straßenlaterne; es war ruhig und normal dort unten. Sie zog die Vorhänge einen Spalt auf, um das orangefarbene Licht hereinströmen zu lassen. Ein Dielenbrett knarrte unter ihrem Fuß, und sie zuckte zusammen. Dann kletterte sie in ihr Bett zurück, zog die Decke bis zum Hals und schloß die Augen, aber ihr war immer noch kalt, bitterkalt, und die Kälte erfüllte sie mit

Angst. Sie nahm den Telefonhörer ab, lauschte auf das Summen, das die Stille durchbohrte, wählte dann die Nummer, die sie auswendig wußte, und wartete.

Es klingelte, einmal, zweimal, bitte sei da, dreimal, viermal. »Sei bitte da«, flüsterte sie.

»Jarlo?« Voller Erleichterung lauschte sie dem Krächzen, und ihr war plötzlich wieder warm.

»David?« Sie flüsterte immer noch.

Es folgte ein zweites, verwirrtes Krächzen.

»Es tut mir leid, daß ich dich wecke, David.«

»Alex?«

»Bist du wach?«

»Mmmh.«

»Du hast mich nicht angerufen.«

»Nicht angerufen?« Seine Stimme klang immer noch völlig verschlafen.

»Du wolltest mich anrufen, wenn du zu Hause bist. Ich habe mir Sorgen gemacht.«

»Wievieluhrisses?«

»Halb sechs.«

Es trat Schweigen ein, und sie hörte das Rascheln von Bettlaken.

»Ich dachte, du wolltest es nicht wirklich.«

Sie spürte die Wärme, das Lächeln, die Ruhe in seiner Stimme; es war, als würde sie mit einem Teddybären sprechen. »Ich habe mir Sorgen um dich gemacht«, sagte sie.

»Mir geht es gut. Wie fühlst du dich?«

»Nicht besonders. Und wie ist es mit dir?«

»Ich fühle mich abscheulich. Es ist zum Auswachsen. Ich muß ständig an diesen anderen Fahrer, diesen Mistkerl, denken.«

»Hör auf.«

»Wenn er überlebt hätte, hätte ich ihn umgebracht.«

»Hör auf.«

»Es tut mir leid.«

»Ich mache mir große Sorgen wegen Otto und den beiden Heathfield-Jungen.«

»Wenigstens ist Otto am Leben«, entgegnete er.

»Es muß ziemlich schwer für ihn sein, zu akzeptieren, daß er am Leben geblieben ist.«

»Ich hätte Fabian diesen Wagen nie kaufen sollen.«

»Es ist nicht deine Schuld, Liebling; du warst immer so gut zu ihm.«

»Ich hätte ihm einen weniger schnellen Wagen kaufen sollen.«

»Ich glaube nicht, daß das etwas geändert hätte. Hör mal, schlaf wieder ein, es tut mir leid, daß ich dich geweckt habe.«

»Ist schon gut; jetzt bin ich hellwach.«

»Geh wieder schlafen. Ich rufe dich später an.«

»Ich liebe dich«, sagte er.

Sie starrte den Hörer mit einem traurigen Lächeln an, legte ihn langsam und vorsichtig auf und ließ sich in die Kissen zurücksinken. Sie wußte, daß sie ihn ebenfalls liebte, daß ihr sein großer warmer Körper, seine Zärtlichkeit fehlte; warum, zum Teufel, hatten sie sich getrennt? Sie war plötzlich müde, ihr war warm und wohlig zumute, und sie fiel in einen schweren Schlaf, in dem sie von Fabian träumte, leichte und helle Träume, die plötzlich bedrohlich und verworren wurden; er hielt ihre Hand und lachte und neckte sie wie ein Kind, nur war er kein Kind mehr, sondern ein erwachsener Mann, plötzlich gealtert, so alt, daß sie Falten in seinem Gesicht sehen konnte. Mit einem Schauder erwachte sie und hatte Angst, die Augen in der Dunkelheit des Zimmers zu öffnen. Dann schlief sie wieder ein und träumte nicht mehr.

Als der Wecker um sieben Uhr klingelte, reagierte sie nicht, und als sie wieder auf die Uhr sah, war es zehn vor acht. Sie wußte, sie mußte heute ihr normales Leben wieder aufnehmen; das andere war vorüber. Das Verstreuen der Asche stand noch bevor, aber sie brauchte Zeit, um darüber nachzudenken, Zeit, sich Gedanken zu machen, wo Fabian es gewünscht haben würde. Die vergangenen zehn Tage kamen ihr vor wie ein verschwommener Nebel, das Warten auf die Beendigung der bürokratischen Maßnahmen in Frankreich, die Bemühung um die Freigabe des Leichnams und die Rückführung nach England. David war nach Frankreich gefahren und hatte alle erforderlichen Vorkehrungen getroffen, ohne irgendwelche Erwartungen an sie zu richten. Er hatte sich großartig verhalten. Jetzt mußte sie ihr gewohntes Leben wieder aufnehmen, sich auf ihre Arbeit konzentrieren. Immerhin hatte sie noch ihre Mitarbeiter, Partner und Klienten. Sie konnte ihnen keinen Zusammenbruch zumuten, mußte ihnen beweisen, daß sie es schaffen würde, mußte es auch David beweisen; und mehr als allen anderen mußte sie es sich selbst beweisen.

Sie kramte in ihrer Garderobe herum und versuchte, sich zu entscheiden, was sie anziehen sollte. Fabian war immer sehr kritisch in bezug auf ihre Kleidung gewesen, wesentlich mehr als David. Die richtigen Farben, der richtige Schnitt, die richtigen Markennamen – Gott, er war zeitweise ein unerträglicher Snob in Kleiderfragen gewesen. Ein wenig aufgemuntert lächelte sie matt und tränenschwer und wühlte in einer Schublade voller Seidenschals, alle von Cornelia James, die meisten von Fabian gekauft. Welchen? Sie versuchte, sich daran zu erinnern, während sie verschiedene Schals hervorzog und wie einen herabströmenden Wasserfall wieder zurückgleiten ließ. Sie schlang sorgsam einen türkis und grau gemusterten um den Hals und verknotete ihn so, daß der Namenszug Cornelia James deutlich zu sehen war. Bist du zufrieden, Liebling, dachte sie. Sehe ich gut aus?

Sie kippte eine halbe Tasse Kaffee in einem Zug hinunter und ließ den Rest, da er zu heiß war, stehen, dann griff sie nach ihrem Mantel und eilte zur Haustür. Die Klingel schrillte in dem Augenblick, als sie die Tür erreichte hatte, und sie öffnete, noch bevor der Klingelton verhallt war. Die Frau hob überrascht den Kopf und trat einen Schritt zurück, eine füllige Wasserstoffblondine, die ordentlich, aber theatralisch in Schwarz und Weiß gekleidet war und aussah, als käme sie von einer Vermittlungsagentur für Filmkomparsen, und winzige Rosenknospenlippen bewegte, die zu klein waren für ihr breitflächiges Gesicht. »Mrs. Hightower?« Sie sprach mit entschiedener, wohlartikulierter Stimme, als hätte sie Sprechunterricht genommen, um ihren Londoner Arbeiterdialekt loszuwerden.

»Ja?« Alex schwieg in abwehrender Haltung und fragte sich, was die Frau ihr verkaufen wollte. Für eine Zeugin Jehovas wirkte sie zu aufgedonnert, und im übrigen traten diese Leute gewöhnlich zu zweit auf.

»Ich bin Iris Tremayne. Sandy schlug vor, ich sollte einmal vorbeischauen, sie sagte, Sie gingen früh aus dem Haus und dies wäre die beste Zeit, um Sie zu erreichen.«

Die Frau starrte Alex beharrlich in die Augen, und der Blick machte sie nervös, sie konnte sich nur mit Mühe davon lösen. Einen Augenblick lang überlegte sie, ob die Person Tupperware oder Avon-Kosmetik verkaufte; ja, Kosmetik lag nahe, abgesehen davon, daß sie keinen Vertreterkoffer bei sich hatte. »Eigentlich bin ich auf dem Weg zur Arbeit und ohnehin schon spät dran.« Alex sprach freundlich, gab sich Mühe, höflich zu sein.

»Natürlich, wenn ich ungelegen komme, verstehe ich das vollkommen, ich dachte nur, es wäre das beste, wenn ich gleich vorbeikomme. Falls Sie irgendwelche Nachrichten über Ihren Sohn hören wollen.«

Plötzlich wurde Alex bewußt, wer sie war. »Nein«, sagte sie. »Vielen Dank, aber ich möchte keine Nachrichten über meinen Sohn hören.«

»Was passiert ist, tut mir außerordentlich leid.«

»Danke.«

»Sandy macht sich große Sorgen um ihn.«

»Wirklich?« entgegnete Alex und bemerkte, daß ihre Stimme einen feindseligen Klang angenommen hatte.

»Wenn Sie eine Sitzung wünschen, wäre ich gern dazu bereit. Es würde Sie nichts kosten; Sandy ist eine gute Freundin.«

»Mrs. Tremayne«, erklärte Alex kalt, »mein Sohn ist tot. Weder Sie noch sonst irgend jemand kann etwas tun, um das zu ändern; ich fürchte, ich glaube einfach nicht an« – sie zögerte – »wie immer Sie es nennen – an die Geisterwelt.«

»Ich glaube, daß er mit Ihnen sprechen will.«

Die Miene der Frau zeigte eine verblüffende Aufrichtigkeit trotz ihrem grellen Make-up und der übertriebenen Frisur, Aufrichtigkeit und Arglosigkeit, fand Alex. Du arme Irre, hätte sie gern gesagt, tat es aber nicht. »Danke«, sagte sie statt dessen. »Aber ich muß jetzt gehen.«

Alex nickte ihrer Empfangsdame zu, wich allerdings ihren Blikken aus und stieg die Treppe hinauf zu ihrem Büro.

Als sie an Julies Büro vorüberging, blickte die Sekretärin von ihrer Schreibmaschine auf und lächelte freundlich. »Guten Morgen. Ich lasse Ihnen Zeit, Ihre Post aufzuarbeiten«, sagte sie. »Möchten Sie, daß ich für diese Woche irgendwelche Termine absage?«

»Nein, Julie, wir haben in der letzten Woche schon genügend abgesagt. Die Vorstellung geht weiter.« Alex schloß die Tür hinter sich und starrte den furchterregenden Stapel Post an, der auf ihrem Schreibtisch lag. Sie warf einen Blick auf den hölzernen Kalender, den Julie täglich einstellte, 21. April. Die letzten zehn Tage waren vergangen, als hätte sie in einem Zeitloch gelebt.

Sie schlitzte eine Versandtasche auf und zog ein ordentlich getipptes und gebundenes Manuskript hervor. *»Vorhergesagte Leben – Die hellseherischen Kräfte in mir und anderen«.* Sie blätterte die Umschlagseite um und schlug das erste Kapitel auf; auf der ersten Seite entschied sich immer, ob sie ein Manuskript selbst las oder es an Julie weitergab.

»Ich sah immer wieder eine Hand in der Dunkelheit, die mir winkte. Wenn ich diese Hand sah, wußte ich, daß jemand sterben würde. Es geschah zum ersten Mal, als ich sieben war, und am nächsten Tag wurde meine Schwester von einem Traktor überrollt. Damals wurde ich mir zum ersten Mal meiner hellseherischen Kräfte bewußt.«

Sie schlug den Einband wieder zu und rief Julie über den Hausapparat an. »Sagt Ihnen ein Autor namens Stanley Hill etwas?«

»Nein.«

»Ich denke, daß wir vielleicht schon einmal etwas von ihm hatten.«

»Soll ich für Sie nachsehen?«

»Nein, ich mache es schon selbst.« Alex schaltete ihren Computerbildschirm ein und sah drei Wörter, deutlich, in der Mitte, in leuchtend grünen Buchstaben: HILF MIR, MUTTER.

Ihr war, als liefe eiskaltes Wasser durch ihre Adern. Die Worte verblaßten, und der Bildschirm war wieder leer. Die Kälte verwandelte sich in Hitze, ihre Stirn brannte, und Schweiß perlte ihr über das Gesicht. Sie schaltete das Gerät aus, dann wieder ein, aber diesmal erschien nur das Wort MENU und die Liste der Funktionen.

Ängstlich drückte sie ein paar Tasten, und das Wort AUTORENKARTEI erschien. Mit zitternden Händen fuhr sie über die Tastatur, um die Suchtaste zu drücken, traf jedoch die falsche Taste, worauf das Gerät gereizt zu piepsen begann.

»Ist alles in Ordnung, Alex?«

Sie beobachtete Julie, die ihre Kaffeetasse fast wie in Zeitlupe abstellte, und war sich des Klangs ihrer eigenen Worte deutlich bewußt, als sie antwortete.

»Ja, es geht schon.«

»Sie sind weiß wie eine Wand.«

»Ich bin sehr müde. Ich habe nicht allzu gut geschlafen.«

»Vielleicht sollten Sie es mit Tabletten versuchen – wissen Sie, bis Sie über das Schlimmste hinweg sind...«

Alex lächelte. »Ich bin über das Schlimmste hinweg.«

»Ich finde, Sie waren sehr tapfer.«

Alex spürte, daß ihr die Tränen in die Augen stiegen und preßte sie fest zu; doch die Gefühle übermannten sie, und sie konnte die Tränen, die ihr jetzt unter den Lidern hervorquollen, nicht mehr zurückhalten. Eine Hand drückte ihre, und sie erwiderte den Druck mit aller Kraft, öffnete die Augen und sah Julies hübsches Gesicht, das sie freundlich anblickte; sie bemerkte, daß Julie eine neue Frisur hatte; sie hatte sich das Haar kurz geschnitten, und Alex wurde bewußt, daß sie nichts dazu gesagt hatte. »Es tut mir leid«, sagte sie. »Ihre Frisur gefällt mir.«

»Danke.«

»Sie alle brauchen sich keine Gedanken zu machen, ich werde nicht zusammenbrechen.«

»Das wissen wir.« Julie reichte Alex ein Taschentuch.

»Es ist schon gut, ich habe eines.« Sie putzte sich die Nase. »Sagen Sie den Leuten, die anrufen, sie sollen mich nicht fragen, wie es mir geht, ja?«

Julie nickte.

»Sagen Sie ihnen auch, sie sollen Fabian nicht erwähnen; das würde mir die Sache viel einfacher machen.«

»Ja, natürlich.«

Alex warf einen furchtsamen Blick auf den Computer. Die Worte waren ihr ins Gedächtnis geprägt. Klar. Unmißverständlich. »Ich kann mich nicht erinnern, wie das Ding funktioniert, ich möchte den Namen eines Autors finden, diesen Kerl.«

Julie drückte auf die Tastatur, und einen Augenblick später erschienen die Worte STANLEY HILL.

»Hat uns 1982 ein Manuskript mit dem Titel *Sterngucker bei den Sternen* geschickt.«

»Ein ärmlicher Titel«, bemerkte Alex. »Warum haben wir es abgelehnt?«

Julie beugte sich tiefer über den Bildschirm. »Hatte nicht genug Substanz.«

»Es gibt Dutzende von Agenten – warum hat er uns sein nächstes Werk auch angeboten?«

»Sie müssen ihm einen netten Brief geschrieben haben.«

»Das bezweifle ich«, entgegnete Alex.

»Soll ich dieses hier lesen?«

»Nein, schicken Sie es unverzüglich zurück; schreiben Sie ihm, daß wir an so einem Zeug nicht interessiert sind.«

»Es verkauft sich gut«, erklärte Julie. »Sehen Sie sich Doris Stokes an.«

»Es ist mir gleichgültig, ob sich eine Million davon verkaufen lassen; ich möchte nichts damit zu tun haben.«

Julie nahm das Manuskript und verließ den Raum. Alex blickte ihr nach und starrte dann wieder auf den Bildschirm. Sie schaltete ihn aus. Hilf mir, Mutter. Die Wörter kreisten in ihrem Kopf. Sie schaltete das Gerät wieder ein, und die Wörter sahen ihr, ruhig und ohne zu blinken, entgegen:

HILF MIR, MUTTER.

7

»Du wirkst sehr geistesabwesend.«

Alex wedelte den Rauch mit der Hand fort. »Du verschwindest ständig.«

Philip Main schob die Capstan-Zigarette durch das Gestrüpp seines Walroßbartes, gab ein langgezogenes Grunzen von sich, das einen knatternden Ton hatte wie ein Moped, und stieß eine neuerliche Rauchwolke aus. »Im kosmischen Sinn?«

»Nein«, entgegnete Alex lächelnd. »Im physikalischen Sinn.«

»Hrrr«, bemerkte er nachdenklich.

Sie wedelte wieder mit der Hand. »Der Rauch, es wird immer schlimmer mit dir.«

»Ah«, sagte er mit seiner weichen, tiefen Stimme und zuckte verzeihungheischend die Schultern. »Eine der wenigen Freuden des Mannes; aber es ist nur eine vorübergehende Unannehmlichkeit, noch ein paar tausend Jahre, fünf, höchstens sechs vielleicht – eine unbedeutende Zeitspanne.«

»Bevor?«

»Bevor wir uns so weit entwickelt haben, daß jeder ständig für sich ist; keine Notwendigkeit mehr, sich zu treffen; alle Kommunikation wird über Telepathie und unentwickelte Filme ablaufen; die Spannung der Filmentwicklung wird unsere heutigen sozialen Kontakte ersetzen – unsere Freuden und« – er hielt seine Zigarette hoch – »und die Unannehmlichkeiten.«

Lächelnd betrachtete sie seine lange, schlaksige Gestalt, die eingezogenen Schultern in der abgetragenen Tweedjacke, sein hageres, erhitztes Gesicht mit dem Schnurrbart, der herunterhing wie eine Absichtserklärung. Er sah mit Mitte Vierzig immer noch eher wie ein aufrührerischer Student als wie ein Wissenschaftler aus, unter dessen Namen drei vielbeachtete, wenn auch umstrittene Bücher erschienen waren. »Wie geht es mit dem Buch voran?«

Er senkte den Kopf und starrte sie an, als wäre sie ein Goldfisch im Glas. »Beweise; es gibt Beweise.« Er hob sein Weinglas, nahm einen Schluck, und als er es wieder abstellte, sah sein Schnurrbart aus wie ein feuchter Lumpen.

»Was für Beweise?«

»Du wirst sehen. Du wirst überwältigt sein, Mädchen, völlig überwältigt.« Sein Gesicht nahm, während er sprach, einen lebhaften Ausdruck an.

»Gut«, sagte sie mit einem eher ratlosen Gefühl.

»Unwiderlegbare Beweise, daß Darwin recht hatte.«

»Es ist dir gelungen, den Ursprung des Universums in einem wiederholbaren Laborversuch zu rekonstruieren?«

»Es bedarf noch einiger winziger Feineinstellungen, aber ja, gütiger Gott, ja, ich habe es mit eigenen Augen gesehen. DNS, Mädchen, aus zwei Staubpartikeln.«

»Und woher stammte der Staub?«

»Dünne Luft, Mädchen«, erklärte er triumphierend. »Dünne Luft!«

Ein Ober legte ihnen die Seezunge zur Begutachtung vor und begann dann, sie zu filettieren.

Mains Stimme wurde plötzlich weich. »War dein Mann in den letzten Wochen da?«

»Wie meinst du das?« Sie spürte, wie ihr die Röte in die Wangen stieg, sah die fast unmerkliche Kopfbewegung des Kellners, als er die Ohren spitzte.

»War er eine Hilfe?«

»Ja, er war großartig.«

»Gut«, bemerkte er ohne Begeisterung.

Sie errötete wieder und warf einen Blick auf den Ober, der Schwierigkeiten mit der Seezunge hatte.

»Will er immer noch, daß du zu ihm zurückkehrst?«

»Ich, äh« – sie kam ins Stocken. Sie sah auf ihre Armbanduhr und drückte auf die Datumsanzeige. 4. 5. besagte diese. Verwundert starrte sie darauf. Vierter Mai? »Was haben wir heute für ein Datum? Es ist doch immer noch April, oder nicht?«

Verwirrt blickte sie wieder auf ihre Uhr.

»Alex? Alex?« Sie hörte die Worte in ihrem Kopf hallen und

bemühte sich, herauszufinden, woher sie kamen; sie sah das Gesicht auf der anderen Tischseite, der Mund öffnete und schloß sich. »Alex? Ist alles in Ordnung?«

Das Gesicht verschwamm vor ihren Augen und nahm dann wieder klare Umrisse an. »Ja«, sagte sie. »Ja, es ist alles in Ordnung.«

»Du bist ganz weiß geworden.«

»Es tut mir leid.« Sie warf erneut einen Blick auf ihre Armbanduhr und runzelte die Stirn. »Wie spät ist es?«

»Zwanzig vor zwei.«

Ihre Uhr ging richtig. »Gab es letzte Nacht ein Gewitter?« erkundigte sie sich.

Main runzelte die Stirn, dann beäugte er mißtrauisch die Seezunge, die vor ihm lag. »Kommt sie aus einer Schlacht?« wandte er sich, die Stimme plötzlich unerbittlich und laut, an den Kellner.

»Eine Schlacht, Sir?«

»Sie sieht aus, als hätte sie ein Massaker erlebt.«

»Es tut mir leid, Sir.« Der Ober zögerte und zog sich dann zurück.

»Ein Gewitter?«

»Oder elektrische Entladungen?«

»Das wäre möglich; die Luftfeuchtigkeit war sehr hoch gestern nacht.«

Alex entspannte sich wieder. »Und könnte das elektrische Geräte beeinflussen – Uhren beispielsweise?«

Er runzelte die Stirn. »Möglich. Es könnte Unterbrechungen in der Stromversorgung verursachen.«

Sie schwieg einen Augenblick lang nachdenklich. »Könnte es auch einen Einfluß auf solarbetriebene Geräte haben?«

Er nickte bedächtig. »Möglich. Warum?«

»Ach, nur so.«

Er senkte den Kopf und musterte den Fisch boshaft, trank dann von seinem Wein und tupfte sich den Schnurrbart mit der Serviette ab.

»Was hältst du von Medien, Philip?«

»Medien?«

»Eine Freundin hat mir geraten, ein Medium aufzusuchen.«

Er löffelte mit unbehaglicher Miene Karotten aus einer Gemüseschale. »Nimm ein paar Karotten«, sagte er. »Sie sind sehr gut hier.«

Sie nahm die Schüssel. »Du hast mir keine Antwort gegeben.«

»Es gibt Menschen, die Medien nützlich finden.«

»Wer? Menschen, die die Vorstellung nicht ertragen können, daß jemand tot ist?«

Er zuckte die Achseln. »Bist du gläubig?«

»Ich nehme es an.«

»Dann glaubst du also an das ewige Leben.«

»Ich weiß nicht mehr, woran ich glauben soll.«

»Ein ausgezeichnetes Beispiel der Evolution, die Seezunge.« Er spießte ein Stück auf die Gabel und hob es in die Höhe. »Schwamm ursprünglich aufrecht.« Er senkte die Gabel und hielt die Hand waagerecht hoch. »Sie fingen erst an, waagerecht zu schwimmen, als sie zum Meeresgrund abtauchten, weil ihnen klar wurde, daß sie so weniger leicht sichtbar waren.«

»Schlau.«

»Die Sache mit den – Augen bereitete ihnen Schwierigkeiten. Eins auf jeder Kopfseite. Wunderbar zum Aufrechtschwimmen, aber als sie in die Waagerechte gingen, blickte eins immer auf den Meeresboden, das andere in den Himmel; eines Tages, plopp, saßen beide Augen auf der Oberseite.«

»Was hat das alles mit einem Medium zu tun?«

»Begreifst du das nicht? Die Evolution sorgt dafür, daß die Natur funktioniert. Wir können beweisen, daß Gott die Menschen nicht erschaffen hat. Aber wie ist es umgekehrt?«

»Das ist eine alte Streitfrage.«

»Nein, sie ist neu; brandneu.«

»Daß die Menschen Gott erfunden haben könnten?«

Er spießte seinen Fisch auf, hob ihn hoch und betrachtete ihn eingehend. »Nein, Mädchen, nicht erfunden. Geschaffen! Geschaffen! Wenn die ganze Tierwelt aus zwei Staubkörnchen und einem elektrischen Blitz entstanden ist, warum dann nicht auch eine Geistwelt?«

»Du bist übergeschnappt.«

»Ich bin schlauer als dieser Fisch.«

»Woher willst du das wissen?«

»Weil er sonst mich essen würde.«

Sie grinste. »Wenigstens heiterst du mich auf.«

»Ja, na ja, jeder von uns braucht ab und zu ein bißchen Aufheiterung.«

Sie nahm einen Bissen Fisch. »Er ist gut, auch wenn er aussieht, als wäre er ein Überlebender von Glencoe.«

Er legte Messer und Gabel aus der Hand, und eine leichte Röte überzog seine Wangen. »Ich – äh – ich habe mich gefragt – dürfte ich dich einmal zum Abendessen einladen? Weißt du, nicht in allernächster Zeit, aber vielleicht irgendwann einmal?«

Sie schüttelte den Kopf. »Ich habe es gern, wenn meine Beziehungen zu meinen Autoren rein beruflicher Natur sind.«

Er tupfte sich mit der Serviette den Bart ab und sprach gleichzeitig, so daß seine Wörter gedämpft klangen. »Wir – äh – könnten uns auf ein rein berufliches Abendessen einigen.«

Sie schüttelte den Kopf. »Hör auf, Philip. Ich fühle mich nicht in der Lage, mich mit den Problemen einer neuen Beziehung zu befassen.«

»Ich biete dir nur meine Freundschaft an, das ist alles.«

»In Ordnung, danke, ich verstehe. Belassen wir es bei einer Mittagessenfreundschaft.«

»Bist du morgen zum Mittagessen frei?«

Sie lachte. »Morgen ist Samstag.«

»Samstag ist ein guter Tag zum Mittagessen.«

»Ich fahre morgen nach Cambridge, ich muß Fabians Sachen durchsehen.«

»Nächste Woche vielleicht?«

»Vielleicht.«

Das Mittagessen mit Philip Main hatte sie aufgemuntert, und sie fühlte sich erheblich besser, als sie nach Hause kam. Die drei

Wörter auf dem Bildschirm kamen ihr wieder in den Sinn. Die Nervenanspannung, dachte sie. Das mußte es sein.

Im Haus war es still und friedlich, und es roch durchdringend nach Möbelpolitur. Es wurde allmählich dunkel. Die Uhren waren vorgestellt worden. Die Sommerzeit hatte begonnen, aber man merkte nicht viel vom Sommer.

Sie stand im Flur und hatte plötzlich das Gefühl, sich in einem Vakuum zu befinden. Die Rückkehr zur Normalität bedrückte sie. Sie wünschte, sie hätte Philips Einladung zum Abendessen angenommen, oder die ihres Mannes. Sie wollte an diesem Abend nicht allein sein und ihren Gedanken nachhängen. Sie blätterte das Fernsehprogramm im *Standard* durch, aber es gab nichts, was sie interessierte. Sie ließ die Zeitung auf das Sofa fallen und stieg die schmale Treppe zu ihrer Dunkelkammer hinunter.

Fotografie; der Fotografie haftete etwas zutiefst Persönliches an, das sich sofort vermittelte, die Geschichten erzählte, ohne daß man sich durch ein Manuskript arbeiten mußte. Vielleicht hatte Philip recht. Aber sie mußte noch soviel auf diesem Gebiet lernen. Sie hatte die letzten Kurse versäumt; Zeit, nie gab es genug Zeit. Als David ihr die Dunkelkammer eingerichtet hatte, hatte sie sich gern hier unten eingeschlossen; die Stille und die fremdartigen chemischen Gerüche hatten ihr das Gefühl von Frieden und Sicherheit vermittelt. Aber heute abend war ihr unbehaglich zumute; die Stille bedrückte sie.

Philip Mains abstoßende Kontaktabzüge hingen noch am Trockengestell. Während sie sie abnahm, hoffte sie, daß Mimsa sie nicht bemerkt hatte, und plötzlich entdeckte sie einen kleinen Punkt auf einem der Bilder. Sie nahm ihr Vergrößerungsglas zur Hand, knipste den Lichttisch an und betrachtete den Abzug.

Fabians Gesicht blickte ihr deutlich vom unteren rechten Rand entgegen. Und dann bemerkte sie, daß es sich auf allen Abzügen an derselben Stelle befand.

Sie ließ das Vergrößerungsglas fallen; es schlug so heftig auf dem weißen Plexiglas des Lichtkastens auf, daß es zersprang, während sie zitternd und frierend dastand.

Fabians Gesicht war auf den Abzügen erschienen, nachdem sie diese entwickelt hatte.

Die Wände schienen sich um sie zu schließen. Sie fuhr herum; sie war sicher, daß sich die Tür bewegt hatte. Sie griff nach der Klinke, zog sie auf. Es war niemand da. »Hallo«, sagte sie. »Hallo?« Sie blickte zur Tür hinaus, aber alles blieb ruhig.

Ein lautes Schnarren, das die Grundfeste des Hauses zu erschüttern schien, ertönte. Sie stieß einen leisen Schreckenslaut aus und klammerte sich an den Türrahmen. Das Schnarren verhallte in einer Reihe metallischer Klingeltöne. Die Türglocke! Eine Welle der Erleichterung durchlief sie. Geh nicht weg, o bitte, geh nicht weg! Sie rannte aus der Kammer, die Treppe hinauf, verzweifelt bedacht, an die Haustür zu kommen, bevor derjenige, wer immer es war, wieder fortging, verzweifelt nach Gesellschaft, nach irgendeinem menschlichen Kontakt suchend.

Sie öffnete die Tür und stand, nach Atem ringend, einem jungen Mann mit ernstem, gerötetem Gesicht und kurzgeschorenen Haaren gegenüber. Er trug einen schäbigen grauen Anzug, für den er eigentlich zu jung war, wahrscheinlich von irgend jemandem abgelegt, dachte sie, dazu einen Rollkragenpullover. Ihr Blick wanderte zu seinen ausgetretenen, formlosen schwarzen Schuhen hinunter, die dringend einmal hätten geputzt werden müssen. Vielleicht waren es ebenfalls abgelegte?

Er sprach mit schleppender, sanfter, deutlich artikulierter Stimme. »Mrs. Hightower?«

Alex nickte. Irgendwie hatte er etwas Vertrautes an sich, wie eine Zeitung, die sie schon gelesen hatte. Er sah nicht aus wie ein Vertreter, und sie fragte sich einen Augenblick lang, ob er ein weiteres, von Sandy geschicktes Medium war; es machte ihr nichts aus, in diesem Moment war ihr jeder willkommen.

»Ich bin John Allsop, der Hilfspfarrer, ich bin für ihr Viertel zuständig, äh – der Pfarrer hat mir von Ihrem schmerzlichen Verlust berichtet, und darum dachte ich, ich schaue einmal vorbei und stelle mich vor – wenn es Ihnen paßt.« Sein rechtes Auge zuckte zweimal krampfhaft.

»Bitte – ja, natürlich.« Sie schloß die Tür hinter ihm. »Wir haben den Trauergottesdienst leider nicht vom hiesigen Pfarrer leiten lassen, ein alter Schulfreund meines Mannes hat das übernommen, John Lambourne – er kommt aus der Gegend von Hastings. Ich hoffe, der Pfarrer hat sich nicht übergangen gefühlt?«

»Nein, überhaupt nicht; das ist durchaus üblich.«

Sie begaben sich ins Wohnzimmer. »Ich fürchte, wir waren etwas säumige Kirchgänger.«

»Darüber würde ich mir keine Gedanken machen«, entgegnete er freundlich. »Aber Sie sind in jeder unserer Kirchen überaus willkommen, wenn Sie gern an den Gottesdiensten teilnehmen wollen.«

»Danke.«

»Und wie kommen Sie zurecht? Sie sehen aus, als stünden Sie noch unter einem schweren Schock.«

»Man erwartet eben nicht, zur Beerdigung seines Kindes gehen zu müssen«, erklärte sie.

»Nein«, bestätigte er. »Nein; es ist eine furchtbare Sache, wenn einem ein Kind genommen wird. Haben Sie noch weitere – äh – Kinder?«

Sie schüttelte den Kopf.

»Das macht alles noch schlimmer, wenn das überhaupt möglich ist.« Sein Auge zuckte wieder. »Ich selbst hatte kürzlich einen schweren Verlust hinzunehmen – meine Frau. Ich fand es sehr hilfreich, mir Fotografien anzusehen.«

Sie starrte ihn mit großen Augen an und dachte an das Gesicht, das ihr neben den Genitalien entgegengeblickt hatte. Wie? Wie? Wie war es dorthin gekommen? War es ein makabrer Scherz? »Das tut mir leid«, sagte sie.

Er nickte mit einem traurigen Lächeln. »Danke.«

»War es...« Sie suchte krampfhaft nach Worten.

»Krebs«, erklärte er.

Alex wußte nicht, was sie sagen sollte, und nickte nur. »Schrecklich.« Fabians Gesicht starrte sie wieder an. »Schrecklich.« Sie erhob sich unvermittelt und fragte sich dann, warum sie aufgestanden war. »Darf ich Ihnen einen Kaffee anbieten?«

»O nein, danke, wirklich nicht.«

»Mögen Sie Kaffee, oder trinken Sie lieber Tee – oder einen Whiskey oder irgend etwas?«

»Danke, nichts.«

Aber sie befand sich bereits auf dem Weg zur Küche; sie mußte dringend einen Augenblick allein sein, um ihre Beherrschung wiederzufinden. Sie machte den Kaffee, öffnete eine Packung Schokoladenkekse und war eben im Begriff, sie hinüberzutragen, als ihr Blick auf eine Visitenkarte fiel, die auf dem Küchentisch lag. »Iris Tremayne« stand darauf und eine Adresse in Earls Court. Sie warf die Karte in den Abfalleimer, zog sie dann wieder heraus und legte sie auf die Anrichte. Sie nahm das Tablett und ging zurück zum Wohnzimmer. »Bitte, nehmen Sie Milch und Zucker.«

»Danke.«

Sie bemerkte den eigenartigen Blick, der auf ihr ruhte; wie schlimm sehe ich eigentlich aus, dachte sie. Wie verwirrt?

»Ja.« Er zwinkerte wieder. »Fotografien; sie bringen die Erinnerungen zurück. Es kann sehr heilsam sein. Der Schmerz läßt mit der Zeit nach, glauben Sie mir.« Er lächelte und biß ängstlich in einen Keks, als würde er befürchten, er könnte zurückbeißen.

Sie bemerkte, daß sein Blick auf die Vase mit den welkenden roten Rosen gerichtet war.

»Fabian hat sie mir zum Geburtstag geschenkt, er schenkte mir immer rote Rosen; es waren seine Lieblingsblumen.«

»Arbeiten Sie gern im Garten?«

»Ich bin leider ein hoffnungsloser Fall. Mein Mann ist der Gärtner in der Familie.«

»Ah. Ich habe gehört, daß Sie getrennt leben?«

»Ja. Mein Mann hat früher in der Werbebranche gearbeitet – aber seine große Liebe hat immer dem Wein gehört; er hat beschlossen, alles hinzuschmeißen und Weinbau zu betreiben. Leider konnte ich mich nicht an das Landleben gewöhnen.«

»Sehr schwierig, das Landleben; es kann manchmal zu friedlich sein.«

»Ja.«

»Sie sind Literaturagentin, wenn ich mich recht erinnere.«

Sie nickte.

»Ich schreibe selbst ein Buch. Nur ein kleines.«

Alex spürte eine leise Enttäuschung in sich aufsteigen; war das der Grund seines Besuchs? »Haben Sie schon einen Verleger?«

»Oh, ich bin noch lange nicht damit fertig – ich weiß nicht, ob es wirklich gut genug wäre.«

»Wenn Sie möchten, daß ich einmal einen Blick hineinwerfe …«

»O nein, ich möchte Ihnen keine Umstände machen. Wenn ich damit fertig bin, vielleicht, vielen Dank.«

»Nehmen Sie noch eine Tasse Kaffee.«

»Ich nehme noch einen Keks, wenn ich darf.« Er beugte sich vor und nahm sich einen vom Teller. »Vielleicht stellen Sie fest, daß es tröstlich ist, wenn Sie sich mit Freunden Ihres Sohnes unterhalten. Wir wissen oftmals sowenig über die Menschen, die uns nahestehen, solange sie am Leben sind, und doch können wir nach ihrem Tode so nette Dinge über sie erfahren; das kann ein großer Trost sein.«

»Danke. Das ist ein guter Rat. Aber im Grunde war er eher ein Einzelgänger. Ich weiß nur von zwei engen Freunden, die er hatte, und einer von ihnen ist ebenfalls bei dem Unfall ums Leben gekommen.«

Er schüttelte den Kopf. »Manche Dinge sind wirklich schwer zu verstehen, Mrs. Hightower.«

Sie nickte. »Ja.«

»Aber Sie sehen so aus, als gehörten Sie zu den Menschen, die damit fertig werden können.«

»Ja«, seufzte sie. »Ich kann damit fertig werden.« Sie lächelte. »Irgendwie.«

Er erwiderte ihr Lächeln und rührte in seinem Kaffee.

»Wie sind Ihre Ansichten in« – sie zögerte und errötete – »in bezug auf den Spiritismus?«

Ein Stirnrunzeln überzog sein Gesicht wie eine Wolke.

»Ich würde Ihnen davon abraten, Mrs. Hightower, ich würde Ihnen strikt davon abraten. Haben Sie …?« Er verstummte.

»Nein, überhaupt nicht. Aber einige Leute haben es mir geraten.«

»Ich habe immer nur erlebt, daß dergleichen Kummer nach sich zieht, nie etwas Gutes.« Er wirkte plötzlich, als fühlte er sich unbehaglich und hätte sich gern verabschiedet.

»Ich glaube nicht daran.«

»Sehr vernünftig. Wenn es Freunde gibt, die Ihnen dazu raten, dann sind es keine echten Freunde. Gebete, Liebe und glückliche Erinnerungen heilen alle Wunden; dadurch, daß man den Verstorbenen herbeiruft, kann man nichts gewinnen, nichts als Enttäuschung und ...« Er zögerte.

»Und?« drängte sie.

»Es gibt viele böse Kräfte, Mrs. Hightower. Es gibt viel Böses in der Welt; diejenigen, die sich auf das Okkulte einlassen, setzen sich selbst und andere diesen Kräften aus.«

Sie nickte. »Ich habe nicht die Absicht, mich darauf einzulassen.«

»Gut.« Er lächelte. »Möchten Sie ein Gebet mit mir sprechen?«

»Ein Gebet?« Sie zwinkerte und spürte, daß sie rot wurde. »Ja – äh, vielen Dank«, sagte sie verlegen.

Der Hilfspfarrer schloß die Augen, und sie beteten das Vaterunser. Dann fuhr er, während sie mit fest geschlossenen Augen dasaß, fort, andere Gebete zu sprechen; die Situation erschien ihr merkwürdig, allein mit ihm in ihrem Wohnzimmer, aber als sie die Augen wieder aufschlug, fühlte sie sich gestärkt und getröstet.

»Möchten Sie, daß ich Sie wieder besuche?«

»Ja bitte, wann immer Sie in der Gegend sind.«

Er verließ das Haus, als hätte er es eilig wegzukommen, fand sie; etwas an ihm hatte sich in dem Augenblick verändert, als sie das Wort Spiritismus erwähnt hatte, eine Sorge, die sie nicht hatte vertreiben können.

Sie schloß die Haustür und ging durch den Flur zurück. Das Licht im Treppenhaus zur Dunkelkammer brannte noch, und sie überlegte, ob sie hinuntergehen und noch einen Blick auf die

Fotografien werfen wollte. Nein, entschied sie, sie würde sie sich am Morgen bei Tageslicht ansehen, wenn sie ausgeruht war und ihre Augen ihr keine Streiche spielten. Sie seufzte; irgendwann würde sie Fabians Zimmer in Angriff nehmen müssen, irgend etwas mit seinen Kleidern und Habseligkeiten machen. Sie fragte sich plötzlich, ob er wohl ein Testament gemacht hatte.

Sie stieg die Treppe hinauf zu seinem Zimmer und schaltete das Licht ein. Der Raum kam ihr sehr friedlich, fast einladend vor. Seine Pantoffeln neben dem Bett, von Mimsa dorthin gestellt; törichte Mimsa, dachte sie mit einem Lächeln. Mimsa hatte die Nachricht verzweifelt aufgenommen; heftige Gefühlsausbrüche, die beste Methode, sich eines Kummers zu entledigen; sie wußte es und hatte Mimsa einen Augenblick lang um ihre Unkompliziertheit, ihr Temperament beneidet. Sie hatte sich gewünscht, ihren Gefühlen ebenfalls von Zeit zu Zeit freien Lauf lassen zu können.

Ihr Blick wanderte zu dem strengen Porträt an der Wand, von dem Fabians kalte Augen auf sie herabstarrten; sie schauderte. »Sieh mich nicht so an, Liebling«, sagte sie. Sie schloß die Augen. »O Gott, paß auf meinen liebsten Fabian auf; beschütze ihn, wo er auch ist.« Als sie die Augen wieder aufschlug, waren sie tränenfeucht. Sie setzte sich auf den Bettrand und schluchzte leise.

Schließlich erhob sie sich und betrachtete die gerahmte Fotografie eines Jaguar-Sportwagens und das große stilisierte Farbposter alter Rennwagen. Sie sah sich seine Bücher an, reihenweise Science-fiction, Astronomie. Ihr Blick wanderte weiter zu dem Teleskop am Fenster, das David ihm zum sechzehnten Geburtstag geschenkt hatte. Sie trat näher, nahm den Linsenverschluß ab und blickte hindurch. Ihr fiel ein, wie Fabian ihr geduldig die Sterne gezeigt hatte, den Großen Bären, den Kleinen Bären, Uranus, Jupiter, er hatte sie alle gekannt. Sie konnte nie genau unterscheiden, welcher welcher war; ihr fiel es sogar schwer, den Großen Bären zu erkennen. Jetzt starrte sie zu den Sternen hinauf. Sie sahen riesig aus. Sie fragte sich, ob Fabian irgendwo dort oben war.

Sie zog eine Schublade auf und wühlte in seinen Socken, grünschillernd, gelb, violett; er hatte immer leuchtende Socken getragen. Ihr Blick fiel auf etwas, was sich ganz unten in der Schublade befand, und sie schob die Socken beiseite. Es war eine Postkarte, auf der ein langgezogenes rotes Backsteingebäude mit Läden und einem Straßencafé abgebildet war. Der Quincy-Markt, Boston, Massachusetts. Darunter kamen weitere Karten zum Vorschein, die verschiedene Ansichten von Boston zeigten: den Fluß, die Technische Hochschule, die Harvard-Universität, den Hafen – »Schauplatz der historischen Boston Tea-Party«, las sie. Eigenartig, dachte sie, er war nie in den Staaten gewesen, hatte nicht einmal davon gesprochen; warum diese Ansichtskarten in seiner Schublade, als hätte er sie verstecken wollen?

In dieser Nacht schlief sie mit brennendem Licht, wie sie es als Kind getan hatte. Es würde sich mit der Zeit geben; wie der Hilfspfarrer gesagt hatte, die Wunden würden heilen. Nach kurzem Schlaf erwachte sie, warf einen Blick auf die grünschimmernde Anzeige ihrer Uhr und lag dann voller Angst, die Haut von stechendem Prickeln überzogen, da und lauschte in die nächtliche Stille. Ihr Blick wanderte zur Decke hinauf, dann über die Wand zu Fabians Zimmer hinüber.

Sie sah die Schrift auf dem Bildschirm vor sich, Fabians Gesicht, das ihr von der Fotografie her entgegenstarrte.

Sie schloß die Augen ganz fest und versuchte, die Bilder zu verdrängen, versuchte, alles zu verdrängen.

8

Es nieselte, als Alex über den Campus fuhr, genau wie damals, als sie Fabian zu Beginn seines ersten Semesters hierher gebracht hatte. Die Einzelheiten, an die sie sich erinnerte, kamen ihr merkwürdig vor. Das Auto, das mit seinem Gepäck vollgestopft war. Ihre Unterhaltung. »Hast du dir Gedanken darüber gemacht, was du nach Cambridge tun willst, Liebling?«

Er hatte wie grübelnd vor sich hin gestarrt: »Nein«, hatte er ausdruckslos, aber ein wenig zu schnell geantwortet.

Ihr wurde bewußt, daß der Pfarrer recht gehabt hatte; man wußte so wenig über die eigenen Kinder, wie liebevoll man auch von ihnen umarmt wurde, wie viele Rosen man auch von ihnen bekam, wie sehr man mit all seinen Stimmungen von ihnen durchschaut wurde. Ihr fiel der Tag ein, an dem sie ihm gesagt hatte, daß sie sich von David trennen würde. »Ich weiß seit Jahren, daß du das irgendwann einmal tun würdest, Mutter«, hatte er geantwortet, war zu ihr getreten und hatte sie geküßt, dieser unbegreifliche, große hagere Sohn, der jetzt viel stärker war als zu der Zeit, als er ein schmalbrüstiges Kind gewesen war, mit seinen beängstigenden Wutanfällen, seinen finsteren, grüblerischen Stimmungen und den Stunden, die er hinter verschlossener Tür allein in seinem Zimmer verbracht hatte.

Auf den Hall ihrer Schritte lauschend, umrundete sie den quadratischen Hof, stieg die Steintreppe hinauf und ging den Korridor entlang, bis sie auf Zimmer Nummer fünfunddreißig stieß. Sie bemerkte plötzlich, daß sie nervös wurde bei dem Gedanken, an die Tür klopfen zu müssen.

Sie ging fast augenblicklich auf, und Alex zuckte zusammen.

»Hallo, Mrs. Hightower«, sagte Otto.

Warum mußte seine Stimme immer so klingen, als würde er sich über sie lustig machen, fragte sie sich. Sie blickte in sein trübes, abweisendes Gesicht, das noch teuflischer wirkte mit seinen Schnitten und Prellungen und den eigenartigen Augen, die lächelten wie Verschwörer, zwei entsetzlich kalte, höhnische Objekte. War das wirklich der beste Freund ihres Sohnes gewesen?«

»Hallo, Otto, wie geht es Ihnen?« erwiderte sie freundlich.

»Oh, mir geht es gut, Mrs. Hightower. Möchten Sie eine Tasse Kaffee?« Sie bemerkte den kaum merklichen Anflug seines deutschen Akzents, der seiner Eton-Aussprache die Härte nahm; es gelang ihr nicht, herauszufinden, ob er versuchte, ihn zu betonen oder zu verschleiern.

»Danke.«

Er füllte Kaffeebohnen in eine elektrische Kaffeemühle und stellte die Kanne, die Tassen und die Milch zurecht, als würde er ein Ritual vollziehen.

»Das finde ich schön, Otto, ich dachte, die meisten Studenten könnten nur Nescafé kochen.« Sie sah sich im Zimmer um.

»Wahrscheinlich können die meisten Studenten auch nichts anderes.«

Die schäbige Einrichtung, die kahlen Wände und die Reihen meist wissenschaftlicher Bücher ließen kaum Schlüsse auf seine Persönlichkeit zu. Stapel alter Zeitungen und Kleidungsstücke lagen unordentlich verstreut herum. Neben dem Papierkorb lagen ein paar leere Champagnerflaschen. »Wie geht es Ihnen jetzt, Otto?«

»Wie es mir geht?«

Sie nickte. »Gefühlsmäßig.«

Er zuckte die Achseln, steckte sich eine Zigarette zwischen die Lippen und zündete sie an. »Möchten Sie auch eine?«

Sie schüttelte den Kopf. »Ich hoffe, Sie haben keine Schuldgefühle.«

»Schuldgefühle?«

»Ja. Weil Sie – na ja –, weil Sie am Leben geblieben sind.«

»Ich habe keine Schuldgefühle.«

Der Kaffeekessel zischte und spuckte.

»Vielleicht nehme ich doch eine«, sagte sie. Er reichte ihr das Päckchen. »Ich finde es ungerecht, daß drei junge Männer wegen eines Betrunkenen sterben mußten.« Sie beugte sich vor und zündete ihre Zigarette an der Flamme an, die Otto ihr entgegenhielt. »Wegen eines deprimierten Betrunkenen.«

»Vielleicht war es so bestimmt, Mrs. Hightower.«

»Bestimmt?« Sie nahm einen Zug von ihrer Zigarette. »Bestimmt, daß sie sterben mußten und daß Sie überlebten?«

Er hob die Brauen.

»Sagen Sie«, begann sie und kam sich etwas albern vor. »Als ich Ihnen bei der Trauerfeier für Ihr Kommen dankte, sagten Sie, Fabian hätte Sie darum gebeten. Was haben Sie damit gemeint?«

Otto stützte sich auf der Fensterbank und blickte in das Hofquadrat hinunter.

Während sie ihn ansah, wurde ihr plötzlich klar, was er durchmachen mußte, und sie sprach nicht weiter. Sie nippte an ihrem Kaffee und streifte die Asche von ihrer Zigarette. »War Fabian glücklich hier in Cambridge, Otto?« erkundigte sie sich.

»Glücklich? Ich weiß nicht, woran man merkt, ob jemand glücklich ist.« Er drehte sich um und warf ihr ein eigenartiges, spöttisches Lächeln zu.

»Ich hatte das Gefühl, daß es ihm hier gefällt; er mochte Sie und Charles sehr.«

Otto zuckte die Achseln.

»Und ich glaube, daß er auch Carrie sehr gern hatte. Er hat sie ein paarmal mit nach Hause gebracht; ich fand sie eigentlich nicht sehr passend für ihn. Trotzdem tat es mir leid, als er sich von ihr trennte. Sie hat ihm auf merkwürdige Weise gutgetan.«

»Von ihr getrennt?« Otto durchquerte den Raum und drückte seine Zigarette im Aschenbecher aus. »Er hat Carrie nicht verlassen, sie hat ihn verlassen. Sie ist nach Amerika gefahren, um sich selbst zu finden.«

Alex setzte ein schiefes Lächeln auf. »Kinder erzählen ihren Eltern nie sehr viel, nicht wahr?«

»Das kommt auf die Eltern an«, entgegnete Otto.

Sein Tonfall berührte Alex unangenehm. »Ich fand die Beziehung zwischen Fabian und mir immer sehr intensiv.« Sie zuckte die Schultern und blickte durch das verstaubte Fenster in den grauen Himmel hinaus; die Springfedern des Sessels gaben ihr eine leichte Neigung zur Seite, und als sie sich bewegte, ertönte ein lautes Schnappen unter ihr. »Er erzählte mir, er hätte sie fallengelassen – wahrscheinlich war es ihm unangenehm –, er hatte das Gefühl, es schadet seinem Ego, wenn er zugegeben hätte, daß sie ihn verlassen hat; eine Sache, mit der er nie Schwierigkeiten hatte, waren die Mädchen.«

»Warum sagen Sie das, Mrs. Hightower?«

»Was meinen Sie damit?«

»Er hatte ständig Probleme mit Mädchen.«

»Welche Art von Problemen?«

»Darüber möchte ich lieber nicht sprechen.« Er lächelte, ein seltsam in sich gekehrtes Lächeln. Sie sah ihm überrascht in die Augen, aber sie verrieten nichts. »Ich bringe Sie in sein Zimmer.«

»Es ist nebenan, nicht wahr?«

Otto nickte.

»Ich gehe erst einmal allein, wenn es Ihnen nichts ausmacht. Wenn Sie irgend etwas von seinen Sachen haben möchten – Bücher, was auch immer, bitte nehmen Sie es sich.«

»Danke.«

Sie empfand nichts, als sie Fabians Zimmer betrat; es hätte das eines Fremden sein können. Es war kalt und feucht und roch nach alten Möbeln. Ihr Blick fiel auf den dünnen Teppich, an dem stellenweise die Dielenbretter durchschimmerten, auf den elektrischen Heizlüfter mit dem einzelnen Heizstab und auf den Toaster, den sie ihm geschenkt hatte. Sie betrachtete die Karaffen auf dem Kaminsims. Eine war halb voll; sie zog den Korken heraus und roch daran. Die schwere Süße erinnerte sie an Lakritz; Portwein, dachte sie. An der Wand waren Weinregale aufgestellt, aus denen hier und da staubbedeckte Flaschenhälse ragten. In Bodennähe waren mehrere Flaschen nebeneinander eingeordnet, die Hälse in edler Goldfolie mit orangefarbiger Banderole umhüllt. Sie bückte sich, um die Aufschrift zu entziffern: Veuve Clicquot Ponsardin.

Auf dem Schreibtisch lagen einige, mit einem Kugelschreiber beschwerte Papiere, und sie warf einen Blick darauf: Waren Goneril und Regan schlecht? Oder einfach nur praktische Geschäftsfrauen? Versuchte Shakespeare, uns Jahrhunderte vor seiner Zeit etwas Bestimmtes zu sagen? Hätten sie, wenn der Preis für die Geschäftsfrau des Jahres im Elisabethanischen Zeitalter bereits existiert hätte, eine Chance gehabt, ihn zu gewinnen? Alex lächelte. Sie erinnerte sich daran, wie Fabian vor wenigen Wochen mit ihr über dieses Thema gesprochen hatte; sie sah ihn deutlich vor sich, wie er in der Küche auf und ab gelaufen war und sie, die Hände tief in den Hosentaschen, mit Fragen bombardiert hatte.

Sie schaute sich um; es war fast, als wäre er nur für ein paar Minuten weggegangen. Sie zog einen Stuhl heran, stieg darauf und hob seinen Koffer vom Schrank herunter. Die Verschlüsse sprangen mit einem metallischen Klicken auf, und sie öffnete den Deckel und starrte auf das zerschlissene gelbe Innenfutter, den zerbrochenen Plastikkleiderbügel, den einzelnen schwarzen Strumpf, der in dem Koffer lag, und ihr fiel plötzlich wieder der Tag ein, an dem sie ihn, vor vierzehn Jahren, zum ersten Mal gepackt hatte. Sie erinnerte sich an die ordentlich gebügelte Wäsche, die vorgeschriebenen Uniformwesten und Nylonhemden und die grauen Vorschulpullover mit den säuberlich eingenähten Namensschildchen, und sie spürte, wie ihr die Tränen kamen, wollte aber nicht weinen, weil sie fürchtete, Otto könne hereinkommen und sie so sehen.

Sie zog die oberste Schublade seines Schreibtischs auf und entdeckte sein Tagebuch. Als sie ein paar Seiten im März durchblätterte, konnte sie nichts Interessantes finden; Daten und Anfangszeiten von Vorlesungen; der Beginn der Ferien, mit einem dicken Strich markiert, hinter dem das Wort Skiurlaub geschrieben stand. Sie blätterte ein paar Seiten zum fünfzehnten Januar zurück. »Acht Uhr. Abendessen Carrie.« Am Vortag las sie: »Sieben Uhr dreißig. Kino Carrie.« Nach dem Fünfzehnten wurde Carrie in keiner Eintragung mehr erwähnt. Einige Tage waren frei von Eintragungen, aber mit einem großen Stern markiert. Sie blätterte weiter zum siebten April und lächelte durch den Tränenschleier wegen des schwarzen Kreises, der um das Datum gezogen war, darunter in ordentlicher Schrift: »MUTTERS G'TAG«.

Als sie in dem Buch weiterblätterte, fielen ihr noch einige Sterne auf; sie schienen jeweils im Abstand von ungefähr zwei Wochen aufzutauchen. Als ihr Blick auf den Stern fiel, der den vierten Mai markierte, weckte dieses Datum plötzlich eine Erinnerung in ihr. Ihr war, als hätte eine unsichtbare Hand sie gepackt und in kaltes Wasser getaucht; die Kälte durchdrang sie. Der vierte Mai; dieses Datum hatte ihre Uhr beim Mittagessen mit Philip Main gezeigt.

»Wie kommen Sie voran?«

Sie drehte sich um. Otto stand mit einem Lächeln in der Tür; es war dieses gräßliche, wissende Lächeln, dieses grotesk entstellte und zerschundene Gesicht, das, wie sie wußte, so viele Geheimnisse über ihren Sohn verbarg. »Gut«, sagte sie. »Sehr gut. In der Karaffe dort ist noch Portwein, Sie können ihn ruhig nehmen.«

»Portwein hält sich nicht«, entgegnete Otto verächtlich. »Er ist inzwischen sicher verdorben.«

»Oh«, sagte sie langsam. »Es ist ziemlich viel Wein da – Sie können sich gern bedienen.« Sie wollte, daß Otto irgend etwas nahm, wollte unbedingt, daß er etwas nahm, aber ihr war nicht ganz klar, warum – ob sie sich wünschte, daß er in ihrer Schuld stand oder ob es einfach eine Art Wiedergutmachung war.

Er nickte ohne großes Interesse. »Ich finde, daß Fabian keinen besonders guten Weingeschmack hatte.«

»Sein Vater war ...«, begann sie entrüstet, unterbrach sich aber gleich wieder, als ihr bewußt wurde, daß sie ihm auf den Leim gegangen war. »Was haben Sie vorhin damit gemeint, Otto, als Sie sagten, Fabian hatte immer Probleme mit den Mädchen?«

Otto trat an das Bücherregal und zog ein Buch heraus; er blätterte flüchtig darin. »Ich glaube nicht, daß Sie Ihren Sohn sehr gut kannten, Mrs. Hightower«, bemerkte er geistesabwesend.

»Kennen Ihre Eltern Sie gut, Otto?«

»Meine Mutter ist seit meinem fünften Lebensjahr im Heim. Mein Vater« – er zuckte die Achseln – »ja, ich sehe ihn häufig.«

»In was für einem Heim?«

»In einem Heim eben.«

»Einem psychiatrischen Heim?« fragte sie vorsichtig.

Er wandte den Blick ab. »Was machen Sie mit dem ganzen Zeug?«

»Ich weiß es nicht. Ich nehme es mit nach Hause und ...« Sie stellte fest, daß sie es wirklich nicht wußte. Sie schlug das Tagebuch zu und warf einen Blick auf Fabians übrige Papiere. Verwundert bemerkte sie einen Stapel Postkarten und einen Brief, die in mädchenhafter Handschrift an Fabians Adresse in Cambridge gerichtet und mit einem Gummiband zusammengehalten waren. Sie schob das Bündel in das Tagebuch und verstaute es am Boden des Koffers. Sie spürte Ottos beobachtende Blicke auf sich ruhen, aber jedesmal, wenn sie sich umdrehte, war er damit beschäftigt, in dem Buch vor- und zurückzublättern. Als sie eine Hose zusammenfaltete und in den Koffer legte, war sie verlegen und kam sich vor wie eine Plünderin.

»Ich nehme dieses Buch, wenn ich darf.«

»Selbstverständlich. Nehmen Sie, was Sie wollen – es wird nicht mehr gebraucht –, ich meine, ich werde ohnehin alles weggeben, also nehmen Sie, was immer Sie wollen.«

Otto zuckte die Achseln. »Nur das.«

»Was ist es?«

Er hielt das Buch hoch. Es war ein schmales Taschenbüchlein. F. R. Leavis über T. S. Eliot.

Sie lächelte. »Ich dachte, Sie studieren Chemie?«

»Ich studiere viele Dinge.«

Er verließ den Raum ohne ein weiteres Wort.

Als sie, den Koffer auf den Beifahrersitz geklemmt, nach London zurückfuhr, ging das Nieseln in strömenden Regen über. Sie beobachtete die Scheibenwischer und fand, daß sie das Wasser beiseite schoben wie wütende Hände.

Aus dem Regen wurde Hagel; die Körner prasselten auf die Wagenkarosserie, trommelten auf das Stoffverdeck über ihr und gingen dann wieder in Regentropfen über. Sie dachte über Ottos eigenartiges Benehmen nach. Sie hatte schon immer das Gefühl gehabt, daß er etwas verschroben war, und diesmal hatte sich der Eindruck noch verstärkt; sie nahm an, daß nach dem, was er erlebt hatte, alles verständlich war, aber ihm haftete etwas Boshaftes an, das sich vertieft zu haben schien, als ob die Tatsache, daß er überlebt hatte, ein Scherz, ein abstruser, obszöner Scherz gewesen wäre. Und seine merkwürdigen Bemerkungen über Fabian; vielleicht stimmte es, vielleicht hatte Carrie ihm wirklich den Laufpaß gegeben, aber seine Behauptung, Fabian hätte ständig Schwierigkeiten mit Mädchen gehabt, war ihr ein Rätsel; was hatte er damit gemeint? War er schwul? Waren er und Otto Liebhaber gewesen? Carrie kam ihr wieder in den Sinn. Ein hübsches Ding mit ihrer stacheligen blonden Punkfrisur, dem munteren Südlondoner Dialekt und der Bewunderung, die sie geäußert hatte, als sie durch das Haus gewandert war. »Is' ja echt wie im Buckingham Palast hier«, hatte sie gesagt. Alex lächelte. Nicht ganz.

»Im Grunde gefallen mir Schlampen, Mutter«, hatte Fabian gesagt. Gott, er konnte manchmal ein fürchterlicher Snob sein und dann wieder Dinge tun, die seinem Wesen völlig zuwiderliefen, wie damals, als er das Mädchen zu Weihnachten mit nach Hause gebracht hatte und die ganze Zeit um sie herumgetänzelt war, als wäre das Ganze ein Spiel. Carrie war nicht dumm gewesen, soviel stand fest. Alex versuchte sich zu erinnern, was sie in Cambridge gemacht hatte; Berichterstatterin für irgendeine linke Zeitschrift, hatte etwas mit Umweltschutz zu tun. Ihr fiel wieder ein, wie sie einmal mit Fabian durch Streatham gefahren war, wo er ihr eine häßliche Hochhaussiedlung mit Sozialwohnungen gezeigt und voller Stolz erklärt hatte, daß dort Carries Mutter lebte.

Plötzlich vernahm sie ein scharfes Kratzen an der Windschutzscheibe und blinzelte; ein Wagen fuhr auf der Überholspur vorüber und deckte sie mit einem heftigen Sprühregen ein, der sie einen Augenblick lang blendete; es folgte ein weiteres scharfes Kratzen, und noch eines.

Dann war die Scheibe wieder klar, und sie starrte vor Entsetzen wie gelähmt auf die rote Rose, die sich unter dem Scheibenwischer verklemmt hatte und über die Windschutzscheibe hin- und herrutschte.

9

Sie hielt auf dem Parkstreifen, stieg aus dem Wagen und blieb im peitschenden Wind und strömenden Regen stehen. Ein Lastwagen donnerte, wenige Zentimeter entfernt, an ihr vorüber, und sie wurde vom Luftstoß an die Seite des Mercedes gedrückt. Sie trat vor, und als sie die Hand nach dem Scheibenwischer ausstreckte, setzte er sich wieder in Bewegung, und das quietschende Kratzen der Rose drang durch den heulenden Sturm und den Verkehrslärm an ihr Ohr. Sie hielt den Wischer fest und zog die Rose hervor. Dabei stach sie sich schmerzhaft in den Finger und fluchte; als sie den Scheibenwischer losließ, bewegte er sich erneut wütend hin und her. Wieder fuhr ein Lastwagen dicht an ihr vorüber, riß sie in seinen Sog, und dann ergoß sich der Schwall aufgewirbelten Sprühregens wie die Gischt einer brechenden Welle über sie. Sie sprang in den Wagen zurück, schlug die Tür gegen die tosenden Elemente zu und schaltete die Innenbeleuchtung ein.

Die Rose war rot, blutrot wie der Tropfen an ihrem Finger, den sie jetzt in den Mund steckte und ableckte. Sie starrte durch das Fenster in den Regen hinaus, auf die vorüberrasenden Lichter, die sich in der Dunkelheit verloren.

Dann blickte sie auf die Rose. Wer hatte sie aus dem Wagen geworfen oder lose auf der Pritsche eines Lastwagens liegenlassen oder ...? Aber nein, es war ausgeschlossen, ein Zufall, das war alles, sagte sie sich halbherzig. Zitternd saß sie da und hätte die Blume am liebsten dahin zurückgeworfen, wo sie herkam, aber sie konnte es nicht; statt dessen legte sie sie vor den Schaltknüppel und fuhr langsam und beunruhigt davon.

Sie nahm die Rose mit ins Haus, blieb in der düsteren Diele stehen und ließ die Haustür hinter sich offen. Sie wußte nicht, warum, aber sie wollte den Kontakt mit der Außenwelt nicht unterbrechen.

Wieder lutschte sie an ihrem immer noch schmerzenden Finger und strich über den feuchten Blumenstengel; ein paar Blütenblätter waren abgefallen. Dann trat sie ins Wohnzimmer und stellte die Blume in die Vase zu den Rosen, die Fabian ihr zum Geburtstag geschenkt hatte. Frisch und kraftvoll hob sie sich von den anderen ab, die mittlerweile welkten oder verblüht waren; aber sie konnte diesen Strauß noch nicht fortwerfen, noch nicht.

Mit einem lauten Knall schleuderte der Wind die Haustür gegen die Wand, dann ertönte ein zweiter Schlag, und sie knallte, wie von einer unsichtbaren Hand im Zorn gestoßen, ins Schloß.

Der Koffer würde im Wagen bleiben müssen, bis Mimsa ihr am Montag helfen konnte, ihn herauszuheben, dachte sie, während sie zur Küche hinüberging, um die Heizung einzuschalten. Überrascht stellte sie fest, daß sie an war, daß sie, der Schaltuhr zufolge, den ganzen Tag über gelaufen war. Plötzlich fiel ihr auf, daß ihr Atem sichtbar war, und sie atmete verwundert noch einmal aus, dann rieb sie fröstelnd die Hände.

Im Obergeschoß bewegte sich etwas, ein Dielenbrett knarrte. Sie blieb lauschend stehen. Die Kälte durchdrang ihren Körper, und ein Schauder überlief sie; sie krümmte die Zehen, atemlos, lauschend. Es folgte erneut ein Scheppern, dann das Geräusch von Wasser, das durch die Leitungen rauschte; der Boiler rasselte zweimal vernehmlich und schaltete sich dann ab. Sie atmete aus; wie dumm von ihr, sie wußte, daß das Haus merkwürdige Geräusche von sich gab, wenn die Heizung lief.

Sie füllte Wasser in den Kessel, ging zurück ins Wohnzimmer und schaltete mit einem nervösen Blick auf die Rose den Fernseher ein. Das Publikum im Studio brach eben in donnernden Applaus aus, und die Kamera glitt über eine Reihe strahlender, aseptischer Gesichter: zweitklassige Showstars in einer Quizsendung, deren Lustigkeit ein wenig zu angestrengt wirkte; dann folgte ein Bildwechsel, ein adretter Quizmaster kam ins Bild und hielt einer Brünetten das Mikrofon entgegen. Unbehaglich sah Alex eine Weile zu. Das Drehbuch für diese Sendung stammte von einem ihrer Autoren; die Kritiker hatten es als geschmacklos, nichtssagend und diskriminierend bezeichnet, und sie hatten recht. Aber in den vergangenen vier Jahren wurde damit die Miete bezahlt.

Es war zu kalt, um sich zu entspannen. Sie sprang auf, trat zu dem Rosenstrauß, roch an der neuen Blüte und strich sacht mit der Fingerspitze darüber.

Fabians Koffer, der draußen auf dem Beifahrersitz des Mercedes lag, fiel ihr ein, und sie fragte sich, warum sie sich die Mühe gemacht hatte, seine Kleider zu holen, und einen Augenblick lang dachte sie besorgt, jemand könnte sie stehlen. Dann zuckte sie die Achseln; vielleicht wäre es die beste Lösung.

Wenn David dagewesen wäre, hätte er den Koffer holen können; sie wünschte, sie hätte es geschafft, ihren Stolz zu vergessen und ihn darum zu bitten. Wieder rieb sie die Handflächen aneinander, fühlte fröstelnd die Traurigkeit in sich aufsteigen; sie sehnte sich nach Fabians Nähe, hätte ihn gern in die Arme genommen und an sich gedrückt, wünschte sich, daß er zur Tür hereinkommen und seinen Koffer eigenhändig auspacken würde.

Sie ging in sein Schlafzimmer hinauf, wo es ihr noch kälter zu sein schien als im übrigen Haus; hatte Mimsa den Heizkörper abgeschaltet? Sie legte die Hand darauf und zog sie, erschrocken von der sengenden Hitze, hastig wieder zurück. Ihr Blick wanderte zu dem Messingteleskop, den Postern an den Wänden, dann hinauf zu dem Foto, und fast erwartete sie eine Reaktion, irgendeine Bewegung, doch es kam nichts, nur dieser kalte, hochmütig-starre Blick. Sie kniete unter dem Foto nieder und vergrub das Gesicht in den Händen. »Ich liebe dich, mein Junge; ich hoffe, es geht dir gut, da, wo du jetzt bist; ich hoffe, daß du glücklicher bist; glücklicher, als du es hier warst. Du fehlst mir; ich frage mich, ob ich dir auch fehle; paß auf dich auf, mein Liebling, wo immer du auch sein magst. Lieber Gott, bitte beschütze Fabian.« Eine Weile verharrte sie auf den Knien, dann richtete sie sich langsam auf, ihr war viel ruhiger zumute.

Sie schlüpfte aus dem Zimmer, zog die Tür leise hinter sich zu, blieb im Flur stehen und schloß die Augen ganz fest. »Gute Nacht, mein Liebling«, sagte sie und schlug die Augen wieder auf; sie füllten sich mit Tränen. Am Treppenabsatz hielt sie inne, setzte sich auf die oberste Stufe und schluchzte.

Ottos zernarbtes Gesicht kam ihr in den Sinn; sie dachte daran, wie er aus dem Wagen geschleudert worden war; was, fragte sie sich, war im Augenblick des Zusammenstoßes geschehen? Wie hatte Fabian reagiert? Welche Gedanken waren ihm durch den Kopf gegangen? Wer war der Fahrer des anderen Wagens? Wie hatte er so etwas tun können? Wie ging es Otto damit, daß er überlebt hatte? Warum war er so verdammt merkwürdig? Er hatte sie erschreckt; was wußte er? Irgendein Geheimnis, das mit Fabian zusammenhing? War das Ganze ein Streich, ein übler Scherz; würde er gleich mit Fabian zur Tür hereinmarschiert kommen, an ihr vorüber geradewegs in sein Zimmer stürmen, die Tür hinter ihnen verschließen, und was dann? Würden sie die Sterne betrachten? Miteinander schlafen?

Von unten drang tosendes Gelächter herauf, dann Applaus und eine Stimme, die etwas sagte, was sie nicht verstehen konnte; sie war von einem Gefühl der Ruhe und Traurigkeit erfüllt, und plötzlich spürte sie das überwältigende Verlangen, freundlich zu sein. David fiel ihr ein, wie er allein mit seinem Hund und seinen Schafen müde, einsam und verwirrt in seinem Farmhaus saß, und sie ging in ihr Schlafzimmer und wählte seine Nummer.

»David?« sagte sie, als er sich meldete.

»Wie geht es dir?« Seine Stimme klang erfreut; traurig rief sie sich ins Bewußtsein, daß er stets erfreut klang, wenn sie anrief, und doch hätte sie sich gewünscht, daß er manchmal verärgert oder gereizt oder zerstreut reagiert hätte, irgend etwas, was ihr die Schuldgefühle über das, was sie ihm angetan hatte, genommen hätte.

»Ich dachte nur, ich sage mal Hallo.«

»Was hast du gemacht?«

»Ich bin heute nach Cambridge gefahren, um Fabians Zimmer zu räumen.«

»Danke, daß du das übernommen hast; muß eine ziemliche Tortur gewesen sein.«

»Es war in Ordnung; ich habe nur ein kleines Problem.«

»Nämlich?«

»Ich kriege seinen Koffer nicht aus dem Wagen.«

Sie hörte, wie er auflachte.

»Soll ich kommen und dir helfen?«

»Sei nicht albern.«

»Es macht mir nichts aus, ich komme jetzt gleich, oder« – seine Stimme wurde leiser, fragend. »Hast du eine Verabredung?«

»Nein, ich habe keine Verabredung.«

»Also, dann komme ich jetzt und gehe mit dir zum Essen aus.«

»Ich will dich nicht den ganzen Weg hierher jagen.«

»Ich bin in einer Stunde bei dir, eineinhalb Stunden. Besser, als mit den Schafen zu reden.«

Als Alex den Hörer auflegte, war sie wütend auf sich selbst, wütend über ihre Schwäche, David Hoffnungen zu machen, die Wunde weiterbluten zu lassen. Ihr sichtbarer Atem erschreckte sie, und während sie ihn anstarrte, dachte sie einen Augenblick lang, es sei Zigarettenrauch, den sie ausgestoßen hatte. Aber sie rauchte nicht. Sie betrachtete die dichte Wolke, so dicht, daß sie fast zu sehen glaubte, wie sich in ihr die Eiskristalle bildeten, während sie vor ihrem Gesicht aufstieg. Ihr war plötzlich wieder kalt, unerträglich kalt. Sie hatte das Gefühl, daß irgend etwas in den Raum eingedrungen war, etwas Unangenehmes, Bösartiges; etwas, das voller Zorn war.

Sie erhob sich, ging in den Flur hinaus, dann in die Küche, aber dieses Etwas wich nicht von ihr. Ihre Hände zitterten vor Kälte, sie zitterten so heftig, daß sie den Teebeutel zu Boden fallen ließ; von oben hörte sie wieder ein Rasseln, ein anderes Geräusch dieses Mal, nicht wie das Klappern des Boilers. Mit großen, entschlossenen Schritten ging sie aus der Küche, den Hausflur entlang und zur Eingangstür hinaus in den orangefarbenen Schein der Straßenbeleuchtung.

Es hatte aufgehört zu regnen, es wehte noch ein heftiger Wind, der aber warm war und sie einhüllte wie eine Daunendecke. Langsam wanderte sie die Straße entlang, und der Wind umschmeichelte ihre Schultern.

Sie hörte eine Hupe und Motorengeknatter, und der Gestank von Schweinen schlug ihr entgegen, ein ungewohnter Geruch mitten in Chelsea. Sie schaute sich um und erblickte Davids schlammbespritzten Landrover. Er beugte sich herüber und kurbelte das Fenster auf. »Alex!«

Sie winkte überrascht. »Du warst schnell! Ich hatte dich erst nach acht Uhr erwartet.«

»Es ist halb neun.«

»Halb neun?«

»Halb neun?« Sie warf einen Blick auf ihre Armbanduhr und runzelte die Stirn. Nein, das war unmöglich. Es waren doch erst ein paar Minuten vergangen? Sie schauderte. Was ging hier vor?

»Was tust du ohne Mantel hier draußen?«

»Ich wollte nur ein bißchen Luft schnappen.«

»Steig ein.«

»Da hinten ist ein Parkplatz, nimm ihn lieber, einen besseren wirst du nicht finden.«

Er nickte. »Samstagabend, das hatte ich vergessen.«

Sie sah ihm zu, wie er rückwärts in die Parklücke stieß und dann aus dem Wagen sprang. »Schließt du nicht ab?«

»Ich bin das Wagenabschließen nicht mehr gewöhnt.« Er gab ihr einen Kuß, und gemeinsam gingen sie zum Haus zurück.

Wie lange war sie auf der Straße herumgewandert? Es konnten unmöglich eineinhalb Stunden vergangen sein. Sicher nicht?

»Du siehst halb erfroren aus«, sagte er.

»Ich – äh – mir war ein bißchen heiß im Haus, ich hatte die Heizung zu hoch gestellt. Laß uns den Koffer herausholen, mein Wagen steht gleich hier.«

Gebeugt unter der Last stolperte sie ins Haus zurück und hörte ein Knirschen, als der Koffer gegen die Wand stieß. »Vorsicht«, sagte sie gereizt.

»Verzeihung.«

Sie stellten den Koffer ab, und als David die Haustür schloß, fiel ihr Blick auf ein flaches Stück eingetrockneten Schlamms auf dem Teppich. »Herrgott noch mal, David, du schleppst den verdammten Dreck ins Haus!« rief sie, plötzlich wütend.

Er errötete verlegen, als befände er sich im Hause einer vollkommen fremden Person und bückte sich, um seine Arbeitsstiefel aufzuschnüren. »Verzeihung«, murmelte er einfältig. »Ist im Augenblick ein bißchen matschig da unten.«

Sie bedauerte ihren Ausbruch sofort und sah ihm schuldbewußt zu, wie er gebeugt dastand und seine Schuhe auszog. Sie betrachtete seinen verblichenen Rollkragenpullover, die abgewetzte Tweedjacke mit den planlos verteilten Flicken und seine ausgebeulte braune Cordhose. Sein Bart war von weißen Fäden durchzogen, und seine Gesichtshaut war rötlich und wettergegerbt. Wenn man ihn so ansah, dachte sie, wie er dastand mit seinen grauen Wollsocken, aus denen die großen Zehen hervorlugten, dann konnte man sich kaum vorstellen, daß er einmal nichts anderes getragen hatte als Maßanzüge, Seidenhemden und Schuhe von Gucci; daß er in einem Ferrari umhergebraust und in den frühen Vormittagsstunden gern ins »Tramp« geschlendert war, wo er Johnny Gold und alle anderen Kellner mit Namen begrüßt hatte.

»Du hast recht«, sagte er, »es ist heiß hier drin. Unglaublich heiß. Wie geht es dir?« Als er sich vorbeugte, um sie zu küssen, schwankte er und wäre um ein Haar gestürzt.

»Hoppla.«

Sein Schnurrbart kitzelte sie, und sie roch den Alkohol und spürte, wie seine Zunge sich zwischen ihre Lippen drängte. Sie wich zurück. »David«, sagte sie vorwurfsvoll.

»Ich gebe meiner Frau nur einen Kuß.«

»Mußt du dich betrinken, bevor du zu mir kommen kannst?«

Er trat verlegen von einem Fuß auf den anderen.

»Wenn dich eine Polizeikontrolle erwischt hätte, säßest du wirklich in der Klemme. Willst du einen Schluck Kaffee?«

»Whiskey wäre mir lieber.«

»Ich finde, du hast genug.«

Gott, warum hatte sie ihn gebeten zu kommen, dachte sie, von Schuldgefühlen überwältigt; sie wollte nur noch, daß er wieder ging; sie brauchte ihn nicht, brauchte niemanden. Das Ganze war ein Irrtum gewesen, ihre Phantasie hatte ihr einen Streich gespielt, oder nicht? Sie mußte sich irgendwie Gewißheit verschaffen. Immerhin war es beruhigend, einen Menschen im Haus zu haben; so fühlte sie sich wenigstens sicher.

Sie kochte Kaffee und brachte ihn ins Wohnzimmer. Erbost riß sie ihm das Whiskeyglas aus der Hand. »Trink das hier; ich will, daß du nüchtern bist; ich muß mit dir reden.«

»Ich kann heute nacht hierbleiben«, erklärte er.

»Nein, das kannst du nicht.«

»Es ist mein Haus.«

»David; wir haben eine Abmachung.«

Er starrte in den Kaffee und rümpfte die Nase. Gott, er sah wirklich aus wie einer dieser rotgesichtigen, ländlichen Bilderbuchbauern, dachte sie. Wie konnte sich ein Mensch in so kurzer Zeit so sehr verändern? Nur ein paar Jahre, oder hatte er lange vorher angefangen, sich zu verändern, ohne daß sie es bemerkte? Er war hier vollkommen fremd, hoffnungslos deplaziert in dieser Umgebung; sie mußte sich anstrengen, um sich in Erinnerung zu rufen, daß er dieses Haus ausgestattet hatte, daß es seine Ideen waren und seine Möbel und Farben. Dennoch fühlte sie sich merkwürdig sicher in seiner Gegenwart; es kam ihr vor wie die Nähe eines großen Kuschelbären. Sie setzte sich auf die Armlehne seines Sessels und hörte, bemüht, ihre wirren Gedanken, ihre heftige Gemütsaufwallung zu verdrängen, dem lauten Schlürfen zu, mit dem er von dem Kaffee trank. Schuldbewußt drehte sie das Whiskeyglas in den Händen und stellte es dann behutsam vor ihn hin.

»Es mag vielleicht komisch klingen, David, aber ich glaube, daß Fabian noch hier in der Nähe ist.«

Er hob mit einem Stirnrunzeln den Kopf. »Noch hier in der Nähe?«

»Ja.«

»Du meinst, du glaubst nicht, daß er tot ist?«

Alex nahm sich eine Zigarette und hielt ihm die Schachtel hin. Er schüttelte den Kopf und zog eine Tabakdose aus der Tasche. »Ich war im Leichenschauhaus. Ich habe sechs verdammte Tage mit dem Leichnam unseres Sohnes in Frankreich zugebracht.«

»Aber du hast ihn nicht gesehen?«

»Nein, Gott sei Dank mußte ich das nicht; sie hätten es ohnehin nicht zugelassen – sie sagten, er sei so schwer –«

Alex schauderte. »Ich weiß, daß er tot ist, David. Aber ich – ich weiß nicht –, ich spüre immer noch seine Gegenwart.«

»Er wird dir immer in Erinnerung bleiben – uns beiden, das ist nur natürlich.«

»Findest du nicht, daß der Traum, in dem du ihn gesehen hast, an dem Morgen, als er ums Leben kam – den wir beide hatten –, findest du nicht, daß das merkwürdig war?«

Er stemmte den Deckel der Blechdose auf und nahm ein Zigarettenpapier heraus; ihr Blick fiel auf seine schmutzigen Hände, die gelbgefleckten Finger, die ungepflegten Nägel.

»Zufall. Vielleicht Telepathie; meine Mutter hatte während des Krieges ein ähnliches Erlebnis, an dem Tag, an dem mein Vater starb; sie schwor, sie hätte ihn unter einer Hecke am Ende der Straße, in der sie wohnten, gesehen. Sie wandte sich an ein Medium, veranstaltete Séancen in ihrem Haus und behauptete, sie hätte regelmäßig mit ihm Zwiesprache gehalten.«

»Was sagte er?«

»Nichts; er erzählte ihr, daß es da draußen sehr blau sei. Das ist das Problem: die Toten scheinen nie etwas besonders Interessantes zu erzählen zu haben.« Er befeuchtete die Gummierung des Papiers mit der Zunge und rollte seine Zigarette zusammen.

Plötzlich bewegte sich die Tür ein paar Zentimeter. Alex zuckte zusammen, ihr Herz schlug wie rasend. Wieder bewegte sich die Tür; sie spürte einen kalten Luftzug im Nacken und fuhr herum; der Vorhang am Fenster bauschte sich nach außen. »Hast du das Fenster aufgemacht?«

»Ja«, antwortete er.

Erleichterung durchflutete sie wie die Wärme eines Bades.

»Du bist sehr schreckhaft«, bemerkte er. »Du solltest Urlaub machen, irgendwohin fahren.«

»Dazu habe ich im Augenblick keine Zeit; ich muß zwei außerordentlich wichtige Geschäfte zum Abschluß bringen.«

»Komm herunter ins Château Hightower, du bekommst dein

eigenes Zimmer und kannst kommen und gehen, wie es dir beliebt. Es ist friedlich dort, du könntest deine Geschäfte telefonisch erledigen.«

»Es wird schon gehen.«

»Wenn du es dir überlegst, komm einfach vorbei, du bist jederzeit willkommen.«

»Danke.« Sie lächelte. »Vielleicht.« Zögernd beugte sie sich vor und strich mit dem Finger über den Rand des Whiskeyglases. »Ich möchte dir etwas zeigen.«

Sie führte ihn in die Dunkelkammer hinunter, nahm den Kontaktabzug vom Tisch und starrte dann ungläubig darauf; er hatte sich mit einem Schleier aus Weiß- und Grautönen überzogen. Sie schüttelte den Kopf, nahm die Negative zur Hand und legte sie auf den zersprungenen Lichttisch. Es war nichts darauf; nichts zu sehen. Nicht das Geringste. Es war, als seien sie nie belichtet worden.

»Du hast sie nicht richtig fixiert«, sagte er.

»Sie nicht albern. Natürlich habe ich das.«

»Du mußt die Lösung zu lange benutzt haben, sie ist zu schwach geworden, denn sie sind alle entwickelt worden. Was war darauf?«

»Das ist es ja gerade; es waren Bilder, die mir ein Autor geschickt hat – eine Filmrolle –, er ist ein bißchen exzentrisch, es waren Aufnahmen von den Genitalien irgendeines Tieres.«

Sie bemerkte Davids prüfenden Blick und errötete.

»Er kannte mein Interesse für die Fotografie. Wie dem auch sei, ich habe sie entwickelt und einen Kontaktabzug gemacht, und sie waren in Ordnung; dann habe ich sie zum Trocknen aufgehängt, und als ich zurückkam, um nachzusehen, war Fabians Gesicht auf allen Bildern – es war einfach darauf erschienen.«

David warf ihr einen Blick zu und zuckte die Achseln. »Doppelbelichtung.«

Sie schüttelte den Kopf. »Nein. Ausgeschlossen.«

»Kannte dieser Autor Fabian?«

»Nein; er hatte keinen Grund, Fabian zu fotografieren. Außerdem war es nicht auf dem Negativ.«

»Du meinst, du hast es auf dem Negativ nicht bemerkt.«

»Nein. Es war nicht auf dem Negativ.«

»Bist du sicher, daß du es dir nicht nur eingebildet hast?«

Sie schüttelte den Kopf.

»Alex, du weißt, daß du im Augenblick sehr nervös bist –«

»Das hat damit nichts zu tun«, entgegnete sie aufbrausend. »Was willst du denn tun? Mich in die Klapsmühle bringen?«

»Vielleicht solltest du einen Arzt konsultieren.«

»David, ich bin vollkommen gesund; ich werde mit der Sache fertig; es ist nur so, daß hier irgend etwas sehr Merkwürdiges vorgeht. Ich habe das Gefühl, daß Fabian immer noch in der Nähe ist, darum ist sein Gesicht auf den Bildern erschienen.«

»Und Fabian hat den Film verwischt?«

Sie zuckte die Schultern. »Vielleicht.«

»Was noch?«

»Albernheiten.« Sie schüttelte den Kopf. »Wahrscheinlich nichts. Ich frage mich nur – vielleicht sollte ich zu einem Medium gehen. Würdest du mitkommen, wenn ich mich dazu entschließe?«

Er schüttelte den Kopf. »Vergiß es, Liebes; du wirst es dir nur noch schwerer machen. Wenn du zu einem Medium gehst und Verbindung mit Fabian aufnehmen würdest, was würdest du ihm dann sagen?«

Sie starrte ihren Mann an, dann mußte sie errötend den Blick abwenden; ich weiß, was ich ihm sagen würde, dachte sie.

»Und was sollte er, deiner Erwartung nach, zu dir sagen?«

Sie zuckte wieder die Schultern. »Ich war in diesen Dingen immer ebenso skeptisch wie du, David, es ist nur ...« Sie hielt inne. »Vielleicht hast du recht, vielleicht sollte ich Urlaub machen. Hilf mir, den Koffer hochzutragen.«

»Und danach lade ich dich zum Abendessen ein; wir gehen in irgendein nettes Lokal, einverstanden?«

Sie sah ihn an und nickte.

»Himmel, ist das kalt hier drinnen«, bemerkte er, als sie den Koffer in Fabians Zimmer trugen. »Wo willst du ihn haben?«

»Auf dem Boden.«

»Stellen wir ihn lieber aufs Bett«, entgegnete er. »Dann hast du es leichter. Du solltest die Heizung hier im Zimmer einschalten, sonst wird es feucht.«

»Sie ist eingeschaltet. Ich glaube, auf dem Boden wäre es...« Doch David hatte bereits das Bett angesteuert, und sie legten den Koffer unter dem lauten Knarren der Federung darauf.

Alex beobachtete David, der sich im Zimmer umsah, verloren wie ein Besucher in einem Museum, der sich zu orientieren versucht. »Da ist sein Teleskop; Gott, ich erinnere mich noch, wie ich es ihm geschenkt habe.«

»Er hat es geliebt.«

David betrachtete das Porträt, und Alex bemerkte den Ausdruck des Unbehagens in seinem Gesicht. Er wandte den Blick ab. »Er hat ja immer noch das Brooklands-Poster – ist mittlerweile einiges wert.«

Alex' Blick wanderte zu dem alten Rennwagen, der durch die Schrägkurve raste. David trat näher heran. »Ich erinnere mich, wie ich es für ihn aufgehängt habe, er kann damals nicht älter als sieben oder acht Jahre gewesen sein. Ich habe gewaltigen Pfusch gemacht – konnte es nicht in der richtigen Höhe aufhängen –, mußte den verdammten Nagel immer wieder herausziehen.« Er nahm das Bild von der Wand. »Siehst du, da sind sie alle!« Er deutete auf den abgesprungenen Putz und die wahllos verstreuten Löcher.

»Es ist merkwürdig, woran man sich erinnert«, bemerkte Alex und sah ihm zu, wie er das Bild an seinen Platz zurückhängte. Für wen?

Plötzlich hatte sie das Bedürfnis, das Zimmer zu verlassen, wollte auch nicht, daß David sich darin aufhielt und trat in den Flur hinaus; seine Gegenwart in dem Raum, sein Herumstöbern störte sie. Laß ihm seine Ruhe, hätte sie am liebsten gesagt, laß ihm seine Ruhe, du Narr!

Als er aus dem Zimmer trat, hielt er den Kopf gesenkt, und die Farbe war aus seinen Wangen gewichen, und plötzlich überkam sie Zorn angesichts ihrer Gefühle, Zorn, daß sie so blind war gegenüber seinem Kummer. Das Kind hatte für sie beide soviel bedeutet, nach den endlosen Besuchen bei den Spezialisten, der Bauchhöhlenschwangerschaft, die abgebrochen werden mußte, und schließlich der letzten Hoffnung; und ihrem Geheimnis.

Langsam stiegen sie die Treppe hinunter und blieben auf dem Absatz stehen. Sie spürte Davids Arm, der sich fest um sie legte, und schmiegte sich an ihn. Es war plötzlich wieder kalt, und sie hatte den Wunsch, hinunterzugehen und das Fenster zu schließen. Trauer stieg in ihr auf – das kalte, unbewohnte Zimmer, auf dem Bett der Koffer, den Fabian nie mehr auspacken würde. Sie spürte die Wärme ihres Mannes, spürte seinen muskulösen, kraftvollen Körper, den Druck seiner großen Hand. Sie schmiegte sich an die rauhe Weichheit seines Gesichts und küßte seine Wange. Er bewegte sich, dann spürte sie seine feuchten Lippen auf ihrer Wange und wurde langsam, Schritt für Schritt, zu ihrer Schlafzimmertür hingelenkt; seine Küsse wurden leidenschaftlicher und glitten an ihrem Hals hinunter.

»Nein, David.«

Er küßte ihr Kinn, drückte ihr dann die Lippen auf den Mund. Sie wandte das Gesicht zur Seite. »Nein, David.«

»Doch«, sagte er. »Doch, es muß sein.«

Es war Fabians Stimme; sie öffnete die Augen und sah Fabians Gesicht vor sich. »Nein«, rief sie und stieß ihn fort. »Nein, raus hier!« Er näherte sich ihr wieder. »Geh raus!« schrie sie. »Geh!«

Fabian starrte sie, einen Augenblick vor Schreck wie versteinert, an, wurde wieder David, dann wieder Fabian, bis sie nicht mehr wußte, wer er war.

»Geh weg, geh weg!«

»Alex, Liebling, beruhige dich!«

Sie trat mit aller Kraft nach ihm, genau zwischen die Beine, sah seine schmerzverzerrte Miene, das Entsetzen in seinem Gesicht und trommelte mit den Fäusten gegen seine Brust. Ihre Hände wurden ergriffen und festgehalten. »Beruhige dich«, hörte sie ihn sagen. »Alex, beruhige dich!«

»Ich bin ruhig!« gab sie schrill zurück. »Herrgott, ich bin vollkommen ruhig. Geh einfach weg!«

»Es tut mir leid, Liebling, ich wollte dich nicht...«

Sie starrte ihn, plötzlich von einem unerklärlichen Haß gegen ihn erfüllt, mit weit aufgerissenen Augen an. »Geh«, schrie sie mit einer Stimme, die sie kaum als die ihre erkannte. »Geh, ich kann deine Gegenwart nicht ertragen.« Sie sah seine schockierte Miene, sah seine Hände, die er zwischen den Beinen gekreuzt hatte. »Bitte, David«, fügte sie hinzu, »bitte geh.«

»Was ist mit dem Abendessen?« fragte er benommen.

»Ich will allein sein. Ich kann es nicht erklären; ich muß jetzt einfach allein sein. Es tut mir leid, es war ein Fehler, dich hierher zu bitten.« Sie starrte ihm, voller Angst, er könnte sich wieder in Fabian verwandeln, ins Gesicht. »Ich bin einfach im Augenblick noch nicht soweit; ich muß mit mir selbst ins reine kommen.«

Sie folgte ihm die Treppe hinunter. »Wird es gehen – nach Hause zu fahren, meine ich?«

David warf ihr einen Blick zu und zuckte die Achseln. »Ich bin hierher gefahren.«

»Es tut mir leid«, sagte sie. »Es tut mir wirklich leid.«

»Soll ich dich anrufen, wenn ich nach Hause komme?«

»Anrufen?« gab sie matt zurück. »Sicher, wenn du willst.«

Sie schloß die Tür, ging ins Wohnzimmer und ließ sich in einen Sessel fallen. Von draußen hörte sie, ein Stück weit entfernt, wie der Motor des Landrovers knatternd ansprang und knirschend der Gang eingelegt wurde.

Dann schlugen die Schuldgefühle über ihr zusammen.

»David!« Sie rannte zur Haustür. »David! Warte!« Sie riß nervös an der Klinke, zog die Tür auf, trat hinaus, lief die Treppe hinunter und auf den Gehsteig. Die Rücklichter entfernten sich. Sie rannte ihnen nach. »David! Liebling! Halt an, bitte, halt an! Ich habe es nicht so gemeint. Bitte, halt an, bitte, halt an.«

Sie rannte die Straße hinunter, und das gelbe Licht des Blinkers näherte sich. Dann wurde der Wagen schneller und verschwand um eine Biegung.

»David!«

Sie lief ihm nach, die King's Road entlang. Du darfst die Ampel nicht schaffen, bitte, schaffe die Ampel nicht!

Aber sie sprang auf Grün, und er war verschwunden. Schluchzend sank sie an einem Laternenpfahl zusammen. »David, Liebling. Es tut mir leid. Es tut mir so schrecklich leid.«

Langsam kehrte sie um und lief zum Haus zurück. Die Haustür stand noch offen. Sie schloß sie hinter sich und trat weinend und vollkommen erschöpft ins Wohnzimmer. Dort legte sie sich auf das Sofa und fiel in einen leichten Schlaf. Sie wußte nicht, was sie geweckt hatte, ob es die erneute Kälte im Raum war oder der Essensgeruch, der verlockende Duft von Gebratenem.

Trotz der Kälte fühlte sie sich besser, ruhiger. War David wirklich dagewesen, oder war alles Teil eines entsetzlichen Traums gewesen? Sie sog den intensiven, berauschenden Bratengeruch ein und dachte an Fabians Vorliebe für Spiegeleier; die Dotterseite immer nach oben; als Kind hatte es Zeiten gegeben, in denen er seine Launen gehabt und sich tagelang geweigert hatte, etwas anderes zu essen als Spiegeleier.

Für einen Samstagabend in Chelsea, im Herzen des Feinschmeckerlandes, war es ein ungewohnter Geruch; sie warf einen Blick auf ihre Armbanduhr. Zehn Uhr; der Geruch wurde stärker, und sie stellte fest, daß sie hungrig war; sie hatte außer dem Apfel und einem Stück Toastbrot zum Frühstück nichts gegessen. Sie fragte sich, von welchem der Nachbarn der Essensgeruch kam und ging zum Fenster. Zu ihrer Verwunderung war es geschlossen. Reglos blieb sie stehen und überlegte, warum der Geruch so intensiv war, dann hörte sie in der Nähe ein Zischen und Brutzeln, so nahe, als käme es aus ihrer eigenen Küche.

Sie trat in den Flur hinaus und sah, daß in der Küche Licht brannte.

Das Zischen und Brutzeln kam von dort.

Hastig ging sie die wenigen Meter zur Küche und hielt, auf den leeren Herd starrend, inne. Der Geruch nach Spiegeleiern war überwältigend. Sie öffnete das Fenster und beugte sich hinaus, aber da war nichts außer den vertrauten Gerüchen der Gegend nach Mülltonnen, feuchtem Gras, Dieselabgasen und einem Hauch von Curry. Sie schloß das Fenster. Der Geruch war im Haus.

Wieder konnte sie ihren dampfenden Atem sehen, nahm den

Geruch noch stärker wahr und spürte Entsetzen in sich aufsteigen. Sie verließ die Küche, schloß die Tür, ging zum Wohnzimmer hinüber und griff zum Telefonbuch.

Mankletow. Manly. Main. Ihr Finger zitterte heftig. In der Spalte gab es siebzehn P. Mains. Sie wußte den Namen der Straße, in der er wohnte, Chalcot Road, aber sie stand nicht dabei. Als sie die Auskunft anrief, war sie sich ihrer gepreßten, schrillen Stimme bewußt. Die Frau der Vermittlung war freundlich, so hilfsbereit wie möglich. »Tut mir leid, meine Liebe«, sagte sie, »aber er hat eine Geheimnummer.«

»Könnten Sie ihn anrufen und ihn bitten, sich mit mir telefonisch in Verbindung zu setzen?«

»Das geht nicht, tut mir leid. Er ist als ›nicht erreichbar‹ registriert. Ich habe seine Nummer auch nicht.«

Alex lief in den Flur zurück, starrte ängstlich auf die Küchentür, spürte die Eiseskälte um sich herum. Sie nahm ihren Mantel von der Garderobe, griff die Schlüssel auf dem Tisch, ging ins Freie hinaus und schloß die Haustür hinter sich ab.

10

Ein Grüppchen angetrunkener Geschäftsleute überholte Alex; auf einer Tagung in der Stadt, mutmaßte sie, angesichts der Namensschildchen, die einige von ihnen noch am Revers trugen.

»Sieh dir die süße Puppe an, Jimmy«, ertönte eine Stimme mit schottischem Akzent.

Sie betrat das Büro, und als sie die Tür hinter sich schloß, erhob sich schallendes Gelächter auf der Straße, wahrscheinlich, so dachte sie, auf ihre Kosten.

Im Haus war es ruhig, unnatürlich ruhig; der Raum lag im Dunkeln, und die gelegentlichen grellweißen Lichtblitze des Massagesalons an der anderen Straßenseite, die über die Wände und das Mobiliar zuckten, bewirkten einen merkwürdigen Hell-Dunkel-Effekt.

Sie starrte in die undurchdringliche Dunkelheit des Treppenhauses, dann vertrieb sie diese mit einem Druck auf den Lichtknopf und befand sich augenblicklich wieder in ihrer vertrauten Umgebung mit den in warmen Grautönen gehaltenen Wänden und Teppichen, den dunkelroten Lampen, dem Treppengeländer und den gerahmten Buchumschlägen, die überall an den Wänden hingen.

Sie ging an der stillen Telefonanlage der Empfangsdame vorüber und begann, die Treppe hinaufzusteigen. Als sie im Stockwerk über sich einen Schatten bemerkte, zögerte sie einen Moment lang, weiterzugehen; sie hatte den Eindruck, daß der Schatten sich bewegte. Sie wußte, daß sie zum nächsten Treppenabsatz, zum nächsten Lichtschalter hinaufsteigen mußte. Sie ließ den Schatten nicht aus den Augen; wenn sie sich bewegte, bewegte er sich auch; wenn sie stehenblieb, verharrte er ebenfalls.

Wie töricht, dachte sie, als ihr plötzlich klar wurde, daß es ihr eigener Schatten war.

Sie tauchte in das Dunkel ein, fand den Schalter, betätigte ihn mit einem raschen, nervösen Fingerdruck und zuckte zusammen, als das Licht aufflammte; dann stieg sie weiter bis zum nächsten Treppenabsatz hinauf. Julies Bürotür stand offen, und der Raum war stockdunkel. Sie starrte unruhig hinein, streckte die Hand aus, um das Licht einzuschalten, und wieder erfüllte sie die Normalität der Umgebung mit Erleichterung. Irritiert blieb ihr Blick einen Moment lang an der schwarzen Olivetti hängen, die ohne Schutzhülle auf dem Tisch stand. Julie ließ sie immer offen stehen. Warum tat sie das? Die graue Plastikhülle lag zusammengeknüllt hinter dem Ablagekorb. Alex strich sie glatt, stülpte sie ordentlich über die Maschine, und dann fiel ihr Blick auf das Manuskript, das auf dem Schreibtisch lag. *»Vorhergesagte Leben – Die hellseherischen Kräfte in mir und anderen«*, ein Lesezeichen etwa in der Mitte. Ärgerlich dachte sie daran, daß sie Julie angewiesen hatte, es zurückzuschicken, und nahm es an sich, um es mit in ihr eigenes Büro hinüberzunehmen. Sie würde am Montag mit ihr darüber reden.

Unten auf der Straße drängten sich die Betrunkenen um die

Tür des Massagesalons und spähten zu den undurchsichtigen Fenstern hinauf. Sie ließ die Jalousie los, wandte sich, vor Kälte zitternd, vom Fenster ab, stellte die Heizung an und nahm ihr Adreßbuch heraus. Sie wählte seine Nummer und wartete, da sie wußte, daß es immer lange dauerte, bis er reagierte. Erleichtert hörte sie das Klicken, als der Hörer abgenommen wurde, und setzte eben zum Sprechen an, als sie feststellte, daß das Telefon immer noch klingelte.

Jemand im selben Gebäude hörte auf einem Nebenapparat mit.

Erstarrt, bewegungsunfähig vor Angst, blieb sie einen Augenblick lang stehen.

Wer, dachte sie, wer? Die Putzfrau? Nein, unmöglich. Einer ihrer Mitarbeiter? Nein. Sie lauschte auf ein Geräusch, Atemzüge, ein Husten; das Telefon klingelte immer weiter. Wer? Wer? Wer? Sie zitterte jetzt heftig, und das Hämmern ihres Herzens übertönte das Klingeln. Sie spürte einen Schmerz unterhalb des Ohres; der Hörer schlug an ihren Wangenknochen. Das Klingeln blieb unbeantwortet. Angstvoll drehte sie sich um und blickte durch die offenstehende Tür auf den Korridor hinaus. Am Ende des Ganges bewegte sich etwas, oder hatte sie sich das nur eingebildet? Schließ die Tür ab, sagte sie sich. Schließ die Tür ab! Der Schlüssel steckte außen.

Langsam, vorsichtig legte sie den Hörer auf ihren Terminkalender und ging auf Zehenspitzen zur Tür. Das Klingeln hörte nicht auf. Sie bemühte sich, den Schlüssel leise herauszuziehen, zitterte aber so sehr, daß er kratzte und klirrte, dann zu Boden fiel und mit einem Getöse, als würden zwei Züge zusammenstoßen, gegen die Fußleiste schepperte. »Nein«, sagte sie laut, »nein, nein.« Hastig ließ sie sich auf die Knie fallen und tastete mit beiden Händen den Teppich danach ab. Ihre Finger schlossen sich um ihn. Sie stand auf, starrte furchtsam in den Gang und zur Treppe hinüber, eilte, das Klingeln immer noch im Ohr, in ihr Büro zurück, knallte die Tür zu und lehnte sich dagegen. Bei dem Versuch, mit fahrigen Händen den Schlüssel ins Schloß zu stekken, ließ sie ihn erneut fallen. »Nein«, stieß sie hervor. Sie hob ihn auf, schob ihn ins Schloß und wollte ihn umdrehen. Er bewegte sich nicht.

Sie drehte mit aller Kraft, bis sie spürte, daß er sich verbog. »Bitte, geh zu, bitte, geh zu.« Sie stieß den Schlüssel weiter hinein, und plötzlich drehte er sich ganz leicht und ohne Druck, und der Riegel schloß sich mit einem kaum hörbaren Klicken.

Alex ließ den Kopf gegen die Tür sinken, Erleichterung durchflutete sie. Ihr Herz schlug so heftig, daß es ihr vorkam wie eine Faust, die gegen ihre Brust trommelte. Sie war schweißgebadet und schnappte keuchend nach Luft.

»Hallo? Hallo?« Die Stimme klang blechern, als hätte jemand ein Radio eingeschaltet. »Hallo? Hallo?«

Sie stürzte zum Hörer. »Hallo?«

Das vertraute zischende Ausstoßen von Luft und Tabakrauch drang an ihr Ohr.

»Alex?« sagte Philip Main mit flüsternder, fast ungläubiger Stimme.

Plötzlich wurde ihr wieder die Gegenwart dieses anderen bewußt, und sie wollte nicht sprechen, wollte sich nicht verraten. »Ja«, erwiderte sie sein Flüstern leise, ihre Stimme fast nur ein Hauch.

»Hallo?«

»Hilf mir«, stieß sie etwas lauter hervor, und ein Gefühl der Verletzbarkeit begann wieder in ihr aufzusteigen; die Tür war stabil, aber einem entschlossenen Ansturm würde sie nicht standhalten.

»Bist du's, Alex?«

»Ja.« Das Wort kam mit einem eigenartigen, schrillen Laut, in dem sie ihre eigene Stimme kaum erkannte, tief aus ihrem Innern.

»Ist alles in Ordnung mit dir?« Er klang freundlich und besorgt.

Sie wollte es nicht sagen, wollte nicht, daß die andere Person hörte, daß sie Angst hatte. Normal. Sprich mit normaler Stimme. Um Gottes willen, sprich mit normaler Stimme. »Ich möchte ein Medium aufsuchen. Ich dachte, du kennst vielleicht jemanden?« Sie merkte, daß sich ihre Stimme wieder verändert hatte; sie klang flach und monoton wie die eines Roboters, wie die einer vollkommen Fremden.

»Hast du dir das gut überlegt?«

Himmel, stell jetzt keine Fragen; tu das um Gottes willen nicht. Nicht jetzt.

»Alex?«

»Ja, ich habe es mir überlegt«, sagte die Roboterstimme.

»Ich weiß nicht recht, was ich von Medien halte. Du solltest es dir sehr genau überlegen.«

»Bitte, Philip. Es muß sein.«

»Ich weiß nicht. Ich finde, wir sollten darüber reden.«

»Bitte, Philip, kennst du jemanden?«

Nervös lauschte sie in das Schweigen.

»Nicht persönlich, nein; gütiger Gott, nein.« Er zögerte.

»Du hast mir erzählt, daß eine Freundin dir diesen Vorschlag gemacht hat, weiß sie niemanden?«

»Sie hat mir eine Frau vorbeigeschickt. Sie war gräßlich.«

Erneutes Schweigen.

»Du mußt doch jemanden kennen, Philip.«

»Du könntest es mit dem Branchenverzeichnis versuchen.«

»Bitte, Philip, mach keine Witze.«

Es folgte wieder Stille; Alex lauschte angestrengt, versuchte, etwas zu hören, irgend etwas. Sie drehte sich zur Tür um und starrte auf den Knauf. Er bewegte sich, drehte sich.

Sie stieß einen entsetzten, durchdringenden Schrei aus und verstummte dann ebenso plötzlich, wie sie begonnen hatte; der Türgriff bewegte sich überhaupt nicht; es waren die Jalousien, die sich in der aufsteigenden Wärme der Heizung bewegten und Schatten auf den Türknauf warfen.

»Alex? Was ist los?«

»Es ist jemand hier im Büro und belauscht unser Telefongespräch. Bitte, ruf die Polizei; ich glaube, jemand will mich überfallen.«

Sie legte den Hörer auf und sah, wie das Licht auf der Anzeigetafel ausging. Licht. Sie holte tief Luft; Licht, es hatte nur ein Licht geleuchtet! Wenn jemand mitgehört hätte, so hätte ein zweites Licht auf der Tafel aufgeleuchtet, nicht wahr? Sie fuhr herum und starrte zur Tür, dann zum Fenster, zu den sich bewegenden Jalousien, und dann fiel ihr Blick auf einen Gegenstand auf ihrem Schreibtisch: der Kalender; sie schaute darauf, und im selben Augenblick wurde sie von einem Gefühl ergriffen, als ströme eiskaltes Wasser durch ihre Adern.

Das Datum auf dem Kalender lautete *Dienstag, 4. Mai.*

»O Gott«, stieß sie hervor. »Laß mich nicht verrückt werden. Bitte, laß mich nicht verrückt werden.« Sie schaute erneut auf die Buchstaben und Digitalanzeigen und überprüfte dann das Datum auf ihrer Rolex. 22. April. Sie blickte sich im Raum um, in der Erwartung, etwas zu sehen, einen Geist, ein Phantom – eine –, sie zögerte; der Geruch der gebratenen Eier und die Rose an der Windschutzscheibe fielen ihr ein. Furchtsam wanderte ihr Blick nach rechts zu dem Bildschirm, der von einer Hülle verdeckt war; sie hatte den Wunsch, die Hülle zu heben und den leeren Bildschirm zu prüfen. Plötzlich wurde sie von unbändigem Zorn gepackt. Am liebsten wäre sie aufgesprungen, hätte die Tür aufgerissen und hinausgerufen: »Hier bin ich. Nehmt mich. Tut, was ihr wollt.« Statt dessen zog sie das Branchenverzeichnis hervor.

Sie blätterte die Seiten durch. Medien. Medien. Unter Medien stand nichts. Was sonst? Parapsychologen? Sie blätterte weiter. Auch nichts. Dann versuchte sie es bei Hellsehern. Ja, da war etwas: siehe »Handleser und Hellseher«.

Die Liste war kurz. Sie enthielt einen indisch klingenden Namen, der zwei weitere Male aufgeführt war, und darüber hinaus noch einen anderen. Sie zögerte; die Namen hatten nicht den richtigen Klang. Ihr Blick fiel auf Stanley Hills Manuskript. »Vorhergesagte Leben – Die hellseherischen Kräfte in mir und anderen«. Widerstrebend schlug sie es auf und blätterte flüchtig darin herum. Plötzlich erschien ihr das Manuskript beruhigend. Sie bewegte sich auf bekanntem Gebiet.

Dann bemerkte sie, daß die Worte vor ihren Augen verschwammen; sie konnte sie nicht lesen. Sie sah, daß ihre Hände heftig zitterten, und legte das Manuskript beiseite.

Ein Name fiel ihr auf. Morgan Ford. Ein paar Seiten weiter las sie ihn erneut und dann noch einmal; der Name zog ihren Blick an wie ein Magnet. »Das bescheidene Trance-Medium Morgan Ford bestreitet heftig, daß er in seiner Erdgeschoßwohnung in Cornwall regelmäßig Sitzungen für Mitglieder der königlichen Familie ausrichtet.«

Bescheiden; das Wort gefiel ihr. Sie nahm das Telefonbuch aus dem Regal hinter sich und suchte die Nummer.

Nachdem sie den Hörer abgenommen hatte, lauschte sie auf das harte Knacken, das schrille Summen; sie wartete darauf, daß das Klicken des Nebenanschlusses wieder ertönte und das verräterische Licht auf der Tafel aufleuchtete, nichts geschah; diesmal hörte niemand mit. Sie tippte die Nummer ein und wartete.

Der Klang der Männerstimme überraschte sie. Aus irgendeinem Grund hatte sie eine freundliche, warme, aufmunternde Stimme erwartet; statt dessen klang sie kalt und gereizt und wirkte durch ihren walisischen Akzent noch fremder. Sie hatte damit gerechnet, daß er sagen würde: »Ja, Alex, ich habe Sie erwartet. Ich wußte, daß Sie anrufen würden, die Geister haben es mir gesagt.« Statt dessen sagte er: »Morgan Ford. Mit wem spreche ich?«

»Der Name. Nenn ihm nicht deinen Namen. Denk dir einen falschen aus. »Ich hoffe, es macht Ihnen nichts aus, daß ich zu dieser Stunde anrufe«, begann sie nervös, unsicher, wie sie sich verhalten sollte, und lauschte dabei ständig, lauschte, ob der Hörer unten abgenommen wurde. »Es ist nur – so furchtbar dringend.«

»Wer sind Sie, bitte?«

»Ich brauche Hilfe. Ich muß ein Medium konsultieren. Es tut mir leid, sind Sie ein Medium?«

»Ja«, entgegnete er, als hielte er sie für verrückt.

»Könnte ich vielleicht zu Ihnen kommen?«

»Sie wünschen eine Sitzung?«

»Ja.«

»Am Montag um zehn Uhr hat jemand abgesagt, wenn Ihnen das etwas nützt?«

»Ich nehme an, morgen gibt es keine Möglichkeit?«

»Morgen?« Seine Stimme klang entrüstet. »Völlig ausgeschlossen, fürchte ich. Montag – oder – dann geht es leider erst wieder im Mai. Warten Sie. Am vierten Mai könnte ich es einrichten.«

Der vierte Mai. Sie starrte wieder auf ihren Kalender. Was war das? Was zum Teufel war da los?

»Nein, bitte am Montag.« Sie nahm das Motorengeräusch eines rasch näher kommenden Wagens wahr; er hielt an. Sie hörte Türenknallen und Hundegebell.

»Sagen Sie mir bitte Ihren Namen?«

»Ich –« Sie zögerte. Welchen Namen? Welchen Namen? »Shoona Johnson«, stieß sie hastig hervor. Als er den Namen wiederholte, glaubte sie, Spott in seiner Stimme zu erkennen, so als wüßte er aus irgendeinem Grund, daß sie log. Sie war verlegen.

»Kann ich auch Ihre Telefonnummer haben?«

»Ich – äh, ich wohne –« Gib ihm keine Nummer, die er überprüfen könnte, um deinen Namen herauszufinden, gib ihm keine Anhaltspunkte. Als sie sich hilfesuchend umsah, las sie auf dem Sockel ihres Bildschirmes die Aufschrift »South East Business Systems« und nannte ihm die Nummer, die darunter stand. »Bis Montag«, sagte sie.

»Auf Wiederhören.«

Sein Tonfall hatte ihr nicht gefallen, er hatte geklungen, als wäre sie ihm lästig, als wäre es ihm gleichgültig, ob sie ihn konsultierte oder nicht. Dann rief sie sich in Erinnerung, daß es halb elf Uhr an einem Samstagabend war; sie wäre auch nicht gerade begeistert, wenn jemand sie um diese Zeit anrufen und bitten würde, sich ein Manuskript anzusehen. Sie hörte ein energisches Klappern. O Gott, jemand versuchte, die Tür zu öffnen.

Sie fuhr herum, aber da war nichts. Wieder hörte sie das Geräusch, leise und von unten herauf, dann erneut das Bellen eines Hundes. Sie eilte zum Fenster und blickte hinunter. Dort stand, zwei Räder auf der Bordsteinkante, ein Wagen, daneben Philip Main, der besorgt nach oben blickte.

Wie war es möglich, daß er schon da war? Sie zerrte am

Fenstergriff, stieß es auf und starrte hinunter. Nein, er konnte noch nicht hier sein, es war noch zu früh. Viel zu früh.

»Alex, ist alles in Ordnung?«

Ganze Zeitabschnitte verschwanden. Was ging da vor? Was, zum Teufel, ging da vor?

»Alex? Soll ich die Tür aufbrechen?«

»Nein«, gab sie kraftlos zurück. »Ich gebe dir die Schlüssel.« Sie warf sie aus dem Fenster, sah, wie er ihnen mit einem Sprung auswich, und hörte das leise Klirren, als sie auf dem Asphalt aufschlugen.

Mit einem Seufzer der Erleichterung durchquerte sie ihr Büro. Vor der Tür ertönte ein Knurren. Als sie sie öffnete, sah sie sich einem kleinen schwarzen Bullterrier gegenüber, der drohend die Zähne fletschte. Von seinen schwarzen Lefzen triefte der Geifer. Er gab ein tiefes, kehliges Knurren von sich.

Schritte hasteten die Treppe hinauf, und Main tauchte keuchend und zerzaust auf der obersten Stufe auf. »Black!« rief er. »Aus!«

Der Hund starrte Alex tatendurstig an.

»Black!«

Unwillig wich er zurück.

Main streckte die Hände aus und legte sie ihr auf die Schultern. »Ist alles in Ordnung?«

»Ja, ist schon gut.«

»Ich habe beschlossen, selbst zu kommen. Was ist los? Was ist passiert?«

Alex starrte ihn an, dann brach sie in Tränen aus. »Ich weiß es nicht, Philip. Ich weiß nicht, was los ist.«

»Ach Gott«, er suchte in seinen Taschen und zog ein Taschentuch hervor. »Du bist ja in einem furchtbaren Zustand.«

»Es war das Telefon; ich habe jemanden am Telefon gehört.«

»Hier drinnen?«

Sie nickte und nahm das Taschentuch.

»Entschuldige, es ist ein bißchen schmutzig.«

Sie drückte es krampfhaft und tupfte sich dann die Augen damit. Er schob sie zum Sofa hinüber, und sie setzten sich. Er nestelte in seiner Tasche und zog die Zigaretten heraus. Alex beobachtete den Hund, der sich gleichgültig umsah und dann aus dem Raum trottete.

»Jemand hat den Hörer abgenommen, als ich dich anrief.«

»Es ist jetzt niemand im Haus, ich habe nachgesehen, als ich hinaufging; die Fenster sind, soweit ich sehen konnte, alle verschlossen. Bist du sicher?«

Sie nickte.

»War es nicht eine andere Leitung, irgendwo draußen?«

Sie starrte ihn an. »Es hörte sich so nah an.«

»Was?«

»Diese Person, wer immer es gewesen sein mag.«

Main bot ihr eine Zigarette an. »Was machst du hier um diese Zeit an einem Samstagabend?«

»Ich – ich suchte deine Nummer –, ich hatte sie nicht zu Hause. Es tut mir leid. Habe ich dich gestört?«

»Nicht mehr, als Coleridge von diesem Kerl von Porlock gestört wurde; du hast die Menschheit vielleicht um das bedeutendste Gedicht aller Zeiten gebracht... ich wollte es gerade schreiben.« Er lächelte.

»Es tut mir leid; ich weiß nicht, was los ist.«

»Ich bringe dich mit dem Wagen nach Hause.«

»Nein.« Sie schüttelte den Kopf. »Ich will nicht nach Hause.«

»Hier bleibst du aber auch nicht, das erlaube ich nicht. Ich glaube, du brauchst Ruhe.« Er hielt ihr sein Feuerzeug hin. »Du kannst bei mir übernachten.« Er fing ihren Blick auf und erwiderte ihn. »Im Gästezimmer. Einverstanden?«

Sie nickte lächelnd, dann blieb ihr die Luft weg, so stark war die Zigarette. Sie erhob sich, trug Stanley Hills Manuskript in das Büro ihrer Sekretärin hinüber und legte es dahin zurück, wo sie es gefunden hatte. »Ich wußte nicht, daß Wissenschaftler Gedichte schreiben«, erklärte sie, als sie ihr Büro wieder betrat. »Werde ich je eines zu lesen bekommen?«

»Wir werden sehen.« Er lächelte geheimnisvoll.

Nach dem ersten Whiskey, vor einem Holzfeuer auf den flauschigen Teppichen auf dem Boden zusammengerollt, fühlte sie sich besser. An den Wänden des Zimmers standen Bücher aufgereiht, Borde voller zerfledderter, geliebter Bücher, die bis zur hohen Stuckdecke hinauf reichten. Es gab Holz und Leder, wohin man sah; edle Holztäfelung, schwere Holzmöbel, antik, aber einfach und vorzüglich restauriert, und große, üppige Ledersessel und ein wuchtiges Ledersofa.

»Ich verstehe das nicht. Warum bist du so sehr dagegen?«

»Alles Humbug, es ist ein Haufen Unsinn; wir sterben und sind weg.« Unvermittelt klatschte er heftig in die Hände; sie zuckte zusammen, und der Hund kam mit aufgeregtem Bellen zu ihm gerannt.

»Wie kannst du das sagen?«

»Ich weiß es; es ist bewiesen. Sitz, Junge, sitz! Lieber Himmel, du bist eine intelligente Frau, du kannst doch unmöglich noch an Gott glauben! Darwins Theorie ist bewiesen; das Spiel ist aus für die Betbrüder.« Er stieß eine Rauchwolke aus, und einen Augenblick lang ließ der Rauch, der ihn umhüllte, seine scharfen, hageren Gesichtszüge nebelhaft und weich erscheinen; er sieht dämonisch aus, dachte sie, satanisch; und für einen Moment zweifelte sie an ihm.

»Wenn wir halb Geist, halb Mensch wären, hätten wir einen freien Willen, Mädchen. Haben wir aber nicht, wir alle sind Gefangene unserer Gene; es ist alles festgelegt, die DNS, das Computerprogramm in deinen Genen, von deiner Mutter und deinem Vater bestimmt; die Farbe deiner Augen, die Größe deines Hinterns.«

Die Spannung wich von ihr, und sie grinste.

»Selbst deine Denkmuster.«

»Wir haben einen freien Willen, Philip.«

»Quatsch. Du und ich, wir haben nicht mehr freien Willen als ein Hund, als Black.«

»Ich dachte, Hunde haben einen freien Willen.«

Main deutete mit dem Finger auf seinen Hund. »Black bringt Katzen um; wenn er eine Katze sieht, und er ist nicht an der

Leine, bringt er sie um; es ist in seinen Genen angelegt, er kann nichts dagegen tun, und man kann ihn nicht daran hindern.«

»Wie meinst du das?«

»Du hast gesehen, wie folgsam er in deinem Büro war. Ich habe ihm befohlen aufzuhören, und er hat es getan. Er gehorcht mir in jeder Hinsicht, außer in bezug auf Katzen; wenn er eine Katze sieht, ist es aus; er zerreißt ihr die Kehle.«

»Dann ist er schlecht erzogen.«

»Nein, ich kann nichts dagegen tun; kein Hundetrainer der Welt könnte etwas dagegen tun; dieser Instinkt liegt in seinen Genen und kann ihm niemals ausgetrieben werden.«

»Du hast gesagt, auch Geister könnten Gene haben.«

»Wir haben Gott in unserem Kopf entstehen lassen; das ist unser Überlebensmechanismus, der auf eine Zeit vor Tausenden von Jahren zurückgeht, als der Mensch anfing, nach Erklärungen zu suchen, warum es ihn gibt. Du hast Spiritisten und Medien kennengelernt; sie sind alle entweder verrückt oder aalglatt. Die Verrückten halten sich für echt, die Aalglatten sind Ganoven; sie kennen sich aus mit der Telepathie, sie zerren Onkel Harry aus deinem Gedächtnisspeicher, erzählen dir Dinge, die du bereits wußtest, werfen noch ein paar andere dazu, und du sagst ›Mann, wahnsinnig!‹ Dann wirst du nachdenklich und fragst ›Wie geht es Onkel Harry?‹ Und er sagt ›Gut‹, und du gehst weg, fängst an, dir darüber Gedanken zu machen, und schon setzen die Zweifel ein. Hör mal, sagst du dir, ich habe Onkel Harry letzte Woche begraben. Er liegt in seinem Sarg, oder seine Asche ist in der Urne, und jetzt unterhalten wir uns wieder. Dann willst du immer weiter reden und stellst fest, daß es nicht geht, weil Onkel Harry nichts mehr einfällt.«

Er sog den Rauch seiner Zigarette tief ein und lächelte. »Er war ein langweiliger Trottel, solange er lebte, und plötzlich erwartest du, daß er interessant wird, nur weil er tot ist.« Er bemerkte die Tränen in ihren Augen und hielt inne. »Es tut mir leid, Mädchen, aber du schadest dir nur hier oben.« Er tippte sich an die Stirn. »Dein Sohn war ein netter Kerl; aber du mußt einfach akzeptieren, daß er tot ist.«

Sie starrte ihn lange an. »Ich kann es akzeptieren, Philip. Aber ich bin nicht sicher, ob er es kann.«

11

Der strahlende Londoner Sonntagmorgen zog an der verschmierten Windschutzscheibe von Philip Mains Volvo vorüber; es ist, als würde man versuchen, durch eine Milchglasscheibe fernzusehen, dachte Alex. London sah anders aus am Sonntag, es fehlte die Atmosphäre der Geschäftigkeit. Sonntags hatte man Zeit, Zeit, spazierenzugehen, Zeit, nachzudenken; an Sonntagen war London ein angenehmer Ort.

Sie fühlte sich ausgeruht und hatte, wie ihr bewußt wurde, zum ersten Mal, seitdem sie die Nachricht von Fabians Tod erhalten hatte, gut geschlafen.

Sie warf einen Blick auf den Aschenbecher des Wagens, der weit herausgezogen war und überquoll von Kippen, auf die Stöße von Zeitungen, Zeitschriften, Unterlagen und Kassetten, die um ihre Füße herum auf dem Boden lagen. »Danke für die letzte Nacht«, sagte sie. »Es hat mir sehr gut getan.«

»Wir haben's geschafft«, sagte er leise.

»Was geschafft?«

»Geschafft.«

»Manchmal sprichst du in Rätseln.«

»Wir haben's geschafft, uns zurückzuhalten.«

Sie betrachtete ihn lächelnd; die Zigarette ragte unter dem Schnurrbart hervor, und er saß leicht vornübergebeugt, als wäre er zu groß für das Auto. »Du hast ein ziemlich starkes Selbstbewußtsein, was?«

»Nein, nur manchmal...«, er verstummte.

»Manchmal was?«

»Manchmal...« Seine Stimme wurde leise und verlor sich. Er beugte sich vor, schob die Kassette in den Rekorder, und im nächsten Augenblick erfüllte Elkie Brooks' Stimme laut und klar den Wagen. Er knurrte etwas, beugte sich wieder nach vorne und stellte die Musik leiser. »Der Pfarrer hat dir also geraten, mehr über Fabian in Erfahrung zu bringen?«

»Der Kaplan. Ja.«

»Und was hast du bis jetzt herausgefunden?«

»Daß er seine Freundin, Carrie, nicht sitzengelassen hat – sie hat ihm den Laufpaß gegeben.«

»Was sagt dir das? Daß er stolz war?«

Alex lachte. »Ich komme mir so albern vor wegen gestern abend, weißt du.«

»Die Phantasie spielt einem merkwürdige Streiche, wenn man müde ist.«

»Hast du je von einem Medium Morgan Ford gehört?«

Er schüttelte den Kopf und nahm einen langen Zug von seiner Zigarette.

»Wie kann man ein echtes Medium von einem Schwindler unterscheiden?«

»Es gibt keine echten Medien.«

Alex starrte ihn an. »Ihr Wissenschaftler könnt so verdammt überheblich sein, daß es einen wütend macht.«

Er hupte gereizt einen kleinen Mietwagen an, dessen vier Insassen die Liberty-Fassade bestaunten. »Nein, wir äußern lediglich Wahrheiten, die die Menschen nicht gern hören.«

»Das ist genauso überheblich.«

Sie war einigermaßen überrascht, ihren Mercedes dort vorzufinden, wo sie ihn abgestellt hatte, weder abgeschleppt, noch mit einem Strafzettel versehen, noch mutwillig demoliert. Sie beugte sich zur Seite und küßte Philip Main auf die Wange.

»Wirst du zurechtkommen?«

»Ja.«

»Ich glaube, ich werde heute abend mit dir essen gehen, um sicher zu sein.«

Sie schüttelte den Kopf. »Ich komme abends nicht gern in ein leeres Haus zurück. Komm zu mir, dann mache ich uns ein Abendessen.«

»Gegen acht?«

Als Alex mit ihrem Wagen weiterfuhr, fühlte sie sich heiter und ausgeruht; aber sie wußte, daß der Schmerz wiederkommen würde. Er war in ihrem Kopf angestaut und wartete nur darauf, über sie hereinzubrechen; am schlimmsten würde es am späten Nachmittag sein, wenn die Sonne zu verblassen begann; die Depression würde kommen, wie sie es immer am späten Sonntagnachmittag getan hatte, ihr ganzes Leben lang, seit ihrer frühen Kindheit.

Sie fuhr in südlicher Richtung über die Vauxhall-Brücke und nach Streatham hinunter. Die Aufgabe, die vor ihr lag, nämlich Carrie ausfindig zu machen und ihr die Neuigkeit zu überbringen, bereitete ihr kein Vergnügen. Sie hatte nicht einmal eine Adresse. Sie konnte sich lediglich daran erinnern, daß sie an einem Antiquitätengeschäft, vor dem eine Reihe Stühle auf dem Gehsteig gestanden hatte, vorübergefahren waren, als Fabian erklärt hatte: »Dort wohnt Carrie, Mutter.« Und sie hatte den Kopf nach rechts gedreht und die Wohnblöcke gesehen. Es war am Fuß eines Hügels gewesen, ähnlich demjenigen, auf dem sie sich jetzt befand; sie entdeckte einen geschlossenen, mit Brettern vernagelten Antiquitätenladen und etwas entfernt, zur Rechten, zwei graue Hochhäuser. Sie wendete und fuhr darauf zu, eine mit zerbeulten Autos und verdreckten Lieferwagen gesäumte, schmale Straße hinunter: eine enge, beklemmende Straße. Zwei schwarze Kinder spielten auf dem Bürgersteig; sie unterbrachen ihr Spiel und sahen ihr nach, und sie spürte, wie sie errötete, spürte, daß sie irgendwie kein Recht hatte, hier zu sein, daß sie sich außerhalb ihres Gebietes bewegte.

Die Straße beschrieb eine Kurve und zog sich scheinbar endlos zwischen Sozialwohnungen in zweigeschossigen Häusern bergauf, zu deren Obergeschossen kahle Eisentreppen führten. Auf den Balkonen und vor den Fenstern hingen Handtücher, Laken und Wäsche; es herrschte eine Atmosphäre wie in einem Getto.

Die beiden Hochhäuser, abbröckelnder Fertigbeton, türmten sich jetzt unmittelbar vor ihr auf; sie ragten in den Himmel wie zwei riesige, unheilvolle Grabsteine.

Alex stieg aus dem Mercedes, verschloß ihn sorgfältig und betrat den Hausflur des nächstliegenden Gebäudes. Die Glasscheibe des einen Türflügels lag zum größten Teil in Scherben am Boden, der andere Flügel war so verkeilt, daß er ständig offen stand. Das Wort FICKEN war in großen, grellroten Buchstaben auf eine Wand gesprüht, und ein unangenehmer Geruch, den sie nicht identifizieren konnte, hing in der Luft.

Ihr Blick wanderte über die Namensschilder. Da war es: E. Needham. Unangenehme Gefühle überfielen sie plötzlich. Es wäre leichter gewesen, hätte sie den Namen nicht gefunden; damit wäre die Entscheidung gefallen, und sie hätte die Sache auf sich beruhen lassen können.

Sie drückte auf einen Knopf, und die breite Lifttür glitt zur Seite; es war eher ein Lastenaufzug als ein Personenlift. LECK MICH AM ARSCH. Auch hier hatte sich der Sprühdosenkünstler betätigt. Alex drückte auf den Knopf zum dritten Stock, und die Tür schloß sich langsam und ruckend. Sie fragte sich, ob es nicht vernünftiger gewesen wäre, die Treppe zu nehmen. Sie spürte einen kaum wahrnehmbaren Stoß, und die Türen vor ihr begannen langsam, qualvoll langsam, nach unten zu gleiten. In dem Aufzug roch es ekelerregend, wie in einer öffentlichen Toilette, und plötzlich entdeckte sie zu ihrem Entsetzen eine Urinpfütze neben ihren Füßen. Sie wich zurück. Mit Klirren und Beben passierte der Lift die Anzeige für das erste Stockwerk.

Schließlich hielt der Lift mit einem Ruck an, und sie trat in einen düsteren, mit Steinfliesen ausgelegten Korridor. Ein verblichenes Friedenszeichen war an die Wand gesprüht, und weiter hinten hatte jemand das Wort SCHWEINE in den Putz gekratzt. Vor der Nummer dreiunddreißig, einer blauen Tür mit einem Spion, blieb sie stehen und sah sich suchend nach der Klingel um. Sie drückte darauf, hörte ein Surren wie von einem wütenden Insekt und wartete. Nach kurzer Zeit rief eine Frauenstimme: »Ja?«

Alex blickte auf die Tür. »Mrs. Needham?« Sie wartete, aber nichts geschah. Irgendwo weiter hinten im Gang hörte sie einen Säugling schreien, und von oben drang das ferne Plärren von Popmusik herunter. Sie klingelte noch einmal.

Wieder folgte eine lange Stille. »Ja, wer ist da?«

Alex blickte auf die Tür. »Mrs. Needham?«

»Wer ist da?« Die Stimme war jetzt näher gekommen, und Alex hörte schlurfende Schritte, sah eine Bewegung im Spion aufblitzen. »Was woll'n Sie?« ertönte eine feindselige Stimme.

»Ich möchte bitte mit Mrs. Needham sprechen.«

»Kommen Sie vom Sozialamt?«

»Nein. Mein Name ist Alex Hightower. Mein Sohn war mit Ihrer Tochter befreundet.«

Es folgte ein langes Schweigen. Alex vernahm ein bellendes Husten, dann war es wieder still. »Hallo?« rief sie nervös.

»Was woll'n Sie denn? Ich hab' meine Rundfunkgebühren bezahlt.«

Alex runzelte überrascht die Stirn. »Ich möchte nur ein Wort über Ihre Tochter Carrie mit Ihnen reden. Haben Sie eine Tochter namens Carrie?«

Stille. »Ja.« Erneute Stille. »Was hat sie angestellt?«

»Nichts, Mrs. Needham. Ich habe ihr eine Nachricht zu überbringen. Bitte, machen Sie die Tür auf.«

Wieder hörte sie ein trockenes Husten, dann das Geräusch eines Riegels, der zurückgeschoben wurde; die Tür öffnete sich ein paar Zentimeter. Vor ihr stand eine Frau, die viel jünger war, als sie erwartet hatte, jemand in ihrem Alter, aber mit verkniffenen, verhärmten Zügen, gealtert durch Vernachlässigung, Mißmut und einen fahlen Teint, der dringend der frischen Luft bedurfte. Sie mußte einmal sehr schön gewesen sein und hätte immer noch gut aussehen können, wenn sie sich Mühe gegeben hätte. Sie stand, das Haar ein Wust von Lockenwicklern, eine Zigarette zwischen den Lippen, in einem schmutzigen blauen Morgenmantel vor Alex und musterte sie von Kopf bis Fuß. »Sie kommen nich' vom Sozialamt?«

»Nein.«

»Na ja, die haben manchmal komische Ideen.« Ihr Blick hing nervös an Alex und huschte dann umher. Die Frau machte eine Kopfbewegung und trat zurück; Alex nahm es als Aufforderung und betrat einen kurzen Flur, in dem es nach saurer Milch und

Zigaretten roch. Durch eine Tür konnte sie in die Küche sehen, wo sich auf dem Tisch die leeren Bierflaschen türmten. Die Frau führte sie in einen L-förmigen Wohnschlafraum. »Carrie, haben Sie gesagt?«

Alex nickte, und ihr Blick wanderte über das ungemachte Bett, die kahlen Wände, die Kleider, Abfälle, Zeitschriften und das ungewaschene Geschirr, wahllos im Zimmer verstreut, über die schmutzigen Fenster und den großartigen Blick auf das ferne London.

»Mein Sohn Fabian war mit Ihrer Tochter befreundet – bis vor kurzem; ich glaube, sie haben sich kurz nach Weihnachten getrennt.«

Die Frau starrte ausdruckslos vor sich hin, zog gierig an ihrer Zigarette, obwohl sie schon bis zum Filter heruntergebrannt war, rümpfte die Nase, nahm einen weiteren Zug und drückte die Zigarette dann aus. »Hab' sie lange nich' gesehn; sie kommt nich' oft her.« Sie wandte das Gesicht ab und hustete erneut, ein langes, trockenes Husten. Dann drehte sie sich wieder zu Alex um. »Setzen Sie sich, werfen Sie die Zeitungen auf den Boden. Es ist wohl leider nich' so besonders hier; die geben einem heutzutage nich' viel vom Sozialamt, wenn man allein ist.«

Alex räumte einen Stapel Zeitungen und ein halbvolles Rabattkärtchen vom Sofa und setzte sich.

»Geht ihre eigenen Wege, wenn Sie wissen, was ich meine.«

Alex spürte den musternden Blick der Frau auf sich. »Alle Kinder sind auf die eine oder andere Art schwierig.«

»Ich weiß nix von einem Fibbin – oder wie heißt er?«

»Fabian.«

»Ich weiß nix von ihm. Sie hat nix von ihm erzählt.«

»Er ist vor zweieinhalb Wochen bei einem Autounfall ums Leben gekommen. Ich weiß, daß er Carrie sehr gern hatte; ich dachte, sie sollte es wissen.«

»Ach ja?« entgegnete die Frau gleichgültig, und Alex fragte sich, ob sie sie falsch verstanden hatte.

»Ich hatte gedacht, Carrie würde vielleicht zur Beerdigung kommen, wissen Sie.« Alex biß sich auf die Lippen; sie wollte weg von hier, weg von dem Gestank, der verwahrlosten Frau, der schmutzigen Wohnung.

»Ich sag's ihr, wenn ich sie sehe, meine Liebe – weiß nich', wann das is'. Tut mir leid, hab' Ihnen gar nix angeboten – kriege nich' viel Besuch, wissen Sie, außer vom Sozialamt.«

»Ist schon gut, danke.«

»Tasse Tee oder irgendwas?«

»Nein danke, wirklich.«

»Sie is' in Amerika.« Sie deutete mit einer Kopfbewegung zum Kaminsims hinüber, wo Alex eine Ansichtskarte mit dem Bild eines Wolkenkratzers sah.

»Wie lange ist sie schon da?«

Die Frau zuckte die Achseln. »Weiß nie, wie lange sie irgendwo is'; kriege immer nur Postkarten, sonst nix; kriege sie regelmäßig.« Sie zuckte wieder die Achseln. »Manche Mütter kriegen nich' mal das, ich weiß.«

Alex lächelte. »Ich fand Carrie sehr nett; ein sehr hübsches Mädchen.«

Die Frau zuckte die Achseln. »Ich hab' keine Ahnung, hab' keine Ahnung, wie sie jetz' aussieht; hatte mal 'n paar Fotos von ihr, weiß nich', was ich damit gemacht hab'.«

Die Klingel schrillte, und jemand hämmerte heftig an die Eingangstür.

»Wer is' da?« rief sie schroff.

Es klingelte zweimal, und das laute Klopfen wiederholte sich.

»Ja, ja, is' ja gut!« Sie stand hustend auf und schlurfte hinaus.

Alex trat an den Kaminsims und betrachtete die Ansichtskarte. In kleinen weißen Buchstaben waren am unteren Rand die Worte »John Hancock Tower« aufgedruckt. Daneben lag noch ein Stoß weiterer Karten. Die Technische Hochschule Massachusetts, Cambridge, Massachusetts Newport, Rhode Island. Vermont, New Hamsphire. Sie hörte das schnappende Geräusch, als die Tür geöffnet wurde, hörte Gelächter und Schritte; mit einem nervösen Seitenblick ließ sie die Karte mit der Technischen Hochschule Massachusetts in ihre Handtasche gleiten.

»Verpißt euch! Ihr Mistkerle!« hörte sie Mrs. Needham

schreien; die Tür fiel krachend ins Schloß, und Mrs. Needham schlurfte, eine Bierflasche in der Hand, das Gesicht vor Zorn gerötet, ins Zimmer zurück. »Scheißkerle, die Kinder hier in der Gegend. Scheißkerle.« Sie öffnete die Flasche, nahm einen Schluck und bot sie Alex an.

Sie schüttelte den Kopf. »Nein, danke.«

Die Frau wischte sich mit dem Handrücken über den Mund. »So geht das dauernd. Die vom Sozialamt sagen, sie können nix machen.« Sie nahm wieder einen Schluck aus der Flasche. »Was ham Sie gesagt, was mit Ihrem Sohn is'?«

Alex starrte die Frau entsetzt an, als ihr klar wurde, daß sie betrunken war und es die ganze Zeit über gewesen war.

»Er ist tot, Mrs. Needham«, entgegnete sie so ruhig sie konnte, während ihr ein Gemisch aus Mitleid und Zorn die Kehle zuschnürte. »Tot.«

»Tja, na ja, es erwischt uns alle mal«, bemerkte Mrs. Needham.

12

Froh, Mrs. Needhams Wohnung und der beklemmenden Verwahrlosung der Siedlung entronnen zu sein, fuhr Alex die King's Road hinunter.

Wut stieg in ihr auf, Wut auf die Frau, weil sie so lebte, weil ihr Fabians Tod gleichgültig war; Wut, weil sie so armselig war, Wut darüber, daß es einen so abscheulichen Ort wie diesen überhaupt geben konnte. Dann fiel ihr der Blick ein, dieser überwältigende Blick aus dem Fenster, und es schien ihr vollkommen absurd, daß das einzige Schöne an diesem ganzen Haus der Blick auf einen anderen Ort war.

Ihr Haus lag ruhig da; sie hob die Sonntagszeitung von der Fußmatte auf und nahm sie mit in die Küche. Sie hörte das Surren der Küchenuhr und das leise Fauchen des Boilers. Alles wirkte normal, roch normal, klang normal. Das Haus summte, seufzte und knirschte wie der vertraute Freund, der es immer gewesen war. Sie fühlte sich sicher und wohl. Daheim.

Das Telefon klingelte; es war David. »Alex, ist alles in Ordnung?«

Seine Stimme klang unbeholfen, drängte sich in ihren Frieden, und augenblicklich stieg Gereiztheit in ihr auf; dann fiel ihr ein, wie sie ihn behandelt hatte, und es tat ihr leid. »Hallo, David«, sagte sie und gab sich Mühe, so zu klingen, als freute sie sich, ihn zu hören. »Es ist alles in Ordnung. Hör mal, es tut mir leid wegen gestern abend, ich weiß nicht, was los war...«

»Es muß die Anspannung gewesen sein, Liebling. Wir standen beide unter einer furchtbaren Anspannung; die ganze Sache war ein schrecklicher Schlag.«

Fluch auf mich, um Himmels willen, sei sauer auf mich, sei nicht dauernd so verdammt nett zu mir; nenne mich ein Biest, schrei mich an, jag mir Angst ein, dachte sie, konnte es aber nicht sagen. »Ja, du hast recht«, erwiderte sie lahm. »Ich bin dir gestern abend nachgelaufen und habe gerufen und gewinkt – die Leute müssen mich für verrückt gehalten haben.«

Er lachte. »Warum?«

»Ich wollte mich entschuldigen.«

»Ich habe dich angerufen, als ich nach Hause kam; es hat niemand abgenommen; ich habe mir furchtbare Sorgen gemacht.«

»Ich bin ins Büro gefahren.«

»Ins Büro?«

»Ich wollte versuchen, ein bißchen zu arbeiten; schließlich habe ich dort geschlafen.«

»Ich finde es gut, wenn du jetzt viel arbeitest, dich auf andere Gedanken bringst – weißt du –, aber übertreib es nicht, du mußt versuchen, Ruhe zu finden.«

Sie betrachtete ihr Spiegelbild im Toaster, sah ihre Augen und mußte sich, unfähig sie anzusehen, abwenden. Es war ein miserables Gefühl, zu lügen und dabei zu wissen, daß es der andere glaubte; es war, als würde man sich selbst betrügen. »Ich habe heute Carries Mutter besucht.«

»Carrie? Wußte sie davon?«

»Nein. Nichts. Sie sieht Carrie offensichtlich sehr selten. Sie ist im Augenblick irgendwo in den Staaten.«

»Sie war ein nettes kleines Ding.« Seine Stimme wurde zerstreut. »Wie wär's mit einem Abendessen irgendwann in dieser Woche?«

»Das wäre schön.«

»Wie sieht es in deinem Terminkalender aus?«

»Ich habe ihn im Büro gelassen. Laß uns morgen darüber reden.«

Mit einem Seufzer legte sie den Hörer auf und dachte einen Augenblick lang an die Zeiten, als sie noch zusammen gewesen waren, als sie glücklich miteinander gewesen waren; oder war es damals eine Täuschung gewesen? War alles eine große Lüge? Sie machte sich ein Sandwich und ging ins Wohnzimmer hinüber, wo sie eine Kassette von *Don Giovanni* einlegte und es sich auf dem Sofa bequem machte.

Es war später Nachmittag, als sie mit einem Ruck aus einem schweren Traum auffuhr. Sie war verwirrt und erhitzt; sie war irgendwo mit Fabian im Auto unterwegs gewesen; er hatte einen Witz gemacht, und sie hatten gelacht; im Traum war er ihr so wirklich erschienen, so unglaublich wirklich, daß sie einige Sekunden brauchte, sich zu erinnern ... daß sie niemals mehr irgendwohin fahren, nie wieder miteinander lachen würden. Sie war traurig und fühlte sich betrogen, betrogen durch den Traum und betrogen vom Leben. Mit schwerem Herzen erhob sie sich, trat ans Fenster und zog die Vorhänge vor dem schwächer werdenden Tageslicht zu.

Sie wünschte, ihre Mutter wäre noch am Leben, es gäbe einen älteren und klügeren Menschen, dem sie sich anvertrauen konnte; jemanden, der alle Erfahrungen schon gemacht hatte. Es gab Seiten am Erwachsensein, an die sie sich nie gewöhnt hatte; manchmal war ihr, als wäre sie Mutter geworden, ohne je aufgehört zu haben, ein Kind zu sein.

Sie öffnete ihre Handtasche und zog die Karte hervor, die sie bei Carries Mutter mitgenommen hatte: eine Uferansicht, auf der eine von imposanten Universitätsgebäuden gesäumte Allee prangte. Sie drehte die Karte um. »Technische Hochschule Massachusetts, Boston, Mass.« war am unteren Rand aufgedruckt. Boston, dachte sie; Boston, Boston, Boston. Sie betrachtete die Handschrift, große, ordentliche, steile Buchstaben:

»Hallo, Mutter. Hier ist es wirklich angenehm, es passiert allerhand, habe ein paar tolle Leute kennengelernt, schreibe dir bald wieder. Alles Liebe, C.«

Dahinter stand ein halbherziges »X«. Sie stieg mit der Karte die Treppe hinauf und betrat Fabians Zimmer.

Sein Koffer lag auf dem Bett. Wie ein Sarg, dachte sie mit einem Schauder. F. M. R. Hightower stand in verblaßten weißen Matritzenbuchstaben inmitten der Kratzer und Dellen auf dem Deckel. Sie öffnete das erste Schloß, das mit einem Ruck aufsprang und schmerzhaft gegen ihren Finger prallte; das zweite Schloß öffnete sie vorsichtiger. Sie schlug den Deckel zurück, kramte zwischen den Kleidungsstücken und zog Fabians Tagebuch hervor. Sie blätterte darin, nahm die leeren Ansichtskarten heraus, die sie in seinem Schreibtisch in Cambridge gefunden hatte, und verglich sie mit derjenigen von Carrie in ihrer Hand; zwar unterschieden sich die Aufnahmen, doch der Aufdruck war auf allen der gleiche. Erstaunt runzelte sie die Stirn, und als sie sich im Raum umsah, blieb ihr Blick an Fabians Augen hängen, die von dem Porträt auf sie herunterstarrten; schuldbewußt und verlegen über das, was sie tat, wandte sie sich ab.

Auf der Rückseite des Tagebuches befand sich ein Fach mit einem Reißverschluß, den sie öffnete; darin steckte ein rosafarbener Zettel mit einer Schrift darauf, die aussah wie die von Carrie, und er war auf den fünften Januar datiert. Die Adresse in Cambridge war ebenfalls mit der Hand geschrieben.

»Lieber Fabian,

hör bitte mit diesen ständigen Anrufen auf, die für alle Beteiligten lästig und quälend sind. Ich habe dir gesagt, daß ich dich nicht wiedersehen will, und nichts kann meinen Entschluß ändern. Es gibt keinen anderen Mann, worauf du zu beharren scheinst, ich kann lediglich nicht mehr mit deinen sonderbaren

Gewohnheiten umgehen. Laß mich also bitte in Ruhe. Alles Liebe, C.«

Dasselbe verschnörkelte »C« und dieselbe Schreibart wie auf der Postkarte, aber Alex schien irgend etwas anders daran zu sein, und sie konnte nicht herausfinden, was es war. Sie las den Brief noch einmal durch. Sonderbare Gewohnheiten, sonderbare Gewohnheiten, dachte sie verwundert und stellte fest, daß ihr wieder kalt wurde, kalt und unbehaglich. Die Türklingel ertönte. Sie warf einen Blick auf ihre Armbanduhr: es war sechs Uhr fünfzehn. Nachdem sie alles in das Tagebuch zurückgeschoben hatte, legte sie es in den Koffer zurück und stieg die Treppe hinunter.

Sie öffnete die Haustür und fühlte eine Unruhe beim Anblick der korpulenten Frau mit den wasserstoffgebleichten Haaren, die vor ihr stand.

»Hallo, Mrs. Hightower.«

Alex starrte auf ihr adrettes schwarzes Hütchen, ihre Lederhandschuhe und die untadelig gebügelte weiße Bluse.

»Iris Tremayne; ich hatte letzte Woche schon einmal vorbeigeschaut.«

Alex sah, wie sich ihr winziger Rosenknospenmund beim Sprechen öffnete wie eine Geheimtür in den weichen Falten ihres Gesichts. In den Augen der Frau stand Entschlossenheit, eine Entschlossenheit, sich diesmal nicht abweisen zu lassen. »Treten Sie ein«, sagte Alex, der in diesem Augenblick nichts anderes einfiel.

»Sie brauchen mich, meine Liebe, das merke ich genau«, erklärte die Frau, indem sie besitzergreifend ins Haus trat.

Alex gingen immer noch die Worte des Briefes durch den Kopf. Sonderbar; sonderbar; der starre Blick des Porträts, die plötzliche Kälte im Zimmer. Es war doch Morgan Ford, den sie besuchen wollte, und zwar am nächsten Tag? »Ich glaube, das ist ein Irrtum –«, begann sie.

Iris Tremayne sah sich gebieterisch in der Diele um und folgte Alex dann ins Wohnzimmer. »Sie werden behelligt, nicht wahr?« Ein sanfter Unterton milderte den herrischen Klang ihrer Stimme.

»Ich war nur ein bißchen nervös, das ist alles.«

»Das kann ich mir denken, nach dem, was passiert ist.«

Alex starrte sie mißtrauisch an. »Was meinen Sie – nach dem, was passiert ist?«

»Sie werden behelligt, meine Liebe, nicht wahr? Ich habe es schon gespürt, als ich das letzte Mal hier war, daß sie behelligt werden würden; ich habe doch recht, oder nicht, meine Liebe?«

Alex warf ihr, plötzlich verärgert über diese Störung ihrer Privatsphäre, einen finsteren Blick zu. Sie hatte am nächsten Tag einen Termin, sie brauchte jetzt niemanden für eine Aussprache. Sie fragte sich, ob es einen Zusammenhang gab zwischen Morgan Ford und Iris Tremayne, ob er ihr durch die Kundendienstnummer von Olivetti auf die Spur gekommen war und Iris Tremayne hergeschickt hatte. Lächerlich. »Möchten Sie eine Tasse Tee?«

»O nein, vielen Dank, meine Liebe.«

Sie blickte sich wieder um. »Sie haben wirklich ein schönes Haus.« Ein Gemälde an der Wand erregte ihre Aufmerksamkeit, sie trat näher und deutete mit dem Finger darauf. »Ist es ein Stubbs?«

»Nein.«

»Er ist der einzige Maler, den ich kenne, der Pferde malt.«

»Es ist von meinem Mann.«

»Ach, er ist Maler?«

Alex musterte sie kalt. »Nein, das Pferd; es hat ihm gehört. Eines seiner Hobbys.«

»Ich selbst bin nicht der Typ fürs Wetten; sollte ich vielleicht tun ... bei meinen Vorahnungen ... aber es scheint nie für uns selbst zu funktionieren, meine Liebe, ich habe noch nie jemanden erlebt, der zu seinem eigenen Vorteil Sieger voraussagen konnte. Beruhigend, nicht wahr, diese Pferdebilder.«

»Darüber habe ich mir eigentlich noch nie Gedanken gemacht.« Alex warf ihr einen ungeduldigen Blick zu. »Was wollten Sie eben damit sagen, daß ich behelligt würde?«

»Sein Geist ist ruhelos, nicht wahr? Er braucht Hilfe.« Sie ließ sich vorsichtig in einen Sessel sinken; wie eine Kiste, die in einen Laderaum hinabgelassen wird, dachte Alex. Die Frau schloß fest die Augen, neigte den Oberkörper nach vorne und umfaßte, ohne die Handschuhe auszuziehen, ihr rechtes Handgelenk mit der Linken. Als sie die Augen wieder öffnete und aufblickte, bemerkte Alex zum ersten Mal den Hauch eines Zweifels, trotz der Selbstsicherheit der Frau.

»Keine Sorge, meine Liebe.« Die Lippen teilten sich zu einem nervösen Lächeln und schrumpften dann wieder zusammen, als hätten sie ein Eigenleben. »Es kostet Sie nichts, überhaupt nichts. Sie können natürlich eine Spende für einen wohltätigen Zweck geben, wenn Sie wollen, aber das steht Ihnen frei, vollkommen frei.« Sie schlug ihre langen, falschen Wimpern zur Decke und runzelte die Stirn, als hätte sie einen Fehler im Anstrich entdeckt, dann lächelte sie wieder nervös. »Sie kommen zurecht, ja, meine Liebe?«

»Ja«, entgegnete Alex abweisend. »Ich komme zurecht.«

»Er ist hier, nicht wahr, meine Liebe?«

»Was meinen Sie damit?«

Iris Tremayne schüttelte den Kopf und sog scharf die Luft ein; ihre Schultern zogen sich plötzlich zusammen und entspannten sich dann wieder. Sie schloß die Augen und saß reglos da. Alex beobachtete sie neugierig und spürte plötzlich ein tiefes Grauen in sich.

Die Frau begann kaum merklich zu zucken. Dann hörte es unvermittelt auf, sie erhob sich mit einem Ruck und öffnete die Augen. »Es tut mir leid, meine Liebe«, sagte sie. »Ich habe einen furchtbaren Fehler gemacht. Ich hätte nicht kommen sollen.« Ihre Stimme hatte sich verändert, sie war jetzt eiskalt; die Ruhe war aus ihrem Gesicht gewichen, und sie sah aus, als hätte sie Angst. »Nein, ich hätte auf keinen Fall kommen sollen. Ein furchtbarer Irrtum.«

»Wie meinen Sie das?«

Sie schüttelte den Kopf. »Ich gehe jetzt lieber«, erklärte sie und griff nach ihrer Handtasche.

Alex hatte Angst. »Was haben Sie eben gemeint?«

»Es ist wirklich besser, wenn ich gehe, meine Liebe, es ist nicht das, was ich dachte.«

Alex sah das weiße Rund ihrer Augäpfel, die dunklen Pupillen, die suchend durch den Raum huschten, die Furchen auf ihrer fleischigen, gerunzelten Stirn. »Können Sie mir nicht wenigstens sagen, was Sie gemeint haben?«

Iris Tremayne sank in den Sessel zurück, kramte in ihrer Handtasche und zog eine Puderdose hervor. Sie öffnete sie mit einem lauten Schnappen und blickte in den Spiegel. »Ich sehe vielleicht aus«, murmelte sie und betupfte sich die Nase mit Puder.

Alex spürte, daß sie langsam ärgerlich wurde. »Sagen Sie mir bitte, was das alles zu bedeuten hat.«

Die Frau warf ihr einen Blick zu und ließ die Puderdose zuschnappen. Sie schüttelte zögernd den Kopf. »Sie müssen mir glauben, meine Liebe, es ist besser, wenn ich gehe, besser, nicht darüber zu reden, vergessen Sie's, meine Liebe, vergessen Sie, daß ich hier war. Sie hatten recht, Sie hatten vollkommen recht beim letzten Mal.« Sie erhob sich und ging schwerfällig auf die Tür zu. Sie blieb noch einmal stehen und bemühte sich, Alex ein freundliches Lächeln zuzuwerfen. »Ich glaube, ich gehe jetzt wirklich lieber; rühren Sie nicht daran, ich glaube, das wäre das Beste. Machen Sie sich keine Sorgen um die Bezahlung.«

»Hören Sie, ich will eine Erklärung. Bitte?«

Im oberen Stockwerk ertönte ein dumpfer Schlag. Alex fragte sich einen Moment, ob sie sich wieder etwas eingebildet hatte, doch der nervöse Blick ihrer Besucherin entging ihr nicht.

»Er ist ruhelos, meine Liebe.«

»Ich gehe einfach hinauf und sehe nach, was das war.«

»Nein, meine Liebe, das würde ich nicht tun; ich habe ihn gestört, wissen Sie«, erklärte sie zögernd. »Er ist nicht erfreut über mein Kommen, absolut nicht erfreut.« Die Frau schüttelte den Kopf. »Rühren Sie nicht daran, meine Liebe, hören Sie auf meinen Rat – ich hatte noch nie –, habe es noch nie erlebt, nicht so, Sie müssen es auf sich beruhen lassen, ihn in Ruhe lassen; beachten Sie ihn einfach nicht.« Unvermittelt trat sie einen Schritt auf Alex zu und umklammerte fest ihre Hand. Alex spürte das kalte Leder ihres Handschuhs. »Sie müssen meinen Rat befolgen, meine Liebe.« Damit machte sie kehrt und schritt in den Flur hinaus. Die Tür fiel mit einem Klicken ins Schloß, und sie war verschwunden.

In Alex' Kopf drehte es sich, als sie sich im Zimmer umsah; sie trat ans Fenster, schob die Vorhänge auseinander und starrte hinaus. Iris Tremayne lief mit kurzen Schritten die Straße hinunter und wurde immer schneller, immer entschlossener, so als wollte sie weglaufen, würde aber irgendwie daran gehindert.

13

Alex ließ die Vorhänge zurückfallen und blickte sich im Raum um. Was hatte Iris Tremayne gesehen, fragte sie sich. War sie eine Irre, oder . . .? Sie zündete sich eine Zigarette an und nahm einen tiefen Zug; sie hatte einen widerlichen, fremdartigen Geschmack, wie verbranntes Gummi. Fabian hatte es gehaßt, wenn sie rauchte, und sie hatte sich immer Mühe gegeben, es in seiner Gegenwart nicht zu tun; plötzlich hatte Alex das Gefühl, ihn zu hintergehen, nahm einen weiteren Zug und drückte die Zigarette dann, die Nase über den Gestank rümpfend, aus.

Während sie zur Küche ging, versuchte sie, dem Geräusch von oben keine Bedeutung beizumessen. Wieder ein Streich, den mir mein Bewußtsein gespielt hat, sagte sie sich, doch sie sah immer noch Iris Tremaynes Gesicht, ihren furchtsamen Blick vor sich. Wahrscheinlich wieder der Heizkessel. Sie öffnete die Tür des Gefrierschranks und überlegte, während sie die Tiefkühlpackungen musterte ,was sie für Philip kochen sollte, schlug die Tür aber nervös wieder zu. Sie warf einen Blick auf die Armbanduhr, sieben Uhr; er würde bald da sein. Er konnte entscheiden, und sie würde es im Mikrowellenherd zubereiten.

Sie blickte zur Decke auf und lauschte. Alles war ruhig. Was zum Teufel hatte sie gemeint, diese verdammte Frau? Sie ging den Flur entlang, stieg die Stufen hinauf und blieb lauschend auf dem Treppenabsatz stehen. Eine plötzliche Unruhe, ein Unbehagen beschlich sie, und sie wünschte sich, sie wäre nicht allein. In der

Ferne hörte sie die Sirene eines Krankenwagens. Sie öffnete die Tür zu ihrem Schlafzimmer und knipste das Licht an; alles war normal. Dann sah sie im Badezimmer nach; auch dort gab es nichts Ungewöhnliches. Sie ging den Flur entlang, blieb vor Fabians Tür stehen und horchte wieder. Als sie die Tür aufstieß und das Licht einschaltete, spürte sie, wie das Blut aus ihren Adern wich.

Der Koffer lag umgestürzt auf dem Boden, der Inhalt war im Zimmer verstreut.

Ihr war schwindelig, und sie tastete sich haltsuchend nach der Wand, die unter ihren Händen davonzugleiten schien. Sie taumelte, klammerte sich an die Armlehne von Fabians Sessel. Sie schloß die Augen, atmete tief durch, öffnete sie wieder, blickte einen Moment lang verwirrt um sich, verließ dann das Zimmer und ging durch den Flur zu seinem Bad. War hier jemand gewesen? Nein, unmöglich; die Fenster waren alle fest geschlossen. Konnte der Koffer zufällig heruntergefallen sein – hatte sie ihn zu wacklig auf die Bettkante gestellt? Nein, auch das war nicht möglich. Aber wie? Wie?

Sie kehrte in Fabians Zimmer zurück, starrte auf das wirre Durcheinander auf dem Fußboden: Kleider, Bücher, der verbeulte Strohhut; dann glitt ihr Blick zu seinem Porträt hinauf. Wie?

Es klingelte an der Haustür. Sie schaltete das Licht aus, schloß die Tür und ging hinunter.

»Sitz!« hörte sie, dann folgte ein wütendes Knurren. »Sitz!«

Zitternd öffnete sie die Tür. Vor ihr stand Philip Main in einem abgewetzten Cordjackett; er hatte eine zerknitterte Papiertüte unter den Arm geklemmt und hielt in der anderen Hand, nicht ohne Schwierigkeiten, Blacks Leine.

»Black, sitz!« Main sah sie an. »Tut mir leid, wenn ich zu früh komme, ich konnte mich nicht erinnern, welche Zeit wir ausgemacht hatten.« Er wandte sich wieder dem Hund zu. »Sitz!«

»Ich glaube nicht, daß ich eine Uhrzeit gesagt hatte.«

Er hielt ihr die Tüte hin. »Wußte nicht, was wir essen würden, also habe ich roten und weißen Wein gekauft.«

»Danke.« Sie nahm ihm die Tüte ab.

Main wurde mit einem Ruck zurückgezerrt. »Black, sitz!«

Der Hund stieß ein tiefes, langgezogenes Knurren aus. »Komm herein.«

Main riß energisch an der Leine, und Black gab ein überraschtes, ersticktes Husten von sich. »Er ist – äh – nicht bei bester Laune, hat heute nicht viel Auslauf gehabt.« Der Hund grub seine Krallen in die Betonstufe und rutschte unter Mains unerbittlichem Zug unwillig ein paar Zentimeter vorwärts. »Black!« Der Hund akzeptierte seine Niederlage und hob den Kopf, dann folgte er seinem Herrn zögernd ins Haus, blieb in der Diele stehen und setzte sich.

»Hallo, mein Junge«, begrüßte Alex den Hund, doch er beachtete sie nicht im geringsten, sondern starrte mißtrauisch auf den Boden. Main nahm ihm die Leine ab. »Er hat manchmal Launen.«

»Es muß schwer sein, in London einen Hund zu halten.«

»Manchmal.« Er rollte die Leine zusammen und steckte sie in die Tasche. »Irgendwie kommen wir zurecht.«

Sie traten ins Wohnzimmer. »Was hättest du gern?«

»Du siehst schrecklich aus.«

»Vielen Dank.« Sie lächelte.

»Weiß; du bist weiß wie eine Wand.«

»Scotch?«

»Ich nehme an, du hast keinen Paddy?«

»Paddy?«

»Irischer Whiskey.«

Sie schüttelte den Kopf. »Tut mir leid.« Sie war sich seines prüfenden Blickes bewußt und fühlte sich unbehaglich. »Wahrscheinlich bin ich ein bißchen müde.«

Er setzte sich gemächlich und zog sein Zigarettenpäckchen aus der Jackentasche.

Sie reichte ihm ein Glas. »Ich habe tatsächlich einen ziemlich unangenehmen Tag gehabt. Wie war es bei dir?«

»Ganz gut.« Er beugte sich vor und roch an seinem Whiskey.

»Machst du Fortschritte? Ist der Zeitpunkt näher gerückt, daß ich ein Manuskript bekomme?«

»Ein kleines bißchen.« Er roch wieder an dem Whiskey. »Ein kleines bißchen.«

»Ich würde nicht viel verdienen, wenn alle meine Autoren wie du wären; drei Jahre, und ich weiß immer noch nicht, wovon es handelt.«

»Ging doch ganz gut bei dem letzten, Mädchen.«

Sie lächelte; sein letztes Buch war in fünfzehn Ländern herausgegeben worden; es war in zwölf Sprachen übersetzt worden, und in allen blieb es unverständlich. »Werde ich das nächste verstehen können?«

»Alle Welt wird es verstehen können, Mädchen. Aber die Leute werden es nicht verstehen wollen.« Er zündete ein Streichholz an und hielt es an seine Zigarette.

»Du bist fest entschlossen, stimmt's?«

»Entschlossen?«

»Zu beweisen, daß Gott nicht existiert.«

Er schüttelte die Flamme aus. »Hokuspokus, Mädchen; es gibt zuviel Hokuspokus in der Welt.«

»Bist du sicher, daß es keine Vendetta ist?«

»Vendetta?«

»Gegen deinen Vater. Er war ein Kleriker, nicht wahr?«

Er schüttelte, eingehüllt von einer Rauchwolke, den Kopf und starrte wehmütig auf den Teppich. »Er hat seinen Glauben verloren; kam zu dem Schluß, daß er alles falsch gemacht hatte und daß er alles andere als ein Priester war.«

»Was war er dann?«

»Er wurde ein Medium.«

Alex starrte ihn an. »Das hast du mir nie erzählt.«

»Nein, na ja, es gibt Dinge, die erzählt man nicht.«

Sie zuckte die Achseln. »Warum nicht, es spielt keine Rolle. Hat er dich in irgend etwas hineingezogen?«

»Großer Gott, ja; ständig.«

Sie beobachtete ihn, wie er dasaß, seine kräftige, im Sessel zusammengesunkene Gestalt, die Art, wie er das Glas ungeschickt in beiden Händen hielt. In seiner Gegenwart fühlte sie sich geborgen, sicher aufgehoben in seinen Geheimnissen, seinen

Antworten und seinem Wissen; er vermittelte ihr immer den Eindruck, als läge irgendwo tief in ihm verborgen die Wahrheit über das Leben, als würde nur er diese Wahrheit kennen und sie ihr eines Tages, wenn sie nur hartnäckig genug bohrte, enthüllen. »In welche Sachen?«

Er lief rot an und starrte angestrengt in sein Glas, als wollte er etwas lesen, was in dem Whiskey geschrieben stand. »Geistrettungen, nannte er es.«

»Geistrettungen?«

»Hmmm!« Er rutschte unbehaglich im Sessel herum.

»Erzähl mir davon.«

Verlegen blickte er sich um, als wollte er sich überzeugen, daß niemand zuhörte, dann warf er ihr ein entschuldigendes Lächeln zu. »Er nahm mich immer als eine Art Erdung mit.« Er zuckte die Achseln. »Exorzismus, Geistrettungen, solche Sachen.«

»Ich verstehe nicht.«

»Es gab eine Wegstrecke in der Nähe von Guildford, die die Leute für verhext hielten; irgendein Bursche, der sich auf der Straße herumtrieb. Ein paar Polizisten hatten ihn auch gesehen. Mein Vater ging hin und nahm mich mit, nahm mich mit, weil ich nicht medial veranlagt war und die Geister mir nichts anhaben konnten; ich war wie die Erdung in einem Kabel.« Er steckte die Zigarette in den Mund und sog gierig daran. »Es stellte sich heraus, daß es ein Lastwagenfahrer war, der einige Jahre zuvor bei einem Unfall ums Leben gekommen war; ihm war nicht klar, daß er tot war, und er wanderte herum, um seine Frau und seine Kinder zu suchen. Mein Vater erklärte ihm, was geschehen war, machte ihm klar, daß er tot war, und brachte ihn in Kontakt mit ein paar Geistführern; sie nahmen ihn mit, und er war glücklich.« Main blickte verlegen zu Alex auf, senkte den Blick dann auf seinen Whiskey und drehte das Glas unruhig in der Hand.

»Hast du diesen Mann gesehen?«

»Himmel, nein. Ich habe nur gehört, wie mein Vater mit ihm sprach.«

»Und was hieltst du davon?«

Er trank einen Schluck Whiskey und sah zu ihr auf. »Ich hielt meinen Vater für ziemlich durchgedreht.«

Alex sah ihn an, und sie saßen eine Weile schweigend da. »Das glaube ich nicht«, sagte sie schließlich.

Er veränderte wieder unbehaglich seine Stellung. »Das ist alles lange her.« Er zögerte. »Himmel ja, sehr lange her.«

»Und du hast dich den Rest deines Lebens bemüht, zu beweisen, daß er im Irrtum war?«

Main starrte sie schweigend an. »Mein Vater endete in einer Klapsmühle.«

»Das tut mir leid.«

Er zuckte die Achseln.

»Vielleicht hatte er seine Kräfte nicht unter Kontrolle.«

»Hmmm.«

Sie schauderte. »Unheimlich.«

»Es gibt eine Verbindung im Gehirn zwischen Geisteskrankheit und medialen Kräften. Verrückte Bande, die Medien.«

»Ich habe noch nie von einem Pfarrer gehört, der zum Medium wurde.«

»Hast du je von einem Pfarrer gehört, der in der Klapsmühle endete?«

Sie sah ihn an und wußte nicht recht, ob sie lächeln sollte. »Hast du zu irgendeinem Zeitpunkt daran geglaubt?«

»Es hat meinen Vater vernichtet.« Er blickte auf sein Glas.

»Glaubst du nicht, daß so auch manches Gute entsteht? Menschen mit Heilkräften?«

»Das staatliche Gesundheitswesen hat Heilkräfte; und statistisch gesehen bessere Erfolge.«

»Und wenn die Ärzte versagen?«

Er starrte in seinen Whiskey. »Nichts ist bewiesen.«

»Es sind schon Menschen geheilt worden, die von den Ärzten aufgegeben worden waren.«

»So etwas gab es schon vor Jahrhunderten, Mädchen; lange vor den Medien.«

»Und vor Christus?«

Er rutschte wieder unruhig herum. »Du brauchst Ruhe, Mädchen, Urlaub; du mußt Abstand von allem bekommen; du brauchst keine Medien, die alles wieder für dich aufrühren.«

»Heute war ein Medium hier.«

»Das erklärt die Sache.«

»Was?«

»Warum du kalkweiß warst, als ich kam.«

»Sie war komisch. Sie hat mir wirklich einen Schrecken eingejagt.« Sie sah ihn an, aber er sagte nichts. »Ich hatte sie nicht gebeten zu kommen; sie sagte, sie hätte gespürt, daß ich verfolgt werde, daß – Fabian – noch hier wäre.« Alex lächelte nervös und nahm eine Zigarette aus dem Päckchen. »Sie setzte sich hier in diesem Zimmer in einen Sessel und schloß die Augen, und dann fing sie an zu zittern wie Espenlaub; sie stand mit angstvollem Gesicht auf und sagte, sie hätte einen Fehler gemacht, einen furchtbaren Fehler, ich solle ihn in Ruhe lassen.«

»Sehr vernünftig.«

»Gleich darauf gab es oben einen Schlag.«

Main sah sie mit prüfendem Blick an. »Irgendein albernes Weib, das versucht, dich übers Ohr zu hauen.«

»Nein«, entgegnete Alex, »das ist ja der springende Punkt – das ist sie nicht. Sie ist einfach gegangen; wollte nichts sagen, meine Fragen nicht beantworten. Rannte einfach mit erschrokkenem Gesicht hinaus.«

»Irre; das sind lauter Irre.«

»Auch Morgan Ford?«

»Ja, Alex. Unbedingt.«

»Vielen Dank; dann werde ich mich morgen ja prächtig mit ihm amüsieren.«

»Das habe ich dir bereits gesagt.«

Sie zuckte die Schultern. »Ich will hingehen; ich kann meine eigenen Entscheidungen treffen. Besonders, nach dem was passiert ist, möchte ich hingehen – ich –«

Er warf ihr einen durchdringenden Blick zu. »Es ist noch irgend etwas geschehen, nicht wahr?«

Sie drehte ihre Zigarette zwischen den Fingern. »Ich habe

Fabians alten Schulkoffer gestern aus Cambridge geholt; er stand auf seinem Bett, voll mit Sachen, sehr schwer. Der Schlag, den ich gehört hatte – ich ging hinauf; der Koffer war vom Bett auf den Boden gefallen. Er kann unmöglich von selbst gefallen sein, Philip.«

»Wie, glaubst du, ist es dann passiert?«

Sie lächelte nervös und spürte, wie ihr die Röte in die Wangen stieg. »Es klingt vielleicht verrückt – vielleicht solltest du mich auch in die Klapsmühle bringen –, Fabian hatte immer ein heftiges Temperament; meistens war er lieb und freundlich, aber wenn er seinen Willen nicht bekam, besonders als Kind, hatte er entsetzliche Wutanfälle. Dann entwickelte er manchmal solche Kraft, daß ich ihn nicht mehr halten konnte. Vielleicht ist er vorhin wütend geworden wegen dieser Frau.« Sie lächelte wieder und starrte Main erwartungsvoll an.

Er grinste. »Es gibt Hunderte von Gründen, warum etwas zu Boden fallen kann.«

Sie schüttelte unerbittlich den Kopf. »Nein. Ausgeschlossen; dieser Koffer ist nicht gefallen.« Sie sah ihn an. »Warum grinst du?«

Er schüttelte bedächtig den Kopf. »Gestern wurdest du in deinem Büro bedroht, heute wirft jemand Koffer in deinen Schlafzimmern herum; denk mal darüber nach.«

»Das ist etwas anderes, Philip; gestern abend war ich vollkommen durchgedreht, das gebe ich zu; aber heute abend nicht, ich habe mich ganz normal gefühlt.« Sie zögerte. »Komm, sieh es dir selbst an.«

Er erhob sich mit einem Achselzucken.

Einen schrecklichen Augenblick lang fürchtete Alex, sie würden das Zimmer betreten, und der Koffer würde, ordentlich gepackt, wieder auf dem Bett stehen. Sie stieß die Tür auf und schaltete das Licht ein; der Koffer lag noch so da, wie sie ihn zurückgelassen hatte, der Inhalt war über den Boden verstreut.

»Siehst du?«

Main betrachtete den Koffer, musterte die Kleider und die herumliegenden Bücher. »Er stand auf dem Bett?«

»Ja.«

Main sah sich im Raum um, sein Blick streifte Fabians Porträt und blieb nachdenklich daran hängen; dann trat er an das Teleskop und strich darüber. »Schönes Instrument.«

»Du kannst es haben, wenn es dir etwas nützt.«

Main kniete nieder und warf einen Blick hindurch; er stellte die Linse scharf. »Schlechter Standort für die Astronomie, London; viel zu verschmutzte Luft.«

»Nimm es, wenn es dir gefällt.«

Er schüttelte den Kopf. »Nicht mein Gebiet. Königin Victoria hat Mikroskope immer verflucht. Sie sagte, man sähe die Dinge darin so genau, daß man nicht wüßte, was es ist. Mir geht es so mit Fernrohren; sie ermöglichen es, Dinge in so großer Entfernung zu sehen, daß man immer noch nicht weiß, was es ist.«

Sie lächelte.

»Du kannst mir jederzeit ein Mikroskop schenken. Da hat man alles, Mädchen, unter dem Mikroskop; es ist alles da.« Er richtete sich auf, streckte sich und blickte auf den Koffer hinunter. »Soll ich dir damit helfen?«

»Nein. Ich muß die Sachen ohnehin sortieren; es kann ebensogut so bleiben.« Ihr entging nicht, daß Main das Porträt anstarrte und dann unbehaglich den Blick abwandte. »Es hat diese Wirkung, nicht wahr?«

»Das Porträt?«

Sie nickte.

»Sieht wie eine Figur von van Eyck aus.« Er schaute es noch einmal an und drehte sich dann mit einem heftigen Ruck um.

»Hast du Hunger?«

»Na ja«, seufzte er, »ich glaube, ich könnte schon etwas vertragen.«

»Vielleicht möchte der Herr wählen? Und die Dame bereitet es zu.«

»Ausgezeichnet«, entgegnete er, dann wandte er sich noch einmal um und betrachtete das Bild. Ein besorgter Ausdruck huschte über sein Gesicht, und er verließ den Raum ein wenig zu hastig, wie Alex, verwundert über seine plötzliche Veränderung, fand.

14

Black gab einen Laut von sich wie ein gurgelndes Kind, und Alex zuckte zusammen. Das helle Gurgeln ging in ein tiefes Grollen über.

Main zupfte sich ein Stück Lasagne aus dem Bart, tupfte sich mit der Serviette den Mund ab und drehte den Kopf zur Diele. »Ruhig, Junge!«

Das Grollen hörte nicht auf. Er hob sein Weinglas und leerte es mit einem Zug. »Vorzüglich«, bemerkte er.

»Du warst sehr schweigsam.«

Er lehnte sich auf dem Stuhl zurück und zog seine Zigaretten aus der Jackentasche. Er nahm die Flasche, goß Alex Wein nach und füllte dann sein eigenes Glas.

»Ein guter Wein.«

»Montepulciano d'Abruzzo.«

»Pardon?«

Wieder ließ Black ein Knurren hören. Philip wandte sich zur Diele um und blickte hinaus. »Ruhig!« rief er. »Die haben bemerkenswert gute Weine in Italien. Verblüffend.«

»Du solltest dich mit David zusammentun und ein Buch schreiben.«

Er sah sie eine Weile schweigend an. »Jesus kannte sich aus mit Wein.«

»Jesus?«

»Er hat das Wasser nicht in gewöhnlichen Fusel verwandelt. Jemand fragte den Gastgeber, warum er den besten Wein bis zum Schluß aufgehoben habe.«

Sie lächelte. »Italienischer Wein?«

»Nein, Himmel, nein. Wahrscheinlich libanesischer.« Black knurrte wieder. Philip runzelte die Stirn, sagte aber nichts.

»Also, was hältst du von der Sache mit dem Koffer?«

Er schwieg, bis er seine Zigarette angezündet hatte, als wäre es eine Droge, die ihm die Kraft zum Sprechen gab. »Ich glaube, daß du ihn zu nahe an die Bettkante gestellt hattest.«

Sie senkte den Blick. »Nein, Philip, das stimmt nicht, und du weißt, daß es nicht stimmt.«

Main erhob sich und schlenderte zur Tür. »Black!« Er ging den Flur entlang und sah, daß der Hund an der Treppe stand und hinaufstarrte. Wieder fing er an, leise und anhaltend zu knurren. »Was ist los, Junge?«

Der Hund beachtete ihn nicht.

»Da oben ist nichts, Junge.« Main beobachtete den Hund erstaunt, und ein Gefühl des Unbehagens beschlich ihn. Er drehte sich um, ging ein Stück den Flur entlang und betrat die Toilette unter der Treppe. Er schloß die Tür, knipste das Licht an und klappte die Brille hoch. Er stellte fest, daß er zitterte. Es war wie in einem Kühlhaus hier drinnen. Er betrachtete das schwarzweiße Muster der Tapete und bemerkte den Glanz darauf; als er mit dem Finger darüberstrich, fühlte sie sich naß an. Er prüfte die Feuchtigkeit an seinem Finger; die Temperatur schien zu sinken, während er dastand. Ein Knall wie ein Pistolenschuß ertönte direkt an seinem rechten Ohr, er sah einen Schatten und zuckte unwillkürlich mit den Lidern. Eine ganze Tapetenbahn löste sich von der Wand und fiel auf ihn. Er streifte sie mit dem Arm ab und ließ sie zu Boden fallen; vor ihm begann langsam eine zweite Tapetenbahn herunterzugleiten. Er öffnete die Tür, schaltete das Licht hastig aus und schloß, indem er rückwärts aus dem Raum wich, die Tür fest hinter sich. Einen Augenblick lang verharrte er im Flur und fragte sich, ob er sich das alles eingebildet hatte. Er streckte die Hand nach dem Türgriff aus, doch dann wandte er sich um und kehrte in die Küche zurück.

Alex sah ihm besorgt entgegen. »Alles in Ordnung?«

Er antwortete nicht.

»Du siehst aus, als hätte dich etwas beunruhigt.«

»Hast du die Feuchtigkeit im Klo schon lange?«

»Feuchtigkeit? Welche Feuchtigkeit?«

»Die Tapete ist klitschnaß; sie löst sich von den Wänden.« Er sah, daß sie die Stirn runzelte.

»Das kann nicht sein. Das Haus ist knochentrocken.«

»Vielleicht ist eine Leitung undicht.«

»Ich rufe morgen den Installateur.«

»Ich schau mir mal die Leitungen an, vielleicht ist es nur eine Kleinigkeit.« Er zog seine Jacke aus und hängte sie über den Stuhl.

»Ich mache einen Kaffee«, erklärte sie, als er aus dem Raum ging.

Als sie den Kaffee ins Wohnzimmer trug, hörte sie Main im Obergeschoß hantieren. Black saß an der Haustür. »Hallo, Junge!« rief sie ihm zu. »Willst du hinaus?« Der Hund beachtete sie nicht.

Sie stellte das Tablett ab, nahm die Kassette von *Don Giovanni* aus dem Rekorder und legte ein Band mit Stücken von Mozart ein. Ihr Blick fiel auf den Stoß ungeöffneter Briefe auf ihrem Sekretär, und sie ging hinüber und sah sie durch. Sie erkannte die Handschrift auf dem einen oder anderen, konnte sich aber nicht überwinden, sie aufzumachen; noch nicht, dachte sie. Später, eines Tages, wenn ich wieder stark genug bin; einen Augenblick lang fragte sie sich, ob sie je wieder stark sein würde. Sie goß sich Kaffee ein und setzte sich auf das Sofa.

Die Hände an den Cordhosen abwischend, trat Main ins Zimmer.

»Schwarz oder weiß?«

»Schwarz, bitte.«

»Hast du etwas gefunden?«

»Nein.«

»Trotzdem vielen Dank.«

Er setzte sich neben sie und begann nachdenklich, in seinem Kaffee zu rühren. »Ich komme morgen mit ein paar Werkzeugen vorbei. Ich werde ein paar Dielenbretter hochklappen; wahrscheinlich ist irgendwo ein Verbindungsstück undicht.«

»Ich wußte gar nicht, daß du so praktisch veranlagt bist.«

»Nein, na ja, wir alle haben verborgene Talente.«

»Du könntest ein Do-it-yourself-Buch schreiben.«

»Da hätte ich viel zu tun mit do it yourself und den Ursprüngen des Lebens.«

»Ganz zu schweigen von der Dichtkunst.«

Alex spürte, wie er sich anspannte. Unvermittelt warf er einen Blick über die Schulter.

»Alles in Ordnung?« Sie wandte sich ebenfalls um, und ein angstvolles Prickeln überlief sie. Philip hatte beunruhigt die Stirn gerunzelt. Sie lauschte der Musik und sagte nichts. Allmählich spürte sie, daß die Spannung von ihm wich; er setzte seine Tasse ab, und sie fühlte die sanfte Berührung, als er den Arm um ihre Schultern legte. Sie schmiegte sich liebevoll in seinen Arm, fühlte sich aber immer noch nicht entspannt. Sie schauderte.

»Figaro?«

»Ja. Ein Ausschnitt; verschiedene Mozart...«

Sie wollte reden, sich unterhalten, seine Stimme hören, diese seltsame Angst, die sie zu verschlingen drohte, aus ihrem Bewußtsein verdrängen. Ihre Sonntagnachmittagsangst war heute spät gekommen, fand sie. »Du bist sehr schweigsam.«

Er zog die Brauen hoch.

»Einen Penny für deine Gedanken.«

»Davon wirst du nicht reich werden; deine Aufgabe ist es, meine Agentin zu sein.«

Sie lachte, verstummte dann wieder und lauschte der Musik. Ein Waldhorn ließ einen Galopp erklingen; es war Mozart von seiner ausgelassenen, heiteren Seite. Alex wippte mit den Füßen im Takt, und sie spürte den rhythmischen Druck von Mains Arm auf ihrer Schulter. Sie seufzte. »O Gott«, sagte sie, »warum mußte das passieren, warum?«

»Hrrr.«

»Ist das deine Erklärung für den Ursprung des Lebens?«

»Was?«

»Hrrrr!« ahmte sie ihn nach.

Sie spürte, wie er sich vorbeugte, hörte das Klappern der Tasse, das leise Schlürfen, wieder das Klappern der Tasse. »Du kommst darüber hinweg, altes Mädchen; es wird eine Weile dauern, wird lange dauern. Ich wünschte, ich hätte ihn kennengelernt.«

Sie hatte unwillkürlich das Verlangen zu sagen: »Das wirst du!« Eine prickelnde Erregung und Zuversicht überkam sie plötzlich. Sie trank einen Schluck Kaffee. »Es ist komisch, weißt du – meine Stimmung schwankt im Augenblick so sehr –, es geht, oft mehrmals im Laufe einer Stunde, auf und ab mit mir.«

Er nickte. »Das wird noch eine Zeitlang so weitergehen.«

Sie warf ihm einen Blick zu. »Bist du in allen Fragen ein Experte?«

»Großer Gott, nein, wahrhaftig nicht. Ein bißchen Wissen ist eine gefährliche Sache.«

»Dann hast du also eine Menge davon?« Sein Arm schloß sich fester um ihre Schultern.

»Nein, du lieber Himmel, nein.« Er verharrte einen Augenblick schweigend. »Wir hatten einen Lehrer in der Schule, einen aufgeblasenen kleinen Kerl, der uns mit großer Selbstgefälligkeit erzählte, daß er nie ein Automobil gefahren hatte und es auch nicht konnte. Und das, obwohl er offiziell berechtigt war, eine Dampflokomotive zu führen.«

Alex lächelte.

»Er hatte im Generalstreik 1926 eine gefahren: von King's Cross nach Edinburgh ohne Unterbrechung. Er behauptete, immer noch den inoffiziellen Geschwindigkeitsrekord zu halten.«

»Das Leben ist voller merkwürdiger kleiner Menschen, die merkwürdige Dinge tun.« Sie sah Mains Gesicht dicht vor ihrem, sah die Narben auf seiner weißen, straffen Haut und spürte die rötlichblonden Haare seines Schnurrbartes; sie zuckte überrascht zurück, und im nächsten Augenblick streiften die weichen Barthaare ihre Nase und ihre Oberlippe, und seine Augen verschwammen vor ihr, wie das Gesicht eines Zahnarztes, schoß es ihr durch den Kopf.

Dann veränderte sich das Gesicht plötzlich, und es war Fabian.

»Nein!« schrie sie und riß sich heftig los. »Nein!« Fabians

Gesicht verblaßte, und sie sah den erschrockenen Ausdruck in Mains Augen; er stand darin einen Moment lang wie festgefroren und wich dann einer verlegenen, schuldbewußten Miene.

»Verzeihung«, sagte er lahm. »Ich – äh –«

Sie starrte ihn immer noch zitternd und mit weit aufgerissenen Augen an. Sie hatte ihn so deutlich, so lebendig gesehen. Es war gleichzeitig ergreifend und abscheulich widernatürlich; Himmel, welche absonderlichen Dinge ihr Bewußtsein ihr vorgaukelte. »Es tut mir leid, Philip«, sagte sie. »Ich bin einfach – ich weiß nicht – noch nicht soweit.« Sein Arm glitt von ihrer Schulter, und er beugte sich, die Ellbogen auf die Schenkel gestützt, vor.

»Nein, es ist meine Schuld, allein meine Schuld«, entgegnete er. »Ich finde dich nur – so überaus anziehend, ich – ich –« Er richtete sich auf und warf ihr ein mildes, verlorenes Lächeln zu.

»Ich glaube, ich gehe jetzt besser schlafen«, sagte sie.

Er blickte auf seine Uhr. »Großer Gott, ja, es wird spät.«

Er erhob sich umständlich, und als er um sich blickte, entdeckte sie plötzlich einen nachdenklichen Ausdruck in seinem Gesicht. »Kommst du zurecht?«

Sie nickte und verzog das Gesicht. »Muß ich ja schließlich, nicht wahr?«

Main trat in die Diele hinaus. Es war jetzt kühl hier draußen; er rieb sich die Arme und ging in die Küche hinüber. Hier war es eiskalt. Er sah sich um; waren die Wände hier auch feucht, oder bildete er sich das nur ein? Er fühlte sich plötzlich ausgesprochen unbehaglich, wie ein Eindringling; das Haus wollte ihn nicht haben, gab ihm zu verstehen, daß er gehen sollte. Bewußt langsam nahm er seine Jacke vom Stuhl und zog sie an, dann blieb er stehen und blickte um sich. Die Kälte drang ihm durch die Kleidung. Er trat an die Wand, fuhr mit dem Finger darüber und zog ihn zurück; er war trocken. Während er den Blick zur Decke hob, war ihm so kalt, daß er ein Zittern kaum unterdrücken konnte, dann schritt er entschlossen auf die Tür zu, wo er sich noch einmal umdrehte und in die Küche starrte. »Verpiß dich«, sagte er mit lauter, vernehmlicher Stimme; dann wandte er sich ab und trat in die Diele hinaus.

»Hast du etwas gesagt?« erkundigte sich Alex, die mit dem Tablett aus dem Wohnzimmer kam.

»Ich? Nein.«

»Ich dachte, ich hätte dich sprechen hören.«

»Nur zu Black, nichts weiter.«

»Ah.«

Er zog die Hundeleine aus der Tasche, und im selben Augenblick kam Leben in Black, und er sprang fröhlich bellend auf.

»Nach Hause, mein Junge!«

»Gute Nacht, Philip.«

»Danke für das Abendessen.«

»Danke für den Wein.« Sie beugte sich vor und küßte ihn flüchtig auf die Wange. »Fahr vorsichtig.«

»Du kannst mitkommen und bei mir schlafen, wenn du – äh – wenn du möchtest. Du kannst dein eigenes Zimmer haben und kommen und gehen, wenn du nicht...«

Sie schüttelte den Kopf. »Danke, aber ich bin hier zu Hause. Ich muß mich nur wieder daran gewöhnen, das ist alles. Fabian war ohnehin nicht häufig hier, weißt du.« Sie schloß die Tür, hörte den Hund fröhlich in der Dunkelheit bellen und drehte den Schlüssel im Schloß. Plötzlich überkam sie ein Gefühl des Friedens. Des Friedens und der Ruhe, als wäre ein böser Geist aus dem Haus ausgetrieben worden.

15

Sie stellte ihr Auto auf dem Seitenstreifen der Cloucester Road ab und hoffte inständig, daß ihr niemand eine Parkklammer verpassen würde. Die Hausnummern waren in keiner logischen Reihenfolge geordnet; sie schritt den Seitenstreifen ab, und während sie zur anderen Straßenseite hinüberwechselte, wuchs ihre Besorgnis, sich zu verspäten und den Termin zu versäumen.

Dann sah sie die Nummer. Neunundvierzig. An dem Haus unmittelbar vor ihrem Wagen starrte sie ihr fast höhnisch, wie sie wütend meinte, entgegen. Sie stieg die Stufen hinauf und ließ den Blick über die Namensschilder bei der Sprechanlage wandern. Goldsworthy, Maguire, Thomas, Kay, Blackstock, Pocock, Azziz. Einige Namen waren mit Kugelschreiber hingekritzelt; einer, Azziz, war durchgestrichen. Dazwischen entdeckte sie ein verblaßtes gelbes Schild, auf dem in ordentlicher Schreibmaschinenschrift einfach »Ford« stand.

Einen Moment lang fühlte sie sich erleichtert, dann wurde sie nervös. Sie sah sich unsicher nach allen Seiten um und fragte sich, ob die Nachbarn alle Bescheid wußten, ob die Menschen, die vorübergingen, sich gegenseitig anstießen und mit dem Finger auf sie zeigten. Sie fragte sich auch, ob ein Medium viel Geld verdiente; jedenfalls gab Morgan Ford ganz bestimmt nichts davon für die Außenfassade seines Hauses aus. Die Kacheln der Eingangshalle hatten Sprünge, und der Putz bröckelte von den Säulen.

Eine kalte, abweisende Stimme ertönte knisternd durch die Sprechanlage. »Ja?«

»Hier ist...« Himmel, welchen Namen hatte sie sich, um alles in der Welt, zugelegt? Sie konnte sich nicht erinnern; Zeit schinden, dachte sie, du mußt Zeit schinden. »Johnson!« rief sie dann voller Erleichterung aus. »Mrs. Johnson.« Sie hatte auch einen Vornamen genannt, aber welchen? Wieder suchte sie fieberhaft in ihrem Gedächtnis.

Der schmuddelige, schwach erleuchtete Flur verriet nichts über die Persönlichkeit der Bewohner. Auf einem Bord lagen ein paar Stapel Briefe, und ein verbeultes Fahrrad lehnte an der Wand.

Fords Wohnung befand sich im zweiten Stock, und die Tür ging auf, als Alex dort ankam. Seine Erscheinung überraschte sie, und sie fragte sich, was sie erwartet hatte – einen alternden, aus den sechziger Jahren übriggebliebenen Sonderling in Kaftan und Sandalen mit einem Räucherstäbchen in der Hand. Statt dessen blickte ihr ein kleiner Mann mit ordentlichem Haar und einem ordentlichen grauen Anzug entgegen; Anfang Fünfzig, vermutete sie.

»Shoona Johnson?«

Einen Augenblick lang war Alex nahe daran zu sagen: »Nein, nein, Alex Hightower«, aber sie konnte es sich gerade noch verbeißen. Durch die Tür hinter seinem Rücken sah sie in ein winziges Büro, in dem auf einem kleinen Schreibtisch ein Stapel Briefe und Zeitschriften säuberlich geordnet lagen. »Ja.« Das war es, Shoona. Wie, zum Teufel, war sie auf Shoona verfallen, überlegte sie. Sie war in ihrem ganzen Leben keinem Menschen namens Shoona begegnet.

Er streckte ihr eine kleine, rosige, von einem protzigen Rheinkieselring beherrschte Hand entgegen, eine Hand, die so klein war, daß sie sich unwillkürlich fragte, ob es eine Mißbildung war. Sie hatte das Gefühl, einem Kind die Hand zu schütteln.

»Treten Sie ein. Danke, daß Sie so pünktlich kommen.« In seinem walisischen Tonfall schwang ein warmer Singsang mit, der seine Stimme vollkommen anders klingen ließ als durch die Sprechanlage. »Ich fürchte, heute ist es bei mir ein wenig durcheinander, meine Sekretärin ist nicht gekommen.«

Als sie in den schmucklosen, düsteren Flur trat, verspürte Alex eine leise Enttäuschung. Es war alles so normal; es herrschte keine übersinnliche, keine besondere oder sehr feierliche Atmosphäre. Geschäftsanzüge, Sekretärinnen, ein Büro. Irgendwie hatte sie nicht erwartet, daß er damit seinen Lebensunterhalt verdiente.

Im Wohnzimmer revidierte sie ihre Meinung. Ein riesiger burgunderroter Raum, von dem aus man die Parkanlage überblickte. Er war in fast aufdringlicher Zurschaustellung von Reichtum mit wertvollen Antiquitäten überladen. In einem imitierten Holzkamin brannten Gasflammen mit leisem Fauchen. Zu beiden Seiten des Kamingitters saßen reglos wie Wächter zwei Katzen, ein rothaariger Kater und eine rauchgraue Burmakatze; der Kater sprang auf den Teppich und umkreiste sie neugierig.

Und dann erblickte sie die Vase mit roten Rosen auf dem Tisch in der Mitte des Raumes.

Ein Zittern überfiel sie, und sie wich langsam zurück. Das Telefon klingelte.

»Bitte, setzen Sie sich doch.« Ford eilte an ihr vorüber und nahm den Hörer ab. »Hallo.« Sie sah, wie er sich straffte und in dem bekannten kalten, distanzierten Tonfall sprach. »Am Donnerstag um halb zwölf hat jemand abgesagt. Ich könnte Sie also unterbringen. Ausgezeichnet, und wie ist Ihr Name, bitte?«

Ob er wohl jedem erzählte, es hätte jemand abgesagt, fragte sie sich. Sie nahm in einem unbequemen viktorianischen Sessel Platz und starrte wieder auf die Rosen.

»Nur eine Sekunde, ich hole meinen Terminkalender und notiere mir das.« Sie hob den Kopf und begegnete seinem Blick. »Sie mögen Rosen, wie? Die dort sind sehr hübsch, nicht wahr?«

Als er aus dem Zimmer ging, überlegte sie, ob es eine unschuldige Bemerkung gewesen war oder ob sie ein boshaftes Zwinkern in seinen Augen entdeckt hatte. Ihr Blick fiel wieder auf die Rosen; nein, vielleicht war es nur ein Zufall; sie paßten gut zu den Katzen, dem Kamin und den verschnörkelten Möbeln. Ein merkwürdiger Raum für einen Mann in mittleren Jahren, fand sie; er schien ihr passender für eine ältliche, verwitwete Adelige.

Ein Gemälde an der Wand zog ihren Blick an. Drei geisterhafte Gesichter mit Schlitzen anstelle der Augen, weiß auf weißem Hintergrund zusammengedrängt. Auf einem Bord darunter hockte eine drohende Buddhastatue. Als sie sich umblickte, fielen ihr weitere Bilder auf, die alle etwas Düsteres hatten; der Raum begann sie zu ängstigen. Sie starrte wieder die Rosen an, die denjenigen, die Fabian ihr geschenkt hatte, so ähnlich waren. Sie ging zu der Vase hinüber und zählte sie. Dieselbe Anzahl. Dieselbe Farbe. War es eine Botschaft? Ein Zeichen? Lächerlich. Während ihr Blick darauf ruhte, schienen sie zu erglühen; Alex schloß die Augen, schüttelte den Kopf und wandte sich ab. Sie hörte Fords Schritte, und er putzte sich mit vernehmlichem Schnauben die Nase. Als er den Raum betrat, veränderte sich die Atmosphäre augenblicklich. Alles strahlte wieder Ruhe und Frieden aus; sie fühlte sich geborgen. Sie warf einen Blick auf die Rosen; sie waren hübsch, aufheiternd, vermittelten ihr plötzlich ein unerklärliches Wohlgefühl.

Der Kater blickte zu ihr auf und sprang dann in ihren Schoß.

Sie sah nervös lächelnd auf ihn hinunter und fragte sich, ob er sie gleich anfallen würde; vorsichtig streichelte sie ihn am Hals. Er machte es sich, den Kopf auf ihren Schenkel geschmiegt, bequem und beobachtete sie, ohne mit der Wimper zu zucken. Sie empfand die Berührung als angenehm, legte ihre Hand auf den Bauch des Katers, spürte die warme Haut unter seinem Fell, den kräftigen, entspannten Atem.

»Setzen Sie ihn auf den Boden, wenn er Sie stört.«

»Nein, er stört mich nicht.«

»Manche Leute sind komisch in bezug auf Katzen.«

»Er ist ein netter Kerl.«

Ford stand mit hinter dem Rücken verschränkten Händen vor ihr und lächelte sie freundlich an. Er warf einen Blick zum Kaminsims hinüber. »Wir haben ein bißchen später angefangen, darum machen wir etwas länger.«

Sein geschäftsmäßiges Verhalten verunsicherte Alex. Er konnte doch wohl kein Medium im Viertelstundentakt sein, wie ein Anwalt oder ein Buchhalter?

»Haben Sie etwas, das ich anfassen kann?«

»Wie bitte?«

»Etwas, das Sie häufig tragen. Ihre Uhr oder ein Armband?«

Sie streifte ihre Rolex ab und reichte sie ihm.

»Nun, haben Sie irgendein besonderes Anliegen, oder sollen wir einfach beginnen und sehen, wie es sich entwickelt?«

Sie wußte nicht, was sie sagen sollte und zuckte die Achseln.

Ohne zu zögern, nahm er in einem Sessel neben ihr Platz, hielt ihre Uhr eine Weile auf der ausgestreckten Hand vor sich und umschloß sie dann mit den Fingern. »Erschütterung«, bemerkte er sanft. »Ich spüre Erschütterung. Etwas hat den Rhythmus gestört, etwas Tragisches, ich fühle es, vor kurzer Zeit, vor sehr kurzer Zeit, vielleicht in den letzten paar Wochen?« Er sah sie fragend an.

»Soll ich Ihnen darauf antworten?«

»Wie Sie wollen.« Er lächelte. »Sie müssen nicht, wenn Sie nicht wollen, aber es wäre eine Hilfe und würde mich leiten, wenn ich auf der richtigen Spur bin.«

»Sie sind auf der richtigen Spur.«

Er saß mit gerunzelter Stirn da, dann legte er mit weit geöffneten Augen den Kopf in den Nacken. »Ja«, sagte er. »Ich spüre etwas, ganz deutlich, ganz nah, Jugend, Energie, eine Menge Energie. Es ist ein Kind – nein, kein Kind, sondern ein Erwachsener, eindeutig. Ein Teenager oder eine Person Anfang Zwanzig vielleicht?« Er starrte sie fragend an. Sie sagte nichts. »Männlich.« Er runzelte die Stirn, und Alex erkannte denselben merkwürdigen, beunruhigten Ausdruck, der ihr am Vortag in Iris Tremaynes Gesicht aufgefallen war. Ford blieb eine Weile reglos sitzen und schwieg.

Alex streichelte die Katze, und ihr Blick wanderte zu den Rosen, zu den drei Gespenstergestalten, den zuckenden Flammen mit ihrer stets gleichbleibenden Bewegungsfolge, dann wieder zu Morgan Ford. Sein Körper schien zusammengekrampft, und in seiner Miene stand finstere Entschlossenheit, als würde er einen gewaltigen Kampf der Willenskraft austragen.

»Das ist außergewöhnlich«, bemerkte er, indem er weiterhin starr geradeaus blickte. »Er versucht, mir seinen Namen mitzuteilen. Aber es ist noch zu früh, viel zu früh, der Geist braucht einige Monate, um sich zu beruhigen, er ist viel zu aufgewühlt in den ersten paar Wochen, es ist schwierig.« Seine Stimme wurde leiser. »Klarheit, Klarheit ist nicht einfach. Ein gewaltsames Ereignis, nicht hier, nicht in England, irgendwo auf dem Kontinent, ich spüre Flammen, eine Explosion. Hat es etwas mit einem Lastwagen zu tun? Ja, ein Lastwagen, jemand schreit etwas von einem Lastwagen!«

Alex beobachtete ihn; er hatte die Augen jetzt geschlossen und zitterte wie ein Kind.

»Jemand anders jetzt, jemand schreit etwas, Harry? Nein, nicht Harry, es klingt nur wie Harry. Ich spüre entsetzliche Wut, entsetzliche Gewalttätigkeit, jemand schreit ›Lastwagen! Lastwagen!‹ Es gibt eine Explosion, jemand schreit wieder ›Harry‹; dieser Harry scheint sehr wichtig zu sein.«

Wie gebannt starrte Alex den Mann an, dessen kalkweißes Gesicht jetzt schweißüberströmt war.

»Jetzt wird es ein bißchen klarer, da ist wieder diese junge Person, ein junger Mann, der versucht, mir seinen Namen mitzuteilen. Es ist nicht klar, überhaupt nicht klar, David vielleicht? Nein, Adrian? Vielleicht Adrian.« Er erbebte plötzlich heftig, als würde ein Stromstoß durch ihn hindurchgehen. »Irgend etwas stimmt da nicht, etwas stimmt ganz und gar nicht; es ist ein furchtbarer Konflikt im Gange, eine schreckliche Spannung; ich spüre eine große Wut, eine so große Wut. Fabian, könnte es Fabian sein?« Er fuhr fort, ohne die Augen zu öffnen. »Ja, er teilt mir etwas mit, er ist jetzt klar, unglaublich klar.«

Alex spürte die leichten Atemzüge der Katze unter ihrer Hand. Sie blickte zu den Rosen hinüber, dann zu dem Medium, spürte, wie sie zitterte, als würde sie nicht wirklich in dem Sessel sitzen, sondern ein paar Zentimeter darüber schweben.

Sie erschrak, als das Medium plötzlich mit erhobener Stimme rief: »MEIN GOTT, WIE KLAR ER IST!« Seine Hände zitterten, als wäre die Uhr ein wildgewordenes Wesen. »Da ist noch eine andere Person, die versucht durchzukommen; ein Mädchen, sie versucht, mir etwas zu sagen, aber es ergibt keinen Sinn, sie sagt, ihr Name sei Harry. Es sind zu viele Störungen dazwischen, Fabian verursacht diese Störung; es ist ein Spiel, er albert herum, das ist das Problem, es ist noch zu früh, er ist noch zu aufgewühlt, alles ist noch ein Spiel für ihn. Jetzt kommt sie wieder durch, diesmal etwas klarer, nein, da ist wieder Fabian, es ist fast so, als würde er versuchen – ja –, als würde er versuchen, sie zurückzudrängen – Eifersucht, natürlich, ach, jetzt wird alles wieder so verschwommen.« Alex sah, wie die Spannung von ihm wich, als er sich zurücksinken ließ und sich ihr zuwandte. »Da oben geht es manchmal so schlimm zu wie im Telefonsystem.«

Sie starrte ihn, verwundert über diese Bemerkung, eine Weile an, bevor ihr klar wurde, daß er einen Witz gemacht hatte.

»Außergewöhnlich, sehr außergewöhnlich; so etwas habe ich noch nie erlebt, noch nie.« Er beugte sich zu ihr herüber. »Es ist manchmal wirklich ganz unglaublich.«

Alex streichelte die Katze mechanisch im Genick und lauschte auf ihr Schnurren. »Inwiefern?«

»Außergewöhnlich; hat es einen Sinn gegeben?«

»Ich bin sehr verwirrt.«

»Ich bin ebenfalls verwirrt«, entgegnete Ford lächelnd.

»Wie meinen Sie das?«

»Haben Sie große Erfahrung auf diesem Gebiet, Mrs. – äh, es tut mir leid – ich habe Ihren Namen vergessen.«

»High – Johnson.«

»Ach ja.«

»Was meinen Sie mit Erfahrung?«

»Auf dem Gebiet des Übersinnlichen.«

»Nein.«

»Ihr Sohn kam sehr klar durch; das ist doch richtig, oder? Es war Ihr Sohn, mit dem Sie Verbindung aufnehmen wollten? Sein Name ist Fabian – oder Adrian?«

Er wußte, wer sie in Wirklichkeit war; irgendwie hatte er es herausgefunden.

»Sie haben sich gründlich informiert«, erklärte sie kalt. »Sie waren sehr sorgfältig; aber Sie haben einen Fehler gemacht.«

Er zog eine Augenbraue in die Höhe.

»Mein Sohn ist nicht von einem Lastwagen getötet worden, sondern von einem anderen Personenwagen.«

»Mrs. Johnson, ich war nicht dabei; ich kann mich nur an das halten, was mir gesagt wird.«

»Oder an das, was Sie gelesen haben.«

Er zog ein Taschentuch heraus und putzte sich die Nase. »Gelesen?«

»Die Zeitungen haben über den Unfall berichtet, Mr. Ford«, sagte sie. »Ich weiß nicht, wie viele Zeitungen, aber es stand im *Daily Mail*. In dem Bericht war von einem Lastwagen die Rede. Als ich hereinkam, habe ich den *Daily Mail* auf Ihrem Schreibtisch bemerkt.« Sie wartete auf einen Wutausbruch, aber es kam keiner. Statt dessen wirkte er gekränkt und verwundert und schüttelte nachdenklich den Kopf.

»Es tut mir leid«, bemerkte er mit leiser Stimme, »Sie haben offensichtlich keine hohe Meinung von der Rechtschaffenheit von Medien.«

Der aufrichtige Ton seiner Stimme verunsicherte sie, und sie spürte, wie ihr die Röte in die Wangen stieg. Sie betrachtete sein ordentlich frisiertes Haar, sein makellos weißes Hemd, die flotte graue Krawatte und das farblich passende Taschentuch, das sich über der Brusttasche seines Anzuges bauschte. Sie betrachtete seine kleinen rosigen Hände mit den gepflegten Nägeln und dem riesigen Ring und dann wieder sein Gesicht. Glatt. Er hätte ein Versicherungsvertreter sein können.

»Ich suche mir keine Informationen zusammen, Mrs. Johnson. Ich lese kein Todesanzeigen, und ich durchforste die Zeitungen nicht nach Autounfällen, um sie dann mit meinen Klienten in Verbindung zu bringen; ich stöbere nicht in den alten Schulakten meiner Kunden, um Fakten auszugraben, die sie längst vergessen haben, und um sie damit zu überraschen.« Er lächelte. »Wie könnte ich auch, bei all den Leuten, die hierherkommen und mir erfundene Namen nennen, zu irgendeinem verläßlichen Ergebnis kommen?«

Unter seinen prüfenden Augen wandte Alex schuldbewußt den Blick ab, und er fuhr mit seiner sanften Stimme fort:

»Im übrigen erzähle ich den Hinterbliebenen nicht nur gute Nachrichten; ich gebe weiter, was ich höre. Das ist meine Gabe, mehr kann ich nicht tun.« Er zog verzeihungheischend die Brauen hoch. »Wir sehen die Verstorbenen in falschem Licht. Wir glauben, daß sie durch ihren Übergang Integrität gewonnen haben.« Er schüttelte den Kopf. »Es bedarf nicht nur eines Lebens und eines Überganges, um Integrität zu gewinnen, und Integrität ist nur eines von vielen Dingen, die wir auf unserem Weg durch dieses und das folgende Leben zu lernen haben. Geister können lügen, und sie tun es auch immer wieder; sie können sich auch irren. Wissen Sie, die Dinge bessern sich nicht plötzlich dadurch, daß eine andere Seinsebene erreicht wird. Wenn Sie in diesem Leben ein schlechtes Gedächtnis haben, wird sich das im nächsten nicht plötzlich ändern.«

Sie sah sein bescheidenes, entschuldigendes Lächeln und wollte ihn nicht kränken. »Mein Sohn hatte ein sehr gutes Gedächtnis.«

»Unfälle passieren sehr unvermittelt. Sie können außerordentlich verwirrend sein; der Übergang an sich ist sehr verwirrend. Aus diesem Grund trete ich nicht gern mit gerade erst verstorbenen Personen in Verbindung, eigentlich nie, bevor nicht mindestens drei Monate vergangen sind; in diesem Fall geschah es in den letzten paar Wochen, nicht wahr?«

Sie nickte.

»Gewöhnlich bin ich mir dessen, was ich während einer Sitzung sage, kaum bewußt, und am Ende kann ich mich nur undeutlich daran erinnern; diesmal ist es anders, ich habe noch nie im Leben etwas so Energievolles erlebt. Seien Sie bitte nicht zynisch, wir sollten fortfahren.«

»Sie haben sich noch in einem anderen Punkt geirrt«, erklärte sie.

Er lächelte. »Was war das?«

»Sie haben von jemandem gesprochen, der Harry heißt – sie sagten, etwas sei merkwürdig, es schien ein Mädchen namens Harry zu sein.«

»Ja?«

»Könnte ihr Name auch Carrie gewesen sein?«

»Carrie?«

Alex nickte.

»Manchmal«, erwiderte er, »kommen die Dinge bei all den Störungen, die dazwischentreten, nicht eindeutig herüber. Carrie? Ja, Carrie.« Er schloß einen Moment die Augen und öffnete sie dann wieder. »Ja, es wäre möglich.«

»Sagen Sie, reden Sie während dieser Sitzungen mit den Lebenden oder mit den Toten?«

Er erwiderte ihren Blick gelassen. »Ich bin das, was man ein Medium nennt, Mrs. Johnson; ich bin ein Verbindungsglied zwischen dem irdischen Leben und den Verstorbenen.«

»Dann verstehe ich nicht, wie Sie mit Carrie sprechen konnten.«

»Warum nicht?«

»Weil sie nicht tot ist. Sie ist gesund und munter in Amerika.«

Ein Ausdruck des Zweifels huschte über sein Gesicht wie der

Schatten eines Vogels, und in seine Augen trat ein eigenartiger Blick, so als hätte irgend etwas ihn tief beunruhigt. Er schüttelte den Kopf. »Sie hat versucht, zu mir durchzudringen, Mrs. Johnson, mehr kann ich dazu nicht sagen. Sind Sie sicher, daß sie noch unter den Lebenden ist? Daß sie nicht verunglückt ist?«

»Ist es nicht möglich, daß Sie sie telepathisch empfangen haben?«

»So versuchen viele Menschen das Phänomen des Übersinnlichen zu erklären, Mrs. Johnson. Daß wir Informationen auf dem Wege der Telepathie aus dem Bewußtsein unserer Klienten aufgreifen. Dies können Sie auf die heutige Sitzung nicht anwenden, nicht wahr? Denn ich habe zwei Dinge geäußert, die nicht in Ihrem Bewußtsein existieren; daß Ihr Sohn einen Zusammenstoß mit einem Lastwagen hatte und daß Carrie, wer immer sie sein mag, ins Jenseits übergegangen ist.«

Sie starrte ihn an und bemühte sich, einen klaren Gedanken zu fassen.

»Es tut mir leid, daß Sie skeptisch sind, Mrs. Johnson. Ich weiß nicht, wie ich das ändern kann, aber irgendwie muß es mir gelingen.«

»Wie meinen Sie das?«

Er saß lange Zeit schweigend da. Alex lauschte auf das Fauchen der Gasflammen, das Schnurren des Katers; draußen fuhr knatternd ein Taxi vor, und die Wagentür wurde zugeknallt, und sie fragte sich, ob es sein nächster Kunde war, der da ankam.

Plötzlich beugte er sich zu ihr, bis sein Gesicht ganz dicht an ihrem war, so dicht, daß sie die Wärme seines Atems fühlen konnte.

»Mrs. Johnson«, sagte er. »Fabian möchte zurückkommen.«

16

Verwirrt und desillusioniert fuhr sie davon. Main hatte recht gehabt mit seinem Ratschlag; ihr war genau so zumute, wie er es ihr vorausgesagt hatte. Auch der Kaplan hatte recht gehabt. Man konnte nichts gewinnen, indem man die Verstorbenen herbeirief, hatte er gesagt, nichts als – was war es doch – Enttäuschung und Böses. Seelsorgerische Begleitung hatte er empfohlen; das hatte einen angenehmen, freundlichen Klang.

Sie dachte über das Böse nach; Boshaftigkeit vielleicht, aber nicht das Böse. Streiche vielleicht; Tricks. Sie dachte an sein Zimmer, wie bedrohlich es in der Abwesenheit von Ford gewirkt hatte; vollzog sich dort das Böse? Hielt er seltsame Séancen ab, bei denen die Teilnehmer die Vorhänge zuzogen, die Karten auslegten und im Kreis herumsaßen? Sie schauderte. Es gab so vieles im Leben, so vieles ging in der Welt vor sich, von dem sie nie etwas erfahren würde, von dem die meisten Menschen nie etwas erfahren würden: Geheimbünde, merkwürdige Zeremonien, Vereinigungen mit Göttern, Teufeln, Verstorbenen. Kannte einer von ihnen das Geheimnis? Die Wahrheit? War Morgan Ford in seinem glattgebügelten Anzug und mit seinem protzigen Wohnzimmer einer der wenigen Menschen auf Erden, die mit dem Wesen des Lebens vertraut waren? War ihm allein das Geheimnis anvertraut worden? Und wenn es so war, was hatte er damit getan? Was tat er damit? In seinem seltsamen Zimmer sitzen und trauernden Frauen Lügen erzählen?

Hinter ihr ertönte aufgebrachtes Hupen, und sie blickte auf; die Ampel war grün. Sie warf einen Blick in den Rückspiegel, sah die Kühlerhaube des Taxis, hob eine Hand und lenkte den Wagen in den Hyde Park. Dort hielt sie sich am Straßenrand und fuhr mit eingeschaltetem Blinker langsam weiter. Wohin wollte sie? Es war elf Uhr am Montagmorgen, und es wartete wichtige Arbeit auf sie, aber sie konnte sich jetzt nicht damit befassen, noch nicht; verglichen mit ihrer Enttäuschung schien die Arbeit ihr so unbedeutend zu sein. Sie fragte sich, was sie erwartet hatte, und zuckte innerlich die Schultern.

Sie hatte tatsächlich den Eindruck gehabt, ging es ihr wehmütig durch den Kopf, daß Fabian ihr etwas hatte mitteilen wollen; daß all die merkwürdigen Vorgänge, die seltsamen Streiche, die das Bewußtsein ihr gespielt hatte, eine bestimmte Bedeutung gehabt hatten. Es war ihre Überzeugung gewesen, daß Fabian sie dazu bringen wollte, ein Medium aufzusuchen. Während sie lächelte, spürte sie, wie ihre Augen sich mit Tränen füllten. Wahrscheinlich hatte sie gehofft, etwas zu erfahren, das seinem Tod einen Sinn gab, das ihr seinen Tod erklärte; aber diese Hoffnung hatte sich zerschlagen, ihre Illusion hatte sich aufgelöst, auch einer von den miesen Tricks des Lebens.

Ja, Philip Main hatte recht. Er und seinesgleichen kamen der Wahrheit viel näher, wenn sie mit den Pipetten und Glasröhrchen, den Bunsenbrennern und Computern in ihren Labors saßen und ständig nach Gleichungen suchten, nach der einen großen, alles erklärenden Gleichung.

Gab es das, ein Palimpsest, der unentdeckt irgendwo unter der DNS-Matritze lag und auf den einen Wissenschaftler wartete, der geduldiger war oder einfach nur mehr Glück hatte als alle anderen und der die Zauberei der Religion für immer überflüssig machen würde?

Sie stellte den Wagen ab, und während sie den Serpentinenweg entlangwanderte, spürte sie die Ungeheuerlichkeit der Welt um sich herum. Sie betrachtete durch die Bäume die Silhouette von London, die dichtgedrängten Häuser, die die Schultern aneinanderrieben wie Fahrgäste in einer überfüllten U-Bahn. Ein alter Mann saß auf einer Bank und starrte ins Wasser, und dabei hob und senkte er die Arme, als wollte er der Sinnlosigkeit des Lebens mit dieser seltsamen Geste Ausdruck geben. Sie schauderte und verschränkte die Arme fest; sie hatte plötzlich Angst vor dem Altern, davor, alt zu sein und auf das Wasser hinauszustarren und seltsame, sinnlose Gesten zu machen.

Die Rosen in dem Zimmer; die Rose an der Windschutzscheibe des Wagens. Wie groß war die Wahrscheinlichkeit solcher Zufälle? Die Wahrscheinlichkeit, daß sich dieselbe Anzahl von Rosen in der Vase befand? Von derselben Farbe?

Wie standen die Dinge bei Morgan Ford? Hatte er gewußt, wer sie wirklich war? Woher? Hatte er gut geraten, als er sie mit dem Unfall, von dem er in der Zeitung gelesen hatte, in Verbindung brachte, oder hatte sie ihm zu Beginn ihrer Unterhaltung einen Hinweis gegeben? Hatte er es auf telepathischem Wege aufgenommen? Das war die einzige vernünftige Erklärung, die noch blieb, aber wie war ihm dann der Fehler mit dem Lastwagen unterlaufen? Und der Irrtum in bezug auf Carrie?

Es gab zu viele Widersprüche. Wo lag die Wahrheit? Gab es ein Palimpsest, das Fabian selbst dort ausgelegt hatte? Betrachtete sie die oberflächlichen Werte der Dinge, ohne einen Blick dahinter zu werfen? Sie schüttelte den Kopf, sah zum Bootshaus hinüber und beobachtete ein Pferd, das über die Rotten Row galoppierte, ein forsches junges Mädchen mit einem dieser neumodischen Schutzhelme; Veränderung, dachte sie, Veränderung, Fortschritt. Alles schien in einem Nullpunkt in der Ferne zusammenzulaufen. Alles war mit einer zunehmenden Uniformität behaftet; selbst die Freizeitreiter sahen neuerdings alle aus wie berittene Polizisten. Gott, sie war nie gut im Rätselraten gewesen; gab es einen Zentralpunkt für dieses Rätsel? Würde das Rätsel immer ungelöst bleiben, Parallellinien, die nie ihren Lauf veränderten, oder lag irgendwo dort draußen in der Ferne ein Schnittpunkt, der die Antwort barg?

Otto kam ihr in den Sinn, still und unauffällig zuerst, als wäre er durch eine offene Tür hereingeschlüpft und wartete nun schweigend in den Schatten, daß sie ihn bemerkte. Sie beobachtete ein kleines Mädchen in Begleitung einer Kinderfrau, das den Enten Brotkrumen zuwarf, und spürte Ottos grinsende, lauernde Gegenwart. Warum? Was will er von mir, dachte sie gereizt. Sie versuchte, ihn nicht zu beachten, ihn aus ihren Gedanken zu verdrängen, aber dadurch wurde er nur noch intensiver. Sie sah sein Zimmer vor sich, die leeren Champagnerflaschen, die surrende Kaffeemühle, sein achtloses, hochmütiges Rühren in den Tassen und die Verachtung in seinen Augen mit ihrem geheimen

Wissen um Fabian, den Blick, der sagte: »Ich könnte dich jederzeit haben, aber ich mache mir nichts daraus.«

Was wußte er?

Während sie zum Wagen zurückging, überlegte sie sich den kürzesten Weg zur Autobahn und fragte sich, ob er da sein würde oder ob sie im Korridor warten müßte. Es hatte keinen Sinn, sich dagegen zu wehren, sie konnte nichts tun, um sich selbst aufzuhalten. Sie konnte an nichts denken, an nichts anderes als an die dunkle Eichentür seines Zimmers.

Kurz vor zwei Uhr erreichte sie Cambridge, parkte vor dem Torbogen und lief hindurch. Hastig stieg sie die Treppe hinauf, eilte den Flur entlang, der ihr diesmal vertraut schien, und blieb dann zögernd stehen. Atemlos lauschte sie, auf ein knarrendes Dielenbrett, das Klirren einer Tasse, auf Musik, Stimmen, Papierrascheln. Es war nichts zu hören. Zaghaft klopfte sie, im Bewußtsein, daß es sinnlos war, an die Tür, hörte das dumpfe Echo ihres Klopfens, spürte die nüchterne Leere im Zimmer dahinter.

Die Tür ging auf, und sie wich einen Schritt zurück. Otto stand vor ihr, eine Hand in der Tasche seiner dicken Strickjacke, das wissende Grinsen auf seinem narbendurchzogenen Gesicht, das anzügliche Grinsen in seinen Augen, und er nickte ihr entgegen. »Sie kommen früher als erwartet.«

Irritiert von seiner Bemerkung, starrte sie ihm mit gerunzelter Stirn ins Gesicht und versuchte, zu ergründen, was er gemeint hatte, dann wandte sie verlegen den Blick ab und sah einen Moment lang zu dem abbröckelnden Stuck über der Tür hinauf. »Es tut mir leid, ich verstehe nicht recht, ich habe keine Nachricht hinterlassen.«

Er machte kehrt und ging ins Zimmer zurück. »Ich habe Kaffee aufgesetzt. Möchten Sie eine Tasse?«

Sie sah die Kaffeemaschine, die vor sich hin blubberte, daneben zwei Tassen.

»Vielen Dank.«

»Ich wußte, daß Sie kommen«, bemerkte er beiläufig.

»Woher?«

Er zuckte die Schultern. »Ich weiß vieles.«

»Was zum Beispiel?«

Er stieß ein kurzes, verächtliches Lachen aus, und einen Moment lang verspürte sie den sehnlichen Wunsch, ihn zu schlagen.

»Ihr Wissen hat nicht gereicht, meinen Sohn davor zu schützen, daß er getötet wurde«, hielt sie ihm plötzlich böse, unfähig, die Worte zu unterdrücken, entgegen.

Er kniete neben der Kaffeemaschine nieder und nahm die Kanne zur Hand. »Schwarz, kein Zucker.«

»Danke.«

Sie wartete auf eine Antwort, aber es kam keine; er verharrte in seiner knienden Haltung vor der Kaffeemaschine, und sie beobachtete ihn mit einem merkwürdig flauen Gefühl im Magen.

Als er sich endlich zu ihr umdrehte, blitzten seine Augen zornig.

»Es tut mir leid, Otto«, sagte sie, von Nervosität ergriffen. »Das war nicht sehr nett von mir.« Sie spürte die Wut, die still in ihm brannte; er schien ihr plötzlich viel älter als ein Student, älter als sie selbst zu sein. »Manchmal sage ich Dinge«, erklärte sie, »Dinge, die ich so nicht meine.«

Er setzte sich auf den Boden, lehnte den Kopf an die Wand, und langsam wich die Wut von ihm, und die Jugend kehrte zurück.

Sie lächelte zaghaft. »Woher wußten Sie, daß ich kommen würde?«

Seine Stimme klang unbeteiligt, als würde er in ein Mikrofon diktieren. »Ich fühle manchmal gewisse Dinge, Dinge, die in der Zukunft passieren, manchmal ist es bedeutend, manchmal unwichtig, und manchmal ist es nichts.«

»Und was geschieht dann?«

Er trank einen Schluck Kaffee. »Die Dinge passieren wirklich.« Er starrte sie eindringlich an. »Aber ich kann nichts dagegen tun; das Wissen ist vollkommen nutzlos.«

»Warum?« fragte sie mit leisem Unbehagen.

»Es ist, als wäre es bereits passiert; ich kann nichts dagegen tun.«

»Sie haben den Kaffee für mich gekocht.«

Er zuckte die Achseln. »Den Kaffee für Sie gekocht, klar; aber das ist wirklich nichts Besonderes.«

»Wußten Sie von dem Unfall? Daß er passieren würde?«

»Nein. Nichts.« Er hielt inne. »Und selbst wenn ich davon gewußt hätte ...« Er zuckte wieder die Achseln.

»Wissen Sie, warum ich gekommen bin?«

Er schwieg.

Sie sah ihm in die Augen, versuchte, darin zu lesen. Sie bemühte sich, das höhnische Lächeln nicht zu beachten und hinter die Fassade zu blicken; aber da war nichts. Es war, als würde sie in einer dunklen Nacht durch eine Fensterscheibe sehen.

»Otto, ich möchte, daß Sie sich an etwas erinnern; es wird nicht sehr angenehm für Sie sein, aber für mich ist es sehr wichtig. Werden Sie mir helfen?«

»Wenn ich kann.«

»Der Wagen, mit dem Sie zusammengestoßen sind, war ein Personenwagen, nicht wahr?«

»Ja, ganz sicher.«

»Was passierte kurz vor dem Unfall?«

»Ich weiß es nicht mehr; erst saß ich im Wagen, und im nächsten Augenblick lag ich draußen.«

»Versuchen Sie es.«

»Ich hatte einen Kater; es war eine schöne Party; ich weiß nicht, wie sie Fabian gefallen hat.« Er grinste.

»Warum grinsen Sie?«

»Er hat sich an die Tochter der Gastgeber herangemacht; hat die Nacht mit ihr verbracht.« Er schüttelte den Kopf. »Unglaublich, wissen Sie, er hat sich ständig an irgendwelche Mädchen herangemacht.«

»Ist aber nie mit ihnen zusammengeblieben?«

Er sah ihr in die Augen, dann wandte er sich ab. »Es war nicht wichtig.«

»Für Sie nicht; aber wie stand es mit ihm?«

Otto zuckte die Achseln. »Ihr Sohn war im Umgang mit Frauen ein Scheusal, Mrs. Hightower; es ist besser, wir belassen es dabei.«

»Was meinen Sie damit?«

Er schüttelte den Kopf.

»Spielt es denn noch eine Rolle, jetzt, wo er ...« Sie hielt inne. »Können Sie es mir nicht sagen?«

Es lächelte eigenartig. »Es ist nicht wichtig, es ist wirklich nicht wichtig.« Er rührte in seinem Kaffee. »Wir unterhielten uns während der Fahrt; ich saß auf dem Beifahrersitz, Charles und Henry saßen auf der Rückbank. Aus irgendeinem Grund hatte ich den Sicherheitsgurt nicht angelegt, der Verschluß im Golf ist unpraktisch, wissen Sie. Es war in der Morgendämmerung, und wir hatten die Scheinwerfer an. Fabian redete mit Charles und hatte sich umgedreht. Plötzlich sah ich die Lichter frontal auf uns zukommen, sie waren ziemlich hoch; ich dachte, es wäre ein Lastwagen.«

»Was?« Unwillkürlich entfuhr Alex das Wort. Ein Beben durchlief sie, sie zitterte vor Staunen und Verwirrung; ihr war schwindelig, und der Boden neigte sich langsam unter ihr, als säße sie in einem Boot, das in die Brandung geraten war. Sie mußte sich mit beiden Händen an den Armlehnen festhalten, um nicht aus dem Sessel zu fallen. »Ein Lastwagen?«

»Es war offenbar einer von den alten, hohen Citroëns; wir saßen tiefer unten im Golf. Für uns sah es aus wie ein Lastwagen. Fabian muß ihn auch dafür gehalten haben. Er schrie laut ›Lastwagen!‹ Danach lag ich im Schlamm, ich erinnere mich nicht genau.«

Der Sessel fühlte sich an wie eine Schaukel; er schwankte von einer Seite zur anderen, als hätte er ein Eigenleben. Sie kämpfte dagegen an, stemmte sich fest dagegen und beobachtete die ganze Zeit seine Augen, diese Augen, die wie die Nacht waren.

»Ich fürchte, das sagt Ihnen nicht viel.«

»Manchmal«, sagte sie abwesend, des eigenartigen Flatterns im Magen undeutlich bewußt, »muß einem nicht viel gesagt werden.«

17

Im Haus sah es frisch und sauber aus, und es roch nach Möbelpolitur. Mimsa hatte eine ihrer unentzifferbaren Nachrichten hinterlassen: »Libi Misy Higtow, mach all Abbeit. Nix merr Zeuk vor fensterputse. Unten Klo nix Ordnung, Tabete nix hält Wand. Bis de morge.«

Sie runzelte die Stirn und machte eine Notiz auf dem Einkaufszettel. Vor der Toilette im Erdgeschoß zögerte sie, dann setzte sie ihren Weg zu Fabians Zimmer fort. Mimsa hatte alles so gelassen, wie es war, wie Alex sie gebeten hatte. Sie nahm sein Tagebuch zur Hand, setzte sich aufs Bett, zog die Karte hervor, die sie von Carries Mutter mitgenommen hatte, faltete den Brief, den Carrie an Fabian geschrieben hatte auf und strich ihn glatt. Dann legte sie die Postkarte daneben und begann, indem sie sich jeden Buchstaben nacheinander vornahm, die Schrift zu vergleichen.

Während sie arbeitete, wurde ihr kalt, und sie stellte fest, daß die Temperatur fiel. Sie erhob sich und ging aus dem Zimmer, ohne einen Blick auf das Porträt zu werfen, dann begab sie sich ins Wohnzimmer hinunter und setzte sich ans Telefon. Sie nahm den Hörer ab, zögerte und ließ ihn wieder auf die Gabel fallen. Sie starrte den Brief und die Karte an, dann nahm sie den Hörer wieder zur Hand und wählte Philip Mains Nummer.

»Es tut mir leid«, sagte sie, »wenn ich gestern abend ein bißchen schroff war.«

»Herrje, nein, das verstehe ich ganz gut, ich habe mich benommen ...«

»Nein, das stimmt nicht, du warst nett und freundlich.«

»Warst du heute bei ...?«

»Ja.«

»Ich verstehe.« Seine Stimme klang mißbilligend.

»Darum rufe ich dich ja an. Ich möchte mit dir darüber reden. Ich wollte wissen, ob du heute abend etwas vorhast.«

»Oh, nichts Wichtiges; war lediglich im Begriff, den endgültigen Beweis für den Ursprung der Menschheit zu erbringen.«

»Tut mir leid.«

»Das hat zwei Millionen Jahre gewartet, ich glaube nicht, daß ein Abend mehr wirklich ins Gewicht fällt.«

»Möchtest du noch einmal eines meiner tiefgefrorenen Abendessen probieren?«

Er sagte eine Weile nichts. Dann hustete er und antwortete mit Unbehagen in der Stimme: »Ich – äh – ich würde lieber mit dir ausgehen. Das hat nichts mit deiner Kochkunst zu tun, verstehst du. Ich glaube, es wird dir guttun, unter Menschen zu kommen.«

»Sollen wir uns irgendwo treffen?«

»Nein; ich hole dich ab – ich warte draußen und hupe.«

»Du darfst gern ins Haus kommen«, entgegnete sie lächelnd.

»Es ist – äh – manchmal ziemlich schwer, einen Parkplatz zu finden.«

Seine Worte klangen ausweichend, und es überraschte sie; sie zuckte die Schultern. »Schön. Um wieviel Uhr?«

»In ungefähr einer Stunde?«

»Ich werde fertig sein.« Sie legte den Hörer auf, dann legte sie die Postkarte und den Brief auf den Tisch und stellte das Telefon sorgfältig darauf, um beides zu beschweren.

Es war ein kleines, einfaches Lokal, in dem die gähnende Leere eines Montagabends herrschte. Auf jedem der verlassenen Holztische brannte zuversichtlich eine Kerze, und die Kellner standen mit ernster Miene herum, als wollten sie ihnen beweisen, daß sie keinen Fehler begangen hatten, hierherzukommen, daß es hier normalerweise nicht so leer war wie an diesem Abend.

»Wenn du mitten am Tage auf dem Grund eines Minenschachts stehst und zum Himmel hinaufblickst, siehst du die Venus. Sie ist dort oben, die ganze Zeit. Im fünfzehnten Jahrhundert orientierten sich die Seeleute beim Navigieren daran.«

»Hatten sie Minenschächte auf ihren Schiffen?«

Main lächelte versonnen. »Sie brauchten keine, Mädchen.« Er

deutete auf seine Augen. »Sie konnten sie mit bloßem Auge sehen.«

»Warum können wir es dann nicht?«

»Evolution; wir haben uns weiterentwickelt; unsere Sinne werden immer stumpfer; wir haben Computer, die für uns navigieren.«

»Also liegt es nicht an der Luftverschmutzung, daß wir die Venus nicht sehen können?«

»Nein, lieber Gott, nein; wir können die Venus nicht sehen, weil wir nicht mehr dazu in der Lage sind; vielleicht gibt es noch Völker im Dschungel, in anderen Ländern, die sie sehen können, aber wenn unsere Sinne heute noch empfindlich genug wären, sie zu sehen, würden wir immer noch vom elektrischen Licht geblendet werden.«

»Die Evolution ist demnach nicht immer vorteilhaft.«

Er schwenkte sein Weinglas und starrte auf den Tisch. »Sie macht ihre Sache gut«, entgegnete er abwehrend.

»Wenn unsere Sinne mit jeder Generation mehr abstumpfen?«

»Alte Sinne stumpfen ab, neue Sinne entwickeln sich.« Er hielt inne. »Es hat auch einen gewissen Anflug von Unlogik.«

»Was ist deiner Meinung nach unlogisch?«

»Die Fähigkeit der Menschen, schnell zu laufen; mit jeder Generation schneller zu werden. Bis 1954 ist niemand eine Meile in vier Minuten gelaufen; heute schaffen es die Läufer in drei Minuten, fünfzig Sekunden. Obwohl wir es heutzutage nicht einmal nötig haben zu laufen.« Er zuckte die Achseln.

»Ich dachte, es liegt daran, daß die Sportler Medikamente nehmen?«

»Zum Teil, nur zum Teil; die Evolution ist auch im Spiel.«

»Demnach müßten unsere Beine eigentlich kürzer werden?«

»Die Arme auch; wir brauchen sie nicht. Alles, was wir in Zukunft noch brauchen werden, sind Finger, um die Knöpfe zu betätigen.«

»Dann sind wir also in zweiunddreißig Millionen Jahren nur noch Körper mit Fingern und Füßen und sehen aus wie Knollen-Willi?«

Er kramte in der Tasche und zog seine Zigaretten hervor. »Du warst also bei deinem Medium.«

Sie nickte und nahm die Zigarette, die er ihr anbot. »Mr. Ford hat mir zu denken gegeben. Er behauptete, Fabian erreicht zu haben; er beschrieb den Unfall.« Sie zündete die Zigarette an der Kerze an, blickte nach allen Seiten, um zu sehen, ob ein Kellner mithörte und beugte sich dann über den Tisch. »Er sagte, jemand im Wagen hätte geschrien, daß ein Lastwagen genau entgegenkäme.«

»Das könnte er den Zeitungsberichten entnommen haben, oder er hat es durch Telepathie von dir übernommen.«

Sie schüttelte den Kopf. »Er kam durch einen Personenwagen ums Leben, nicht durch einen Lastwagen; es gab keinen Lastwagen.«

Main sah überrascht auf. »In der Zeitung stand ...«

»Das ist es ja«, unterbrach sie ihn. »Genau das ist es! In der Zeitung stand, daß es ein Lastwagen war, und darum war ich fest davon überzeugt, daß er die Zeitung gelesen und zwei und zwei zusammengezählt hat. Heute nachmittag war ich in Cambridge und habe mich mit Otto, dem jungen Mann, der den Unfall überlebt hat, unterhalten. Ich bat ihn, mir genau zu erzählen, was unmittelbar vor dem Unfall geschah. Er sagte, sie hätten etwas auf sich zukommen sehen, das sie für einen Lastwagen hielten, und Fabian hätte gerufen, daß ihnen ein Lastwagen entgegenkäme.« Sie trank einen Schluck Wein, zog heftig an der Zigarette und starrte ihn an.

Er zuckte die Schultern. »Es könnte Telepathie gewesen sein: Du hast im Unterbewußtsein ganz kurz vor dem Unfall die Botschaft aufgefangen, aber sie hat sich nicht festgesetzt, und dann hat Ford sie von dir übernommen.« Er zuckte noch einmal die Schultern. »Das ist eine ziemlich komplizierte Betrachtung der Ereignisse, oder ...«

»Oder Ford ist echt?«

»Ich habe keine Ahnung. Bemerkenswert.«

Ein Kellner trat an den Tisch. »War die Taube für Sie, gnädige Frau?«

»Nein, für mich.«

Alex wartete schweigend, bis das Essen aufgetragen war, dann beugte sie sich wieder vor. »Weißt du, wo ich einen Experten für Handschriften finden kann?«

»Handschriften?«

»Ja, ich weiß nicht, wie man sie nennt – einer von diesen Leuten, deren sich die Polizei bedient, wenn etwas gefälscht worden ist.«

»Es gibt da einen Menschen, den ich von Zeit zu Zeit für meine Forschungsarbeit konsultiert habe; ich dachte, ich müßte die Schriftrollen vom Toten Meer widerlegen.« Ein schiefes Grinsen überzog sein Gesicht.

»Um deinen Vater zu ärgern?«

Seine Miene wurde nachdenklich. »Nein, lange nachdem . . .«, er verstummte und betrachtete seine Taube mit so strengem Blick, als hätte sie sich eines Vergehens schuldig gemacht.

»Sieht sehr gut aus«, sagte Alex.

»Tote Ratte.«

»Wie?«

»Tote Ratte«

»Ja. Sein Name klang wie tote Ratte. Torade, Todterade, Dotterade. Dotterade hieß er.«

»Gibt es irgend etwas, was du nicht weißt?« fragte sie lächelnd.

»Ich weiß nicht, warum ich Taube bestellt habe; mir ist gerade eingefallen, daß ich das Zeug nicht ausstehen kann.«

»Ich tausche mit dir.«

»Nein, nein, lieber Gott, nein. Man muß die Konsequenzen seiner Entscheidungen auf sich nehmen.« Er warf ihr einen eigenartigen Blick zu, der sie einen Moment lang nervös machte.

»Es ist heutzutage nicht mehr notwendig, ein Märtyrer zu sein, unsere Entwicklung hat uns bereits weitergebracht.«

»Touché«, entgegnete er, indem er mißtrauisch mit der Gabel in seiner Taube herumstocherte.

Umgeben von all dem Gerümpel in dem Volvo, die Füße geborgen in einem Dickicht von Papieren, Strafzetteln und Kassetten, fühlte sie sich ausgesprochen wohl. In dem Wagen herrschte eine anheimelnde Atmosphäre wie in einem alten Boot. »Machst du dein Auto jemals sauber?«

»Nein, Mann, nie. Gewöhnlich wechselte ich es, wenn der Aschenbecher voll ist.«

Sie betrachtete lächelnd den herausgezogenen Aschenbecher, aus dem die zerdrückten Kippen überquollen. »Was nennst du voll?«

Die Wischer verschmierten den Regen auf der Windschutzscheibe und verzerrten die Lichter von London vor ihren Augen wie ein Kaleidoskop.

»Macht es dir etwas aus, allein nach Hause zurückzukehren?«

Sie zuckte die Schultern. »Nein. Ich habe mich daran gewöhnt; Fabian kam nur in den Ferien herunter.«

»Würdest du gern noch weitere Kinder haben?«

Sie schüttelte den Kopf. »Ich bin zu alt, zu verwurzelt in meinen Gewohnheiten.«

»Wie alt bist du?«

»Uralt.« Sie lächelte. »Manchmal fühle ich mich uralt.«

Sie beobachtete, wie die weißen, gelben und roten Blitze vor ihr explodierten und aus ihrem Gesichtsfeld glitten, hörte, wie der Motor aufheulte, spürte die Bremskraft, merkte, wie das schmatzende Geräusch der Reifen plötzlich verstummte. Die Scheibenwischer vor ihr bewegten sich, klack, klack, klack, beinahe im Takt mit dem Motorgeräusch eines Taxis und der Musik aus einer nahegelegenen Disco; klack, klack, zwei winzige Instrumente im Orchester der Londoner Nacht.

»Ich kann keine Kinder mehr bekommen«, sagte sie. »Wir hatten...«, sie verstummte; die Erinnerung war immer noch schmerzhaft, jetzt vielleicht mehr denn je; sie fuhr sich mit der Zunge über die Unterlippe und starrte vor sich hin.

Vor ihrem Haus blieb er mit laufendem Motor in zweiter Reihe stehen. »Danke für das Abendessen«, sagte sie. »Möchtest du mit hineinkommen?«

Sie bemerkte den seltsamen Ausdruck, der über sein Gesicht huschte; fast, als hätte er Angst, dachte sie.

»Ich mache mich lieber wieder an die Arbeit.«

»Heute nacht?«

»Man kann die Welt nicht ewig warten lassen.«

»Und auch nicht seine Agentin.«

»Nein. Wirklich nicht.«

»Hör mal, hast du etwas dagegen, eine Sekunde hereinzukommen, damit ich dir die Postkarte zeigen kann? Ich möchte wissen, was du davon hältst.«

Wieder sah sie den Schatten, der über sein Gesicht lief, und diesmal gab es keinen Zweifel an der Angst, die dahintersteckte. Sie starrte ihn an, spürte selbst auch ein Unbehagen und fragte sich, was ihn beunruhigte, was die scheinbar unüberwindlichen Barrieren des Selbstschutzes, die er wie eine Muschelschale mit sich herumtrug, hatte durchbrechen können.

Er blickte einen Moment lang wortlos durch die Windschutzscheibe, dann legte er den Rückwärtsgang mit einer merkwürdig resignierten Geste ein, so, als müßte er eine Niederlage eingestehen, und schaute über die Schulter zurück.

Es schien ihm schwerzufallen, die Treppen hinaufzusteigen, es war, als müßte er sich gegen eine unsichtbare Kraft anstemmen. Sie beobachtete ihn unsicher; es sah aus, als würde er durch tiefes Wasser waten.

Als sie an der Eingangstür ankamen, blieb er schwankend stehen und streckte die Hand haltsuchend nach dem Türrahmen aus. Sein Gesicht wurde kalkweiß, und Schweiß trat ihm auf die Stirn. Er schloß die Augen, und sie beobachtete ihn ängstlich.

»Philip? Was ist los?«

Er blickte auf; der Schweiß lief ihm jetzt in Strömen über das Gesicht. »Bestens«, sagte er. »Bestens. Alles bestens. Es geht schon; es ist alles in Ordnung.«

»Was, Philip?«

»Es ist in Ordnung.« Er warf ihr einen nervösen Blick zu. »Es ist schon gut. Alles in Ordnung.« Er lächelte.

Der Gestank schlug ihnen entgegen, als sie durch die Haustür traten. Ein scheußlicher, widerlicher Gestank. Alex würgte, drehte sich um und sog gierig die frische Luft ein. Main hielt sich die Nase zu und sah sich schweigend um.

»Was ist das?« Sie schaltete die Dielenbeleuchtung ein. Alles wirkte normal. »Es riecht nach Hunde –«

Er schüttelte den Kopf. »Nein, kein Hund.«

Ihr Taschentuch vor die Nase gedrückt, ging sie in die Küche hinüber. »Hier drinnen ist es nicht«, sagte sie. »Hier riecht man fast gar nichts.«

Main kam die Treppe herunter. »Oben riecht es auch nicht.«

Sie trat in die Diele zurück, wo der Gestank viel schlimmer war, dann ging sie hinaus vor die Tür und sog die feuchte Nachtluft ein. »Es ist im Haus, Philip«, erklärte sie. »Vielleicht ist es eine tote Maus oder so etwas?« Sie warf ihm einen Blick zu und bemerkte, daß er mit weit aufgerissenen Augen und totenbleichem Gesicht um sich starrte. »Philip? Warum setzt du dich nicht? Ich werde die Fenster aufmachen.« Sie trat ins Wohnzimmer und schaltete das Licht ein; etwas zog ihre Aufmerksamkeit auf den Fußboden.

Dort lagen, als wären sie zu Boden geschleudert worden, die Postkarte und der Brief von Carrie.

Die Wand wich mit einem Ruck vor ihr zurück. Einen Augenblick lang spürte sie, wie ihre Beine unter dem Druck einknickten, dann war plötzlich kein Boden mehr unter ihr, und sie wurde gegen die Wand geschleudert; sie streckte die Arme haltsuchend aus, doch die Wand schien sie wegzustoßen; sie taumelte ein paar Schritte zurück und stürzte zu Boden.

»Alex? Bist du verletzt?«

Benommen blickte sie auf und sah Philip Main, der auf sie herunterstarrte; ihr kam es so vor, als würde sie alles aus einer Distanz beobachten, als sähe sie sich selbst auf dem Boden liegen und zu Main aufblicken. Sie hörte eine Stimme, und es dauerte einen Augenblick, bis sie erkannte, daß es ihre eigene war. »Ich – ich muß gestolpert sein.«

Eine Hand kam auf sie zu, griff nach ihr und zog sie in die Höhe; sie beobachtete, wie sie die Arme um Main legte, und dann spürte sie den weichen, verknitterten Stoff seiner Jacke und die Wärme seiner Brust. Sie schlang die Arme fest um ihn und fühlte die starken Muskeln auf seinem Rücken. »Auf dem Boden«, sagte sie. »Als ich ging, lagen sie auf dem Tisch unter dem Telefon; jemand hat sie weggenommen.«

Sie spürte seine starken, bebenden Hände auf ihrem Rücken; oder war es ihr eigenes Beben, das sie fühlte?

»Beruhige dich, Mädchen, beruhige dich.«

An seinem Tonfall hörte sie, daß er sich bemühte, die Angst in seiner Stimme zu unterdrücken. Was ist los mit dir, wollte sie fragen. Was zum Teufel ist los mit dir? Sie starrte ihn an. »Wieder eine dieser Sinnestäuschungen?«

Er senkte den Blick auf seine ausgetretenen braunen Straßenschuhe, räusperte sich. Seine Stimme senkte sich zu einem tonlosen Flüstern, als würde er mit sich selbst sprechen. »Nein, lieber Himmel, nein, das ist keine Täuschung.« Sein Blick wanderte nachdenklich, immer noch von Nervosität getrübt, zur Decke und über die Wände. »Zugluft, höchstwahrscheinlich.«

»Es tut mir leid«, sagte sie, indem sie sich bückte und Brief und Karte aufhob. »Möchtest du eine Tasse Kaffee?«

»Kann ich einen Schluck Whiskey haben?«

»Bediene dich; ich setze Kaffee auf.« Damit verließ sie den Raum.

Main trat an den Wandschrank und goß sich einen großen Whiskey ein. Dann nahm er die Karte und den Brief zur Hand und ging zu einem Sessel hinüber. Er schnüffelte noch einmal, zuckte zusammen und setzte sich dann mit einem Blick zur Decke vorsichtig nieder. Er hielt den Whiskey unter die Nase, roch dankbar daran und schloß dann fest die Augen.

»Vater unser«, begann er, »der du bist im Himmel, geheiligt werde dein Name. Dein Reich komme –«

»Philip? Schläfst du?«

Er schlug hastig die Augen auf und errötete. »Hmmm«, gab er zurück, während er nach seinen Zigaretten suchte.

»Was meinst du?«

»Was ich meine?«

»Zu dem Brief?«

Er betrachtete den Brief und las ihn aufmerksam. Er zuckte die Schultern. »Scheint eindeutig. Was meint sie mit ›sonderbar‹?«

»Ich meine nicht den Inhalt«, entgegnete sie. »Die Schrift. Sieh dir die Postkarte an.«

»Sie ist ein bißchen anders«, erklärte er. »Sie könnte sie auf den Knien geschrieben haben oder bekifft; sieht im Prinzip ähnlich aus.«

»Aber dein Freund tote Ratte könnte es genau sagen?«

»Dotterade?«

Alex sah, wie sein Kopf plötzlich herumflog, als wollte er mit angstvollem Blick etwas hinter seinem Rücken erhaschen. »Fehlt dir etwas?«

»Wie?«

Sie ließ sich auf der Armlehne seines Sessels nieder und schauderte. »Ich glaube nicht, daß ich die Fenster ewig offenlassen kann; es scheint auch keinen großen Unterschied zu machen.«

»Großen Unterschied?«

Sie legte ihm die Hand auf die Stirn. Sie fühlte sich feucht und kalt an. »Möchtest du dich hinlegen?«

Er starrte ausdruckslos über sein Whiskeyglas hinweg und sagte nichts. Alex ging hinaus, um sich Kaffee einzugießen; als sie zurückkam, saß er unverändert da. Der Gestank im Raum war ekelerregend.

Sie ließ sich wieder auf der Armlehne seines Sessels nieder, sah den Schweiß, der ihm über das Gesicht lief. »Wir sollten uns in die Küche setzen – dort ist es angenehmer.« Unsicher, ob er sie überhaupt gehört hatte, sah sie ihn an und legte ihm wieder die Hand auf die Stirn; eine Schrecksekunde lang fragte sie sich, ob er einen Herzinfarkt erlitten hatte.

»Ich gehöre nicht hierher«, sagte er plötzlich. »Ich bin hier nicht erwünscht.«

»Soll ich einen Arzt rufen?« fragte sie, erschrocken über die Ungereimtheit seiner Worte. Sie bewegte die Hand vor seinen Augen, wartete darauf, daß sich etwas in seinem Gesicht regte, aber nichts geschah. »Philip, soll ich einen Arzt rufen?« Sie wartete. »Kannst du mich hören?«

»Hallo, Mutter.«

Die Worte kamen sanft und kristallklar, als stünde Fabian unmittelbar neben ihr.

Sie fuhr herum, starrte in die Diele hinaus, dann auf die geöffneten Fenster. Sie lief hinüber und blickte hinaus. Die Straße lag verlassen da, es gab nichts dort draußen als die geparkten Wagen und den Regen.

Sie hatte es sich nicht eingebildet.

Sie starrte Main an, der jetzt heftig zitterte.

»Mutter.«

Die Worte waren von Main gekommen.

Sie sah, wie er zitterte, sein Atem ging schwer, und im Raum wurde es spürbar kälter. Der Schweiß rann ihm über das Gesicht, und er ballte die Fäuste so krampfhaft, daß sie glaubte, seine Hände müßten brechen.

Sie ließ die Augen nicht von ihm.

Mutter.

Das Wort hallte in ihr nach.

Plötzlich sprang er auf, warf die Arme hoch und rief mit seiner eigenen Stimme: »Nein, nein, sage ich!« Völlig verwirrt, wie verloren, blickte er um sich, holte tief Atem und starrte Alex dann mit schreckerfüllten Augen an, Augen, die sie kaum erkannten. »Ich – muß – gehen«, sagte er langsam, nach jedem Wort stockend. »Ich – muß – jetzt – gehen. Ich hätte nicht kommen sollen.«

»Was ist los, Philip? Bitte, sag es mir.«

Furchtsam und mit demselben Gesichtsausdruck, den sie an Iris Tremayne wahrgenommen hatte, schaute er sich im Raum um, dann trat er entschlossenen Schritts in die Diele hinaus.

»Bleib hier, und sprich mit mir.«

»Komm mit mir.«

Sie schüttelte den Kopf.

»Ich warte im Wagen auf dich.«

»Dotterade«, rief sie. »Wo finde ich Dotterade?«

Er öffnete die Haustür und trat, plötzlich ein vollkommen Fremder, auf die Straße hinaus.

»Philip!« Sie hörte ihre eigene Stimme, dünn und furchtsam

wie der Ruf eines verirrten Kükens. Sie wandte sich in der Diele um und spähte nach allen Seiten. Dann ergriff sie ihre Tasche, ihren Mantel und ihre Schlüssel, zog die Tür hinter sich zu und lief zur Straße hinunter.

Main saß, umgeben von dichtem Zigarettenrauch, im Volvo; kaum hatte sie die Tür zugeknallt, ließ er den Motor an und fuhr los.

»Philip, ich möchte hierbleiben.«

Er beachtete sie nicht, sondern bog nach links in die King's Road ab. Sie betrachtete sein Gesicht, das völlig ausdruckslos war. Er fuhr schnell, und sie wurde auf dem Sitz hin und her geschleudert. Das Gurtlämpchen blinkte und klickte wie ein wütendes Insekt, aber sie bemühte sich, dem keine Beachtung zu schenken. Er sagte kein Wort, bis sie sich in seiner Wohnung befanden.

Dort gab er Alex einen Brandy, setzte sich mit seinem Whiskey nieder, starrte vor sich hin und stieß einen langgezogenen, leisen Pfiff aus. Alex roch an dem Brandy und trank einen Schluck; sie spürte, wie er in ihrem Magen brannte, umfaßte das bauchige Glas fest mit beiden Händen und nahm dankbar einen zweiten Schluck.

»Was war los?«

Er pfiff noch einmal durch die Zähne und zog seine Zigaretten heraus.

»War das Fabian, der gesprochen hat, oder du?«

Immer noch wortlos bot er ihr das Päckchen an. Sie schüttelte den Kopf und nahm sich eine von ihren eigenen.

»Du willst es nicht zugeben, nicht wahr?« Er wurde unter ihrem beobachtenden Blick rot, und sie wünschte angesichts des Sturmes, der in seinem Innern tobte, einen Augenblick lang, sie hätte ebenfalls geschwiegen. »Es tut mir leid.«

Sein Feuerzeug schnappte auf, und er beobachtete die winzige Flamme, die in der Zugluft tanzte; er starrte sie so gebannt an, als wäre sie ein Dschinn, den er zu Hilfe gerufen hatte.

»Sehr ungewöhnlich«, bemerkte er unvermittelt.

Alex bemerkte erst jetzt, wie müde er aussah; seine Gesichtshaut schien schlaff herunterzuhängen.

»Was meinst du damit?«

Er zuckte die Achseln und schwieg.

»Erinnerst du dich an etwas, das du in deinem letzten Buch geschrieben hast?«

Er sog gierig an seiner Zigarette und starrte ins Leere; Alex schauderte; einen Augenblick lang erinnerte er sie, wie der Rauch sich um ihn kräuselte, an die fahlen Gestalten in einer Opiumhöhle, die sie einmal auf einem Bild gesehen hatte.

»Du hast geschrieben, daß wir alle Gefangene unserer Gene sind.«

Es kam nicht die geringste Reaktion von ihm.

»Du hast geschrieben, daß wir uns nicht gegen die Programmierung, mit der wir geboren wurden, wehren können, und daß wir sie nicht ändern können; die einzige Freiheit, die wir haben, besteht darin, nicht damit einverstanden zu sein.«

Er nickte zögernd.

»Daß sie im Augenblick der Empfängnis für uns ausgewählt wird, ein zufällig zusammengewürfeltes Sammelsurium aus der Auswahl der Gene im Sperma des Vaters und im Ei der Mutter. In diesem Bruchteil einer Sekunde entscheidet sich alles, was von jedem Elternteil ererbt oder ausgelassen wird. Habe ich recht?«

Er wandte sich um und blickte unbestimmt in ihre Richtung.

»Du hast die übersinnlichen Kräfte deines Vaters geerbt und willst es nicht zugeben.«

Er kehrte ihr wieder den Rücken zu und starrte vor sich hin.

»Bitte, erkläre es mir, Philip; erklär mir, was geschehen ist.«

»Nur eine Theorie, das ist alles«, erwiderte er, ohne sie anzusehen. »Nur eine Theorie, Mädchen. Es gibt keinen Beweis dafür.«

»Nicht in der Genforschung?«

»Das ist ein anderes Gebiet.«

»Aber ich habe recht, nicht wahr?«

Er starrte vor sich auf den Boden. »Vielleicht«, sagte er leise. »Aber es wird für unwahrscheinlich erachtet. Deine Haarfarbe wird durch die Gene bestimmt, die Form deiner Nase. Übersinnliche Kräfte sind etwas anderes ...« Er zuckte die Schultern. »Sie sollen eine besondere Gabe sein.«

»Wird Intelligenz nicht über die Gene weitergegeben?«

»Doch, natürlich.«

»Ich dachte immer, Intelligenz wird als besondere Gabe betrachtet.«

»Nein, absolut nicht.«

»Wie ist es mit dem Verhalten? Wird es auch über die Gene weitergegeben?«

»Bis zu einem gewissen Maße.«

»Warum also nicht übersinnliche Kräfte?«

Er starrte sie einen Moment lang an, dann wandte er den Blick ab.

»Warum wolltest du nicht ins Haus kommen? Was war los?«

»Das ist alles Blödsinn, Mädchen; ich weiß nicht, woher diese Geister, Stimmen, Erscheinungen und all das kommen. Wir können nur ein sehr enges Spektrum von Lichtwellen sehen, nur ein sehr enges Spektrum von Tonwellen hören. Vielleicht hinterlassen wir, wenn wir sterben, irgendwelche Eindrücke als Wellen im Raum, und manche Menschen sind in der Lage, sich darauf einzustellen und sie aufzunehmen. Das heißt nicht, daß wir nach dem Tode irgendwo anders noch leben, das heißt es ganz und gar nicht.«

»Was heißt es dann?«

»Daß die Verstorbenen einen Eindruck hinterlassen, wie eine Fotografie. Es kommt nur darauf an, daß man in der Lage ist, ihn zu sehen.« Er tippte sich an die Stirn. »Wahrscheinlich verfügen wir alle über die Fähigkeit, aber die meisten von uns wissen nicht, wie sie sich ihrer bedienen sollen; manche wissen es, behalten es aber ihr Leben lang für sich; einige werden Medien, es ist ein ausgemachter Schwindel.« Er warf ihr einen Blick zu, und die Farbe begann in sein Gesicht zurückzukehren. »Ich wollte dir nichts vormachen.«

»Mir etwas vormachen?«

Er überlegte lange, bevor er antwortete. »Ich hatte das Gefühl, ich könnte Fabian aufnehmen; welchen Vorteil hättest du davon? Es würde nur alles wieder aufrühren, dir die trügerische Hoffnung geben, daß er irgendwo dort draußen lebt.«

Sie starrte ihn an, beugte sich vor und drückte, verwundert, wie schnell sie geraucht hatte, ihre Zigarette heftig aus. »Du lügst, Philip«, sagte sie.

»Ich lüge nicht, Mädchen. Ich versuche nur, es in verständlichen Worten auszudrücken.«

»Wenn das alles gewesen wäre, hättest du nicht solche Angst gehabt. Du hattest schreckliche Angst vor irgend etwas. Wovor?«

Er schüttelte den Kopf. »Das bildest du dir ein; das passiert, wenn Menschen mit diesen Dingen herumspielen.«

»Philip.« Sie sah ihn eindringlich an. »Sieh mich bitte an. Du bist mein Freund. Wenn es so etwas wie einen Eindruck gibt, den ein Mensch hinterlassen kann, erwartest du dann ernsthaft von mir, zu glauben, daß nach einundzwanzig Jahren von Fabian nichts weiter zurückgeblieben ist als zwei Worte – Hallo, Mutter –? Hör auf, mir auszuweichen, und sag mir die Wahrheit.«

Er hob sein Whiskeyglas und betrachtete es; er schwenkte den Whiskey im Glas, roch prüfend daran und betrachtete dann das Glas wieder so eingehend, als suchte er nach einer verborgenen Prägung. Ohne sie anzusehen, ergriff er das Wort. »Es ist möglich, daß es in deinem Haus einen Geist gibt, einen bösen Geist.«

Etwas rann ihr feucht und klebrig den Rücken hinunter. Sie schauderte und trank von ihrem Brandy; er schmeckte wie Trockeneis. Ihr Mund brannte; sie setzte das Glas hastig ab und sah sich nervös im Zimmer um, dann schloß sie die Augen und versuchte, ihre Gedanken zu ordnen. »Wenn es einen Geist gibt, ist es doch sicher Fabian?«

»Diejenigen, die – an so etwas glauben, sind der Auffassung, daß uns das Böse üble Streiche spielen kann: daß es die trauernden Hinterbliebenen befällt und sich ihre Schwäche, ihre Blindheit für die Realität zunutze macht.«

»Was meinst du damit?«

»Boshafte Geister, Mädchen. Ein solcher könnte dich im Augenblick an der Nase herumführen, indem er so tut, als sei er dein Sohn.«

Bebend, von Verzweiflung geschüttelt, starrte sie ihn lange

Zeit an; sie starrte ihn an, als wäre er eine Klippe, an der sie vertäut war; das letzte Stückchen Land auf Erden.

»Warum?« stieß sie schließlich hilflos hervor.

»Geister versuchen manchmal, zurückzukommen.«

»Gelingt es ihnen?«

»Es gibt Anzeichen dafür, daß sie von Menschen Besitz ergreifen und sie beeinflussen können. Im Guten und – im Bösen.« Er setzte ein schiefes Lächeln auf.

Alex schüttelte den Kopf. »Du erstaunst mich; du bist so zynisch, und doch – wie soll ich es sagen –, du weißt soviel mehr, nicht wahr; manchmal bist du wie eine Bühne mit hundert Kulissen.«

Er lächelte. »Nein, lieber Himmel, nein.« Er schüttelte den Kopf. »Überschätz mich nicht, Mädchen.«

»Warum versuchen sie, zurückzukommen?«

Er drehte sein Glas in der Hand, dann sah er Alex in die Augen. Er senkte den Blick, sah sich im Raum um, betrachtete dann wieder sein Glas und ließ es kreisen. Schließlich richtete er den Blick wieder auf sie, und seine Miene war von Zweifeln geplagt. Die Worte kamen langsam über seine Lippen, als müßte er sie sich gegen einen gewaltigen inneren Widerstand abringen. »Weil sie hier noch Dinge zu erledigen haben.«

18

Arthur Dotterade hatte einen akkuraten Spitzbart und einen ebenso spitz zulaufenden Schädel; er bewegte sich mit kurzen, uhrwerkartigen Schritten in seinem Büro, als würde er von einem Programm im Innern gelenkt werden.

Jeder Zentimeter der verfügbaren Boden- und Regalfläche in seinem beengten Büro war mit unordentlichen Stapeln von Schriftstücken und ebenso unordentlichen Stapeln von Nachschlagewerken vollgepackt, und die Wände waren bedeckt mit kalten, leblosen Drucken von Regency-Häusern, die nichts über ihn selbst verrieten. Im Gegensatz zu seiner Körpergröße war sein Schreibtisch gewaltig und fast vollkommen leer. Die einzige Abwechslung auf der grünen Lederfläche boten ein sauberes Löschblatt, ein Vergrößerungsglas und die gerahmte Fotografie einer streng dreinblickenden Frau.

»Bitte, nehmen Sie Platz.« Er nahm seine goldgerahmte Halbbrille ab, musterte diese anklagend und setzte sie wieder auf. Dann legte er beide Hände auf das Löschpapier, sah Alex mit blinzelnden Augen an und verzog den Mund zu einem breiten, etwas törichten Lächeln.

Sie betrachtete seinen buntkarierten Anzug und die triste, schlammfarbene Krawatte. »Philip Main hat mir Ihren Namen genannt.«

»Ach ja.« Sein Gesicht verzog sich wie ein Schwamm, er blinzelte heftig und hob einen Arm in die Höhe, als wollte er ein Taxi herbeiwinken. »Die Schriftrollen vom Toten Meer. Sehr interessant. Obwohl er eine Zeitlang einer interessanten Sache auf der Spur war, verlief es schließlich doch im Sande; so ist es immer mit den Schriftrollen, finden Sie nicht?«

Alex lächelte höflich. »Ich fürchte, ich habe keine Ahnung.«

»Nein, na ja, er ist jedenfalls ein entschlossener Bursche. Wie dem auch sei –« Er lehnte sich zurück und sah sie erwartungsvoll an.

Alex öffnete ihre Handtasche und legte die Postkarte und den Brief auf den Tisch. Er musterte die Papiere einen Augenblick lang, dann zog er die Schublade auf und nahm eine Pinzette heraus. Nacheinander hob er beide hoch und legte sie vor sich hin. »Das sind keine Schriftrollen vom Toten Meer«, bemerkte er, »absolut nicht.« Er grinste und kicherte dann, wobei sich seine Schultern wie von Schnüren gezogen ein paarmal auf und ab bewegten. Mit der Pinzette drehte er die Postkarte um. »Ah, Boston, Cambridge, MIT, kenne die Stelle sehr gut. Hatte mal eine Reifenpanne auf dieser Brücke; keine günstige Stelle für eine Reifenpanne; überhaupt kein günstiges Land für eine Reifenpanne, Amerika; jedenfalls nicht mit einem Peugeot.«

Alex starrte ihn fragend an.

Er reckte den Zeigefinger in die Luft. »Sie haben dort diese Bolzen, die sie durch das Rad stecken, um den Reifen abzumontieren; beim Peugeot geht das nicht.« Er drehte die Postkarte wieder um. »Was kann ich für Sie tun?«

»Ich möchte wissen, ob die Person, die den Brief geschrieben hat, identisch ist mit der Person, die die Karte geschrieben hat.«

Dotterade nahm das Vergrößerungsglas zur Hand und prüfte einige Zeilen des Briefes eingehend, dann beugte er sich ein wenig nach vorn und betrachtete die Postkarte. Während er las, spitzte er die Lippen, eine Bewegung, die seine Nase noch länger erscheinen ließ. Er erinnerte Alex an ein bösartiges Nagetier.

Mit einer entschiedenen Geste legte er das Vergrößerungsglas aus der Hand und lehnte sich in seinem Stuhl zurück; er hob den Blick zur Decke, schloß einen Moment lang die Augen, öffnete sie wieder und heftete den Blick eindringlich auf Alex. »Nein, ganz und gar nicht. Die Handschrift auf der Postkarte ist eine sehr schlechte Nachahmung der Schrift im Brief; nur mit dem Vergrößerungsglas kann man bereits acht Punkte erkennen, in denen sie sich unterscheiden. Die T-Striche zum Beispiel.« Er schüttelte den Kopf. »Nein, völlig anders. Die Zwischenräume; der Druck, die Schrägstriche, die Bögen – sehen Sie sich die Bögen an! Sie sind überhaupt nicht zu vergleichen.«

Seine Miene hatte einen gereizten Ausdruck, als hätte er ein Glas edlen Weines erwartet und nur billigen Fusel bekommen. Er nahm die Pinzette und legte die Papiere vor sie hin, ohne auch nur den Versuch zu machen, seine Verachtung zu verbergen.

»Ich – äh –, es tut mir leid«, stammelte sie. »Als Laie habe ich ...«

»Nein, natürlich nicht.« Sein Tonfall war jetzt fast aggressiv. Er atmete tief ein und betrachtete einen Augenblick lang das Foto einer ernsten Frau; es schien ihn ein ganz klein wenig zu beruhigen. Jetzt starrte er Alex nicht mehr an, sondern blickte durch sie hindurch. »Offen gestanden hätte ich erwartet, daß ein sechsjähriges Kind erkennen könnte, daß die Handschriften nicht identisch sind.«

»Unglücklicherweise«, gab Alex ebenso schneidend zurück, »habe ich kein sechsjähriges Kind.«

Dotterade zog einen Rechnungsblock aus der Schublade hervor und nahm einen Goldfüller aus seiner Tasche. Er schrieb etwas auf den Block und betupfte diesen mit einem sauberen Löschblatt. »Das macht dreißig Pfund.«

Alex betrachtete den Tintenabdruck auf dem Löschblatt, dann den knisternden weißen Papierbogen, den er, diesmal mit den Fingern, nicht mit der Pinzette, vor sie hinlegte.

Sie zahlte in bar, und er stapelte die Scheine besitzergreifend in seine Brieftasche; wie eine Ratte, die einen Futtervorrat hortet, dachte sie.

»Meine Empfehlungen an Mr. Main.«

Sie saß im Wagen und starrte schweren Herzens auf die Postkarte. Zum hundertsten Mal las sie die Worte: »Hallo Mutter, hier ist es wirklich angenehm, es passiert allerhand, habe ein paar tolle Leute kennengelernt, schreibe dir bald wieder. Alles Liebe, C.«

Sie betrachtete den Stempel. Das Wort »Boston« war gerade noch zu entziffern. Sie versuchte, sich zu konzentrieren; wen kannte sie in Boston? Oder wer war in Boston gewesen? Oder sonstwo in den Staaten? Wer hatte die Karte aufgegeben? Und die anderen? Wer? Fabian? Er war nie in Amerika gewesen, soweit ihr bekannt war.

Sie fuhr ohne Umwege nach Cornwall Gardens und klingelte bei Morgan Ford. Eine Frauenstimme ertönte blechern durch die Sprechanlage, und das Türschloß öffnete sich mit einem lauten Summen.

Nervös stieg Alex die Treppe hinauf. Die Tür zu Fords Wohnung wurde von einem schlampig wirkenden Mädchen mit dikken Brillengläsern und einem zottigen Haarschopf, der den größten Teil ihres Gesichts verdeckte, geöffnet; sie erinnerte Alex an einen altenglischen Hirtenhund.

»Ah, ja«, sagte das Mädchen. »Mrs. Willingham? Mr. Ford wird gleich für Sie da sein.«

Alex schüttelte den Kopf. »Nein, ich bin nicht angemeldet. Ich wollte fragen, ob es vielleicht möglich ist, kurz mit Mr. Ford zu sprechen?«

Das Mädchen lächelte nervös. »Ich glaube, es wäre das Beste, wenn Sie – äh – einen Termin ausmachen.« Sie trat von einem Fuß auf den anderen und nickte unaufhörlich mit dem Kopf.

»Ich war gestern bei ihm, wissen Sie. Ich möchte ihm nur kurz eine Frage stellen – es ist sehr wichtig.«

Das Mädchen trat noch unruhiger von einem Fuß auf den anderen. »Ich spreche mit ihm«, sagte sie ernst, aber voller Zweifel. »Äh – äh – wie war doch gleich Ihr Name?«

»Mrs. Hightower.«

Das Mädchen nickte und marschierte mit großen, linkischen Schritten und vorgebeugtem Oberkörper davon. Alex blickte sich im Flur um; er war schmal und schmucklos, mit einem grellroten Teppich und weißem Rauhputz an den Wänden; nichts deutete hier auf die fast barocke Pracht des Wohnzimmers hin, in das er mündete.

Das Mädchen kam, einen großen Terminkalender in den Händen, zurückgestampft. »Es tut mir leid, aber Mr. Ford kann sich überhaupt nicht an Sie erinnern.«

»Aber ich war erst gestern hier!«

Das Mädchen schüttelte den Kopf. »Er hat es mir so gesagt.«

»Es steht doch sicher in Ihrem Buch?«

Das Mädchen schlug den Terminkalender auf. »Welche Zeit war es?«

»Halb elf.«

Sie schüttelte den Kopf. »Da war eine Mrs. Johnson hier.«

Alex spürte, wie ihr das Blut in die Wangen schoß. Sie starrte in die dicken Brillengläser; es war, als würde sie dem Mädchen durch ein umgekehrtes Teleskop in die Augen sehen. »Ach ja, natürlich; ich habe meinen Mädchennamen angegeben.«

»Mrs. Shoona Johnson?« erkundigte sich das Mädchen zweifelnd.

»Ja.«

»Einen Augenblick.« Sie trabte wieder davon. Diesmal folgte ihr Morgan Ford persönlich in den Flur. Er blickte zu Alex auf und lächelte höflich. »Ach ja, Sie waren – gestern hier, nicht wahr?«

Alex nickte und betrachtete seine kleinen rosigen Hände und den gewaltigen Rheinkieselring. Er trug einen anderen grauen Anzug, einen flotteren, mit einer auffälligeren Krawatte, und dazu graue Schuhe mit großen Goldschnallen; am Vortag hatte er wie ein Versicherungsvertreter ausgesehen, heute wirkte er eher wie ein Quizmaster. »Es tut mir leid, wenn ich so bei Ihnen hereinplatze«, sagte sie, »aber ich muß unbedingt mit Ihnen sprechen.«

Er warf einen Blick auf seine Armbanduhr, und sie bemerkte die leichte Gereiztheit, die in seiner Miene aufblitzte, die aber seiner Stimme nicht anzumerken war. »Ich kann Ihnen nur ein paar Minuten einräumen, bis die angemeldete Kundin kommt; ich lasse die Leute nicht gern warten, wissen Sie«, erklärte er freundlich.

Die Katzen taten immer noch ihre Pflicht als Wächter neben dem Gaskamin und beäugten sie mißtrauisch.

»Vielleicht können Sie meinem Gedächtnis nachhelfen«, forderte er sie auf.

»Mein Sohn ist bei einem Autounfall in Frankreich ums Leben gekommen; durch einen Wagen, der auf der Autobahn in der falschen Richtung fuhr.«

»Das kommt mir bekannt vor.« Er nickte vor sich hin. »Sie müssen mir verzeihen, es kommen so viele Menschen zu mir.«

»Sie waren gestern sehr aufgeregt.«

Er runzelte die Stirn. »Wirklich?«

Einen Augenblick lang war sie versucht, ihn anzuschreien, auf ihn einzuschlagen. Dann ergriff sie Verzweiflung, und der Zorn verflog. »Es hat keinen Sinn«, sagte sie, »wenn Sie sich nicht daran erinnern können; ich wollte Ihnen zu dem, was mein Sohn gesagt hat, eine Frage stellen.«

»Bitte, setzen Sie sich.«

Alex setzte sich in denselben Sessel wie am Vortag, und der Kater näherte sich ihr vorsichtig in großem Bogen.

Ford lächelte sie mit etwas abwesendem Blick an. »Wenn Sie mir vielleicht etwas geben, was Sie an sich tragen, ein Armband oder eine Uhr?«

»Gestern habe ich Ihnen meine Uhr gegeben.«

»Dann wäre das am besten.«

Sie nickte und löste den Verschluß.

Er setzte sich neben sie und hielt die Uhr auf der ausgestreckten Hand. »Ah ja«, sagte er, »ah ja. Sehr starke Emotionen.« Er schüttelte den Kopf. »Unglaublich; bemerkenswert. Was möchten Sie von mir wissen?«

»Gestern war ich unhöflich zu Ihnen, weil ich nicht glaubte, was Sie mir sagten. Seither haben sich gewisse Dinge ereignet.« Sie warf ihm einen prüfenden Blick zu, forschte nach einem unsteten Zug in seinem Gesicht, einem Zucken, einem Erröten, irgendeinen Hinweis auf ein Unbehagen. Aber sie sah nichts als ein höfliches Lächeln. »Sie sagten, mein Sohn Fabian wolle zurückkommen; was meinten Sie damit?«

Ford sah sie an. »Es kommen gewaltige Spannungen herüber. Wir haben es mit einem Geist zu tun, der erdgebunden ist, wahrscheinlich Ihr Sohn, aber es schwingen so viele andere Dinge mit, ein heftiger Widerstreit, ich nehme ein Mädchen wahr, es tut mir leid, wir haben jetzt nicht viel Zeit, aber wir müssen etwas tun. Er ist erdgebunden, verwirrt; wir müssen etwas für ihn tun.«

»Was meinen Sie mit erdgebunden?« Sie hörte den Türsummer im Flur.

»Er hat den Übergang nicht vollzogen. Das kommt leider häufig vor bei einem plötzlichen Tod, wie zum Beispiel einem Unfall oder Mord; der Geist braucht Hilfe für seinen Übergang. Er ist sich vielleicht nicht klar darüber, daß er gestorben ist, wissen Sie.« Er lächelte.

»Und es ist nichts ...« sie zögerte, »nichts Böses daran?«

Er reichte ihr mit einem Lächeln die Armbanduhr zurück. »Das Böse ist überall; aber wir schützen uns dagegen. Einfache

Prozeduren – machen Sie sich keine Sorgen –, vorausgesetzt, wir führen alles richtig durch.« Als er sie ansah, versuchte sie in seinem Gesichtsausdruck zu lesen.

Unverhofft sprang ihr die Katze in den Schoß, und einen Augenblick lang setzte ihr Herz aus.

»Die Umgebung ist sehr wichtig. Wissen Sie, ein erdgebundener Geist verliert sich leicht; nichts ist ihm vertraut; er versucht, mit Menschen zu sprechen, und wundert sich, daß sie ihm nicht antworten.« Ford lächelte. »Er verfügt über keine Energie, weil er keinen Körper hat, der ihm Energie verleiht. Wir bilden einen Zirkel, und der Zirkel erzeugt Energie, die wie ein Leitstrahl wirkt. Er kann den Weg zu dem Zirkel finden, und dann können wir Geistführer mit einbeziehen, die ihn mit hinüber ins Jenseits nehmen.«

»Meinen Sie eine Séance?«

Ford zuckte zusammen. »Zirkel ist besser; ich finde, das Wort Séance hat einen ziemlich vulgären Klang; wahrsagende Zigeunerinnen auf der Strandpromenade und all das.« Er lächelte wieder.

»Ich weiß, daß Sie wenig Zeit haben – ich werde mich beeilen. Sie sagten gestern, daß ein Mädchen sich bemerkbar machte, jemand mit Namen Carrie. Können Sie sich an irgend etwas erinnern?«

Er zuckte die Schultern. »Es gab so viele Kanäle gestern, so viele, die mich zu erreichen versuchten, soviel Verwirrung.«

»Es ist sehr wichtig.«

»Ich bin sicher, daß sich alles aufklärt, wenn wir mit dem Zirkel beginnen. Wir brauchen nur einen passenden Ort, der Ihrem Sohn vertraut ist; in Ihrem Haus wäre es am besten, wenn Sie keine Einwände dagegen haben?«

Alex schüttelte den Kopf.

»Und was ist mit Ihrem Mann?«

»Wir leben getrennt.«

Er nickte. »Hatte Ihr Sohn Ihren Mann gern?«

»Ja.«

»Dann wäre es mir lieb, wenn Ihr Mann teilnehmen würde.

Wir brauchen Menschen, die die Energie liefern; es ist sehr wichtig, daß ein paar Menschen dabei sind, die ihm nahestehen. Hat er Geschwister?«

Alex schüttelte den Kopf.

»Haben Sie sonst noch Verwandte?«

»Nein.« Sie zögerte. »Ich fürchte, mein Mann wird sehr skeptisch sein.«

»Das sind Sie doch auch.« Ein warmes, freundliches Lächeln spielte um seine Lippen. »Es ist wichtig. Ein Vater kann in einer solchen Situation sehr viel Energie geben.«

Alex starrte ihn unsicher an, sagte aber nichts.

»Wenn Sie außerdem noch Freunde haben, Leute, die ihn kannten, die bereit wären zu kommen, so würde uns das sehr helfen. Ich kann Leute mitbringen, wissen Sie, aber es ist wesentlich günstiger, wenn Menschen anwesend sind, die ihn kannten.«

»Wie viele andere?«

»Mindestens zwei. Wir müssen mindestens fünf Leute sein, besser noch mehr. Lassen Sie uns einen Termin festlegen. Am besten wäre es abends; haben Sie einen fensterlosen Raum?«

»Ich habe eine Dunkelkammer.«

»Bestens.«

»Nein, es tut mir leid, aber sie ist wohl nicht groß genug.«

»Jeder Raum geht, vielleicht wäre sein eigenes Zimmer am besten geeignet; es sollte auf jeden Fall ein Zimmer sein, das für die Dauer des Zirkels zu keinem anderen Zweck genutzt wird. Sie müssen dafür sorgen, daß die Fenster fest verschlossen sind, damit kein Licht herein kann, kein einziger Lichtstrahl, verstehen Sie?«

»Ja.«

»Und Sie dürfen vorher sechs Stunden lang nichts essen. Keiner der Teilnehmer.«

»Sechs Stunden?«

»Und alle müssen vorher ein Bad nehmen und saubere Kleider anziehen. Das sind meine Bedingungen, und sie müssen erfüllt werden.«

Alex lauschte dem sanften Singsang in seiner Stimme und

wunderte sich über die Ausführlichkeit seiner Anweisungen; warum waren diese Leute so besessen von ihren Ritualen? Warum kamen sie nicht einfach und ohne Umstände zur Sache?

»Sie müssen den Raum gründlich saubermachen, sehr sorgfältig staubsaugen. Das Böse klammert sich an den Schmutz, wissen Sie, den Schmutz im Zimmer, an unserer Haut, die Abfallstoffe in unserem Körper; wir dürfen dem Bösen so wenig Angriffsfläche wie möglich bieten.« Er erhob sich, und sie folgte ihm in den Flur hinaus; der nächste Kunde war nirgends zu sehen. Wer es wohl sein mag, fragte sich Alex. Wie sieht sie aus? Warum ist sie gekommen?

»Margaret!« rief Ford laut. »Kann ich den Terminkalender haben?«

Die Sekretärin kam gehorsam durch eine der Türen getrottet und reichte ihm das Buch. »Dienstags oder donnerstags wäre es am günstigsten«, sagte er, »und Sie müssen sich denselben Tag in den darauffolgenden paar Wochen freihalten. Es kann sofort etwas passieren, es kann aber auch eine Weile dauern; Kontinuität ist zwingend notwendig. Also, heute ist Dienstag; nein, es bliebe nicht genug Zeit. Wie wäre es mit Donnerstag dieser Woche? Könnten Sie das einrichten?«

Sie nickte. »Irgendwie wird es schon gehen.«

Er begleitete sie selbst zur Tür. »Sie müssen Ihren Mann überreden«, sagte er. »Es ist wirklich sehr wichtig.«

»Ja.«

Erneut versuchte sie seine Miene zu ergründen. Sie hatte den Eindruck, daß sich irgend etwas hinter diesem gütigen Lächeln verbarg; etwas, was er wußte, aber nicht verraten wollte.

19

»Ich glaube, daß jeder Mensch wunderbar ist und der Welt etwas Besonderes zu geben hat.« Die Frau hauchte die Worte mit ehrfürchtiger, kalifornisch gefärbter Stimme, als wäre ihre persönliche Entdeckung ein Geheimnis, das sie den drei Millionen Radiohörern vorenthalten wollte. Alex fragte sich, ob sie wohl die Hand der Moderatorin hielt und ihr tief in die Augen blickte. »Die Tibeter raten den Menschen, wenn sie Kummer haben, unter Kiefern zu wandern, und das tun sie bereits seit fünfzehnhundert Jahren.«

»Meine Güte!« rief die Moderatorin aus.

»Quatsch!« sagte Alex, indem sie sich vorbeugte und das Radio ausschaltete. Auf der Welt wimmelte es von Menschen, die das Geheimnis des Lebens entdeckt hatten, die es in unverdauten Maiskörnern in ihrem Stuhlgang vor sich liegen sahen; lieber Himmel, mußte man wirklich in Kloschüsseln suchen oder unter Kiefern wandern, um das Leben zu meistern? Wie schön für sie, daß sie die Zeit dazu hatten. Wie schön für sie, daß sie nichts Besseres zu tun hatten.

Sie fuhr mit dem Mercedes von der Straße ab und bog in einen holperigen Feldweg ein. Als sie die Torpfosten mit dem kleinen handgeschriebenen Schild mit der Aufschrift »Château Hightower« las, mußte sie lächeln. Wenigstens hatte David nie seinen Sinn für Humor verloren; und auch nicht, dachte sie liebevoll, seine Geduld. Er hätte sich längst von ihr scheiden lassen und eine andere Frau suchen sollen, jemanden, der ihn liebte und glücklich machte. Er verdiente es; aber in diesem Augenblick war sie froh, daß er es nicht getan hatte.

Nach wenigen hundert Metern verwandelte sich der Weg wie üblich in einen Morast, und der Wagen holperte und rutschte durch das Tor des Schweinehofes mit seinem widerwärtigen Gestank; Schlamm spritzte gegen die Windschutzscheibe, und sie schaltete die Scheibenwischer ein. Ein zottiger Hund kam aus einem Nebengebäude gerannt und bellte ihr entgegen. Sie fuhr am Stallgebäude und am Wohnhaus vorüber und durch ein weiteres Tor mit einem Schild, auf dem »Château Hightower« und darunter ein Pfeil zu erkennen waren. Die kleine Ansammlung von Häusern, die sich in ein Tal der südlichen Downs schmiegte, wurde rechts von ihr sichtbar, umgeben von abgesteckten Weinfeldern und Hängen, auf denen Schafe wie weiße Büsche versprengt waren.

Als sie den steilen Weg hinunterrollte, erblickte sie links den See, eine unheimliche, leblose Wasserfläche, aus deren Mitte sich eine seltsame, künstlich angelegte Insel erhob. Im Prospekt des Grundstückmaklers war er als einzigartiger mittelalterlicher Teich beschrieben gewesen, in dem angeblich seltene Karpfenarten beheimatet sein sollten; das hatte David damals stärker beeindruckt als die Gebäude. Karpfen, überlegte sie; es gab Menschen, die glaubten, Karpfen zu essen sei das Geheimnis ewiger Jugend.

Sie passierte die riesige, nach einer Seite hin offene Scheune, die einen verrosteten Traktor und einen Misthaufen beherbergte, und bremste in dem aufgeweichten Hof vor dem baufälligen Flintsteingebäude, das Davids Zuhause war und in dem auch sie für kurze Zeit, bevor die Einsamkeit und Kälte zu groß geworden waren, gelebt hatte.

Es war lange her, seit sie zuletzt hier gewesen war, und es hatte sich nur wenig verändert. Das Stallgebäude am Ende des Hofes sah immer noch so aus, als würde es jeden Moment einstürzen, ungeachtet des frisch gestrichenen Schildes an der Wand, auf dem zu lesen stand: »Château Hightower – Empfang«. Sie lächelte wieder; die absurde Herrschaftlichkeit des Namens entlockte ihr immer ein Lächeln. Ein schlammverkrusteter Collie kam aus einer Türöffnung getapst und blickte ihr verschlafen entgegen.

»Hallo, Vendage«, begrüßte sie ihn.

Der Hund brachte ein müdes Schwanzwedeln zustande, dann senkte er die Nase und schnüffelte am Boden herum. Sie ging an Davids Landrover vorbei zum Stallgebäude, öffnete die Empfangstür und warf einen Blick ins Innere. Es war ein kühler, verstaubter Raum mit Steinboden und einem alten Küchentisch, auf dem eine noch ältere Registrierkasse thronte. Daneben standen zwei halbvolle Flaschen mit Château-Hightower-Etiketten, aus deren Hälsen die Korken herausragten wie schlechtsitzende Zylinderhüte. Im übrigen Raum stapelten sich weiße Kartons, auf denen mit grünen Buchstaben Château Hightower geschrieben war. Sie ging hinaus, und die Tür fiel mit lautem Knall hinter ihr ins Schloß.

Sie überquerte den Hof und betrat eine hohe Steinscheune, die aussah, als hätte sie früher einmal als Kapelle gedient. Es war dunkel und kalt darin, und die Luft war abgestanden und weingeschwängert wie in einer leeren Kneipe.

Ihr Mann stand, tief in Gedanken versunken, auf der anderen Seite des Raumes zwischen zwei Fässern. Sie ging an einer glänzend roten Weinpresse, einer Reihe kleinerer Plastikfässer und einem großen, mit einer trüben Flüssigkeit gefüllten Glaskrug vorüber. Er hob gerade ein Weinglas an die Nase, roch nachdenklich daran und goß den Inhalt dann in eine Fußbodenrinne, die durch die Mitte des Raumes verlief.

»Hallo, David«, sagte sie.

Er zuckte zusammen und hob den Kopf. »Großer Gott!« Er kratzte sich lächelnd den Bart. »Du hast mich erschreckt!«

»Das tut mir leid.«

Er ging ihr mit ausgebreiteten Armen entgegen; er trug eine schmuddelige Jeansjacke und abgewetzte Baumwollhosen. Sie spürte das Kitzeln seiner Barthaare und die feuchte Kälte seiner Lippen an der Wange.

»Ist dir nicht kalt in diesem Aufzug?«

»Ist es kalt? Es ist mir nicht aufgefallen.«

Sie sah auf seine Füße hinunter. »Ich dachte, Bauern tragen Gummistiefel, keine Hauspantoffeln.«

»Ich bin kein Bauer«, entgegnete er mit gekränkter Miene. »Ich bin Schloßherr.«

Sie lächelte. »Verzeihung, das hatte ich vergessen.«

»Wie dem auch sei, sie halten meine Füße warm. Hier, ich möchte, daß du den probierst.« Er trat an eines der riesigen Fässer und füllte das Glas zur Hälfte aus einem Hahn an der

Seite. »Achte nicht auf die Farbe, er ist noch sehr jung; er wird mit der Zeit klarer werden.«

Sie beäugte mißtrauisch die trübe graue Flüssigkeit und roch dann daran; der Geruch war weich und blumig.

»Gutes Aroma, was?«

Sie nickte.

»Es wird noch stärker. Nicht schlecht, wie?«

Sie nahm einen Schluck, der so kalt war, daß sie zusammenzuckte. Pflichtschuldig ließ sie ihn im Mund kreisen und suchte in seinen Augen nach einer Anweisung, ob sie ihn nun ausspuken oder hinunterschlucken sollte. In seinen Blicken stand begierige Erwartung, er war wie ein Kind, das darauf wartet, gelobt zu werden. Im Gegensatz zu seinem Aroma hatte der Wein einen stumpfen, metallartigen Geschmack. Während sie ihn hinunterschluckte, überlegte sie, ob es das richtige war. »Hmmm«, sagte sie zögernd. Die erwartungsvolle Begeisterung in seiner Miene verblaßte, und Zweifel machten sich breit. »Er ist sehr gut. Sehr gut.«

Er freute sich und rieb sich übermütig die Hände. »Ich glaube, ich habe den Durchbruch geschafft, meinst du nicht?«

»Alle deine Weine sind sehr gut, David.«

Er schüttelte den Kopf. »Alles, was ich bis heute gemacht habe, ist Unfug, Plagiat, die Kopie von etwas anderem; zweitklassiger Elsässer. Ich habe versucht, Breaky Bottom und St. Cuthmans und alles, was ich für gut hielt, nachzumachen.« Er schüttelte den Kopf und klatschte in die Hände. »Etwas Eigenes. Ich will einen großen englischen Wein herstellen, etwas Neues, Einzigartiges.« Er formte Daumen und Zeigefinger zu einem Kreis. »Und die Produktion beschränken; das ist das Geheimnis. Sie werden dafür bis zur Straße Schlange stehen.«

»Wenn sie den Gestank der Schweine aushalten.«

Er sah gekränkt aus, und sie bedauerte ihre Bemerkung.

»Hast du – hat er dir wirklich geschmeckt?« fragte er.

Sie nickte.

»Er braucht allerdings noch lange Zeit; du hast gemerkt, was es ist, nicht wahr?«

»Ja«, log sie mit einem aufmunternden Lächeln.

In seinen Augen stand Erleichterung. »Ich wußte es; wenn du sonst nichts gelernt hast in der Ehe mit mir, so kennst du dich doch immerhin mit Weinen aus.«

Sie zeigte wieder ein zustimmendes Lächeln.

»Ich glaube, Fabian wäre stolz darauf gewesen. Er kam letztes Jahr zur Weinlese herunter; er hat geholfen, diese Trauben zu pflücken. Es wird ein ganz besonderer Wein werden, nicht wahr?«

Sie nickte.

»Chardonnay!« rief er aus und verdrehte die Augen zur Decke; laut und mit klarer Stimme wiederholte er das Wort wie ein Prediger auf der Kanzel. »Chardonnay!« Das Wort hallte durch die feuchtkalte Scheune, und seine Zähne blitzten hinter seinem Bart.

Alex schauderte; er kam ihr plötzlich wie ein Fremder vor.

»Montrachet, Corton Charlemagne!« Er küßte seine Fingerspitzen.

»Ich muß mit dir reden«, sagte sie.

»Ich könnte dieses Jahr fünfundzwanzigtausend Flaschen abfüllen; nicht schlecht, was?«

»Ich muß mit dir reden, David.«

Er streckte ihr die Hände entgegen. »Sieh nur, sieh sie dir an.«

Sie starrte auf den Schmutz unter seinen Nägeln und in den Poren.

»Früher ließ ich sie mir in London maniküren, nicht wahr? Erinnerst du dich?«

Sie nickte.

»Meine Hände waren wunderschön, nur war alles, was ich mit ihnen anfing, Unfug. Heute sind sie schmutzig und häßlich, aber ich schaffe mit ihnen großartige Schönheit. Ist dieser Wein nicht wunderbar?«

»Ja; ich hoffe, du hast Erfolg damit. Können wir ins Haus gehen und reden?«

»Natürlich.« Er nahm ihr das Glas ab und ging auf die Tür

zu; vor einer großen Edelstahlwanne blieb er stehen und tätschelte sie. »Für die Gärung«, erklärte er stolz. »Kein anderer Winzer in England hat so eine.« Er sah Alex an, und sie blickte ihm gebannt in die traurigen braunen Augen. Das war die Welt, für die er London aufgegeben hatte, das Leben, für das er sein hohes Gehalt, die schnellen Autos, die eleganten Anzüge und die kostspielige Maniküre aufgegeben hatte; um sein eigenes Leben zu leben: dieses kalte, schäbige Gebäude mit dem säuerlichen Geruch und den merkwürdigen Apparaten, die langen Reihen von Weinstöcken, die Schafe und die Einsamkeit.

»Bist du glücklich?«

»Ich tue, was ich will.«

»Aber bist du glücklich?«

Er setzte seinen Weg mit einem Achselzucken fort. Sie folgte ihm in den strahlenden Sonnenschein hinaus, über den Hof mit dem Geruch nach Schlamm, Hund und Mist, und zog den Kopf ein, als sie durch die niedrige Tür in das Wohnhaus trat.

Er füllte den Kessel am Wasserhahn des steinernen Spülbekkens und stellte ihn auf den Herd. Alex setzte sich an den Fichtenholztisch und wischte gedankenlos ein paar Brotkrümel in ihre hohle Hand.

»Möchtest du etwas essen?«

Sie schüttelte den Kopf und ließ die Brotkrümel in die große braune Papiertüte fallen, die als Abfallbehälter diente.

»Es ist schön, dich zu sehen. Du warst lange nicht mehr hier unten.«

Mit einem Blick auf den Berg von Tellern und anderem Geschirr, der sich um das Abtropfgestell türmte, bemerkte sie lächelnd: »Du solltest dir eine Spülmaschine anschaffen.«

Er schüttelte den Kopf. »Tut den Weingläsern nicht gut; hinterläßt Rückstände.«

»Du machst es dir nicht leicht.«

Er zuckte die Schultern. »Es gibt nicht viel zu tun, wenn es dunkel ist; da kann ich ebensogut Geschirr waschen.«

Der Kessel gab ein halbherziges Fauchen von sich; wie ein Seufzer, dachte sie. »Ich war bei einem Medium.«

Er nahm einen Becher, trocknete ihn gründlich mit einem Geschirrtuch ab und warf ihr einen Blick zu. »Und?«

»Er hat Verbindung zu Fabian aufgenommen.«

David stellte den Becher ab und zog eine Tabaksdose aus der Tasche.

»Ich kenne deine Einstellung zu diesem Thema, aber es sind ein paar Dinge passiert – ein paar sehr merkwürdige Dinge.«

»Welcher Art?«

Alex sah zu einer alten Holzuhr auf einem Bord hinüber. Vier Uhr fünfzehn. »Geht die Uhr richtig?« erkundigte sie sich bestürzt und warf zur Vergewisserung einen Blick auf ihre eigene Armbanduhr.

»Gewöhnlich geht sie ein paar Minuten vor.«

»Ich sollte um vier Uhr bei Penguin sein.« Sie schüttelte den Kopf.

David warf ihr einen fragenden Blick zu. »Wichtig?«

Sie nickte. »Ich habe einen Monat gebraucht, um den Termin zustande zu bringen.«

»Kann nicht jemand anders für dich hingehen?«

»Nein.«

»Ich dachte, du hättest ein paar gute Assistenten?«

»Habe ich auch, aber diesen Termin muß ich selbst wahrnehmen.« Sie blickte noch einmal auf ihre Uhr. »Wenn ich Glück habe, könnte ich um sechs Uhr dort sein.« Sie merkte, daß sie David verantwortlich machte; es war seine Schuld, daß sie es vergessen hatte, daß sie hier festsaß, in dieser schmuddeligen Küche am verdammten Ende der Welt. Seine Schuld, daß ihr nun möglicherweise das beste Geschäft ihres Lebens durch die Lappen ging. »Kann ich mal telefonieren?« fragte sie lahm.

»Du brauchst mich nicht zu fragen; es gehört zur Hälfte dir.«

»Ich brauche keine Vorträge«, fuhr sie ihn an, »ich will lediglich das verdammte...« Sie verstummte und biß sich auf die Lippen; es war sinnlos, aufzubrausen; sinnlos, David oder irgendeinem anderen die Schuld zu geben.

»Du klangst sehr überzeugend.«

»Ich glaube, ich habe es gerettet.« Sie vergrub die Hände in ihren Manteltaschen. Die Gummistiefel waren etwas zu groß, und ihre Füße rutschten darin herum; sie fragte sich, wem sie wohl gehörten.

Der Weg gab schmatzend unter dem Druck ihrer Schritte nach, als sie unterhalb der Weinberge dahinwanderten; endlose Reihen dünner, knorriger Zweige standen, von keinem Grün und keiner Blüte unterbrochen, wie ein Heer von Skeletten vor den Toren des Hades. Bestürzt über die entsetzlichen Gedanken, die ihr in letzter Zeit immer wieder durch den Kopf gingen, schauderte Alex. Sie rutschte aus und faßte nach Davids Arm, dessen harte, kraftvolle Stärke sie überraschte; sie hatte vergessen, wie stark er war.

»In Ordnung?«

»Ja.«

»Am Sonntag bin ich mit dem Beschneiden fertig geworden«, bemerkte er stolz. »Drei Monate, fast auf den Tag genau.«

»Gut«, erwiderte sie begeistert, in der Annahme, daß es das war. Das Tageslicht verblaßte, und die Luft wurde kalt. Sie hörte das Blöken eines Schafes, und ein kleines Flugzeug schwirrte hoch über ihnen am Himmel.

»Du glaubst, daß ich durchdrehe, nicht wahr?« sagte sie.

»Nein, das glaube ich nicht«, entgegnete er, und sah plötzlich verärgert aus. »Wie zum Teufel ist das Schaf dorthin gekommen? Sieh dir das an!« Er streckte den Arm aus, und Alex folgte der Richtung seines Zeigefingers und blickte die Anhöhe hinauf hinter die Weinfelder.

»Hält Vendage sie nicht unter Kontrolle?«

»Der verdammte Hund interessiert sich nicht für Schafe; er will nichts anderes als schlafen und Hasen jagen.«

»Dann scheint mit seinen Genen etwas nicht zu stimmen.«

David warf ihr einen eigenartigen Blick zu und schaute dann wieder zu seinem Weinberg hinauf. »Verdammtes Vieh. Es muß wieder ein Loch im Zaun sein.« Er schüttelte den Kopf. »Ich glaube, daß du unter einer großen Anspannung zu leiden hast, und es macht sich eben bemerkbar, nicht wahr? Du warst immer überaus tüchtig, das ist die Ursache deines Erfolges; du hast früher nie einen Termin vergessen. Rosen an Windschutzscheiben, in Vasen. Es gibt viele rote Rosen auf der Welt, Alex. Ein angenehmer Gedanke, sie könnten eine Botschaft von Fabian sein, aber es ist ein bißchen unwahrscheinlich; du klammerst dich an Zufälle, mißt ihnen eine besondere Bedeutung bei und bringst dich dabei selbst um den Verstand.«

»Ich bringe mich nicht um den Verstand«, gab sie wütend zurück.

Am Ende des Weinfeldes gabelte sich der Weg. »Sollen wir um den See laufen?«

»Gern«, antwortete sie.

Sie wanderten durch ein kleines Wäldchen und kamen am Seeufer heraus. Alex betrachtete ihn mit einem Gefühl innerer Unruhe; sie hatte sich in seiner Nähe nie sehr wohl gefühlt, und jetzt lag eine düstere, fast drohende Stimmung darüber. Mittelalterlicher Teich; die Beschreibung des Grundstückmaklers war ihr nicht mehr aus dem Kopf gegangen, seit sie den Prospekt zum ersten Mal gelesen hatte. Sie fragte sich, ob er je trockengelegt worden war und welche Geheimnisse auf seinem Grund verborgen lagen. Sie nahm einen faden, schalen Geruch wahr, sah die Schilfrohre, die wie die Finger eines Toten aus dem Wasser ragten, und die seltsame achteckige Zementinsel hundert Meter weit in der Mitte des Sees. Darunter lag, auf dem Grund des Sees, ein Ballsaal. Der Makler hatte sie einmal in großer Hast hinuntergeführt. Er war um die Jahrhundertwende von einem exzentrischen Ingenieur erbaut worden, der nach Auskunft des Maklers etwas mit der Planung der Londoner Untergrundbahn zu tun gehabt hatte. Inzwischen hielt man die Anlage nicht mehr für sicher.

Die Erinnerung an diesen Ort ließ sie erschaudern; sie waren durch eine Tür im Gebüsch irgendwo in der Nähe in einen Tunnel gelangt, der unter dem See hindurchführte. Immer wieder hatten sie unterwegs wasserdichte Türen geöffnet und hinter sich geschlossen – eine Sicherheitsmaßnahme gegen Überflutungen, wie der Makler erklärt hatte. Schließlich waren sie in einen gewaltigen Saal gelangt, dessen Decke von einer schlamm- und algenüberzogenen Glaskuppel gebildet wurde, über der hin und wieder in dem trüben Wasser verschwommen ein Fisch zu erkennen war. Auf dem Fußboden hatte sich eine rätselhafte Wasserpfütze gesammelt, und der Makler hatte mit einem nervösen Blick zur Decke erklärt, daß sie jederzeit einbrechen könnte. Das lag vier Jahre zurück.

»Erinnerst du dich, wie wir im Ballsaal waren?« wandte sie sich an David.

Er nickte.

»Existiert er noch?«

»Ich hatte vor, einmal nachzusehen; ich werde irgendwann mit dem Boot und einem Schnorchel hinausfahren und sehen, ob es ihn noch gibt.«

»Du könntest durch den Tunnel hinuntergehen.«

Er schüttelte den Kopf. »Zu gefährlich; wenn er irgendwo undicht ist und ein Teilstück sich mit Wasser gefüllt hat, würde man ertrinken, sobald man die Tür öffnet. Fabian war ganz besessen von der Anlage; ich habe ihn letztes Jahr ziemlich zusammengeschimpft, als ich ihn dabei erwischte, wie er hinunterging.« Er zuckte die Achseln. »Ein Jammer! Es wäre ein guter Platz für eine Party.«

»Ich dachte, du machst dir nichts mehr aus Parties.«

»Es würde zu meinem Image als Schloßherr passen, findest du nicht? Den neuen Jahrgang mit einer Party unter dem See einführen?«

Sie lächelte.

Er zog seine Tabakdose hervor und drückte den Deckel auf. »Hör mal, Alex, ich wollte dich nicht kritisieren mit dem, was ich gesagt habe; ich habe dich immer noch sehr gern; ich werde dich immer gern haben – das ist mein Problem, und ich muß damit fertig werden. Fabian ist tot. Medien sind Scharlatane. Sie ziehen dir das Geld aus der Tasche, solange du bereit bist, es ihnen zu geben.« Er drehte eine Zigarette mit den Fingerspitzen und steckte sie sich zwischen die Lippen; sie blieben stehen, und er ließ sein Feuerzeug aufschnappen; einen Augenblick lang stieg Alex der süßliche Rauch in die Nase. »Woher wußte der Mann die Wahrheit über den Lastwagen?«

»Er wußte sie nicht. Er hat in der Zeitung gelesen, es sei ein Lastwagen gewesen, was ja, wie du weißt, nicht stimmte; durch eine bloße Täuschung waren die Jungen im Wagen überzeugt, daß es ein Lastwagen sei, und darum hältst du das Medium für ein Genie. Im übrigen hast du ihm einen falschen Namen genannt, wahrscheinlich gibt es jemanden namens Johnson, dessen Sohn durch einen Lastwagen ums Leben gekommen ist; jede Woche kommen Hunderte von Menschen auf den Straßen um. Denk darüber nach.«

»Er sagte nicht, daß es ein Lastwagen war; er sagte, Fabian hätte das Wort Lastwagen gerufen.«

»Jetzt sieh dir nur an, was wir tun; wir wühlen das Ganze wieder auf.« Er schüttelte den Kopf. »Dieser Kerl, Ford oder wie immer er heißt, hat dir gesagt, daß er Verbindung mit Fabian aufgenommen hätte?«

Alex nickte.

»Du willst damit also sagen, daß Fabian lebt, daß er nach dem Unfall weiterlebt, wenn auch in einer anderen Welt, der Geistwelt oder was auch immer?«

Sie nickte wieder.

»Dann hätte er doch aber nach dem Unfall bemerkt, daß es ein Personenwagen war und kein Lastwagen? Warum hat er es dem Medium nicht mitgeteilt?«

Sie starrte über das Wasser und bemühte sich, seine Worte auszublenden. Plötzlich kräuselte sich die Wasseroberfläche, und sie fragte sich, ob ein Fisch auftauchte. Sie fühlte sich müde und ausgelaugt, als wäre alle Energie aus ihr gesogen, und ihr Körper würde nun unter der Last des schweren leblosen Fleisches niedergedrückt. »Wie erklärst du dir die Sache mit Philip Main?« fragte sie, doch ihren Worten war alle Kampfeslust verlorengegangen.

»Daß du Fabians Stimme aus seinem Mund gehört hast?«

»Ja.«

»Wahrscheinlich spielt er dir etwas vor; vielleicht ist er ein guter Schauspieler.«

»Warum sollte er das tun? Abgesehen davon ist es mir auch mit dir passiert, David. Es war, als ob – als hättest du dich in ihn verwandelt. Ich hörte dich mit seiner Stimme reden.«

Er zuckte die Achseln. »Die Phantasie kann einem manchmal seltsame Streiche spielen.«

Sie standen eine Weile schweigend da.

»Mir ist kalt«, sagte sie schließlich. »Ich möchte jetzt gern zurückgehen.«

Sie machten kehrt und schritten schweigend nebeneinander her. In der Nähe war ein lautes Klatschen zu vernehmen.

»Ein Fisch!« erklärte David.

»Es muß ein großer gewesen sein.«

Er nickte mit einem wehmütigen Lächeln. »Fabian hätte einen viel besseren Angler abgegeben als ich; er hatte viel mehr Geduld.«

»Es ist komisch, wie man das eigene Kind von ganz verschiedenen Seiten sehen kann; ich habe ihn nie für geduldig gehalten; als er jünger war, hatte er die schrecklichsten Wutanfälle, wenn er nicht sofort bekam, was er wollte. Furchtbar, es machte mir immer angst.«

»Er hatte ein gutes Gespür für Wein. Er hätte es im Weingeschäft weit bringen können, wenn er gewollt hätte.« Die Geringschätzung in Alex' Miene entging ihm nicht. »Eine aufstrebende Branche«, verteidigte er sich. »Als er vor ein paar Wochen hier unten war, hat er den Chardonnay gekostet; hat ihn sofort erkannt. Das ist nicht schlecht.«

»Vor ein paar Wochen?«

»Ja.«

»Er hatte mir erzählt, er wäre vor Weihnachten das letzte Mal hier gewesen.«

David setzte ein entschuldigendes Lächeln auf. »Vielleicht wollte er dich nicht kränken, dich nicht – ich weiß nicht – eifersüchtig machen oder so etwas.« Er zuckte die Achseln. »Er war in letzter Zeit häufig hier, besonders nach Weihnachten.«

Alex verspürte ein Unbehagen und wußte nicht genau, warum. »Was hat er hier getan?«

»Er hat mir beim Beschneiden geholfen. Er schien wirklich Interesse für das Gut zu entwickeln. Ich hatte das Gefühl, daß er daran dachte, sich mit mir zusammenzutun, wenn er in Cambridge fertig sein würde. Natürlich wäre es nicht durchführbar gewesen, zumindest nicht im Augenblick, wegen des Geldes. Aber noch ein paar Jahre, und wir hätten einen Gewinn erwirtschaften können.«

»Ist er allein gekommen?«

»Ja. Es tut mir leid, du bist doch nicht böse, oder?«

»Nein, natürlich nicht; es freut mich, daß ihr so gut miteinander ausgekommen seid; es ist schön.«

»Ich wünschte, ich hätte Gelegenheit gehabt, ihn besser kennenzulernen; er war so verschlossen. Manchmal, wenn er dort draußen auf der Insel saß und endlose Stunden lang angelte, habe ich ihn beobachtet und mich gefragt, woran er dabei denkt.«

»Woran denkst du beim Angeln?«

Er zuckte die Schultern. »Wahrscheinlich an dich.«

»An mich?« Sie lächelte.

Er zündete sich seine erloschene Zigarette wieder an. »An die glücklichen Zeiten, die wir zusammen hatten. Daran, wie wir uns kennengelernt haben. Wie ich dich zurückgewinnen kann.« Er wandte sich ihr zu und sah ihr in die Augen, und einen Moment lang blieben sie stehen und fixierten sich schweigend, dann senkte Alex den Blick.

»Es wird wirklich kalt«, bemerkte sie, indem sie sich wieder in Bewegung setzte.

»Mußt du heute abend nach London zurückfahren?«

»Warum?«

»Ich hätte gern, daß du dableibst und mit mir zu Abend ißt. Oder wir könnten ausgehen. Wir wollten uns ohnehin in dieser Woche verabreden.«

»Wird nicht irgendein Küken bei dir auftauchen?«

»Diejenige, der diese Stiefel gehören?« Sie sah, wie ihm die Röte in die Wangen schoß.

»Ich weiß nicht, wem die gehören«, murmelte er steif. »Ich glaube, wir haben sie mit dem Haus übernommen.«

Sie lächelte. »Ich habe nichts dagegen, wenn du – du weißt schon –«

Er schüttelte den Kopf. »Wirst du bleiben?«

»Ich esse mit dir, dann muß ich zurück.«

»Bleib heute nacht hier, entspann dich; du wirkst so verkrampft, ich schlafe im Gästezimmer, du kannst mein Schlafzimmer haben, es ist gemütlich und warm.«

»Mal sehen«, sagte sie.

Sie betraten das winzige Wohnzimmer, und Alex ließ den Mantel an, während David den Kamin anzündete. »Ich benutze das Zimmer nur, wenn ich Gäste habe, ansonsten halte ich mich in der Küche auf.«

»Ich bin mit der Küche zufrieden.«

»Nein, es ist gemütlich hier, wenn es erst einmal warm ist. Früher mochtest du dieses Zimmer.«

Sie nickte und betrachtete die Fotografien, die alten, abgenutzten Möbel und die altmodische Musiktruhe. Sie erinnerte sich an den Tag, als sie geliefert worden war; damals hatte sie das Design des Geräts umwerfend gefunden. Wie groß und klobig es jetzt wirkte. Ihr Blick fiel auf ein Bild von Fabian auf einem Dreirad, dann auf ein neues Schwarzweißporträt, das Gesicht der Kamera zugewandt, mit einem durchdringenden Blick, der sie so nervös machte, daß sie wegsehen mußte. Sie beobachtete die tanzenden Flammen im Kamin und atmete genüßlich den Rauch des Holzfeuers ein.

»Warte noch ein paar Minuten, dann ist es warm und behaglich. Leg eine Platte auf, wenn du magst.« David ging zur Tür.

»Welche Musik hörst du zur Zeit?«

Er zuckte die Schultern. »Meistens Beethoven.« Er sah sie an. »Warum lächelst du?«

»Ach, nichts.«

Er ging in die Küche hinaus, und während Alex ihm folgte, lächelte sie wieder vor sich hin.

»Ich finde es einfach amüsant, nehme ich an. Ich habe immer

versucht, dir die klassische Musik schmackhaft zu machen, und du wolltest sie nicht hören; du sagtest, du fühlst dich alt dabei; du wolltest immer nur Schlager hören.«

»Ich mochte auch Jazz ganz gern«, wehrte er ab.

»Es ist komisch, wie wir uns alle verändern, findest du nicht?«

»Hast du dich verändert?« gab er zurück, indem er den Wasserhahn aufdrehte, um sich die Hände zu waschen.

»Ja.«

»Das finde ich nicht.«

»Ich war leichtsinnig, genau wie du; heute bin ich ernsthaft, und du ebenfalls.«

»Wenigstens haben wir uns gemeinsam verändert.«

Ich wünschte, das hätten wir, dachte sie traurig.

Sie saßen sich am Küchentisch gegenüber, auf dem eine Kerze in einer Untertasse flackerte, und David schöpfte das Hammelfleisch auf die Teller.

»Macht es dir nichts aus, daß es eins von deinen eigenen Schafen ist?«

»Nein. Es hätte mir wahrscheinlich etwas ausgemacht, als ich noch in London lebte. Auf dem Land verändert man manche Einstellung.«

Sie stocherte mit der Gabel im Teller, blies auf das Stück Fleisch und probierte es. »Gut. Sehr gut.«

Er zuckte die Achseln, und in seinem Blick lag Stolz.

»Es gibt noch einen anderen Grund, warum ich das Medium noch einmal konsultieren will, David.«

»Kartoffeln?«

Sie nickte. »Ich glaube, daß Fabian vielleicht...«

»Karotten?«

»Danke.«

»Vielleicht was?«

»Du kennst doch Carrie, das Mädchen, mit dem er befreundet war?«

»Ja.«

»Sie hatte kurz nach Weihnachten mit ihm Schluß gemacht.«

»Wirklich? Das hat er nie erwähnt.«

»Mir hat er davon erzählt. Er sagte, er hätte mit ihr Schluß gemacht – wahrscheinlich nur sein Stolz.«

»Niemand gibt gern zu, daß man ihm einen Korb gegeben hat.«

»Nein. Aber ich dachte, man müßte es ihr sagen, weiß du –«

»Natürlich.«

»Ich war bei ihrer Mutter; die Mutter hat sie schon lange nicht mehr gesehen; sie sagte, Carrie sei in den Staaten, und zeigte mir ein paar Postkarten, die sie in letzter Zeit geschrieben hat.«

David schenkte Wein ein.

»Als ich Fabians Sachen durchsah, fand ich genau die gleichen Postkarten und einen Brief von Carrie, in dem sie ihm schrieb, daß sie ihn nicht wiedersehen wollte. Ich fand es ziemlich merkwürdig, daß er die gleichen Postkarten hatte – was wollte er mit leeren Ansichtskarten –, alle von Boston?«

Er zuckte die Achseln.

»Ich hatte eine der Karten von Carries Mutter mitgenommen und verglich die Schrift mit der in ihrem Brief; sie sah irgendwie anders aus, und darum brachte ich die beiden Schriftstücke zu einem Schriftsachverständigen.«

»Einem Graphologen?«

»Ja. Das Wort ist mir nicht eingefallen.« Sie starrte ihn an. »David, die Karte, die Carrie ihrer Mutter vor sieben Tagen aus Boston geschickt hat, war nicht von ihr selbst geschrieben. Sie war von Fabian geschrieben.«

Er ließ sich auf den Stuhl fallen und starrte sie durch das flackernde Kerzenlicht hindurch an. »Bist du ganz sicher?«

»Ja.«

Er schüttelte den Kopf. »Was willst du damit sagen?«

Alex zuckte die Schultern.

»Willst du sagen, daß er noch am Leben ist?«

»Du warst in Frankreich.«

Er schluckte schwer und nickte erbleichend mit dem Kopf. »Was hat das alles zu bedeuten?«

»Das ist der Grund, warum ich ein Medium konsultieren will.«

Er schwieg lange, während das Essen vor ihm allmählich kalt wurde. »Ich bin sicher, daß es eine Erklärung gibt«, sagte er endlich. »Wahrscheinlich eine ganz einfache.«

»Wir haben die Wahl, nicht wahr? Entweder ein Medium oder die Polizei.«

»Oder wir könnten nichts unternehmen.«

Alex schüttelte den Kopf. »Nein, das können wir nicht.«

20

Sie putzte Fabians Zimmer eigenhändig, zog die Vorhänge vor und befestigte sie rundum mit Klebestreifen an der Wand. Dann knipste sie das Licht aus und stand in undurchdringlicher Dunkelheit. Ein kalter Luftzug strich wie ein eisiger Wind über ihren Nacken, und sie begann zu zittern. Sie tastete nach dem Lichtschalter, konnte ihn aber nicht finden. Sie hörte, wie ihre Hand über die kahle Wand strich. Der Schalter war verschwunden. Nein. Ihre Hand glitt über den Türspalt, sie hörte den metallischen Ton, als sie gegen den Türknauf stieß, nahm einen schwachen Lichtschimmer durch die Vorhänge wahr, vernahm ihre eigenen schweren Atemzüge.

Als sie den Lichtschalter fand, knipste sie ihn an und stieß, zu verängstigt, um Fabians Bild an der Wand anzuschauen, einen Seufzer der Erleichterung aus.

Ohne das Bett, das sie mit Mimsas Hilfe am Morgen hinausgeschafft hatte, wirkte der Raum eigenartig leer. Sie betrachtete die sechs Stühle und fragte sich, welche Sitzordnung Morgan Ford wünschen würde. Es gab so viele Dinge, die sie ihn hätte fragen sollen, ging es ihr durch den Kopf, während sie den Stecker des Staubsaugers aus der Buchse zog und ihn die Treppe hinuntertrug.

Es war sechs Uhr. Sie überlegte, ob sie die Erdnüsse anbieten sollte; würden sie etwas trinken dürfen? Rauchen? In dem Haus herrschte eine freudlose, erwartungsvolle Atmosphäre. Durfte sie wohl Musik hören?

Es klingelte an der Tür, und sie ging hin, um zu öffnen. David stand in einem feierlichen Anzug mit dunkler Krawatte davor, und im ersten Augenblick erkannte sie ihn nicht.

»Hallo«, sagte er.

Sie blinzelte. »Du bist gekommen!«

»Ich hatte es versprochen.«

»Danke.« Sie beugte sich vor und gab ihm einen flüchtigen Kuß. »Ich – ich dachte, du würdest vielleicht nicht kommen. Du siehst sehr elegant aus.«

»Ich wußte nicht genau, was ich anziehen sollte.«

Sie gingen zum Wohnzimmer hinüber. »Möchtest du etwas trinken?«

»Darf ich denn?«

Sie lächelte nervös. »Ich weiß es nicht. Ich glaube, ich brauche ein Glas.«

Er zog seine Tabakdose heraus. »Ist es in Ordnung, wenn ich –«

»Ich glaube nicht, daß es Fabian stören würde.«

»Ach, zum Teufel, laß uns ein Glas trinken.« Sie schenkte zwei Gläser Whiskey ein. Sie stießen an.

»Prost«, sagte er.

Sie lächelte unsicher.

»Wer kommt alles?«

»Sandy.«

»Sandy? Diese Irre.«

»Sie ist die einzige Person unter meinen Bekannten, die mir eingefallen ist, die uns nicht für verrückt halten würde.«

Sie setzten sich, und Alex beobachtete David, der sich eine Zigarette drehte.

»Danke für Dienstag nacht.«

»Es war schön, daß du da warst.«

»Es kann nicht sehr angenehm für dich gewesen sein; dieses Zimmer war nie richtig warm.«

»Ich habe mich wohl gefühlt. Deine Anwesenheit hat das Haus aufgewärmt. In den Nächten wird es einsam dort unten.«

»Ich dachte, es gefällt dir.«

Er zuckte die Schultern. »Wie wir uns betten, so liegen wir.«

Sie lächelte wieder und überlegte angestrengt, was sie sonst noch sagen könnte; es war, als würde sie mit einem vollkommen Fremden plaudern. Sie trank einen Schluck Whiskey und gewann ein wenig an Selbstsicherheit. Sie hob den Blick zur Wand. »Du hast das Bild von dem Pferd nie mitgenommen.«

»Es sieht gut aus, wo es ist, es macht mir nichts aus; außerdem hat mir das verdammte Tier ohnehin kein Glück gebracht.« Er zündete sich eine Zigarette an und nahm einen kräftigen Schluck von seinem Whiskey. »Sieben Uhr?«

Sie nickte.

»Hast du in letzter Zeit wieder fotografiert?«

Sie schüttelte den Kopf. »Nicht mehr seit...«

Er lächelte. »Was hast du gestern abend gemacht?«

»Ich bin bis ungefähr elf Uhr im Büro geblieben und habe mir dann einen Berg Arbeit mit nach Hause genommen. Ich habe nicht viel geschlafen – ich konnte nicht –, der heutige Abend wollte mir nicht aus dem Kopf gehen.«

»Erwarte nicht zuviel.«

Sie lächelte müde, dann blickte sie zur Decke; sie hörte ihren eigenen Herzschlag so laut wie Schlachttrommeln und fragte sich, ob David es auch hören konnte. Es klingelte an der Tür, ein so lang andauerndes, entschiedenes Schrillen, daß es fast aggressiv wirkte. Als sie sah, daß David Anstalten machte aufzustehen, hielt sie ihn zurück. »Ich gehe schon«, sagte sie.

Ein hochgewachsener, schüchtern wirkender Mann Anfang Sechzig stand vor ihr; sein graues Haar war kurz und stoppelig geschoren, und seine Ohren, die zu groß geraten waren, sahen aus, als wären sie nachträglich angeklebt worden. Außerdem war er viel zu mager, fand sie.

»Ach, äh, ist Mr. Ford da?« Er krümmte den Rücken, als wäre ihm seine Größe peinlich, und sprach mit so verlegener Stimme, daß kaum mehr als ein Flüstern zu hören war.

»Er müßte jeden Moment kommen.«
»Ah. Dann warte ich draußen.«
»Sie können gern hereinkommen.«
Der Mann lächelte. »Danke. Ich bin für den Zirkel heute abend gekommen, wissen Sie.«
Alex nickte, schloß die Tür hinter ihm und schob ihn ins Wohnzimmer. »Das ist David, mein Mann.« Sie musterte den speckigen braunen Polyesteranzug des Mannes und stellte fest, daß er riesige Füße hatte.
»Guten Tag«, sagte David, indem er sich erhob. »David Hightower.«
»Angenehm.« Er streckte nervös die Hand aus und zog sie wieder zurück, bevor David Zeit hatte, sie zu schütteln. »Milsom.«
»Kommen Sie zu dem, äh –?«
Milsom nickte.
»Möchten Sie etwas trinken?« erkundigte sich Alex.
Der Mann blickte sich zögernd um. »Saft bitte, wenn Sie haben.«
Alex ging hinaus. »Was tun Sie so?« hörte sie David fragen. Sie blieb im Flur stehen.
»Ich bin bei der Post.«
»Ah. Und was tun Sie da?«
»Ich trage Post aus.«
»Ah. Ein Briefträger?«
»Ja, genau.«
»Ah.« Es folgte eine Pause. »Interessant.«
»Ja.«
Wieder herrschte Schweigen. Sie ging in die Küche und goß Orangensaft in ein Glas. Als sie ins Wohnzimmer zurückkehrte, standen sich die beiden Männer immer noch gegenüber und starrten schweigend zu Boden.
»Mr. Milsom ist Briefträger«, erklärte David munter.
»Wirklich?« Sie reichte Milsom das Glas. »Sind Sie ein Freund von Morgan Ford?«
Milsom errötete. »Na ja, eigentlich ein Kollege; ich helfe

gelegentlich aus.« Die Röte in seinem Gesicht vertiefte sich, und er faßte sich an die Kehle. »Manchmal sprechen die Geister durch mich, wissen Sie.« Er stieß ein nervöses, unsicheres Lachen aus.

Alex fing Davids Blick auf, und sie bemerkte, daß er ein spöttisches Grinsen unterdrückte.

»Ah«, sagte David.

Es läutete wieder, und Alex eilte erleichtert hinaus, um die Tür zu öffnen. Draußen stand Morgan Ford mit Sandy und einem jungen Mann, den sie noch nie gesehen hatte.

»Schatz!« rief Sandy aus, der kohlschwarze Haarschopf verwegener denn je. Ein leuchtendrotes Cape umflatterte sie. »Du hast mir gar nicht gesagt, daß es sich um Morgan Ford handelt – ich bin ihm gerade hier auf der Treppe begegnet! Er ist das beste Medium im ganzen Land. Warum hast du es mir nicht gesagt? Wie hast du ihn dazu bewegt, zu kommen?«

Ford verhielt sich still wie ein Mensch, der in seinem eigenen Schatten steht, und trug ein großes Tonbandgerät unterm Arm. Hier, außerhalb seiner eigenen vier Wände, wirkte er noch kleiner, fand Alex.

»Hallo, Mrs. Hightower«, sagte er mit einem höflichen Lächeln, und als sie ihm die Hand schüttelte, spürte sie die scharfen Kanten seines Rheinkieselringes. »Darf ich Ihnen Steven Orme vorstellen?«

»Guten Tag.« Alex schüttelte dem Fremden die Hand; sie fühlte sich kalt, knochig und kraftlos an, als würde sie überhaupt nicht zu ihm gehören. Orme war Anfang Zwanzig, er hatte straff zurückgekämmtes Haar und einen goldenen Ohrring in einem Ohrläppchen. Sein Gesicht war lang und ausdruckslos, und seine kalten Augen waren halb geschlossen. Ein Widerling, dachte Alex und fragte sich, ob er Fords Freund war.

»Bitte, kommen Sie herein.«

»Es müßte noch ein weiterer Gast kommen.«

»Ich glaube, er ist schon hier.«

Ford nickte.

Sie führte die Besucher ins Wohnzimmer. »Ich wußte nicht

recht«, sagte sie, an Ford gewandt, »ob wir rauchen und trinken dürfen.«

»Am besten verzichten Sie auf beides, wenn es geht.« Er musterte David. »Gut«, sagte er. »Das muß Ihr Mann sein?«

»Ja«, bestätigte Alex.

»Ausgezeichnet; wunderbar.«

»Warum?« erkundigte sich Alex neugierig.

»Er ist genau so, wie ich es mir vorgestellt habe; kein bißchen medial veranlagt. Es ist wichtig, eine Erdung zu haben, wissen Sie, wie das Massekabel in einer elektrischen Leitung brauchen wir eine Person in unserem Zirkel, die nicht sensitiv ist; dies trägt viel dazu bei, den Zirkel zu schützen.«

»Wie klug von dir, Schatz, du hättest keinen Besseren finden können«, sagte Sandy, während sie ihr Cape abschüttelte, unter dem sich ein leuchtendrotes Gewand aus hauchdünnem Stoff entfaltete.

Ford lächelte bescheiden oder spielte zumindest ausgezeichnet den Bescheidenen, fand Alex.

»Kann ich vielleicht das Zimmer sehen, Mrs. Hightower?«

Sie führte Ford ins erste Stockwerk hinauf. Er war wie beim letzten Mal in makelloses Grau gekleidet. Alles an ihm sah frisch gebügelt aus; sogar seine grauen Socken.

»Ausgezeichnet«, sagte er und stellte den Plattenspieler ab. Er blickte zu dem Porträt auf. »Ja, genau, wie ich ihn mir vorgestellt habe. Es ist gut, daß das Bild da ist. Ja, das Zimmer ist gut, ich spüre ihn hier, er fühlt sich wohl in diesem Raum, er kennt ihn gut.«

Er wanderte im Zimmer auf und ab, betrachtete die Plakate an den Wänden und das Fernrohr, dann begutachtete er die Vorhänge. »Gibt es irgendwo eine Steckdose?«

Sie zeigte sie ihm.

»Schont die Batterien«, bemerkte er lächelnd, während er die Schnur des Tonbandes aufwickelte. »Er ist bereits hier, wissen Sie, er wartet auf uns.« Lächelnd drehte er sich zu Alex um, und Alex fühlte sich plötzlich versucht, ihn und den Rest der Gesellschaft unverzüglich hinauszuwerfen. Er ging ihr auf die Nerven, wie er da auf dem Boden kniete und mit seiner Kassette herumhantierte, zu geizig, seine eigenen Batterien zu benutzen.

Sie betrachtete das Porträt an der Wand, und Fabian erwiderte kalt und hochmütig ihren Blick; sie dachte an seinen verkohlten Leichnam und erschauderte.

»Ist es richtig, was wir tun?« fragte sie unvermittelt.

»Es liegt ganz bei Ihnen, Mrs. Hightower. Wenn Sie nicht weitermachen wollen, dann sagen Sie es bitte einfach. Es hat keinen Sinn, die Sache durchzuführen, wenn Sie nicht den Wunsch haben, mit Ihrem Sohn Verbindung aufzunehmen, absolut keinen Sinn.« Er drückte auf einen Knopf des Gerätes, und sie sah ein grünes Lämpchen aufleuchten. »Ich bin soweit«, erklärte er.

»Soll ich die anderen holen?«

»Ja, danke.«

Sie ging langsam die Treppe hinunter und blieb, als sie das stockende Gemurmel einer verlegenen Unterhaltung hörte, mit einem Gefühl bevorstehender drohender Gefahr stehen. Es war nicht richtig. Iris Tremayne war vielleicht ein wenig verrückt; Philip Main war exzentrisch, sicher, aber keineswegs verrückt. Und etwas hatte ihn erschreckt, hatte einen Mann erschreckt, dem in ihren Augen nichts etwas anhaben konnte; irgend etwas in diesem Haus. Würde diese Nacht ihren Untergang bringen? Würde sie in den Wahnsinn getrieben werden? Sie spürte wieder den kalten Windzug in ihrem Nacken. Es ist noch nicht zu spät, dachte sie; sie konnte der Sache augenblicklich ein Ende bereiten.

Sandy trat in den Flur hinaus. »Muß nur mal kurz aufs Klo, Schatz.«

»Unter der Treppe«, sagte Alex.

»Dauert keine Sekunde.«

»Sandy«, sagte Alex, indem sie die letzten Stufen hinunterstieg. »Hast du Iris Tremayne in letzter Zeit gesehen?«

Sandy warf ihr einen seltsamen Blick zu. »Nein, Schatz.«

Sie log.

Zitternd trat Alex ins Wohnzimmer. Warum hatte Sandy gelogen? Sie nahm ein Päckchen Zigaretten und klopfte eine heraus;

ihre Hände zitterten so heftig, daß es ihr nicht gelang, das Feuerzeug aufzuklappen. Unvermittelt stand David vor ihr und hielt ihr ein Streichholz entgegen. Sie sog den Rauch ein und nahm einen zweiten gierigen Zug. »Ich glaube, wir sind soweit«, sagte sie. »Würden Sie bitte alle nach oben kommen?«

Widerstrebend drückte sie die Zigarette aus und führte das Grüppchen in die Diele. Ein gräßlicher Schrei ertönte, dann das Rauschen der Toilettenspülung, und Sandy stürzte mit bleichem Gesicht heraus. Sie warf angstvolle Blicke um sich und klopfte sich auf die Brust. »Es tut mir leid«, sagte sie, »die Tapete – ein Stück davon ist auf mich heruntergefallen.«

»Wir haben ein Problem mit der Feuchtigkeit«, erklärte Alex ausweichend.

»Ich bin furchtbar erschrocken!«

Alex trat zur Toilette und öffnete die Tür. In diesem Augenblick tat es einen Schlag, und die letzte Bahn löste sich von der Wand und rutschte auf die Klobrille. Sie warf die Tür krachend ins Schloß und wandte sich den anderen zu, die schweigend dastanden und sie beobachteten. »Feuchte Wände«, erklärte sie mit schiefem Lächeln und deutete mit dem Finger die Treppe hinauf.

Ford hatte die Stühle zu einem geschlossenen Kreis zusammengerückt. Er wies Alex den Platz rechts neben sich zu und forderte die anderen auf, sich hinzusetzen, wo es ihnen beliebte. Dann schloß er mit fester, entschiedener Gebärde die Tür und baute sich davor auf. »Ich glaube, ich gehe recht in der Annahme, daß einige unter Ihnen sind, die noch nie an einem Zirkel teilgenommen haben?« Sein Blick richtete sich auf David, dann auf Alex. Beide nickten.

»Wir wissen vorher nie, ob irgend etwas geschieht, wir müssen also Geduld haben. Wir haben heute eine günstige Nacht, sehr klar, es sollte demnach nicht allzu viele Störungen geben. Hat irgend jemand Einwände dagegen, daß ich den heutigen Zirkel leite?« Er blickte in die Runde. »Sehr gut.« Er sprach in freundlichem, aber bestimmtem Ton. »Sie alle müssen genau das tun, was ich Ihnen sage; wenn ich merke, daß uns die Dinge in irgendeiner

Weise entgleiten, mache ich Schluß.« Er sah die Anwesenden an, und sie nickten.

Alex kam sich ein wenig komisch vor, hier in diesem Zimmer, inmitten dieser fremden, feierlichen Menschen. Sie war froh, daß David dabei war, und wünschte, sie hätte mehr Freunde um sich gehabt; sie fühlte sich sehr verwundbar und hatte Angst. Ihr Blick wanderte zu Fabians Porträt. »Tu mir nicht weh, Liebling«, sagte sie lautlos.

»Wir führen den Zirkel in drei Stufen durch. Wir beginnen mit Gebeten, um den Zirkel gegen böse Geister und bloße Unruhestifter zu schützen. Dann treten wir in die Meditation ein. Danach versuchen wir, direkt mit den Geistern Verbindung aufzunehmen. Wir würden gern mit Fabian in Verbindung treten, und wir sind überzeugt, daß er mit uns reden will; wir werden versuchen, ihm Energie zu geben.« Er sah zuerst Alex an, dann David. »Wissen Sie, Geister verfügen über keine eigene Energie, aber es ist ihnen möglich, sich zum Sprechen der Energie zu bedienen, die wir in unseren Zirkeln erzeugen, und manchmal können sie sogar in Erscheinung treten.« Er klatschte mit einem Lächeln leise in die Hände; wie ein Lehrer, der vor Schulkindern etwas erklärt, fand Alex. »Wenn Sie zu irgendeinem Zeitpunkt etwas sagen oder eine Frage stellen wollen, dann tun Sie es bitte.«

»Was meinen Sie mit bösen Geistern?« warf David ein.

»Unser Bestreben ist es, Kanäle zu öffnen, durch die die Geister uns erreichen können. Wir wollen mit guten Geistern in Verbindung treten, aber indem wir Kanäle öffnen, indem wir den Geistern unsere Energie zur Verfügung stellen, liefern wir uns auch dem Mißbrauch aus. Es gibt böse Geister, Kräfte des Bösen, die versuchen, durch diese Kanäle zu uns zu gelangen und sich unserer Energie zu bedienen. Aus diesem Grunde schützen wir unseren Zirkel durch Gebete, und darum muß ich auch augenblicklich die Sitzung abbrechen, wenn ich die Kräfte des Bösen spüre.«

»Was passiert, wenn das Böse durchkommt?« fragte David.

Ford lächelte. »In der Regel sind es eher Unruhegeister als böse Kräfte. Sie treiben ihre Possen, versuchen, Verwirrung zu stiften und ihre eigenen Botschaften zu übermitteln. Es sind Fremde, die mit dem Diesseits kommunizieren und sich fleischlichen Wesen mitteilen wollen. Aber wir werden davor geschützt sein; die Kraft der Gebete ist groß. Darum ist es auch so gefährlich, wenn Amateure mit der Geistwelt herumexperimentieren, wenn manche Leute gefährliche Spiele mit der Alphabettafel treiben.« Er lächelte wieder. »Sind wir soweit?« Er warf Alex einen fragenden Blick zu, und sie nickte.

Ford knipste das Licht aus, und der Raum lag in vollkommener Finsternis. Alex war ganz ruhig. Das Zimmer schien ihr plötzlich warm und anheimelnd zu sein; es würde schon gut gehen. Sie faltete die Hände und beugte sich vor.

»Lieber Gott«, begann Ford mit seinem weichen, sicheren walisischen Singsang. »Wir bitten dich, wache über unseren Zirkel, und laß uns kein Leid geschehen.«

Alex schloß ehrfürchtig die Augen und kam sich ein ganz klein wenig albern dabei vor.

»Geleite uns sicher durch diesen Abend.«

Die Gebete nahmen, wie es schien, überhaupt kein Ende. Ford bat um die Genesung von Menschen, deren Namen sie noch nie gehört hatte, um Frieden für die Welt, darum, daß das Bein einer Dame namens Mrs. Elbron rasch gesund werden sollte.

Schließlich hörten sie auf zu beten, und es herrschte tiefe Stille im Raum. In weiter Ferne heulte eine Sirene und verstummte dann; selbst der Verkehr auf der Straße schien stillzustehen. Der angstvolle Ton in Sandys Schrei fiel ihr wieder ein. Was war nur los mit der Toilette, fragte sie sich, indem sie die Augen aufschlug und sich nervös umsah. Sie konnte Schatten und Umrisse erkennen. Als sie zum Fenster blickte, sah sie einen dünnen Lichtstreifen auf einer Seite. Sie hoffte, daß es dunkel genug war im Raum. Die Stille dauerte an; sie fragte sich, ob Fabian sie beobachtete und versuchte, ihn sich vorzustellen, doch sie fühlte nichts.

Ein Klicken war zu hören, dann ertönte leise und wehmütig der »Frühling« aus Vivaldis *Vier Jahreszeiten.* »Wir beginnen jetzt mit der Meditation«, sagte Ford mit sanfter Stimme. »Ich möchte, daß Sie die Augen schließen und sich vorstellen, Sie laufen auf einer Wiese durch weiches Gras. Es ist ein warmer Frühlingstag, der Himmel ist blau, Sie fühlen die Sonnenwärme in der Luft und das weiche, elastische Gras unter Ihren Fußsohlen. Es tut gut, zu laufen. Sie genießen es, atmen die noch kühle, frische Luft ein, der Beginn eines herrlichen Tages. Die Wiese steigt leicht zu einem Berghang an; Sie laufen darüber, denken an das Gras unter ihren Füßen und den Himmel über Ihnen. Jetzt erblicken Sie vor sich einen Pfad.«

Alex dachte an eine Wiese in Davids Weinberg, und sie versuchte, der Anweisung des Mediums zu folgen und sich die Wiese vorzustellen, versuchte, das Gras unter den Füßen zu spüren, bemühte sich, ihre Befangenheit loszuwerden, sich den Worten zu überlassen, sich beim beruhigenden Klang seiner Stimme zu entspannen.

»Folgen Sie dem Pfad, es ist angenehm, wieder auf einem festen Weg zu laufen, genießen Sie es. Jetzt sehen Sie ein weißes Tor vor sich; öffnen Sie das Tor, und treten Sie hindurch; dann sehen Sie einen Fluß, ein breites, ruhig fließendes Gewässer mit Bäumen, Binsen und Lilien am Rande. Alles ist friedlich, vollkommen friedlich. Eine Brücke führt über den Fluß, Sie können sie jetzt deutlich sehen.«

Alex dachte an einen Fluß, den sie von früher kannte, über den sich eine alte, verfallene Steinbrücke spannte.

»Am anderen Ufer stehen Menschen. Ihre Freunde, die Sie erwarten. Überqueren Sie jetzt die Brücke, gehen Sie zu ihnen, begrüßen Sie sie, umarmen Sie sie, bleiben Sie bei ihnen. Fürchten Sie sich nicht, gehen Sie hin, und seien Sie glücklich miteinander.«

Alex sah weiße Gestalten am anderen Ufer, die sich hin und her wiegten und die Arme ausbreiteten; sie sah die Schlitze, die sie anstelle der Augen hatten und die sie an das Bild der drei Phantome an Fords Wohnzimmerwand erinnerten, und sie zögerte. Unter den Gestalten erkannte sie Philip Main in einem abgewetzten Cordanzug, und er zuckte die Achseln; dann fiel ihr Blick auf Ford. Was für Freunde meint er, überlegte sie. Lebendige oder tote? Sie setzte den Fuß auf die Brücke, und die

Gestalten bewegten sich mit ausgebreiteten Armen auf sie zu, wie gesichtslose Mönche mit tief heruntergezogenen Kapuzen. Main und Ford verschwanden. Dann erblickte sie Fabian inmitten der Schattenwesen; er stand abgewandt und mit gesenktem Kopf zwischen ihnen, als würde er sich schämen.

Sie eilte ungeduldig auf ihn zu; sie stolperte über einen losen Stein, und als sie wieder aufblickte, waren die Gestalten dicht zusammengerückt, und er war verschwunden. Sie stand mitten unter ihnen und starrte in ihre Kapuzenöffnungen, ins Leere. »Fabian?« rief sie zitternd. Sie drängte sich durch die Reihen und sah einen, der die anderen überragte, Fabians Größe, mit dem Rücken zu ihr. »Fabian?« Sie tippte ihm auf die Schulter. »Liebling?«

Langsam drehte er sich um. Unter der Kapuze steckte ein verkohlter Schädel, der ihr hilflos und fast entschuldigend entgegenstarrte.

Sie merkte, daß sie im Begriff war zu schreien, richtete sich kerzengerade auf und blickte sich um. Wo war sie? Wo zum Teufel war sie? Sie hörte ihre eigenen Atemzüge; offenbar war es mitten in der Nacht. Hatte sie sich alles nur eingebildet? Hielten sie nicht gerade eine Séance ab? Wo waren die anderen? Der Schweiß lief ihr in Strömen über das Gesicht, und sie blickte wieder, bemüht, das Dunkel zu durchdringen, um sich. Sie sah einen dünnen Lichtstreifen; war das der Vorhang? Derselbe Lichtstreifen, den sie vorher gesehen hatte? Sie wollte rufen, etwas sagen, hatte aber Angst davor, zu leeren Wänden zu sprechen. Waren denn keine Menschen im Raum? Sie hatten sie doch gewiß nicht allein gelassen? Aber warum konnte sie sie nicht hören?

Leise Musik ertönte, und die Klänge von Vivaldis »Sommer« erfüllten den Raum; die Lautsprecher klangen ein wenig blechern, und sie hörte das Rauschen des Bandes. Alex atmete langsam aus, und Erleichterung durchflutete sie. Blödsinn. Es war ein Schwindel; Hypnose; ein billiger Trick, ausstaffiert in einer aufwendigen Inszenierung. Sie schloß die Augen, dachte an den verkohlten Schädel und schauderte. Sie schlug die Augen wieder auf und blickte sich nervös um; ihr Rücken war steif vom Sitzen, und sie hätte sich gern bewegt, fürchtete sich aber davor, die Stille zu brechen. Jetzt spürte sie David, auch er unruhig; was er wohl von der Sache hielt?

Sie hörte einen Fuß über den Teppich streifen, das Quietschen einer Feder, das Rascheln von Stoff, und sie roch Sandys aufdringliches Parfüm. Was wurde jetzt von ihr erwartet? Würde Fabian plötzlich erscheinen? Sie ließ den Blick wieder über die dunklen Gestalten wandern; was taten sie alle? Befanden sie sich in einem Trancezustand? Schliefen sie? Oder saßen sie im Dunkeln und dachten nach, wie sie selbst?

Sie schloß wieder die Augen und versuchte, sich auf den Fluß zu konzentrieren. Aber er war fort, und statt dessen sah sie Davids See vor sich, den mittelalterlichen Teich, die stille schwarze Wasserfläche mit ihrem Saum aus Schilfrohren, die sich wie die Finger einer Leiche hochreckten, und die baufällige achteckige Insel in der Mitte.

Alex versuchte, sich eine Brücke vorzustellen, die hinüber führte, aber es tauchte keine Brücke vor ihrem inneren Auge auf, nur der Tunnel, der unter dem See verlief. Sie sah den Eingang, die Stufen, die wie zu einem Luftschutzbunker nach unten führten, überwuchert mit Gras und Unkraut. Sie sah die verwitterte Eichentür, drehte den Schlüssel um, der in dem verrosteten Schloß klemmte, und drückte die Tür auf. Sie war verzogen und hing lose in den Scharnieren, so daß sie über den Zementboden scharrte, und ihr schepperndes Vibrieren klang wie Krähengelächter. Moder und Feuchtigkeit stiegen ihr in die Nase, und in der Ferne vernahm sie das Echo von tropfendem Wasser. Es war kalt hier unten, furchtbar kalt. Mutig schritt sie aus und lauschte dabei auf den Hall ihrer eigenen Schritte und das Aufklatschen der Wassertropfen, das wie Pistolenschüsse klang.

Sie erreichte die Innentür, entriegelte sie und trat in den Gang, wo ihre Füße in dem unsichtbaren Boden einsanken. Sie fragte sich, ob sie auf Frösche oder Kröten trat oder nur in feuchtem Schlick watete. Tief unter dem See stand sie jetzt vor der nächsten Tür, die in den Ballsaal mit der hohen Kuppel führte, eine schwere, wasserdichte Stahltür, von der David gesagt hatte, daß sie sie niemals öffnen dürfte. Wenn der Ballsaal undicht geworden war und sich mit Wasser gefüllt hatte, dann würde das Öffnen dieser Tür... Sie drehte das riesige Rad, das wie ein Steuerrad aussah. Vier, fünf, sechs Umdrehungen, dann sprang die Tür nach außen auf, als hätte man sie erwartet.

Sie blinzelte überrascht und blickte sich mit großen Augen in dem riesigen Kuppelsaal um. Es war gemütlich warm und heimelig. Über der Decke, durch die gläserne Kuppel sichtbar, schwammen träge Karpfen und Forellen umher und spielten in den warmen Lichtflecken. Der Boden war mit einem weichen Teppich ausgelegt, und im Kamin brannte ein munteres Feuer. Davor stand eine Frau, die wie ein Kindermädchen gekleidet war; sie bückte sich, zog mit bloßen Händen einen dünnen, verkohlten Ast aus den Flammen und hob ihn in die Höhe, ein kleines, knorriges Ding, aus dem verbrannte Zweige ragten. Die Zweige begannen sich zu bewegen; zuerst wie in einem leichten Windhauch, dann erfüllten sie sich mit eigenem Leben und wurden zu dünnen, rosigen Ärmchen; winzige Fäustchen öffneten und schlossen sich, und sie hörte das Weinen eines Säuglings.

»Nicht weinen; gleich bist du bei Mami.« Die Kinderfrau brachte ihr das Baby mit lächelnder Miene, und Alex stellte mit einem Frösteln fest, wie ähnlich diese Frau Iris Tremayne sah.

Dann spürte sie das Gewicht des Kindes in ihren Armen, sah seine rosigen Händchen und Füße und blickte in sein Gesicht.

Ein verkohlter Schädel starrte ihr entgegen.

Gedämpftes rotes Licht leuchtete auf, und sie blinzelte erstaunt. Sie stellte fest, daß die Musik aufgehört hatte. Ihr Blick fiel auf Ford, der an der Tür stand, und wanderte dann weiter zu Steven Orme, Milsom und Sandy, die ihr aufmunternd zulächelte. Davids Blicken wich sie aus.

»Nun, wie ist es Ihnen ergangen?« erkundigte sich Ford. »Es war eine lange Meditation. Ich habe Sie nicht unterbrochen, weil ich das Gefühl hatte, daß es sehr gut ging.«

Alex warf einen Blick auf ihre Uhr. Zehn vor acht; es war mehr als eine halbe Stunde verstrichen. Unmöglich. Sie nahm ihren ganzen Mut zusammen und sah David an; er hatte den Kopf zur Seite gelegt, so daß sein Ohr das Jackett berührte, und auf seinem Gesicht lag ein merkwürdig abwesender Ausdruck.

»Sandy«, sagte Ford mit seiner sanften Stimme. »Wie war es bei Ihnen?«

»Unglaublich, Morgan. Ich habe Jesus gesehen.«

Ford neigte leicht den Kopf und lächelte.

»Er stand vor mir mit einem Korb; er sagte, er müsse versuchen, meine Gesundung voranzutreiben, und er zeigte mir, wie ich einige Dinge tun muß, die mich immer verwirrt haben.«

Ford warf Sandy einen verwunderten Blick zu.

»Ich habe auch gespürt, daß Jesus anwesend war«, warf Steven Orme mit begeisterter, näselnder Stimme ein. »Ich habe sein Kommen gespürt.«

Sie sind alle verdammte Irre, dachte Alex.

»Ich glaube«, fügte Orme hinzu, »daß er vielleicht kommt, um unseren Zirkel zu schützen. Was meinen Sie, Morgan?«

»Sandys Heilung ist sehr wichtig; vielleicht hat er gespürt, daß es notwendig ist, bei ihr zu sein.« Er sah Milsom an. »Arthur?«

»Meine Frau«, sagte Milsom, in dessen schroffe Stimme sich jungenhafte Aufregung geschlichen hatte. »Ich schaue immer drüben bei ihr vorbei, wenn es geht.«

»Wie geht es ihr?«

»Gut; sie hat mir gezeigt, womit sie beschäftigt ist. Sie arbeitet gemeinsam mit anderen an einem Projekt; sie bauen an einer gewaltigen Lichtsäule, wissen Sie.«

»Ah ja«, entgegnete Ford mit einem Nicken. Alex fragte sich, während sie ihn beobachtete, was sie sagen sollte.

»Und Mr. Hightower?« erkundigte sich Ford.

»Ich bin eingeschlafen«, antwortete David.

»Sehr praktisch«, bemerkte Ford und wandte sich ab. Alex spürte seinen Blick auf sich ruhen. »Möchten Sie uns sagen, was Sie gesehen haben, Mrs. Hightower?«

Alex warf David einen Blick zu und bedauerte es sofort. Laß dich nicht ins Bockshorn jagen, sagten seine Augen; sei kein Idiot.

»Ich habe Fabian gesehen«, erklärte sie und fühlte sich durch Fords zustimmende Miene bestärkt.

»Ja, das hatte ich mir gedacht; ich hatte mir gedacht, daß er da sein würde. Ich konnte ihn sehr deutlich spüren; er ist immer noch anwesend; ich glaube, daß wir heute abend eine Verbindung zu ihm herstellen können, er ist sehr stark.«

»Sein Gesicht war ganz verbrannt und verkohlt und sah aus wie ein Totenschädel.«

Ford nickte. »Es ist normal, daß das Unterbewußte in der Meditation eine Rolle spielt. Sie projizieren ihn von der Ebene des irdischen Lebens aus. Das Bild, das Sie sich von ihm machen, ist sein leibliches Ich, und es ist unvermeidlich, daß Sie ihn so sehen. Später, wenn er zu Ihnen durchkommt, wird er Ihnen seinen astralen Körper übermitteln, und in dieser Gestalt werden Sie ihn gern in Erinnerung behalten wollen.«

»Er ist vor mir geflohen.« Sie spürte, daß sie rot wurde und kam sich lächerlich vor; David versuchte, ihr mit Blicken etwas zu sagen, ihr eine Warnung zu signalisieren, aber sie wandte sich ab, bevor er ihr seine Botschaft verständlich machen konnte.

»Wahrscheinlich auch Ihr Unterbewußtsein; Ihre Angst, ihn für immer zu verlieren. Das wird nach Ihrer ersten Unterredung vorbei sein; danach werden Sie in der Lage sein, sich in Ihrer Meditation mit ihm zu verbinden, wann immer Sie wollen, und ich glaube, Sie werden feststellen, daß er Ihnen überaus nützlich sein wird.« Ford lächelte wieder und trat an das Tonbandgerät. Er kniete davor nieder, drückte den Auswurfknopf und drehte das Band um.

Alex blickte um sich und merkte, daß sie wieder zu zittern begann. Fabians Porträt wirkte in der roten Beleuchtung strenger denn je, und Ormes kaltes, grausames Gesicht machte sie nervös. Sie sah Milsom an, der ihr ein aufmunterndes Lächeln zuwarf.

»Es kann sein, daß Sie eine fremde Stimme hören, Mrs. Hightower«, bemerkte Ford. »Ich habe einen Geistführer namens Herbert Lengeur, er war um 1880 herum Arzt in Wien; ein netter Bursche; gegen 1890 siedelte er nach Paris über. Er begleitete Oscar Wilde eine Zeitlang.«

Sie starrte Ford an; seine Worte klangen so beiläufig, als wäre das alles ganz normal. Sie war zu nervös, um ihn zu fragen, was er damit meinte.

»Sind Sie alle bereit weiterzumachen? Ich spüre heute abend starke Einflüsse; vergessen Sie nicht, daß Sie tun müssen, was ich sage; es ist sehr wichtig. In Ordnung?« Er starrte Alex an, und sie erwiderte seinen Blick.

Das Gefühl einer drohenden Gefahr beschlich sie, und sie schauderte. Sie wollte nicht, daß er weitermachte, wollte nicht, daß er das Licht löschte.

Ein lautes Klicken ertönte, und das Tonbandgerät gab einen unheimlichen, schnellen Trommelwirbel von sich, dessen Tempo sich unaufhörlich zu steigern schien.

Dann ging das Licht aus.

Sie spürte ihn fast augenblicklich, so deutlich, als hätte er die Tür aufgemacht und hinter sich wieder zugeknallt. Er war im Zimmer, stand beobachtend hinter ihr.

Gänsehaut fuhr ihr in Wellen die Arme herunter. Sie sah, wie jemand den Raum durchquerte, es gab keinen Zweifel, etwas, das dunkler war als die Dunkelheit; sie wollte, daß das Licht anging, hatte den Wunsch, jemanden zu berühren. Aber sie wagte nicht, sich zu bewegen, wagte nicht, sich ihrem Sohn zu verraten, seinem durchdringenden Blick nachzugeben, den sie spürte, vor dem sie Angst hatte. Genau das wolltest du doch, Liebling, nicht wahr? Das war der Grund für die Zeichen, die du mir gegeben hast, wir sind deinetwegen hier. Sei lieb, bitte, sei lieb.

Gott, ging es ihr durch den Kopf, alles schien schon so lange her zu sein, daß er am Leben und alles normal gewesen war.

Ein langgezogener Klagelaut ertönte, wie der Ruf einer Füchsin in der Nacht, abgehoben vom Rhythmus der Trommelschläge, schwebte er hoch darüber; er kam von jemandem, der sich innerhalb des Zirkels befand. Sie hörte es wieder. Tiefer, mühsamer, verflüchtigte es sich zu einem unheimlichen, erstickten Laut, als bemühte sich ein Wesen, mit aufgerissener Kehle zu atmen. Von wem kam der Laut? Ford? Milsom? Orme? Sandy? Sie konnte es nicht sagen.

»Mutter.«

Fabians Stimme, gebrochen und furchtsam. Mit einem Klikken setzte die Musik aus.

»Mutter.« Nicht der leiseste Zweifel; es war die Stimme ihres Sohnes. Ihr war kalt, es wurde eisig im Raum, und sie zitterte so sehr, daß sie kaum stillsitzen konnte.

»Liebling?« sagte sie mit lauter, unsicherer Stimme. »Hallo, Liebling.«

Sie vernahm wieder das gräßliche erstickte Atmen, dann plötzlich einen furchtbaren, durchdringenden Schrei, den Schrei einer jungen Frau; es war der erbarmungswürdigste, angsterfüllteste Schrei, den sie je gehört hatte; sie glaubte, er würde für immer im Raum nachhallen.

O Gott, aufhören, dachte sie, sofort aufhören.

»Wer ist da?« hörte sie Fords ruhige, zuversichtliche Stimme.

Eine Stimme mit starkem deutschem Akzent schaltete sich ein; es war eine gebildete Stimme, deren Tonfall sich vollkommen von dem der Anwesenden unterschied. »Hier spricht Herbert. Hier ist ein junger Mann, der mit seiner Mutter sprechen möchte.«

»Bitte, sag ihm, daß wir auf ihn warten.«

Alex starrte in der Dunkelheit in Fords Richtung. Er hatte Fabian also auch gehört. Es war kein Streich, den ihr die Phantasie vorgegaukelt hatte. Die Stimme konnte auf keinen Fall imitiert sein. Sie bemühte sich, Freude zu empfinden, die Angst zu unterdrücken, aber Furcht und Kälte hielten sie gefangen; niemand, dachte sie, kann sich doch so einsam fühlen in einem Raum, in dem es von Menschen wimmelt? Und doch war ihr, während sie die Macht der Angst und der Kälte spürte wie Hände auf der Schulter, als wäre sie der einzige Mensch, der noch auf der Welt existierte.

»Er benötigt mehr Energie.« Die deutsch gefärbte Stimme hatte fast einen tadelnden Klang.

»Ich möchte, daß Sie sich jetzt alle an den Händen fassen«, sagte Ford. »Wir werden unsere Energie durch uns hindurchfließen lassen, um dem Geist Kraft zu geben.«

Alex spürte, wie ihre Hand ergriffen wurde; Fords kleine Hand war so warm, daß sie das Gefühl hatte, sich daran zu verbrennen. Der Rheinkiesel schnitt ihr in die Handfläche, aber sie wagte nicht, ihre Haltung zu verändern. Sie streckte die Rechte aus und traf auf eine schlaffe, knochige Hand; wer saß zu ihrer Rechten, überlegte sie. Milsom. Die Hand reagierte zaghaft auf die Berührung.

»Spürt die Kraft«, sagte Ford, »laßt sie fließen, laßt sie.«

Als sie merkte, daß Ford und Milsom sich vor und zurück wiegten, bewegte sie sich im Takt mit ihnen. Plötzlich hielten sie inne; Fords Hand schloß sich fest wie eine Eisenklammer um die ihre, und er saß reglos wie ein Stein da.

»Mutter!«

Fabians Stimme schwebte im Raum.

Alex hörte wieder das erstickte Geräusch, und ihr wurde bewußt, daß es von Milsom kam. Sie sah in seine Richtung, versuchte, etwas von ihm zu erkennen, und dann hörte sie plötzlich von gegenüber, wo Orme Platz genommen hatte, Carries Stimme.

»Lassen Sie es nicht zu, Mrs. Hightower.«

Mitleiderregend und angstvoll durchbohrte die Stimme, die unverwechselbar die von Carrie war, die Luft wie ein Messer, das über Marmor kratzt.

»Da kommt anscheinend eine junge Frau durch unseren Kanal herüber«, sagte Ford geduldig.

»Hier ist keine junge Frau«, entgegnete die Stimme mit dem deutschen Akzent.

»Wer ist da?« erkundigte sich Ford ruhig. »Bitte, sag uns deinen Namen.«

Es ertönte ein bösartiges Fauchen, bei dessen Klang Ford und Milsom so heftig zurückzuckten, daß sie Alex fast die Arme ausgekugelt hätten.

Ein kalter Lufthauch strich ihr über den Nacken und breitete sich auf ihren Schultern und über ihren ganzen Körper aus.

»Hilf mir bitte, Mutter.« Wieder war Fabians Stimme zu vernehmen.

Sie klang so nah, daß Alex das Gefühl hatte, sie müßte nur die Hand ausstrecken, um ihn berühren zu können. Sie starrte angestrengt in die Dunkelheit. »Wo bist du, Liebling?«

Plötzlich sagte eine knurrende, näselnde Stimme: »Hören Sie nicht auf den kleinen Mistkerl.«

Sie zuckte zusammen und sah sich zitternd und angstvoll in der Dunkelheit um.

»Sag uns bitte, wer du bist«, hörte sie Fords unverändert ruhige Stimme. »Sei so gut und nenn uns deinen Namen, oder laß in Gottes Namen augenblicklich von dem Medium ab.«

»Mutter!« rief Fabian verzweifelt.

Wieder ertönte die höhnische Stimme in der Dunkelheit: »Ich bin sein Vater.«

In Alex' Kopf begann sich alles zu drehen; sie schwankte und fühlte den festen Griff der Hände von Ford und Milsom.

»Nein«, widersprach Ford. »Sein Vater ist mit uns hier im Raum.«

»Mutter«, wimmerte Fabians Stimme.

»Hören Sie auf«, sagte Alex. »Ich möchte aufhören.«

»Der Vater des Geistes ist hier unter uns; bitte lassen Sie uns in Ruhe, wer immer Sie sein mögen«, sagte Ford, dessen Stimme jetzt einen strengeren Tonfall annahm.

»Ich heiße John Bosley. Ich bin der Vater des Jungen«, fauchte die Stimme.

Alex versuchte, die Hände von Milsom und Ford abzuschütteln, aber es gelang ihr nicht. »O Gott, bitte, hören Sie auf.« Sie zitterte haltlos und hatte das Gefühl, sich jeden Augenblick übergeben zu müssen. »Morgan, bitte, hören Sie auf damit!« rief sie.

»Darling?« Sie hörte Davids Stimme, leise und besorgt. »Ist alles in Ordnung, Liebes?«

»Ich will, daß das aufhört. Bitte sag ihnen, sie sollen aufhören.«

»Mutter!« schrie Fabian wieder. »Carrie!«

Sie krümmte sich auf dem Stuhl zusammen, versuchte, ihre Hände loszureißen, wollte die Arme über den Kopf legen. »Helft mir«, sagte sie. »Helft mir.«

Dann vernahm sie wieder Carries leise, flehende Stimme: »Lassen Sie es nicht zu, Mrs. Hightower.«

»Was soll ich nicht zulassen?« hauchte sie kraftlos. »Sag es mir. Was soll ich nicht zulassen?«

»Am vierten Mai, Mutter.« Fabians Stimme hatte sich verändert, sie klang so freundlich und vertraulich wie eh und je. »Sie lassen mich am vierten Mai heraus.«

»Wo heraus, Liebling?« fragte sie matt. »Wo heraus?«

Es folgte ein langes Schweigen, und sie wurde sich ihrer Umgebung wieder bewußt, nahm das Knarren der Stühle, die Atemgeräusche, das Rascheln der Kleider wahr. Ford lockerte den Griff um ihre Hand und ließ sie dann ganz los.

Sie spürte, daß Fabian nicht mehr anwesend war, daß er sich ebenso bestimmt entfernt hatte, wie er gekommen war. Im Raum war jetzt nichts mehr als das Schweigen und die Dunkelheit. Sie machte ihre Hand aus Milsoms Griff frei und tastete nervös nach ihrem Gesicht; es war schweißgebadet.

»Mr. Ford«, hörte sie David sagen, »ich finde, Sie sollten Schluß machen; meine Frau hat Angst.«

Es kam keine Antwort; sie sah sich im Raum um, versuchte, die Umrisse der Anwesenden auszumachen, konnte aber nichts erkennen; ihr Herz schlug so heftig, daß ihr die Brust schmerzte. »David?« flüsterte sie.

»Ist alles in Ordnung, Liebes?«

»Ich –« Sie zögerte. »Ja, alles in Ordnung.«

Lange sagte niemand etwas, dann hörte sie wieder Fords sanfte Stimme: »Die Geister sind fort.«

Ein Stuhl knarrte, Füße scharrten auf dem Teppich, und dann ging das Licht an. Alex schloß die Augen, so hell war es. Als sie sie wieder aufschlug, stand Ford mit leicht gesenktem Kopf und tief in Gedanken versunken an der Tür.

Sie blickte sich nach allen Seiten um; nichts hatte sich verändert, nichts hatte sich bewegt. Immer noch zitternd überlegte sie, was sie eigentlich erwartet hatte, dann ließ sie sich vollkommen erschöpft auf dem Stuhl zurücksinken. Ihr gegenüber hatte sich Orme in gräßlich unnatürlichem Winkel über die Armlehne des

Stuhles gekrümmt. Sein Mund stand offen, und er hatte das Kinn vorgeschoben wie ein Fisch auf dem Trockenen; seine weit aufgerissenen Augen starrten zur Decke hoch. Einen Augenblick lang glaubte Alex, er sei tot. Dann stöhnte er leise und sackte in den Stuhl zurück.

Milsom hatte sich vorgebeugt und die gefalteten Hände auf die Knie gelegt. Sandy saß zurückgelehnt auf ihrem Stuhl und tupfte sich die Stirn mit einem Taschentuch trocken.

Alex blickte nervös zu David hinüber, der, die Hand ins Jackett gesteckt, die Anwesenden mißtrauisch musterte.

Sie starrte Ford an. »Was ist geschehen?« fragte sie.

Ford erwiderte ihren Blick mit eigenartigem Gesichtsausdruck, sagte aber nichts.

»Bitte, sagen Sie es mir«, stieß sie bebend hervor. »Bitte, sagen Sie mir, was passiert ist.« Ihr Blick wanderte zu Orme, dann zu Milsom und schließlich zu Sandy. Sie benahmen sich merkwürdig, sonderbar. Sie betrachtete Fabians Porträt an der Wand und das kalte Messingfernrohr unter dem Fenster. Wie kahl das Zimmer doch wirkte ohne das Bett, wie kalt und nüchtern die Beleuchtung war, und wie normal ihr der Raum plötzlich wieder vorkam. Hatte sie sich in Trance befunden? Ja, vermutlich war es das, alles nur ein verrückter Traum. Ganz allmählich ließ ihre Spannung nach, und sie betrachtete wieder die Anwesenden. Warum sieht mich keiner an, dachte sie. Sie starrte Milsom, Sandy, David ins Gesicht. Sieh mich doch einer an, bitte. Lächelt mir zu, sagt mir, daß es ein schlimmer Traum war; sagt mir, daß ihr alle hier gesessen habt und daß niemand etwas gesehen hat. Bitte, bitte, sagt es mir.

Langsam legte sich ihre Angst und wich einer seltsamen Gleichgültigkeit. War das alles, fragte sie sich. Nichts als Stimmen? Wo war die Materialisation, wo die Gespensterererscheinungen? Der grüne Schleim, der den Menschen aus dem Mund quoll? Die Levitationen?

David nestelte wieder in seinem Jackett herum. Bin ich überhaupt noch am Leben, überlegte sie plötzlich. Sehen sie mich darum nicht an? Entsetzen ergriff von ihr Besitz. Können sie mich nicht sehen? Ich bin gestorben, das ist es, ich bin tot. Bitte, David, sieh mich an. Was machst du da? In diesem Augenblick berührten ihre Hände etwas in ihrem Schoß, etwas Hartes, Sprödes, das knisterte wie Pergament, und sie zuckte erschrocken zurück. Es fühlte sich an wie ein riesiges totes Insekt. Sie wollte die Hände zurückziehen, aber sie hatten sich darin verfangen, und sie spürte, wie die Haut an ihren Fingern einriß. Heftig zitternd blickte sie sich mit angstvoll aufgerissenen Augen um und wagte nicht, das Ding in ihrem Schoß anzusehen. Was war es, was zum Teufel war es?

Sie warf einen hilfesuchenden Blick zu David hinüber, aber er war immer noch eingehend mit seiner Jacke beschäftigt. Plötzlich spürte sie einen stechenden Schmerz wie einen Biß in ihrem Finger und senkte mit einem lauten Aufschrei den Blick. Einen Augenblick lang starrte sie ungläubig in ihren Schoß. Dann stieß sie einen Schrei aus, der im Raum nachhallte.

Es war kein Insekt, sondern eine kleine verschrumpelte Rose, schwarz und verkohlt.

21

Alex schlug die Augen auf und richtete den noch verschwommenen Blick auf das Pferdebild an der Wand. Irgendwo in der Ferne vernahm sie Stimmengemurmel. Sie sah sich benommen um und versuchte, sich zu orientieren. Sie hatte sich doch ganz sicher in Fabians Raum befunden? Jetzt war sie unten im Wohnzimmer. Um sie herum waren etliche Menschen gewesen, nun nahm sie nur noch zwei wahr, David und Morgan Ford, und diese beiden schienen so weit entfernt, daß sie sich in einem anderen Raum oder sogar in einem anderen Haus hätten aufhalten können.

»Ich habe mich von niemandem verabschiedet.«

Sie bemerkten sie nicht.

»Ihre Zaubertricks beeindrucken vielleicht kleine alten Damen«, hörte sie David sagen.

»Apporte kommen häufig vor, Mr. Hightower.«

Sie fragte sich, wie spät es wohl war. Wie lange lag sie schon hier auf dem Sofa? Was war aus den anderen geworden?

»Sie meinen ernsthaft, daß Rosen sich auflösen, durch Raum und Zeit reisen und sich wieder materialisieren können?« fragte David.

»Es geschehen viele Dinge in der Geistwelt, die sich mit den uns bekannten Begriffen nicht erklären lassen. Apporte sind Botschaften der Verstorbenen an ihre Lieben; es ist ihre einzige Möglichkeit, greifbare Beweise zu übermitteln.«

»Was für ein Beweis ist eine verbrannte Rose?«

»Ich habe mich von niemandem verabschiedet«, sagte sie noch einmal. Sie bemerkten sie immer noch nicht.

»Wir wissen nur sehr wenig von der Geistwelt; wir lernen ständig dazu.«

»Indem Sie mit Menschen herumexperimentieren, wenn sie am schwächsten sind?«

»Ich würde nie einen Menschen in den Zirkel aufnehmen, den ich nicht für stark genug hielte.«

»Meine Frau war es nicht. Sehen Sie, was mit ihr passiert ist.«

»Es wird ihr gleich wieder gutgehen; sie ist nur sehr erschöpft. Es ist sehr anstrengend, Kraft abzugeben. Es ist noch sehr früh, wissen Sie, der schmerzliche Verlust liegt erst sehr kurz zurück. Normalerweise ist es am besten, diese Dinge mindestens ein paar Monate ruhen zu lassen.«

»Warum haben Sie es dann nicht getan?« wollte David wissen.

»Es war wichtig.«

Darauf folgte ein langes Schweigen. »Was meinen Sie damit?«

»Es treibt sich ein böser Geist hier herum.«

»Nein«, widersprach Alex plötzlich mit lauter Stimme. »Nein, das stimmt nicht.«

Sie sah, wie David sich über sie beugte, sah seinen wirren Bart und seine Augen, die zu ihr herunterspähten, abwechselnd, erst das eine, dann das andere.

»Soll ich einen Arzt rufen?«

»Sie beruhigt sich jetzt«, bemerkte Ford. »In einer halben Stunde ist sie wieder wohlauf. Apporte verursachen starke emotionale Spannungen.«

»Apporte«, warf David ein. Alex hörte ein Knistern wie von Pergament und sah, wie David einen geschwärzten Gegenstand zwischen den Fingern drehte. »Nur eine Rose, eine alte verwelkte Rose, die beim Unkrautverbrennen übriggeblieben ist und die Sie oder einer Ihrer Komplizen ihr in den Schoß geworfen haben, als wir uns im Dunkeln bei den Händen hielten. Jemand mit einem ausgesprochen abartigen Sinn für Humor.«

»David«, sagte Alex. »Bitte, Liebling, sei nicht wütend.«

»Ich bin nicht wütend. Ganz bestimmt hat Mr. Ford es gut gemeint. Vielleicht gibt es Menschen, die sich durch solche Sachen trösten lassen; du gehörst offensichtlich nicht dazu. Versuch noch ein bißchen zu schlafen.«

»Ich hätte gern eine Zigarette«, sagte sie, während sie sich auf dem Sofa aufsetzte. Der Raum schien zur Seite zu gleiten, und einen Moment lang blickte sie auf die Wand hinunter; dann schoß sie mit einem solchen Ruck wieder ins Lot, daß sich ihr der Magen umdrehte.

»Setz dich noch nicht auf, Liebes. Warte noch ein paar Minuten.«

»Es war nicht so, wie ich es mir vorgestellt hatte«, sagte sie, indem sie zu Ford aufblickte.

»Das ist es nie«, entgegnete Ford mit freundlichem Lächeln.

»Fabian war so deutlich.«

»Was meinst du damit?« warf David ein.

»Fabian.«

»Fabian?« wiederholte er verständnislos.

»Fabian, Liebling; du hast ihn doch sicher gehört?«

Sie nahm die Verwirrung in seiner Miene wahr, sah, wie er sich zu Ford umwandte und dann wieder zu ihr. »Ihn gehört?«

»Ja. Und Carrie. Und –« Errötend verstummte sie.

»Nichts ist passiert, Liebes, das mußt du dir eingebildet haben.« Wieder richtete er den Blick auf Ford, der sich von ihm abwandte und Alex ansah.

»Fabian hat mit mir gesprochen«, erklärte sie.

»Also, mit mir hat er nicht gesprochen. Der einzige, der gesprochen hat, war Mr. Ford. Ach ja, und diese beiden komischen Käuze. Der eine klang, als wäre ihm schlecht, der andere, als würde er erdrosselt.«

Alex hatte unvermittelt wieder Angst, sie hatte Angst und fühlte sich allein. »Willst du damit sagen, du hast nichts gehört?«

»Das konnte er auch nicht, Mrs. Hightower«, erklärte Ford beschwichtigend. »Er ist nicht sensitiv veranlagt.« Ford räusperte sich und wandte sich an David. »Aber Sie haben eine entscheidende Rolle gespielt; Sie haben die Verbindung zur Erde gehalten; ohne Sie hätten wir wesentlich weniger erreicht.«

»Erreicht?« gab David ungläubig zurück. »Was um alles in der Welt haben wir denn erreicht?«

»Diese Frage sollten Sie Ihrer Frau stellen«, erklärte Ford.

David starrte Alex an.

»Liebling«, sagte sie und spürte, wie ihr die Röte in die Wangen stieg, »würde es dir sehr viel ausmachen, wenn ich mit Mr. Ford ein Wort unter vier Augen wechseln möchte?«

David sah erst sie an, dann Ford.

»Vielleicht könntest du uns eine Tasse Tee machen?«

Er stand schwerfällig auf und strich sich über den Bart. »Ja – ich –« Er sah sich um, steckte die Hand in die Jackentasche und zog sie wieder heraus. »Ich gehe und setze den Kessel auf.« Er ging aus dem Zimmer, und die Tür fiel mit einem Klicken ins Schloß. Als Alex sich erhob, kippte der Boden vor ihr weg. Sie schwankte, fand ihr Gleichgewicht wieder und ging zur Schrankbar hinüber.

»Geht es Ihnen jetzt besser, Alex?«

Während sie eine Zigarette aus der Schachtel nahm, wurde ihr bewußt, daß Ford sie zum ersten Mal beim Vornamen genannt hatte.

»Danke. Ich glaube schon. Ich hatte eine Menge zu verkraften.« Ihr Blick fiel auf die Rose, die David auf einen Beistelltisch gelegt hatte; sie ging hin und berührte sie sanft. »Hat Fabian sie wirklich geschickt?«

»Irgend etwas ist damit passiert. Jemand hat sie auf dem Weg hierher verbrannt.«

»Ein Geist?«

»Ja«, erwiderte er leise.

»Er hat mir oft Rosen geschenkt; vielleicht wollte er mir eine aus Frankreich mitbringen, und sie ist bei dem Unfall verbrannt. Wäre das möglich?«

Ford nickte. »Es ist eine Möglichkeit.« Er runzelte die Stirn.

»Aber Sie glauben es nicht.«

»Heute abend haben sich andere Geister bemerkbar gemacht und haben ihren Unfug getrieben. Herbert, mein Geistführer, hat uns gewarnt.«

»Wie meinen Sie das?«

»Wenn wir Zirkel abhalten, öffnen wir Kommunikationskanäle zur Geistwelt. Man kann nie wissen, wer herüberkommt. Heute abend haben wir gehofft, daß es Fabian sein würde, aber oftmals kommen auch andere durch; manchmal vollkommen Fremde. Und es kommt vor, daß böse Geister versuchen, den Zirkel zu beeinflussen und in Erscheinung zu treten.«

»Böse Geister?«

Ford nickte. »Böse Geister können sehr gerissen sein. Gute Schauspieler. Nehmen die Eigenschaften eines Verstorbenen an: seine Stimme; seine Angewohnheiten, sein Äußeres. Sie versuchen, sich der Energie, die wir in dem Zirkel erzeugen, zu bedienen.«

»Warum?«

»Für ihre eigenen Belange.«

»Glauben Sie an das Böse?«

Ford schwieg einen Augenblick. »Natürlich. Das Positive und das Negative, Mrs. Hightower. Das Sein, sowohl hier als auch in der Geistwelt, ist ein Balanceakt zwischen den beiden.«

»Und einer von diesen – bösen – Geistern könnte die Rose verbrannt haben?«

»Es ist möglich. Heute abend ist vieles passiert, das ich nicht verstanden habe.«

»Dann war es also nicht erfolgreich?«

»Ich weiß es nicht. Unsere Absicht war es, Fabian zu retten, ihn von der Erdgebundenheit zu erlösen. Aber es gab zu viele Störungen, zuviel Verwirrung. Ich weiß nicht mit Sicherheit, ob er hinübergegangen ist.« Er schüttelte den Kopf.

»Störungen durch das Mädchen, meinen Sie?«

Ford nickte. »Zum Teil.«

Alex zündete sich eine Zigarette an und setzte sich wieder auf das Sofa. »Sie ist schon einmal mit uns in Verbindung getreten, im Wohnzimmer bei Ihnen zu Hause. Ein Mädchen namens Carrie, mit dem Fabian befreundet war.«

Ford nickte. »Aber dieser Mann, der behauptet, Fabians Vater zu sein?« Er starrte Alex an. »John Bosley oder so ähnlich? Ich verstehe nicht, warum er zu uns durchkam; aber manchmal gelingt es diesen Unruhestiftern.«

Alex spürte, wie die Röte in ihren Wangen brannte. »Haben Sie irgendwelche Erfahrungen«, erkundigte sie sich, »mit Geistern, die zurückkommen wollen?«

»In menschlicher Gestalt?«

Sie nickte.

»Sie meinen Besessenheit?«

»Ich weiß nicht, was der richtige Begriff dafür ist. Jemand, der zurückkommen will, weil er noch etwas zu erledigen hat.«

Ford warf einen Blick auf seine Armbanduhr. »Viele Geister sind nach dem Tode verwirrt – die erdgebundenen; oftmals ist ihnen nicht klar, daß sie tot sind; erst, wenn sie versuchen, mit ihren Verwandten und Freunden zu sprechen, und keiner kann sie hören, keiner kann sie sehen, beginnen sie zu begreifen, was mit ihnen los ist. Bis zu diesem Augenblick versuchen viele von ihnen, ihr Leben fortzuführen wie bisher, sie erscheinen an ihrem Arbeitsplatz und bilden sich ein, daß sie alles so tun, wie sie es vor ihrem Tod gewöhnt waren.«

»Ist das schon einmal jemandem gelungen?« erkundigte sie sich.

»Sein Werk fortzuführen?«

Sie nickte.

»Ja.«

»Wie geht das vor sich?«

»Sie bedienen sich des Geistes und Körpers eines lebenden Menschen. Sie übernehmen ihn, so daß dieser Mensch ein Gastkörper wird. Das ist es, was wir als Zustand der Besessenheit bezeichnen.« Er lächelte. »Es gibt wohlbelegte Hinweise auf Fälle, in denen Geister ihr Werk fortsetzten, indem sie lebende Personen beeinflußten. Es ist bekannt von Ärzten, Malern und Komponisten. Mozart hat mit vier Jahren komponiert; es ist durchaus wahrscheinlich, daß er unter dem Einfluß eines Geistes stand.«

»Als ich bei Ihnen war und wir unsere Sitzung hatten, sagten Sie mir am Ende, daß Fabian zurückkommen wolle. War es das, was Sie meinten? Daß er noch etwas zu erledigen hat?«

Plötzlich wirkte Ford nervös. Ihm war das Thema sichtlich unangenehm. Sie hatte den Eindruck, daß er unsicher wurde. »Noch etwas zu erledigen?«

»Ja.«

Ford lächelte. »Woran denken Sie dabei?«

Alex senkte den Blick. »Es scheint mir so seltsam, über ihn zu reden, als ob er noch ...« Sie hielt inne, dann erhob sie sich mit einem Ruck, ging durchs Zimmer und klopfte die Asche ihrer Zigarette in den Papierkorb ab.

»Als ob er noch leben würde?«

Sie nickte.

Ford setzte ein geheimnisvolles Lächeln auf. »Sie sind eine überaus empfindsame Frau; vielleicht zu empfindsam.«

»Was um alles in der Welt meinen Sie damit?«

Ford schüttelte den Kopf und lächelte wieder.

»Ich verstehe Sie nicht.«

»Ich glaube, eines Tages werden Sie es verstehen.«

Seine Miene verfinsterte sich, und sie fühlte wieder Unbehagen in sich aufsteigen.

»Ich glaube, wir sollten am nächsten Donnerstag einen weiteren Zirkel abhalten.«

»Nein.«

»Es ist wichtig; für Ihren Sohn.«

»Ich fand es allzu beängstigend.«

»Das ist immer so beim ersten Mal. Aber wir haben das Problem nicht gelöst.« Er blickte sich unruhig im Zimmer um. »Wenn es gelöst ist, wird es Ihnen besser gehen.«

»Ich kann mir nicht vorstellen, daß es mir je wieder besser geht.«

»Nein, und daran wird sich nichts ändern, solange der Geist sich hier herumtreibt«, erklärte er. »Wenn wir dem Geist geholfen haben, den Übergang zu vollziehen, werden Sie Ruhe haben, und der Prozeß der Genesung kann einsetzen.«

»Glauben Sie nicht, daß ich die Dinge nur aufbausche; daß es besser wäre, sie ruhen zu lassen?«

»Sie müssen an Ihren Sohn denken.«

Während sie ihn anstarrte, versuchte sie zum wiederholten Male, ihn zu ergründen. War alles nur ein Schwindel, wie David angedeutet hatte? Hatte sie unter Hypnose gestanden, sich alles nur eingebildet? Nein, die Stimmen waren zu klar, zu wirklich gewesen, oder nicht? Und doch nagte ein leiser Zweifel an ihr. Immerhin lag es in Fords Interesse, weiterzumachen, solange er etwas dabei verdienen konnte, solange er seinen merkwürdigen Kollegen mit den goldenen Ohrringen und den großen Füßen Arbeit verschaffen konnte. »Ich muß auch an meinen Mann denken.«

»Weil er skeptisch ist?«

»Es gibt noch einen anderen Grund.« Sie schritt unruhig im Zimmer auf und ab und setzte sich dann wieder. »Dieser Mann, der mit uns Verbindung aufnahm, der behauptete, Fabians Vater zu sein –«

»Der unheilvolle Geist?«

Alex schüttelte den Kopf. »Es muß kein unheilvoller Geist gewesen sein.« Sie zögerte. »David ist nicht Fabians Vater.«

Ford sah ihr forschend ins Gesicht, dann senkte er den Blick auf seine makellos gepflegten Fingernägel. Etwas beunruhigte ihn, wie sie zu bemerken glaubte. Die Enthüllung hätte die Dinge für ihn klarer machen müssen, schien sie aber nur noch zu komplizieren. »Bosley hieß er doch – oder so ähnlich?« fragte er.

»Ich weiß nicht, wer es war.«

Sie bemerkte den eigenartigen Blick, den Ford ihr zuwarf, und lächelte verlegen. »So meine ich es nicht«, erklärte sie. »Wir konnten keine Kinder bekommen, wissen Sie.« Sie spürte, daß sie errötete. »Die Samenflüssigkeit meines Mannes hatte einen zu niedrigen Spermiengehalt.«

»Sie hatten einen Samenspender?«

»Nicht ganz – na ja, so ungefähr.« Sie seufzte und holte tief Luft. »Ich wollte keine künstliche Befruchtung – das Sperma eines Fremden –, ich wollte ein Kind von David haben. Wir wurden zu einem Spezialisten geschickt, der damals damit experimentierte, den Samen meines Mannes mit dem Samen eines Spenders zu mischen, mit einem hochbeweglichen Samen, wie man es nannte.«

Sie lächelte traurig. »Auf diese Weise sollte man nicht erfahren, ob es nun der Ehemann war oder ...« Sie verstummte.

»Und jetzt glauben Sie, daß ...«

Sie errötete. »David war immer überzeugt, daß Fabian sein Sohn sei, und das ist gut so. Aber ich habe immer gewußt, daß es nicht stimmte.«

»Woher?«

Die Röte in ihrem Gesicht vertiefte sich. »Es ging nicht. Der Spezialist erklärte mir, daß er der Ansicht sei, es bestünde eine Unverträglichkeit des Spermas meines Mannes – genau habe ich es nie verstanden –, etwas stimmte nicht in der chemischen Zusammensetzung. Ich habe den Spezialisten gebeten, es in Ordnung zu bringen – ohne David zu informieren.«

Ford nickte. »Die Gene sind in der Geistwelt von großer Bedeutung, wissen Sie«, erklärte er. »Die Matrize des Charakters. Wir wissen, daß sie entscheidend sind für Intellekt und äußere Erscheinung, daß sie alles bestimmen und formen, aber ich glaube, daß sie ebenso wichtig sind für den vergeistigten Seinszustand.«

»Daß wir unsere Gene mitnehmen?«

»Denjenigen Teil, der unseren Charakter prägt.«

»Dann hat Fabian jetzt also seinen richtigen Vater gefunden?«

»Es wäre möglich.«

Sie schüttelte den Kopf. »Ich möchte nicht, daß David es erfährt. Er war so stolz auf Fabian. Ich will nicht, daß ihm auch noch sein Stolz genommen wird.«

Ford nickte. »Das verstehe ich. Aber Ihr Mann ist kein sensitiver Mensch, wie wir es nennen. Er wird es nicht von dem Geist hören; er wird es nur erfahren, wenn Sie es ihm sagen.«

Sie schlug die Hände vors Gesicht. »O Gott, ich bin so durcheinander, so durcheinander und voller Angst.«

»Alex«, sagte Ford sanft. »Zwischen Ihrem Sohn und seinem richtigen Vater tobt ein furchtbarer Konflikt. Diesen Konflikt müssen wir zu lösen versuchen, denn er könnte Ihrem Sohn Schaden zufügen – und er könnte Ihnen Schaden zufügen.«

»Wie meinen Sie das?«

»Es ist eine sehr starke dunkle Macht im Spiel; ich habe versucht, es herunterzuspielen, um Sie nicht zu beunruhigen, aber ich hatte es in meinem ganzen Leben noch nie mit einer so starken Kraft zu tun. Ihr Mann hält mich für einen Schwindler; Sie glauben mir, wie ich annehme, obwohl auch Sie Zweifel haben. Um zu beweisen, daß es mir ernst ist, bin ich bereit, auf jegliches Honorar zu verzichten, aber dafür müssen Sie genau das tun, was ich Ihnen sage. Haben Sie verstanden?«

Sie schüttelte den Kopf. »Nein«, sagte sie. »Ich möchte nicht weitermachen.«

»Alex«, entgegnete er freundlich. »Sie können die Geistwelt nicht mit einem Knopfdruck oder indem sie an einem Hahn drehen, ein- und wieder ausschalten. Die Dinge müssen zu Ende gebracht werden, sonst bringen Sie sich selbst zu einem Ende.«

Ein eiskalter Schauder überlief Alex, und ein Windhauch strich unter der Bluse über ihre Haut, eine feuchte Kälte, die sich anfühlte, als hätte sie ihre Bluse gerade tropfnaß angezogen.

»Können Sie die wahre Identität des Vaters Ihres Sohnes irgendwie in Erfahrung bringen?«

»Ich war bei einem Arzt in der Wimpole Street. Ein Spezialist auf dem Gebiet der Unfruchtbarkeit. Saffier, Dr. Saffier. Er benutzte das Sperma von Spendern; er erklärte mir, daß Sie beim Vergleich der Spender sehr sorgsam zu Werke gingen – Gesichtszüge ...« Sie zögerte. »Haarfarbe, Augen, all diese Dinge.«

»Und er hat Ihnen geholfen?«

»Ja.«

»Ich finde, Sie sollten Ihn aufsuchen. Versuchen Sie, mehr über diesen John Bosley herauszufinden.«

»Ich weiß nicht einmal, ob er noch am Leben ist.«

»Es ist sehr wichtig«, entgegnete Ford.

»Warum?«

»Sie werden es verstehen.«

Die Tür ging auf, und David trat ein. »Nehmen Sie Milch, Mr. Ford?«

Ford erhob sich. »Es tut mir leid, ich bin schon sehr spät dran. Ich muß mich auf den Weg machen.«

»Möchten Sie einen Besen, oder haben Sie Ihren eigenen mitgebracht?« erkundigte sich David mit einem Lächeln.

Ford erwiderte sein Lächeln höflich. »Oh, so etwas brauche ich nicht; ich werde mich einfach vor Ihren Augen in Luft auflösen, wenn Sie erlauben.«

22

Der Landrover schlingerte, holperte und rutschte über den schlammigen Feldweg. Alex nahm den Gestank der Schweine wahr, sah ein paar Hasen, die in die Scheinwerfer starrten, zusammenzuckten, die Flucht ergriffen und durch den Zaun in die Felder davonsprangen.

Es war eine klare Nacht; sie konnte die Sterne sehen, den Halbmond und die dunklen Umrisse der Landschaft, die wie ein endloser Schatten dalag.

»Danke, daß du mich mitgenommen hast.«

»Sei nicht albern.«

»Ich wollte heute nacht nicht im Haus bleiben.«

»Das wundert mich nicht. Dieser Kerl, wie heißt er gleich, Ford, hat dich zu Tode geängstigt mit seinen Tricks.«

Sie starrte durch die Windschutzscheibe über das Reserverad auf die Straße. Die Nase des Geländewagens senkte sich, und sie sah den See schimmernd vor sich liegen, als wäre er von einem Licht in seiner Tiefe erleuchtet. Mittelalterlicher Teich. Sie schauderte; warum gingen ihr diese Worte nie aus dem Sinn, warum hatten sie einen so düsteren Klang? Die vorzeitlichen Karpfen fielen ihr ein, wie sie, seit Hunderten von Jahren, drohend die Tiefen bewachten. Sie versuchte, den Blick vom See abzuwenden, aber ihre Augen wurden davon angezogen wie von einem Magneten.

»Er war anders, als ich ihn mir vorgestellt hatte«, bemerkte David.

»Wie meinst du das?«

»Na ja – er hatte tatsächlich so etwas wie Humor; ich dachte, solche Leute hätten grundsätzlich keinen Humor, ich dachte, sie wären todernst. Er sah eher aus wie ein Versicherungsvertreter als wie ein Medium.«

Sie lächelte. »Das gleiche dachte ich auch, als ich ihm zum ersten Mal begegnet bin. Offensichtlich hat er einen sehr guten Ruf.«

David bremste scharf, zog die Handbremse mit einem Ruck fest und spähte aus dem Seitenfenster.

Alex sah ihn ängstlich an. »Was ist los?«

Er hob, ohne den Blick abzuwenden, den Finger. Alex lauschte auf das dröhnende Motorengeräusch, das klang wie ein rasend klopfendes Herz, blickte um sich und fühlte sich plötzlich verloren, hatte Angst, wollte ins Haus und nicht hier im Dunkeln bei dem See und den Wiesen aufgehalten werden.

»Mistkerle«, sagte David.

»Was ist los?«

»Ein paar Schafe haben den Zaum zum Weinberg durchbrochen – da drüben habe ich meinen Chardonnay; ich will nicht, daß sie dort herumlaufen.«

Erleichterung durchflutete sie.

»Ich werde den Zaun morgen früh überprüfen müssen.«

»Macht es dir nichts aus, mir den Landrover morgen zu leihen?«

»Es macht keinen großen Spaß, sich damit nach London zu quälen – es wäre bequemer für dich, wenn du den Zug von Lewes aus nehmen würdest.«

Sie nickte.

»Aber tu du nur, was du willst; ich möchte, daß du dich ausruhst, entspannst, wieder Kräfte sammelst.«

Lächelnd legte sie den Arm auf seine Sitzlehne. Sie hätte ihn gern umarmt und gedrückt, aber nein, tief im Innern wußte sie, daß das, was sie ihm jetzt antat, schon schlimm genug war; sie wollte nicht die alten Wunden wieder aufreißen; es war ihm gegenüber nicht fair; und auch nicht, wie ihr gleich darauf einfiel, sich selbst gegenüber.

Sie setzte sich an den Küchentisch und sah zu, wie David eine Flasche von seinem eigenen Wein entkorkte. Vendage kam in den Raum getrottet, sah sich um und trabte wieder hinaus.

»Hast du seine Anweisungen wirklich befolgt und sechs Stunden vorher nichts mehr gegessen?«

Sie nickte. »Seit dem Frühstück nicht mehr. Und du?«

»Ich esse nur noch zweimal am Tag, morgens und abends.« Er öffnete den Kühlschrank. »Möchtest du ein Omelette?«

»Es wundert mich, daß du keine Hühner hältst, in London wolltest du es immer tun.«

»In London war es der Reiz des Besonderen; hier draußen wären sie nichts Ungewöhnliches.«

Sie lächelte.

»Aber Wein und Eier passen ohnehin nicht gerade großartig zusammen.«

»Auch nicht, wenn du die Hühner mit Chardonnaytrauben aufziehst?«

Er legte eine Handvoll Eier auf ein Brett.

»Was hast du während der Séance – während dem Zirkel – getan, David?«

Er sah sie an und errötete. »Getan?«

»Ich hatte das Gefühl, daß du ständig an irgend etwas herumgenestelt hast.«

Er klopfte sich grinsend auf die Brust. Vorsichtig zog er sein Jackett aus, und darunter kam ein Kassettenrecorder zum Vorschein, den er mit einem Gurt an der Brust befestigt hatte. »Es ist alles hier drin. Wir werden sehen, wer von uns recht hat.« Er löste den Gurt, drückte auf den Rückspulknopf und legte das Gerät vor Alex auf den Tisch. Sie hörte das Surren und blickte zu ihm auf.

»Findest du, daß das klug war?«

»Wie meinst du das?«

»Es hätte die Geister vertreiben können.«

»Niemand hat gesagt, daß Aufnahmegeräte verboten wären.«

»Ich finde, du hättest es mir sagen können.«

»Wenn ich das getan hätte, hättest du es nicht zugelassen.« Er schenkte ihr das Glas voll und sah mit einem Stirnrunzeln zu, wie sich der Weinstein setzte und der Wein klar wurde. Er hob das Glas am Stiel hoch und drehte es im Licht der Glühbirne. »Die Farbe ist gut«, bemerkte er.

»Sehr hell.«

»Doch nicht zu wäßrig, oder?«

»Nein.«

»Ein ganz leichter Hauch Gelb, nicht wahr?« sagte er aufgeregt. »Der letzte hatte eine leichte Grünfärbung.«

»Was hast du damit gemacht? Farbstoff zugesetzt?«

Er sah sie mit mißbilligend gerunzelter Stirn an. »Nie; ich doch nicht. Es ist die Schale der Trauben, die die Farbe gibt; es hängt davon ab, wie lange man sie im Most läßt.«

Alex roch an dem Wein. Er hatte anfangs einen säuerlichen, leicht öligen Geruch, und sie rümpfte die Nase; beim zweiten Versuch machte sie einen ganz zarten Traubenduft aus.

»Noch sehr jung«, erklärte er abwehrend.

»Du mußt aufpassen, daß du ihn nicht zu anspruchsvoll machst, David. Die meisten Leute sind keine Feinschmecker, sie wollen lediglich etwas, was angenehm schmeckt.«

»Zum Teufel mit den meisten; sollen sie ihr Moseltröpfchen trinken. Du verstehst überhaupt nichts, was? Ich will etwas Großartiges; den großen englischen Wein.«

Sie nippte am Glas, schloß die Augen und ließ den Wein, in der Hoffnung, daß das von ihr erwartet wurde, geräuschvoll im Mund kreisen. Er war so scharf, daß er am Gaumen brannte, und sie zuckte zusammen; dann schluckte sie ihn und spürte, wie er ihr die Kehle hinunterrann; als er ihren leeren, aufgewühlten Magen erreichte, zuckte sie erneut zusammen. »Gut«, sagte sie, indem sie die Augen wieder öffnete. »Gut, aber ein bißchen scharf.«

Vom Kassettenrecorder erklang ein lautes, schnappendes Geräusch. David beugte sich darüber und drückte auf den Wiedergabeknopf. Ein schrilles Tongewirr folgte, und David drehte die Lautstärke herunter. »Mit den Gebeten und dem Kram habe ich mich nicht aufgehalten«, sagte er.

Sie hörte Vivaldis »Frühling«, leicht, anmutig, Wehmut vermischt mit Zuversicht. »... und das weiche, elastische Gras unter ihren Fußsohlen«, hörte sie Fords Stimme. »Jetzt sehen Sie ein weißes Tor vor sich...«

»Ich spule das weiter«, erklärte David und drückte auf den Schnellspulknopf. Alex saß da und starrte furchtsam auf das Gerät. Sie hörte den unheimlichen Trommelrhythmus, dann den schrecklichen Klageton, der wie der Schrei einer Füchsin klang; langsam ging er in einen grausigen erstickten Laut über. Während sie auf die Worte, die nun kommen mußten, wartete, spürte sie, wie ihr ein kaltes Prickeln über den Rücken lief.

Aber der erstickte Laut löste sich in leises statisches Knistern auf.

Mit einem Stirnrunzeln hantierte David an den Knöpfen herum, stellte das Gerät lauter und leiser ein, aber es war nichts zu hören als das Knistern. Er spulte ein paar Sekunden vor und versuchte es erneut; immer noch das statische Knistern. Er warf Alex einen zweifelnden Blick zu.

»Was ist los?« fragte sie.

»Ich glaube, er hat die Aufnahme gestört.«

»Gestört?«

»Ja, dein Freund; er hat bestimmt irgendein Störgerät mitgebracht.«

»Warum hätte er das tun sollen?«

»Aus genau diesem Grund.«

Er spulte das Band weiter, und die knackenden, zischenden, fauchenden Geräusche gingen weiter. Dann vernahmen sie plötzlich hohe, piepsige Stimmen, ein Keckern wie von Eichhörnchen. David drückte hastig mit dem Daumen auf den Stopschalter und spulte das Band ein Stückchen zurück. Dann drückte er wieder auf den Abspielknopf:

»Ist alles in Ordnung, Liebes?« Es war seine eigene Stimme. Er warf Alex einen vielsagenden Blick zu.

»Ich – ja, alles in Ordnung«, ließ sich Alex' Stimme vernehmen.

Es folgte ein kurzes Schweigen, dann hörten sie Fords Stimme. »Die Geister sind fort.«

David schnallte das Gerät ab.

»Haben Geistererscheinungen nicht irgend etwas mit Elektrizität zu tun?« erkundigte sich Alex zitternd, und ihr war bewußt, daß ihre Worte albern klangen.

»Schwindel, Liebes.«

Sie schüttelte den Kopf.

»Alles Schwindel.«

Sie schüttelte noch einmal den Kopf. »Ich wünschte, du hättest recht.«

Alex schlief bei eingeschaltetem Licht auf dem durchgelegenen Doppelbett. Die ganze Nacht über spukten Klagen und Schreie und Fabians Stimme durch ihr Bewußtsein. Jedesmal, wenn sie einschlief, hörte sie ihn beim Erwachen ganz nah bei sich. Der Schweiß lief ihr in Strömen herunter, doch sie nippte nur in kleinen Schlucken von dem Glas Wasser, aus Angst, es könnte noch vor der Morgendämmerung leer sein, denn sie fürchtete sich, aus dem Zimmer zu gehen und neues Wasser zu holen.

Die Nacht war voller Geräusche; der Schrei einer Eule hallte über den See. Der mittelalterliche Teich. Sie fiel in leichten Schlaf und hörte die Schwimmgeräusche von Karpfen, merkwürdig hallende Piepser, Wasserplätschern, sah einen Fisch, der größer war als die anderen, sah ihn zur Oberfläche schießen, und als er durch das Schilf sprang und sein Gesicht ans Tageslicht kam, hatte es gräßlich verbrannte menschliche Züge. Alex stieß einen gellenden Schrei aus.

Es klopfte leise an die Tür. »Liebes, ist alles in Ordnung?«

Sie schloß die Augen und versuchte, wieder einzuschlafen. »Ja, es ist alles in Ordnung, danke.«

Sie hörte, wie er draußen auf und ab wanderte und fühlte sich sicherer. Dann ging er die Treppe hinunter, drehte den Wasserhahn in der Küche auf, eine Tür wurde knarrend geöffnet und wieder geschlossen. Die Geräusche, die von draußen hereindrangen, hatten sich verändert. Vögel zwitscherten; es war alles friedlich, und als sie die Augen wieder aufschlug, bemerkte sie, daß der Morgen hereingebrochen war.

David arbeitete bereits im Weinkeller. Sie stieß die schwere Tür auf und trat in die geräumige Scheune. Wie konnte er bloß diesen Geruch den ganzen Tag ertragen, diesen schalen, abgestandenen, säuerlichen Geruch wie nach einer Party?

Über einem gewaltigen Faß in der Mitte des Raumes hing am Mittelbalken ein schwerer Flaschenzug. David stand auf dem Faß und befestigte das Seil.

»Ich bin fertig«, rief sie ihm zu.

»Ich komme herunter!«

Sie sah ihm zu, als er die wacklige Leiter hinabkletterte. »Was machst du da?«

»Ein neues Faß – ist erst gestern geliefert worden. Ich möchte es ein Stück seitlich verrücken. Du kannst gern noch eine Nacht bleiben; auch übers Wochenende, wenn du willst.«

»Danke. Hast du etwas dagegen, wenn ich ausprobiere, wie es mir geht?«

»Wenn du bestimmt zurückkommst, kannst du auch den Landrover nehmen und am Bahnhof stehen lassen.«

»Du sitzt fest, wenn ich nicht komme.«

Er drehte sich um und betrachtete seinen Weinkeller mit einem so liebevollen Blick, als fiele es ihm schwer, ihn auch nur für ein paar Minuten zu verlassen. »Es wird schon gehen.«

»Du hast Glück«, bemerkte sie, »daß du etwas hast, was dich so sehr begeistert.«

»Das hast du doch auch.«

Sie schüttelte den Kopf. »Ich war kaum noch im Büro seit ...« Sie zuckte die Achseln. »Ich nehme an, es gibt Zeiten im Leben, da werden gewisse Dinge unwichtig.«

»Glaubst du, daß deine Kunden dir zustimmen würden?«

Sie errötete und wandte schuldbewußt den Blick ab.

23

Sie fühlte sich im geschäftigen Treiben Londons wohl, in der Untergrundbahn, geborgen von der Menge der Pendler. In London herrschte freitags eine gute Atmosphäre. Man erkannte es in den Gesichtern, an den etwas leuchtenderen Farben der Kleider und an den Reisetaschen und Koffern, vollgestopft mit Gummistiefeln und ausgeleierten Pullovern.

Sie lief die Wimpole Street entlang. Es war lange her, seit sie das letzte Mal hier gewesen war, und nichts schien sich verändert zu haben.

Sie konnte sich nicht an Saffiers Hausnummer erinnern, aber sie erkannte das Haus auch so wieder; mehr als ein Dutzend Besuche, bevor er ins Schwarze getroffen hatte. Mehr als ein Dutzend Besuche, bei denen sie sich an Davids Hand geklammert und sich bemüht hatte, seinen verlegenen Gesichtsausdruck nicht zu beachten, und unter der Bluse zwischen den Brüsten hatte sie das kleine Plastikröhrchen gespürt, das dort steckte, damit es sich warm hielt.

Sie wußte immer noch, auf welchen Knopf sie drücken mußte, es war der zweite von oben. »R. Beard FRCS, MRCOG« stand darunter. Sie überflog die übrigen Namen. D. B. Stewart,

B. Kirkland, M. J. Sword-Daniels. Kein Saffier. Sie trat einen Schritt zurück und ließ den Blick zur Sicherheit noch einmal über die Tafel wandern, dann drückte sie auf die Klingel mit dem Namen Beard und wartete.

Das Schloß entriegelte sich mit einem schrillen Summton. Alex stieß die Tür auf und trat ein. Der Flur war in einer leuchtenderen Farbe gestrichen, aber alles andere war noch genau so, wie sie es in Erinnerung hatte. Sie stieg die Treppen hinauf und schob die Tür auf. Ein schick gekleidetes Mädchen blickte vom Schreibtisch auf. »Ich weiß nicht, ob Sie mir helfen können«, begann Alex. »Ich suche Dr. Saffier.«

Das Mädchen öffnete den Mund und sagte etwas mit unverständlicher Stimme, die wie ein Rennwagen in der Ferne klang; mit einer Kopfbewegung warf sie ihren Pony zurück, der unverzüglich wieder an seinen Platz fiel.

»Wie bitte?« sagte Alex, indem sie sich vorbeugte und versuchte, ihr Gehör auf das Mädchen einzustellen.

»Seit Jahren«, schnappte sie auf. Außerdem gelang es ihr, ein »Du liebe Zeit!« zu enträtseln.

»Haben Sie eine Ahnung, wo er jetzt sein könnte?«

Die Tür hinter dem Mädchen ging auf, und ein freundlich dreinblickender Mann in einem dunklen Anzug, der ihm zu groß war, kam herein. »Haben Sie meinen Kaffee vergessen, Lucy?« Das Mädchen drehte sich um und gab ein unverständliches Geräusch von sich.

Der Mann fuhr sich mit seiner mächtigen, behaarten Hand über den Hinterkopf und blickte Alex mit großen, blauen Augen entgegen. »Julian Saffier«, sagte er mit leiser, rauher Stimme und schüttelte den Kopf, »ist schon vor langer Zeit ausgezogen – ich bin seit vierzehn Jahren hier.«

»Haben Sie eine Ahnung, ob er noch lebt?«

Er zog die Stirn kraus. »Es stand viel über ihn in den Zeitungen, aber ich habe schon lange nichts mehr von ihm gehört. Unfruchtbarkeit?« Der Mann warf Alex einen fragenden Blick zu.

Sie nickte.

»Mir ist, als hätte er irgendwo in Surrey ein Haus gekauft und dort eine Klinik eingerichtet. Aber vielleicht irre ich mich.«

»Es ist sehr wichtig, daß ich Verbindung mit ihm aufnehmen kann.«

Der Mann lächelte. »Ich sehe im Ärzteverzeichnis für Sie nach.« Er ging in sein Sprechzimmer und kam mit einem dicken, roten Buch zurück, in dem er blätterte. »Nein, hier ist er nicht drin.« Seine Miene wurde nachdenklich, und er wandte sich an seine Helferin. »Versuchen Sie, ob Sie Douglas Kerr erreichen können.«

»Jäh, is' gut«, entschlüsselte Alex die Antwort und sah zu, wie die junge Frau ein paar Zahlen so graziös in die Telefontastatur hämmerte, als würde sie Klavier spielen. Alex schaute sich im Raum um. An der Wand hing ein gerahmtes Bild von einer Yacht unter vollen Segeln; eine große, teure Yacht, an deren Seite *Houdini* aufgemalt war.

»Sind Sie eine alte Bekannte von ihm?«

Sie schüttelte den Kopf. »Ich war Patientin bei ihm.«

»Ah. Schlauer Bursche, glaube ich.«

»Arbeiten Sie auf demselben Gebiet?«

»Na ja – eigentlich nicht –, ich bin ein konventioneller Gynäkologe.«

Alex nickte. Die junge Frau streckte Dr. Beard den Hörer hin.

»Hallo«, sagte er. »Douglas? Hier ist Bob Beard. Danke, gut, und dir? Ja, Felicity geht es auch gut; habe letzte Woche ein As geschlagen, ist das nicht unglaublich? Ja ... am Bunker. Hör zu, ich muß mich kurz fassen. Sagt dir der Name Saffier etwas?«

Alex beobachtete ihn nervös.

»Julian Saffier, genau.« Er schwieg einen Augenblick. »Ja, Unfruchtbarkeit ... um die Achtzig? Vielleicht; ja, so alt müßte er wohl sein. Ich wollte wissen, ob du ihn nicht zufällig kennst? Dasselbe Betätigungsfeld ... ja, dachte ich mir doch.« Er schwieg wieder. »Nein, nein, nichts dergleichen – hier ist nur jemand, der seine Adresse haben will.« Er hielt inne. »Guildford? Ja, ich dachte mir, daß es irgendwo in dieser Gegend sein müßte. Hast du eine Ahnung, wer seine Adresse haben könnte? Ich habe im

Ärzteverzeichnis nachgesehen.« Er runzelte die Stirn. »Du lieber Gott, wirklich? Wann war das? Ich verstehe, das würde es erklären. Hör mal, vielen Dank, wir unterhalten uns bald einmal.«

Er wandte sich an Alex und faltete seine großen Hände. »Man hat ihm die Approbation entzogen, fürchte ich«, erklärte er beinahe entschuldigend.

»Entzogen?«

Er nickte mit einem verlegenen Lächeln.

Wofür, fragte sie sich mit einem Gefühl des Unbehagens. Wofür? »Sie wissen wohl nicht zufällig, warum?«

Er schüttelte den Kopf. »Tut mir leid, nein, das weiß ich nicht.« Er warf einen Blick auf seine Uhr.

»Ich habe Sie lange genug aufgehalten, vielen Dank.«

Er lächelte. »Vielleicht finden Sie ihn im Telefonbuch, oder Sie erkundigen sich bei der Auskunft. Aber ich weiß nicht einmal, ob er noch am Leben ist.«

Sie hörte den Staubsauger bereits auf der Straße, als sie aus dem Taxi stieg. Mimsas Putzen hatte immer etwas ausgesprochen Besessenes, als bemühte sie sich, den Staub noch in der Luft zu erwischen.

Im Haus herrschte eine leichte, luftige und behagliche Atmosphäre. Der Geruch von Möbelpolitur, das Brummen des Staubsaugers und Mimsas Gemurmel gaben ihr ein Gefühl der Sicherheit. Der Normalität. Vielleicht hatte David recht. Vielleicht.

»Ah, Missy Eyetoya. Nix Ordnung in Toilette. Kein Tapete an Wand.«

»Ich weiß, Mimsa«, nickte sie. »Wir haben Schwierigkeiten mit der Feuchtigkeit.«

»Ich mache reparier für Sie. Mein Mann er gut in machen Toilettenpapier.«

»Danke, Mimsa, aber mach dir keine Gedanken.« Sie zuckte zusammen bei der Erinnerung an das letzte Mal, als Mimsas Mann etwas im Haus repariert hatte. Sie nahm den kleinen Stapel Briefe vom Tisch in der Diele und ging ins Wohnzimmer. Dort hob sie den Telefonhörer ab und wählte die Nummer der Auskunft. »Mimsa!« rief sie. »Was hast du mit der Rose gemacht, die auf dem kleinen Tisch lag?«

»Ich werf in Abfalleimer.«

»Könntest du sie wieder herausholen?«

»Häh?«

»Auskunft. Welche Stadt bitte?«

»Guildford«, sagte sie, während sie die Briefe durchblätterte; einer davon, ein dicker, brauner Umschlag, war in Cambridge abgestempelt. Dann vernahm sie die Stimme der Telefonistin, und ihr Herz tat einen Sprung. Saffier stand im Verzeichnis. Sie kritzelte die Adresse auf die Rückseite des braunen Umschlages, und ihre Hand zitterte dabei so sehr, daß sie ihre eigene Schrift kaum entziffern konnte. »Danke«, sagte sie matt, dann warf sie einen Blick auf ihre Armbanduhr. Elf Uhr.

Sie riß den Umschlag auf; er enthielt eine Grußkarte von der Verwaltung und einige Briefe, die an Fabians Adresse in Cambridge gerichtet waren. Sie sah sie durch: eine Rechnung von American Express, ein Bankauszug, einen großen Umschlag mit der Aufschrift WICHTIGE LOTTERIEZIEHUNG und ein Luftpostbrief aus den Vereinigten Staaten, der in Boston aufgegeben war; Fabians Name und Adresse war in Punktmatrixschrift darauf ausgedruckt. Es befand sich ein ebenso gedruckter Brief darin und zwei Seiten Computerausdrucke.

Am oberen Rand des Briefes stand in Großbuchstaben NEW-ENGLAND-BÜRO. In kleineren Buchstaben darunter: Dienstleistungen – wochen-, tage-, stundenweise. Sekretariatsarbeiten. Quartiernachweise. Diskretion garantiert.

Der Brief lautete ohne Umschweife:

»Sehr geehrter Kunde, wir haben jetzt die letzte Postkarte abgeschickt und erwarten Ihre weiteren Anweisungen. Beiliegend finden Sie Ihre Aufstellung für das erste Quartal, das mit dem einunddreißigsten März endet, außerdem Ihre Rechnung, falls Sie unsere Dienste weiter in Anspruch nehmen wollen. Mit freundlichen Grüßen, Melanie Hart, Geschäftsführerin.«

Alex spürte, wie ihr die Farbe aus dem Gesicht wich. Sie las den Brief noch einmal durch und begann zu zittern; es wurde kalt im Raum, und sie hatte das Gefühl, daß sich ihr Magen umdrehte. Die Sternchen in Fabians Tagebuch. Im Abstand von zwei Wochen. Die Postkarten. Alle zwei Wochen. Sie nahm ihr Feuerzeug, trat an den Kamin, zündete den Brief, die Ausdrucke und den Umschlag an und ließ alles auf den Rost fallen.

»Sie wollen Feuer machen? Ich machen für Sie.«

Sie drehte sich um und sah Mimsa, die in der Tür stand. »Nein, ist schon gut, danke, Mimsa.«

»Kalt hier drin. Uh, es kalt.« Mimsa rieb sich die Hände und runzelte die Stirn. Dann streckte sie Alex die Hände entgegen. »War in Abfall, beide Abfalleimer. Is' nix da.«

»Wer ist nicht da?«

»Rose.«

»Rose?« Dann erinnerte sie sich, und sie begann wieder zu zittern. »Nicht da? Wie meinst du das? Du hast gesagt, du hast sie hineingeworfen?« Sie sah zu, wie das letzte Stück Papier braun, dann schwarz wurde und schließlich in Flammen aufging.

Mimsa zuckte die Achseln.

Alex spürte, wie ihre Muskeln sich versteiften, und sie sah Mimsa nur noch verschwommen, als würde sie sie aus weiter Ferne ansehen. »Wann hast du sie hineingeworfen?«

Mimsa zuckte wieder die Achseln. »Weiß nich'. Vor Stunde?«

»Sind die Abfalleimer heute geleert worden?«

»Nein, heute nix kommen.«

»Ich werde nachsehen.«

Mimsa folgte ihr unter Protest. »Wozu wollen schmutzig machen? Es sein nix gut Rose, fertig.«

Alex kippte die Abfalleimer um und schüttete den Inhalt auf den Weg. Eine Weinflasche rollte an ihr vorbei in den Straßengraben. Sie kniete sich mitten in den stinkenden Unrat, sah in leere Konservendosen, schüttelte sie, durchsuchte die Kartons und wühlte mit den Händen in Flusen, fauligem Obst, Plastiktüten und Staub.

Mimsa beobachtete sie eine Weile, als wäre sie verrückt, dann gesellte sie sich pflichtschuldig dazu. »Is' besser kaufen frische Rosen.«

Alex starrte auf den Müll, der sich auf dem Weg häufte, und ins dunkle Innere der leeren Eimer.

»Vielleich' jemand mitgenommen«, sagte Mimsa.

»Vielleicht«, erwiderte Alex, während sie alles in die Eimer zurückschaufelte. Sie sah sich beunruhigt auf der menschenleeren Straße um. »Vielleicht.«

24

Alex trat das Gaspedal durch, spürte den Ruck des Getriebes und hörte das zornige Aufheulen des Motors, während der Mercedes an der Wagenschlange vorbeibrauste. Sie scherte knapp vor einem Sierra ein, dessen Fahrer wütend auf die Hupe drückte. NEW-ENGLAND-BÜRO. Die verkohlte Rose. Sie fragte sich, ob die Welt endlich vollkommen verrückt geworden war. Vielleicht haben wir uns dem Mond angenähert, dachte sie, oder dem Jupiter, oder sie sind uns nähergerückt? Was war nur los? Was war eigentlich los? Sie lenkte den Mercedes von der Guilford-Umgehungsstraße auf eine schmale Landstraße. Um sie herum wurde es dunkel, die Straße war von Bäumen überschattet, die die Nachmittagssonne verdeckten. Es ging in Windungen bergauf, unter einer Steinbrücke hindurch und dann steil abwärts in ein kleines Dorf, das lediglich aus ein paar Häusern, einem Pub und einer Tankstelle zu bestehen schien.

Ein junger Mann auf dem Tankstellenvorplatz wies ihr den Weg, und sie stieß eine halbe Meile weiter auf ein Tor, dessen Schild mit der Aufschrift »Witley Grove« halb im Buschwerk verborgen war. Sie fuhr zwischen zwei hohen steinernen Säulen hindurch, auf deren Spitze jeweils ein schwarzer, schmiedeeiserner Falke thronte, holperte über ein Viehgitter und passierte dann eine lange, mit Schlaglöchern durchzogene, betonierte Auffahrt zwischen zwei eingezäunten Weideflächen.

Hinter einer Biegung sah sie ein ausgedehntes viktorianisches Herrenhaus in verwegener Asymmetrie vor sich liegen. Es hatte kahle rote Backsteinmauern und hohe Fachwerkgiebel, deren Dächer in ihren Augen wie Hexenhüte aussahen.

Vor dem Haus waren einige Wagen geparkt, und sie war erleichtert beim Anblick dieser Lebenszeichen. Als sie aus dem Mercedes ausstieg, hatte sie ein ungutes Gefühl im Magen, und sie warf einen unbehaglichen Blick zum Haus hinüber. Es war schmucklos und kahl, eine Anstalt, kein Wohnhaus. Sie hatte das sichere Gefühl, daß sie vom Haus aus beobachtet wurde, aber als sie den Blick über die dunklen Bleiglasfenster wandern ließ, war dort keine Spur einer Bewegung zu entdecken.

Vor dem Eingang stand eine schwarze Daimler-Limousine, der Chauffeur saß mit abgenommener Mütze hinter dem Steuer und las Zeitung. Während sie vorbeiging und die Stufen zu der mächtigen Eingangsveranda hinaufstieg, fragte sie sich, wem der Wagen wohl gehörte. Einem arabischen Patienten? Nervös las sie das kleine Messingschild neben der gewaltigen Eichentür: »Whitley-Grove-Klinik«. Ob es möglich war, ihn zu sehen, heute, gleich jetzt, oder würde irgendeine steife Vorzimmerdame ihr einen Termin in drei Monaten geben? Sie versuchte, sich Saffier selbst in Erinnerung zu rufen, aber sein Gesicht blieb undeutlich. Ihr fiel ein, wie sehr sie sich von ihm abhängig gemacht hatte; er war ihre Hoffnung gewesen, als eigentlich keine Hoffnung mehr war, als alle Ärzte ihr geraten hatten, es zu vergessen, ihr gesagt hatten, daß sie niemals Kinder haben würde, daß sie eines adoptieren sollte. Er nahm langsam in ihrer Erinnerung deutlichere Konturen an: die Stimme mit der leichten Andeutung eines Akzents; das stets sonnengebräunte Gesicht, die unbewegten, gut geschnittenen Züge, ein gutaussehender Mitteleuropäer; ein aalglatter Mensch mit funkelnden Augen und kurzgeschnittenem, ordentlich gekämmtem Haar, das er gefärbt hatte; die eleganten Anzüge und die Krawatten, die zu auffällig waren für die weißen Schuhe; er hatte immer weiße Schuhe getragen. Beim Autohändler hätte sie ihm keinen Gebrauchtwagen abgekauft, aber in der Wimpole Street war er ihr Gott.

Sie hatte ihm nach Fabians Geburt ein Geschenk gemacht: eine Kiste Champagner. Sie fragte sich, ob Saffier sich erinnerte, ob er sie nach langen einundzwanzig Jahren noch erkennen würde. Würde er ihr gestatten, einen Blick in die Akten zu werfen? Hatte er sie überhaupt noch? Sie beugte sich vor, um auf die Klingel zu drücken, doch in diesem Augenblick öffnete sich die Tür. Sie blickte auf und sah sich zu ihrer Verwunderung Otto gegenüber, der sie lächelnd anblickte.

Sie trat blinzelnd einen Schritt zurück und versuchte verwirrt, Klarheit zu gewinnen. Sie sah das straff zurückgekämmte Haar, das Narbengeflecht, die Schwielen, die Pockennarben, die Hakennase, die spöttischen Augen.

»Hallo, Mrs. Hightower«, begrüßte er sie. »Wollen Sie nicht hereinkommen?«

Ich werde verrückt, dachte sie. Ich werde verrückt. Irgendwie bin ich irrtümlich nach Cambridge gefahren und habe an Ottos Tür geklopft. Sie warf einen Blick über die Schulter zurück. Die Auffahrt lag unverändert da, der Chauffeur blätterte eben seine Zeitung um. Bin ich in Cambridge? Gibt es Viehweiden mitten in Cambridge?

Sie folgte ihm in die weitläufige dunkle Eingangshalle und betrachtete verwundert die verschnörkelte Eichentreppe mit den abstoßenden Figuren auf den Geländerpfosten. Nein, das war nicht sein Zimmer, sein Zimmer sah ganz bestimmt nicht so aus. Am Fuße der Treppe stand eine Rüstung unbewegt Wache, und sie wandte schaudernd den Blick von den dunklen Augenschlitzen im Visier ab; Rüstungen hatten ihr schon immer Angst eingejagt.

»Sie haben den Gottesdienst versäumt«, bemerkte Otto.

Aus einem nahe gelegenen Raum drang Stimmengewirr herüber. Sie nahm den Geruch von Sherry und Zigarettenrauch wahr. War es ein Speisesaal? War sie in einen der Speisesäle von Cambridge geraten?

»Den Gottesdienst?« wiederholte sie verständnislos. Otto sah elegant aus, ungewöhnlich elegant in seinem dunkelgrauen Anzug mit der schwarzen Strickkrawatte. »Waren Sie in der Kirche, Otto?«

Die Augen. O Gott, hör auf zu lächeln, hör auf, mich so anzusehen.

Eine Frau tauchte vor ihr auf, eine kleine, in Schwarz und Weiß gekleidete Frau, die etwas trug. »Trocken oder Medium, gnädige Frau?«

»Trocken, bitte. Vielen Dank.«

Alex nahm das Glas, spürte sein Gewicht, und plötzlich war es nicht mehr da. Sie hörte ein Geräusch in weiter Ferne, ein leises Klirren.

»Machen Sie sich keine Gedanken, gnädige Frau, ich hole einen Lappen; bitte nehmen Sie ein anderes Glas.«

Sie nahm ein Glas, umklammerte es mit beiden Händen und drückte es an sich wie ein neugeborenes Kind.

Otto lächelte, sein wissendes Lächeln. »Natürlich. Ich dachte mir, daß Sie hierher kommen würden.«

Rätsel. Überall Rätsel; die ganze Welt wurde zum Rätsel. Sie nippte an dem Sherry, er war trocken und nußartig und wärmte ihren Magen; sie nahm noch einen Schluck und stellte fest, daß sie das Glas leergetrunken hatte. »Ich verstehe nicht.«

Hör auf zu lächeln, hör um Himmels willen auf zu lächeln. Denk nach, sei vernünftig, beruhige dich. »Ich – ich dachte, dies hier sei Dr. Saffiers Haus.«

»Das war es, ja.« Die Antwort traf sie unvermittelt wie ein hart zurückgeschlagener Ball.

»Ich ...« Sie starrte in ihr leeres Glas und lächelte nervös. »Ich bin einfach nur ein bißchen überrascht, Sie hier zu treffen.«

Seine Augen ruhten wissend und mit spöttischem Lächeln auf ihr.

Stammelnd suchte sie nach Worten, bemühte sich, einen Satz zu formulieren. »Wissen Sie, wo – wohin?« Ihr Blick fiel wieder auf die schwarze Krawatte. Schwarze Krawatte; dunkler Anzug. Schwarze Krawatte. »Wohin Dr. Saffier gezogen ist?«

Seine Augen musterten sie, lachten über sie, und sein Mund schloß sich ihnen lautlos an. »Ja, sicher, selbstverständlich.«

»Ich – äh – wußte nicht, daß Sie ihn kennen.«

»Ich kenne viele Leute, Mrs. Hightower.«

»Noch einen Sherry, gnädige Frau?«

Sie stellte ihr leeres Glas ab, nahm sich ein anderes vom Tablett und umklammerte es krampfhaft.

»Möchten Sie einige von ihnen kennenlernen?«

»Von wem?«

»Von Dr. Saffiers Verwandten. Dr. Saffiers Freunden.«

»Na ja ...« Sie zuckte die Schultern. »Ja – vielleicht –«

Aber er hatte ihr bereits den Rücken gekehrt und schritt durch den Gang auf einen Raum zu, in dem es von Menschen wimmelte.

Es war ein großer, holzgetäfelter Saal, an dessen Wänden schwere Ölgemälde hingen, Porträts von Vorfahren, Jagdszenen, nackte Cherubim, alles überlebensgroß, und Alex blieb zögernd in der Tür stehen und blickte in die Rauchschwaden, betrachtete die Männer in ihren korrekten Anzügen, die Frauen in dunklen Kleidern, mit Hut und Schleier, die Servierdame, die sich mit ihrem Getränketablett durch die Menge schlängelte wie eine Eingeborene im Dschungel.

»Das ist Dr. Saffiers Bruder«, erklärte Otto, während er sie zu einem Dreiergrüppchen führte.

Ein zerbrechlicher älterer Herr mit weißem Haar und einem hageren, fast totenschädelartigen Gesicht streckte ihr seine dicht mit Leberflecken übersäte Hand entgegen. Sein Griff war fester, als sie erwartet hatte. »Wie geht es Ihnen?« erkundigte er sich mit kultivierter Stimme, der eine leichte Spur von mitteleuropäischem Akzent anhaftete.

»Alex Hightower«, stellte sie sich vor, während ihr durch den Kopf ging, wie sehr er sich äußerlich von seinem Bruder unterschied und wie ähnlich sein Tonfall doch war.

Er nickte mit wehmütiger, nachdenklicher Miene. »Waren Sie mit meinem Bruder befreundet?«

Waren? Waren? Sie bemerkte, daß er ebenfalls eine schwarze Krawatte trug; und sein Nebenmann auch. »Äh – nein –, ich war seine Patientin – vor langer Zeit –, er hat mir sehr geholfen.«

»Er hat vielen Menschen geholfen.« Er schüttelte den Kopf. »Und dann haben sie ihm das angetan.«

Sie wurde sich der Anwesenheit eines weiteren Mannes und der neben ihm stehenden älteren Dame bewußt, deren Unterhaltung Otto unterbrochen hatte. Als Alex sie ansah, nickten sie ihr lächelnd zu.

»Meine Schwester«, stellte Saffiers Bruder vor. »Und mein Schwager, Mr. und Mrs. Templeman.«

»Sehr erfreut, Sie kennenzulernen«, sagte Alex.

Sie lächelten wieder, sagten aber nichts.

Allmählich begann Alex zu begreifen. Es war eine Trauerfeier. Es hatte ein Begräbnis stattgefunden. Wessen? Wessen? Angst stieg in ihr auf. Nicht Saffiers, bitte nicht.

»Es war ein abgekartetes Spiel«, erklärte die Frau, die einen wesentlich gutturaleren Akzent hatte als ihr Bruder, verächtlich. »Die Gesellschaft wollte ihm einen Strick drehen, und so haben sie es dann gemacht.«

»Ganz genau«, nickte Saffiers Bruder. Er blickte wieder zu Alex. »Er hat sich nie davon erholt, wissen Sie; es hat ihn geschafft. Ich habe ihn letzte Woche gesehen – am Tag vor seinem Tod. Zerstört, wissen Sie; er war zerstört. Ein brillanter Mann. Er hat so vielen Menschen geholfen. So viele Briefe, wissen Sie, so viele.«

Die drei standen schweigend da und nickten traurig mit den Köpfen wie Marionetten. Sie fühlte sich plötzlich gefangen, an die Wand gedrängt, sie wollte weg, hinaus an die Luft.

»Er hat seine Arbeit natürlich weitergeführt«, bemerkte der Bruder. »Durfte sich nicht mehr Doktor nennen, aber sie konnten ihm die Klinik nicht schließen. Wissen Sie, was er getan hat? Er hat sich einen Doktor per Postversand in Amerika gekauft. Per Postversand! Damit durfte er sich wieder Doktor nennen; sie konnten ihn nicht daran hindern!« Er kicherte, sah seine Schwester und seinen Schwager an, die immer noch lächelten, und begann wieder mit dem Kopf zu nicken.

Postauftrag, dachte Alex. Das New-England-Büro. Das Schweigen lastete schwer im Raum; Alex starrte die drei Menschen verlegen an und fühlte sich wie ein Eindringling. »Würden Sie mich bitte einen Augenblick entschuldigen?« sagte sie, indem sie sich hastig zurückzog, und während sie in den Flur zurücklief, spürte sie, wie ihr die Tränen über die Wangen liefen. Sie blieb stehen und tupfte sich vorsichtig die Augen trocken.

»Wollen Sie schon gehen?« Sie hörte Ottos Stimme und drehte sich um.

»Ich muß nach London zurück.«

Er hatte wieder sein wissendes Lächeln aufgesetzt. »Ohne Ihr Anliegen erledigt zu haben?«

Sie errötete. Was wußte Otto? Wieviel wußte er? Was zum Teufel hatte er hier zu suchen. »Sind Sie mit Dr. Saffier verwandt, Otto?«

Er schüttelte den Kopf. »Ich bin nur sein Schüler.«

»Sein Schüler?« Seine Augen musterten sie, bohrten sich in sie.

»Ich habe eine Examensarbeit über ihn geschrieben – über sein Werk.«

»Ich ... ich dachte, Sie studieren Chemie?«

»Ja. Sein Fachgebiet war die Chemie; Chemie und Biologie.« Er sah sie mit spöttischem Lächeln an. »Biologie und Chemie haben viel miteinander zu tun, Mrs. Hightower – ich glaube, Sie verstehen das besser als die meisten anderen Menschen.«

Sie spürte, daß die Röte ihrer Wangen sich vertiefte. Wieviel wissen Sie, wollte sie fragen, und ihre Verlegenheit wich allmählich der Wut; wieviel wissen Sie, Sie Mistkerl?

Er wandte sich ab, sah sich in der Eingangshalle um und betrachtete die Rüstung am Fuß der Treppe. Dann fuhr er plötzlich herum und starrte sie eindringlich an. »Ich weiß, warum Sie hergekommen sind.«

Seine Worte und seine plötzliche Bewegung hatten sie erschreckt; sie erwiderte seinen Blick, bemüht, ihre Fassung wiederzufinden und sich nicht vor ihm zu verraten. »Ach ja?« sagte sie. »Wissen Sie das wirklich?«

»O ja.« Er lächelte. »Ich kann Ihnen helfen. Ich weiß, wo sich die Karteien befinden. Ich weiß, wo alle Unterlagen sind.« Er kehrte ihr wieder den Rücken zu und ging durch die Eingangshalle zu einem Flur.

Ihre Wut legte sich und machte einem Gefühl der Hilflosigkeit Platz. Willenlos folgte sie ihm.

Die Schublade glitt lautlos auf und kam mit einem lauten, metallischen Klirren zum Stillstand.

»Sagen Sie, Otto«, fragte Alex, »warum wurde Dr. Saffier die Approbation entzogen?«

Er betrachtete die Karteikarten in der Schublade. »Er hat sich in einer öffentlichen Toilette an kleine Jungen herangemacht.«

Als ihr die Bedeutung seiner Worte dämmerte, zuckte sie zurück; sie sah ihm forschend ins Gesicht, um zu erkunden, ob es ein Witz sein sollte, eine Kostprobe seines seltsamen Humors. Aber es war nichts dergleichen zu erkennen; eine Tatsache, nichts weiter.

Hat er sich auch an dich herangemacht, du Mistkerl, dachte sie.

»Nein«, sagte er und wandte ihr das Gesicht zu.

»Pardon?« entgegnete sie, und es durchfuhr sie gleichzeitig heiß und kalt.

»Nein, er hat sich nicht an mich herangemacht.«

Sie starrte ihn an, und in ihrem Kopf wurde es heiß, so heiß, daß ihr der Schweiß auf die Stirn trat. Wie war das möglich? Hatte es ihr ins Gesicht geschrieben gestanden? Oder hatte er ihre Gedanken gelesen?

Sie sah sich in dem dunklen Kellerraum um, der nur von einer nackten Glühbirne erleuchtet wurde, betrachtete die Schatten, die jedesmal, wenn sie oder Otto sich bewegten, bedrohlich an den Mauern tanzten, die alten grünen Aktenschränke, die wie Wächter in Reih und Glied in der Mitte des Raumes standen. Was enthielten sie, welche Geheimnisse bewahrte dieses Haus? Welche Geheimnisse, die Saffier nicht mit ins Grab genommen hatte? Dieser seltsame, brillante Mensch, der kleine Jungen belästigt hatte. Öffentliche Toiletten? Er hatte doch Stil? Er hätte doch sicher wenigstens...? Furchtsam blickte sie zu der Treppe, die sie heruntergekommen waren, zu der Tür am oberen Treppenabsatz, die Otto zugemacht und von innen verschlossen hatte.

Ottos Finger blätterten mit scharfem, trockenen Knallen, das im Keller widerhallte, durch die Kartei, dann hielt er inne. Er zog eine dünne grüne Akte hervor, hielt sie in die Höhe, musterte sie einen Augenblick lang prüfend und ging dann zu einem Metalltisch, der genau unterhalb der Glühbirne stand. Er legte das Schriftstück darauf, nickte ihr zu und trat einen Schritt zurück.

Mit angehaltenem Atem ging Alex zum Tisch und blickte auf die Akte; auf dem Karteireiter sah sie den aufgetippten Namen: *Hightower, Mrs. A.* Nervös schlug sie den Deckel auf. Die Akte enthielt einen Stapel Millimeterpapier und einige, mit einer Büroklammer zusammengehaltene Karteikarten.

Sie betrachtete die Millimeterblätter, und die Erinnerung trieb ihr die Röte ins Gesicht. Temperaturkurven, auf denen die fruchtbarsten Tage eines jeden Monats schwarz eingekreist waren. Gott, was hatte sie durchgemacht. Sie betrachtete die oberste Karte. Ihr Geburtsdatum. Davids Geburtsdatum. Seine Spermabeschaffenheit. Dann eine Reihe von Daten und daneben winzige handschriftliche Eintragungen in verblaßter Tinte. Mutlosigkeit befiel sie. Nichts. Es war nichts darin. Nichts, was ihr weiterhelfen konnte.

Und dann sah sie es.

Ein Zittern durchlief sie, als sie es las und noch einmal las, die winzige schräge Schrift unter dem Datum auf der letzten Karte: »J. T. Bosley«.

Sie hörte den Nachhall der scharfen, näselnden Stimme. *Ich heiße John Bosley. Ich bin der Vater des Jungen.*

Sie versuchte, die Karte festzuhalten, aber ihre Hand zitterte heftig. Sie blickte sich um und sah merkwürdige Umrisse in der Dunkelheit, zuckende Schatten zwischen den Aktenschränken und auf den Wänden, die sich endlos in der Dunkelheit zu verlieren schienen.

Sie sah Ottos Gesicht; das Lächeln. Das Lächeln. Otto trat an einen anderen Aktenschrank, zog die Schublade auf, nahm eine Akte heraus, trug sie zum Tisch wie ein unbezahlbares Juwel und legte sie ab. Wieder trat er zurück und verschränkte die Arme hinter dem Rücken.

Die Aufschrift lautete ganz einfach: *Spender.*

In der Mappe befand sich ein dicker Stapel Computerausdrucke. Namen in alphabetischer Reihenfolge, Seite um Seite. Auf dem vierten Bogen entdeckte sie ihn: »Bosley. John Terence. Guy's Hospital, London. Geburtsdatum: 27. 4. 46.« Er mußte damals einundzwanzig gewesen sein. Einige Zeilen lang folgten Charakteristika bis ins kleinste Detail; die Farbe und Beschaffenheit seines Haares, die Form der Stirn, Augenfarbe, genaue Länge und Form seiner Nase, der Mund, das Kinn, die Zähne, der Nacken, der Körperbau. Ein Schauder überlief sie. Es hätte die Beschreibung von Fabian sein können.

Am Ende seiner Spalte standen die Worte: »Samen verwendet: einmal. Empf. Hightower, Mrs. A.«

Sie wandte sich zu Otto um.

»Haben Sie genug gesehen?« fragte er.

»Gibt es noch mehr?« gab sie ausdruckslos und zitternd zurück.

Er lächelte wieder; dieses abscheuliche, wissende Lächeln; die spöttischen Augen. »Nicht hier unten.«

»Wo dann?«

»Das kommt darauf an, was Sie wissen wollen.«

»Treiben Sie bitte keine Spielchen mit mir, Otto.«

»Ich treibe keine Spielchen.«

»Wer war John Bosley? Wie war er? Wie ist er gestorben?«

»Er ist Arzt. Aber ich glaube nicht, daß er gestorben ist.«

Alex schauderte beim Gedanken an das böse Knurren während der Séance. Bosleys Worte. *Hören Sie nicht auf den kleinen Mistkerl...* »Doch, er ist tot; ich weiß es.«

Otto warf ihr einen verächtlichen Blick zu und schüttelte den Kopf. »Er ist nicht tot.«

»Woher wissen Sie das?« erkundigte sie sich und spürte dabei, wie die Wut in ihr aufstieg.

»Ich habe es Ihnen schon einmal gesagt. Ich weiß eine Menge.«

»Nun, das ist jedenfalls etwas, das Sie nicht wissen.«

Er lächelte. »Möchten Sie seine Adresse haben?«

Sie sah ihn unsicher an. Da war etwas an der Art, wie er sprach; irgend etwas. »Wie lautet sie?«

»Sie ist leicht zu behalten. Dover-Heilanstalt, Kent House, Broadmoor.«

»Ist er Anstaltsarzt dort?«

»O nein, Mrs. Hightower.« Otto lächelte. »Er ist Insasse.«

Ganz langsam drangen seine Worte in ihr Bewußtsein. Insasse. Insasse. Sie wollte hier heraus, wollte anderswo sein, irgendwo, allein. Sie wollte vor diesen Augen fliehen, vor dem Lächeln, vor dem Vergnügen, das in diesem Lächeln lag. Insasse. Öffentliche Toiletten. Was hatte Saffier gewollt? Wieviel Unheil hatte er angerichtet, bei ihr, bei anderen? Himmel, was für ein Spiel hatte er gespielt? Sie mit dem Samen eines kriminellen Irren zu befruchten? »Was – warum – war – ist er dort eingesperrt, Otto?«

Otto zuckte die Achseln. »Mord; ich weiß nicht mehr, wie viele.«

»Wen – wie –?« Sie hatte das Bedürfnis, sich zu setzen, das dringende Bedürfnis; sie lehnte sich an den Tisch, stützte sich mit dem ganzen Gewicht darauf und versuchte, klare Gedanken zu fassen. »Wen hat er umgebracht?«

Otto zuckte wieder die Achseln und lächelte. »Frauen.«

»Wußte Fabian das?« Sie starrte zu Boden.

»Ja.«

»Haben Sie es ihm gesagt?«

»Ein Sohn hat das Recht zu wissen, wer seine Eltern sind.«

Eine Welle der Wut stieg in ihr auf, aber sie biß sich auf die Lippen und unterdrückte das Gefühl. »Ich habe ihm die Akte gezeigt.«

Alex starrte Otto böse an. »Und Sie kamen sich sicher ungeheuer schlau dabei vor?«

»Ihr Sohn war sehr gut zu seinem Vater, Mrs. Hightower. Sie werden nie erfahren, wie gut.«

Was wollte er damit sagen? Ein Messer. Es war, als hätte er ihr ein Messer in den Leib gestoßen und würde nicht aufhören, daran zu drehen. »Er war ein sehr guter Junge«, sagte sie hilflos.

Otto warf einen Blick zur Tür und lächelte wieder. »Sollen wir hinaufgehen zu den anderen?«

25

Sie fuhr den Berg hinauf durch die verdreckte Hauptstraße des Ortes; ein unangenehmes Nebeneinander von gepflegten viktorianischen Backsteinhäusern und den Auswirkungen eines modernen Städtebaus. Jede Menge Geld. Was empfanden die Leute dabei, hier, in solcher Nachbarschaft zu wohnen.

Das Hinweisschild war wie jedes andere Straßenschild, klein und unauffällig: Broadmoor. ½ Meile.

Ihr Puls raste, als sie in eine noch steilere Straße abbog. Es kam ihr irgendwie falsch vor, eine zu ruhige, vornehme Wohngegend. Sie fragte sich, ob sie sich in der Richtung geirrt hatte; sie entdeckte einen älteren Mann, der im Vorgarten seines Bungalows Unkraut jätete, und hielt den Mercedes an. Doch plötzlich zögerte sie, es war ihr peinlich, ihn nach dem Weg zu fragen, peinlich, einem Fremden gegenüber zuzugeben, daß sie dorthin wollte.

»Ist dies der richtige Weg nach Broadmoor?«

»Immer geradeaus; Sie werden das Schild sehen.«

Sie errötete unter seinem Blick; was glaubte er, was sie dort wollte? War es anrüchig, dorthin zu fahren, in irgendeiner Verbindung zu der Anstalt zu stehen?

Das Schild ragte hinter einer hohen Hecke auf. »Broadmoor Hospital. Zutritt für Unbefugte verboten«. Grau mit schwarzer und roter Schrift. Sie bog in einen Weg mit säuberlich gestutzter Raseneinfassung ein. »Privatweg. Wachpatrouillen«.

Ein paar hundert Meter weiter bergauf folgte sie einer Wegbiegung, und ihr stockte der Atem. Himmel. Eine massive Backsteinmauer mit Stützpfeilern, und dahinter ein riesiger viktorianischer Anstaltsbau aus Backstein mit vergitterten Fenstern und einem steilen Schieferdach! Immer mehr bot sich ihren Augen; es schien sich endlos hinzuziehen. Ein mächtiger Backsteinturm mit Wachgängen, eine Wetterfahne und eine riesige Funkantenne auf der Spitze und auf der Mauer, die sich außerhalb des Gesichtsfeldes verlor. Die Mauer. Sie schauderte. Irgendwo dort drinnen war Bosley. Der Vater ihres Kindes.

Vor ihr lag ein Labyrinth von Wegen, Schildern und ordentlich gemähten Rasendreiecken. »Personalcasino, Zufahrt zum Haupttor, nur für Abholer, Lieferanten und Notfälle, Cricketplatz«. Schilder. Überall. Alles beschildert. War auch John Bosley beschildert? »Upper Broadmoor Road, Chaplain's Hill, Fahren Sie vorsichtig, Geschwindigkeitswellen«. Ein wenig benommen schaute sie sich suchend nach dem Straßennamen um, den man ihr genannt hatte. Dann entdeckte sie ihn in unmittelbarer Nähe. Kentigern Road.

Der Weg führte bergab von der Mauer weg, vorbei an einem rasenbewachsenen Hang, von dem sich zwei Tannen und die Statue eines geflügelten Engels erhoben. Erlösung, dachte sie, indem sie einen erstaunten Blick darauf warf. Dann sah sie das Haus, Redwoods. Ein ansehnlicher moderner Backsteinbau, zurückgesetzt von der Straße, davor wieder ein Rasendreieck und ein Parkplatz.

Noch bevor sie aus dem Wagen gestiegen war, ging die Tür auf, und der Anstaltsgeistliche, ein kräftiger Mann in mittleren Jahren, mit ergrauendem Haar und einem freundlichen Gesicht, trat heraus; er trug einen konventionellen schwarzen Anzug mit weißem Priesterkragen, und sie bemerkte Sandalen an seinen Füßen. Seine Brillengläser färbten sich im Sonnenlicht dunkel und verbargen seine Augen.

»Mrs. Hightower?«

Sie nickte, und er umschloß ihre Hand mit einem warmen, festen, beruhigenden Griff.

»Haben Sie es ohne Schwierigkeiten gefunden?«

»Danke, ja.«

Er warf einen Blick auf seine Uhr. »Ich fürchte, wir müssen es kurz machen – einer unserer Patienten hatte leider einen unerwarteten Trauerfall in der Familie, und ich muß ...«

»Selbstverständlich«, sagte sie. »Es ist nett von Ihnen, daß Sie mich so kurzfristig empfangen.«

Er führte sie in ein großes Wohnzimmer mit einem hellroten Teppich und wies ihr einen Platz auf dem Sofa. Er selbst setzte sich in einen Lehnsessel und legte die Füße auf ein rotes Sitzkissen. Sie sah sich im Raum um. Alles war in weichen Rot- und Brauntönen gehalten; die Farben waren ebenso unaufdringlich wie das Mobiliar, wollten aber nicht recht zusammenpassen. Der Raum hatte eine kahle Atmosphäre, es fehlten die persönlichen Dinge und Dekorationen, es sah aus, als wäre er vor kurzem ausgeraubt worden. Eine Coalport-Statuette stand einsam auf dem Kaminsims, ein junges Liebespaar. An der Wand hing ein gerahmtes Foto von einem Schuljungen, und es gab einen Fernseher; ansonsten nicht viel, nichts Beherrschendes, nichts, was von dem Mann, der ihr im Sessel gegenüber saß, abgelenkt hätte. Sie rang nervös die Hände. »Es ist sehr freundlich von Ihnen, mich zu empfangen«, wiederholte sie.

Er lächelte gütig. »Aber keineswegs.« Nach einer kurzen Pause fuhr er fort: »John Bosley?«

Sie nickte.

»Ich kenne ihn gut.«

»Er ist tatsächlich noch am Leben, nicht wahr?«

Ein seltsamer Ausdruck zuckte über sein Gesicht. »Gestern war er es jedenfalls, ja. Sogar sehr.«

»Ich war nicht sicher – das ist alles.«

»O ja, sehr lebendig.« Er erhob sich. »Mir fällt gerade etwas ein – warten Sie einen Augenblick.« Er verließ den Raum, und sie ließ den Blick wieder umherwandern, zum Fernseher, dem Videogerät, zurück zu der Statuette auf dem Kaminsims. Zwei junge Geschöpfe aus einem anderen Jahrhundert, anmutig, verliebt, sorglos. Sorglosigkeit. Gibt es die irgendwo, fragte sie sich.

»Ich habe dies hier mitgebracht – nur um sicherzugehen.« Er kam zur Tür herein und reichte ihr ein kleines Schwarzweißfoto.

Sie starrte es an. Das Foto bebte in ihren Händen, bebte so sehr, daß es ihr fast völlig vor den Augen verschwamm. Sie sah ein Doppelporträt, eins von vorn, das andere aus dem Profil, darunter eine Reihe von Zahlen; ein bleiches, hageres Gesicht, ein blonder Haarschopf. Und die Augen. Die Augen. »Oh, mein Gott«, stieß sie tonlos hervor. »Fabian. Es ist ihm so unglaublich ähnlich.« Das Foto fiel ihr aus der Hand in den Schoß. Sie wollte es aufheben, aber es entglitt ihren zitternden Fingern und schwebte zu Boden. Ihr war plötzlich übel, entsetzlich übel, und sie sackte nach vorn und preßte die Hand vor den Mund.

Sie atmete tief durch, und es ging vorüber. Dann sah sie den Geistlichen wieder an. Er hatte sich wieder in seinen Sessel gesetzt und lächelte freundlich.

»Sehr schwierig«, sagte er, »außerordentlich schwierig.«

»Die Ähnlichkeit«, entgegnete sie. »Es ist unglaublich.«

Er nickte; irgend etwas an seinem Gesichtsausdruck irritierte sie.

»Sie haben ihn noch nie gesehen?«

Sie schüttelte den Kopf.

»Verzeihen Sie – aber ich verstehe nicht recht. Sie sagen, er ist der Vater Ihres – äh – Sohnes?«

Sie nickte.

»Und Sie haben ihn noch nie gesehen?«

Sie spürte, wie ihr das Blut in die Wangen stieg. »Mein Mann war – äh – ist – unfruchtbar. Ich wurde mit dem Samen eines Spenders befruchtet, John Bosley war der Spender. Das alles hat ein Spezialist in London gemacht.«

Er nickte mit gerunzelter Stirn. »Dann sind Sie im eigentlichen Sinne des Wortes nicht verwandt?« Er schwieg eine Weile. »Na ja, vermutlich sind Sie es doch; ein interessanter Fall.« Sein Lächeln wirkte jetzt zufriedener.

»Wäre es möglich, daß ich ihn treffe?«

»Ich müßte das Einverständnis des Direktors einholen.«

»Ich möchte mit ihm sprechen.«

Er lächelte. »Ich weiß nicht recht.« Er schüttelte den Kopf. »Es könnte ein Wespennest aufstochern, das nicht gut ist für seine Therapie. Er macht Fortschritte, wissen Sie, aber die Behandlung von Schizophrenie ist eine zähe und langwierige Angelegenheit, und er hat bereits einen schwerwiegenden Rückfall erlitten.«

»Darf ich erfahren, warum er hier ist?«

Er erhob sich wieder. »Ich habe die Akte herübergebracht. Ich nehme an, das ist gegen die Vorschrift, aber unter den gegebenen Umständen können wir sicherlich eine Ausnahme machen.«

Sie schob den Stoß maschinenbeschriebener Papiere zurück in die gelbe Mappe und knotete die Schnur wieder um den Verschluß.

»Ach – bevor Sie das tun, legen wir besser das Foto wieder hinein.«

»Foto«, wiederholte sie mechanisch. Alles Blut war ihr aus dem Gesicht gewichen, und sie fühlte sich vollkommen erschöpft. Froh, für den Augenblick eine Beschäftigung zu haben, irgend etwas, was ihre Gedanken ablenkte, knüpfte sie die Schnur wieder auf. »Foto«, sagte sie noch einmal.

»Mrs. Hightower, an keiner Stelle der Bibel steht geschrieben«, sagte er freundlich, »daß der Wert eines Menschen davon abhängt, ob er gut ist.«

Sie starrte ihn ausdruckslos an, und im Geiste sah sie nichts als das steife Papier und die nüchterne schwarze Maschinenschrift vor sich. Bemüht, die Tränen zurückzudrängen, nickte sie. »Wenn ein Mensch wahnsinnig ist«, begann sie zögernd und spürte dabei, wie ihr eine einzige Träne über die Wange lief, »wenn ein Mensch verrückt ist, kann man ihn dann von Schuld freisprechen?«

»Gott hat uns die Zehn Gebote gegeben. Wir können sie nicht brechen, ohne für unsere Taten verantwortlich zu sein. Auch für den Geisteskranken gibt es Sünde und Verantwortung. Psychiater können einen Menschen nicht reinwaschen. Ich kann es ebensowenig.« Er lächelte wieder und schlug die Beine übereinander. »Ein Mensch, der in krankem Zustand ein Verbrechen begangen hat, kann sich nur bessern, wenn ihm bewußt wird, was er getan hat, wenn er sagen kann: ›Damals war ich krank, aber ich fühle, daß ich jetzt Vergebung brauche.‹«

»Hat John Bosley das gesagt?«

Er schüttelte den Kopf. »Ich fürchte, er ist verwirrt, furchtbar verwirrt.«

»Es klingt sehr grausam«, sagte Alex.

»Grausam?«

»Grausam von Gott, solche Bedingungen zu schaffen.«

»Die anglikanische Kirche vertritt die Ansicht, daß das Böse nicht in einen Menschen eingeht, der nicht bereit ist, es aufzunehmen.« Er lächelte. »Das Böse muß hereingebeten werden, der Satan muß von dem Betroffenen in sein Leben aufgenommen werden. Der Satan kommt nicht aus freien Stücken.«

Sie sah ihn an und fröstelte. »Sie wollen damit sagen, daß John Bosley, trotz seines Wahnsinns, von Grund auf böse ist?«

Er hob bedächtig und mit einem traurigen, nachdenklichen Ausdruck im Gesicht die Arme. »Vielleicht nicht trotz seines Wahnsinns – wir müssen die Möglichkeit in Erwägung ziehen, daß die Geistesverwirrung eines Menschen, der ein furchtbares Verbrechen begangen hat, ein Symptom seiner bösen Natur ist.«

Sie schauderte. Lange Zeit sagte niemand etwas, und sie spürte instinktiv, daß er auf die Uhr sah.

»Kann Schizophrenie weitergegeben – vererbt werden?«

»Viele Anzeichen sprechen dafür, ja. Die Gesellschaft für Schizophrenieforschung könnte Ihnen darüber Auskunft geben. Man hat dort einige interessante Entdeckungen gemacht.«

»Mein Sohn könnte also ...?«

»Es ist eine Möglichkeit, derer man sich bewußt sein muß.« Er warf wieder einen Blick auf seine Armbanduhr. »Vielleicht können Sie noch einmal wiederkommen, und wir unterhalten uns etwas ausführlicher?«

»Danke. Das würde ich gern tun.«

Er stand auf und rückte seine Jacke zurecht.

»Sie sagten, daß er in der Therapie einen Rückfall erlitten hat – was ist da passiert?«

Sein Gesicht lief rot an, und er faltete verlegen die Hände. »Ein dummer Zwischenfall«, sagte er. »Sehr dumm.«

»Was ist passiert?«

Er sah wieder auf die Uhr. »Nichts. Es war nichts.« Er zögerte. »Vielleicht sollten Sie es wissen. Das nächste Mal – ich werde es Ihnen das nächste Mal erzählen –, ich muß darüber nachdenken.«

Sie starrte ihn an. Was war es? Was war es nur?

»Werden Sie den Weg allein finden? Zurück zur Hauptstraße? Biegen Sie einfach nach rechts ab.«

»Danke, Vater – äh – Herr Pfarrer – äh –«, stammelte sie.

Er lächelte. »Rufen Sie mich an. In den nächsten paar Wochen habe ich sehr viel zu tun, vielleicht irgendwann im Juni?«

»Danke«, sagte sie. »Sie waren sehr freundlich.« Aber er war in Gedanken bereits anderswo, weit, weit fort.

26

»Ich durfte das Foto nicht behalten.«

Philip Main lehnte sich, die Füße auf dem Tisch, zurück. Er verschränkte die Beine, löste sie wieder voneinander und bohrte die Fersen in einen Stapel Papiere, dann stützte er sich auf die Ellbogen auf und rutschte unruhig im Sessel hin und her. Nachdenklich blickte er zum Telefon. »Unglaublich, dieser Bosley. Hat sie einfach zurückgelassen?«

»Offensichtlich.«

»Angekettet in einem Keller?«

Alex nickte mit bleichem Gesicht.

»Einfach zurückgelassen?«

»Ja.«

»Ohne irgend jemandem etwas zu sagen.«

Sie antwortete nicht.

»Hatte er – etwas gegen Frauen?«

Alex drehte die Zigarette zwischen den Fingern. »Sie hatte ihn sitzengelassen.«

»Unglaublich. Ganz unglaublich. Ein Arzt; muß ein intelligenter Bursche sein – man erwartet solche – in ...« Er drehte die

Handflächen nach oben. »Die Menschen tun merkwürdige Dinge.«

»Warum, Philip?«

Es wurde plötzlich dunkel im Raum, und draußen prasselte der Regen herunter. Alex dachte an einen eisigen Keller, eine Frau in Ketten, die weinend und zitternd dasaß, und sie konnte das heruntertropfende Wasser hören. Ein Schauder überlief sie.

Main schob sich eine Zigarette zwischen die Schnurrbartfransen und hielt sie zwischen den Lippen, ohne sie anzuzünden.

»Wie bist du auf die Idee gekommen?«

»Welche Idee?«

»Mit dem Pfarrer zu sprechen.«

Sie zuckte die Achseln. »Ich weiß nicht. Ich habe in Broadmoor angerufen und gefragt, ob ich mit Bosley reden könnte.« Ein müdes Lächeln huschte über ihr Gesicht. »Am Telefon klang es, als wäre es ein Hotel.«

»Und man hat dir nicht erlaubt, ihn zu besuchen?«

»Man muß an den Verwaltungsrat schreiben. Ich habe gefragt, mit wem ich sprechen könnte. Daraufhin haben sie mich mit dem Pfarrer verbunden.«

Alex ließ den Blick über das heillose Chaos schweifen, das im Arbeitszimmer herrschte, mittendrin Black, der auf dem Sofa schlief. Philips Schreibtisch, seine Arbeitsplatte, die Aktenschränke, eine Armeekiste und beinahe jeder Zentimeter des Fußbodens waren mit Papierstößen bedeckt. Darunter begraben stand eine vorsintflutliche elektrische Schreibmaschine, ebenso der Drucker, Bildschirm und die Tastatur seines Computers. Papier lag überall wie Schnee. »Es erinnert mich an deinen Wagen«, sagte sie.

»Meinen Wagen?«

»Dein Arbeitszimmer, ja. Wie kannst du bloß hier arbeiten?«

»Ich komme zurecht.«

Sie lächelte. »Ich glaube, ich war noch nie im Arbeitszimmer eines meiner Autoren. Es ist wirklich aufschlußreich.«

Er sah sich um und nickte. »Du warst nicht oft im Büro in letzter Zeit.«

»Überwachst du mich?«

»Lieber Gott, nein. Ich finde es gut, daß du bei David unten bleibst.«

»Er versucht zu verhindern, daß ich durchdrehe.«

Philip spielte mit einer Streichholzschachtel. »Werdet ihr ...« Seine Stimme klang verlegen. »Werdet ihr wieder zusammenkommen?«

Sie schüttelte den Kopf.

Er zündete ein Streichholz an und hielt es an die Zigarette. Sie errötete unter seinem forschenden Blick.

»Er war sehr lieb zu mir, und er hat viel Kraft. Ich glaube, ich brauche ihn im Moment und hätte doch lieber, es wäre nicht so; ich möchte ihm nicht wieder weh tun.« Sie schwieg einen Moment. »Er verdient jemanden, der besser ist als ich.«

»Himmel, unterschätz dich nur nicht, Mädchen.«

Sie spürte, daß sie den Tränen nahe war und schloß einen Moment lang fest die Augen. Dann nickte sie. »Ich habe solche Angst, Philip.«

»Wie denkt David darüber?«

Sie starrte aus dem Fenster auf die schmutziggraue Mauer des Hinterhauses. »Er will, daß ich einen Psychiater konsultiere.«

Main schüttelte den Kopf. »Nein«, sagte er. »Verdammt, nein.«

»Was soll ich deiner Meinung nach tun? Du bist wirklich voller Widersprüche, weißt du. Ich brauche Hilfe, Philip. Ich brauche dringend Hilfe.« Sie warf ihm einen Blick zu. »Als wir das letzte Mal miteinander sprachen, sagtest du, daß die Verstorbenen manchmal zurückkehren, weil sie noch etwas zu erledigen haben.«

»Es ist eine Theorie. Nur eine Theorie.«

»Für dich ist alles nur eine verdammte Theorie.«

Er war gekränkt und blickte sich hilflos im Raum um.

»Es tut mir leid«, sagte sie. »Ich wollte nicht wütend werden. Aber du tust nichts anderes, als Theorien entwickeln; alle kommen mir mit ihren verdammten Theorien. Gestern abend habe ich mir drei Stunden lang Davids Theorie angehört, wie sehr ich aus dem inneren Gleichgewicht bin und wie dringend ich psychiatrische Hilfe benötige. Ein paar Tage zuvor hat mir der Pfarrer die Theorie unterbreitet, daß ich seelsorgerische Unterstützung brauche. Dann ist da noch Morgan Fords Theorie über die Mächte des Bösen. Und ich habe dich mit deinen Vorträgen über die Gene, wie war das doch gleich? Daß wir Gefangene unserer Gene sind?« Sie beugte sich in dem harten und unbequemen Sessel vor. »Der Pfarrer hat sich auch über die Gene ausgelassen, darüber, daß Schizophrenie erblich ist. Auch Ford hat von den Genen gesprochen. Er hat behauptet, sie hätten eine wichtige Bedeutung für die Geistwelt; so etwas wie eine Matrize des Charakters.«

Main nickte nachdenklich. »Das ist richtig.«

Das Telefon läutete. Main beugte sich hinüber und nahm den Hörer ab. »Hallo?« sagte er geistesabwesend.

Alex beobachtete ihn. Hier fühlte sie sich sicher, sicher in seinen Rauchwolken und in seinen schweren Möbeln. Wissen; er wußte alles mögliche, wußte so viel, wußte die Antwort auf so viele Rätsel. Er war im Einklang mit dem Leben.

Mit einer Ausnahme. Sie dachte mit Schaudern daran, wie er das letzte Mal in ihrem Wohnzimmer gesessen hatte.

Er nahm einen Füllhalter und kritzelte etwas auf die Rückseite des nächstbesten Zettels. »Meine Güte.« Er hielt inne und schrieb dann eine längere Passage nieder. »Genau«, sagte er schließlich. »Großartig. Bis bald.« Er hängte ein und warf Alex einen Blick zu. »Das war mein – äh – Freund, der Gefängnispsychiater.«

»Ja?«

Er strich sich den Schnurrbart mit den Fingerspitzen glatt. »Der, der früher in Broadmoor gearbeitet hat.«

»Er hat sich beeilt mit seinem Anruf.«

Main nahm den Zettel in die Hand und betrachtete ihn, dann warf er Alex einen besorgten Blick zu.

»Hat dir der Pfarrer etwas über ...«, er zögerte, »über Fabians Besuch erzählt?«

Sie erbleichte. »Wann?«

»Ungefähr vor einem Jahr.«

Sie schüttelte den Kopf. »Nichts, außer –« Sie überlegte. »Er wollte mir etwas erzählen, tat es dann aber doch nicht. Er schien seine Meinung geändert zu haben; vielleicht, weil er sowenig Zeit hatte, aber das glaube ich nicht. Fabian war dort? Um Bosley zu besuchen?«

»Offensichtlich gab es einen ziemlichen Wirbel.« Er drückte seine Zigarette aus und schüttelte sich eine neue aus dem Päckchen. »Einen ziemlichen Wirbel.« Er blickte auf seine Notizen und zündete sich die Zigarette an.

Alex betrachtete seine schwarzen Stiefel auf dem Tisch und stellte fest, daß sie an den Fersen schiefgelaufen waren.

»Offenbar geschah es, als der Pfarrer im Urlaub war. Sie haben einen Stellvertreter – den Pfarrer von Sandhurst –, er besitzt einen Passierschein, und seine Kaplane...« Er drehte die Zigarette in der Hand. »Fabian hat sich irgendeinen Theologiestudenten geschnappt, hat es geschafft, ihn und einen zweiten Kerl als Kaplane von Sandhurst auszugeben und sich so Zugang zu verschaffen.« Er blickte zu ihr hinüber.

Sie erwiderte seinen Blick verwundert. »Warum?«

»Sie haben einen Exorzismus durchgeführt.«

Plötzlich wurde es dunkel um sie herum, und die Angst überfiel sie erneut. »Und was passierte?«

»Es wurde zu spät entdeckt.«

»Zu spät?«

Er zuckte die Schultern.

»Glaubst du nicht, daß Fabian es sicher gut gemeint hat?« sagte sie gedehnt. »Daß er überzeugt war, das Richtige zu tun? Würdest du nicht versuchen, deinem Vater zu helfen?«

Es wurde plötzlich kalt im Raum, bitterlich kalt, und sie spürte den Luftzug von allen Seiten.

Black richtete sich auf dem Sofa auf und gab ein tiefes Knurren von sich.

Main sog heftig an seiner Zigarette.

Sie starrte ihn, von schrecklicher Angst erfüllt, an. »Er war ein guter Junge; ich bin sicher, daß er versucht haben würde, ihm zu helfen.« Ein kalter, dunkler Keller kam ihr in den Sinn, eine Frau in Ketten, die weinend und zitternd dort saß, und sie hörte Wasser heruntertropfen. »Wer war alles dort?«

»Fabian, dieser Theologiestudent namens Andrew Castle und ein anderer Student aus Cambridge, kein Theologe« – Philip beugte sich vor und überflog seine Notizen –, »ein Bursche namens Otto von Essenberg.«

Der Raum schien seitlich wegzugleiten. »Natürlich«, stieß sie bitter hervor, »Otto. Fabian ist ihm gefolgt wie ein Hündchen.« Sie schüttelte den Kopf. »Was geschieht bei einem Exorzismus?«

»Man versucht, die Dämonen – die bösen Geister –, von denen der Betroffene besessen ist, auszutreiben.«

»Das klingt ein bißchen primitiv.«

»Es ist primitiv«, entgegnete er und zog dann die Brauen rätselhaft in die Höhe. »Aber manchmal sind die alten Heilmittel die besten.«

»Meinst du das ernst?«

»Es spricht manches dafür, Mädchen, es scheint gelegentlich gewirkt zu haben.«

»Hat es bei Bosley gewirkt?«

Er warf einen Blick auf seine hingekritzelten Notizen. »Seine Persönlichkeit veränderte sich – und ist seither verändert geblieben. Vorher war er aggressiv und brutal, danach wurde er sehr gefügig und verwirrt.«

»Ist das nicht ein Symptom seiner Schizophrenie?«

Er nahm einen tiefen Zug aus seiner Zigarette und sagte nichts.

Alex ließ nicht locker. »Meinst du nicht, Philip? Es könnte doch bestimmt ein Merkmal seiner Krankheit gewesen sein?«

»Vielleicht«, antwortete er zurückhaltend.

Ein Schauder überlief sie. Philip betrachtete sie mit besorgt gerunzelter Stirn und spielte mit seinem Schnurrbart. »Ich habe Angst, Philip.« Sie schloß die Augen. »O Gott, Philip, hilf mir.«

»Ich habe dir geraten, nicht daran zu rühren.«

»Nein.« Sie schüttelte heftig den Kopf. »Nein!«

»Es wäre besser gewesen.«

Sie blickte zu ihm auf. »Es ist leicht für dich, das zu sagen. Er ist nicht dein Sohn.«

Main erhob sich und legte ihr sanft die Hände auf die Schultern. »Es wird wieder gut werden, Mädchen, mach dir keine Sorgen. Möchtest du eine Tasse Kaffee?«

Sie nickte und schloß die Augen; sie hörte, wie er in den Flur hinausging, lauschte auf das gleichmäßige Prasseln des Regens, das im Zimmer widerhallte, in ihrem Kopf, in einem dunklen, verlassenen Raum.

»Er ist heiß.«

Sie blickte auf und nahm ihm den Becher vorsichtig ab. Draußen hupte ein Auto. Normalität; irgendwo dort draußen gab es eine wirkliche Welt, in der die Menschen ganz gewöhnliche Dinge taten. Sie hätte gern zu ihnen gehört. »Was soll ich tun?« fragte sie.

»Fahr weg, gönn dir einen Urlaub.«

»Du versuchst nicht einmal, mich zu verstehen.«

Er lächelte liebevoll. »Doch, das tue ich, glaub mir.«

»Nichts wird sich ändern, wenn ich wegfahre; es wird alles so sein wie vorher, wenn ich zurückkomme.« Angst und Hilflosigkeit überwältigten sie.

Er ließ sich wieder in seinen Sessel fallen. »Ach Gott, Mädchen«, sagte er. »Ach Gott.«

Die Tränen strömten Alex über die Wangen, und sie nestelte nach ihrem Taschentuch. Dann schniefte sie und putzte sich die Nase. »Otto hat gesagt, daß Saffier es nicht wußte.«

»Nicht wußte?« entgegnete Philip erstaunt. »Daß er was nicht wußte?«

»Die Sache mit Bosley. Seine Krankheit. Er hielt ihn für einen normalen, gesunden Studenten. Keinen von diesen ... es passierte erst Jahre später.«

»Wie hat er es herausgefunden?«

»Es war Otto, der –« Ihr war plötzlich, als hätte sich ein Vorhang über ihr Bewußtsein gesenkt, und sie hielt inne. »Es war

Otto«, wiederholte sie, doch die Worte hallten nur wie ein Echo in ihrem Kopf nach. »Ich – äh –« Sie hatte vergessen, was sie sagen wollte.

Die Raumtemperatur schien noch tiefer gefallen zu sein. Sie nippte an ihrem Kaffee. Philip zündete sich schon wieder eine Zigarette an und stieß den Rauch schnaubend durch die Nase aus. Alex sah zu, wie der Dampf aus ihrer Tasse aufstieg.

»Wenn ein Exorzismus erfolgreich ist, Philip, was wird dann aus dem Geist – dem Dämon –, was immer es auch ist, der ausgetrieben wird?« Ein Kälteschauer durchlief sie, und sie fröstelte.

Er tauchte prüfend den Finger in seine Kaffeetasse und starrte gedankenverloren in die Tasse. »Er muß einen neuen Gastkörper finden.«

»Jemanden mit denselben genetischen Merkmalen?«

»Das ist eine Möglichkeit.« Er tauchte wieder den Finger in seinen Kaffee. »Es gibt eine Szene in der Bibel – wie Jesus Teufel austreibt und sie in Schweine verbannt.«

»Ich habe keine Schweine in Broadmoor gesehen.«

Er starrte sie an, und sie spürte, wie ihr die Röte in die Wangen stieg; sein Blick drang durch sie hindurch, tief in ihr Inneres, in die letzte Zuflucht ihres Bewußtseins. Er verstand.

»Vielleicht, Mädchen«, sagte er.

»Es würde vieles erklären, Philip.«

»Vielleicht«, wiederholte er. »Eine schwierige Sache, das herauszufinden.«

»Die ganze Geschichte zu lösen ist verdammt schwierig.«

Er nickte, und in seinem Gesicht war wieder Besorgnis zu erkennen. »Du solltest dich vor deinem Medium in acht nehmen«, bemerkte er unvermittelt.

Sie warf ihm einen erstaunten Blick zu. »Warum?«

»Sie können manchmal gefährlich sein.«

Sie versuchte, seine Miene zu ergründen, aber es war unmöglich. »Was meinst du mit gefährlich?«

»Sie experimentieren mit Dingen herum« – er hielt zögernd inne – »mit denen nicht einmal sie sich richtig auskennen.«

Sie putzte sich die Nase und schniefte. »Du weißt es, Philip, nicht wahr? Du weißt alles.«

Er schwieg lange, bevor er antwortete. »Nein, ich weiß es nicht.« Er schüttelte langsam und nachdenklich den Kopf, dann stand er auf, trat an eines der Regale und überflog die Titel. »Nein, lieber Gott, ich bin weit davon entfernt, etwas zu wissen.«

Lange sprach keiner von beiden. »Philip«, brach Alex schließlich das Schweigen, »als wir uns das letzte Mal unterhielten, sagtest du, daß die Geister manchmal versuchen zurückzukommen...«, es fiel ihr schwer, die Worte auszusprechen, und tiefe Verlegenheit überkam sie, »... weil sie noch etwas zu erledigen haben. Wie würden sie das anstellen?«

Seine Antwort kam leise und fast entschuldigend. »Nach der Ansicht der Spiritualisten – müßten sie durch eine andere Person zurückkehren.«

»Durch eine andere Person?«

»Eine leibliche Person. Einen lebenden Menschen.«

»Der dann von dem Geist besessen ist?«

Main nickte. »Körperlose Geister haben keine Energie.«

»Sie müßten sich also der Energie eines Menschen bedienen?«

»Das ist die Meinung der Spiritualisten.«

»Sie brauchen einen Gastkörper?«

Er nickte.

»Ebenso wie ein exorzierter Geist?«

Er nickte argwöhnisch.

»Wie können sie einen Gastkörper finden?« fragte sie und spürte plötzlich, daß ihr die Kehle trocken wurde.

Er zuckte die Achseln. »Der Geist würde jemanden mit einer Schwäche suchen.«

»Was meinst du mit einer Schwäche?«

»Jemanden, der nicht auf der Hut ist.« Er schob seine Zigarette zwischen die Lippen, sog heftig daran, inhalierte den Rauch tief in die Lunge und stieß ihn zischend wieder aus. Sie beobachtete ihn und bemerkte, daß er zitterte und sein Gesicht von Sorgen zerquält war.

»Böse Geister sind sehr schlau. Sie können die Menschen hinters Licht führen.«

»Hinters Licht führen?«

»Es ist schon vorgekommen.«

»Auf welche Weise?«

»Oftmals geben sie sich für jemand anderes aus.«

Ein heftiger Schauder durchfuhr sie wie eine Achterbahn, überschwemmte sie wie eine Flutwelle; um ein Haar hätte sie den Halt verloren und wäre aus dem Sessel gestürzt.

»Sie suchen sich jemanden aus, der Kummer hat; Menschen, die einen Verlust zu beklagen haben, sind am leichtesten zu treffen.«

Hör auf, mich so anzusehen, dachte sie; bitte, hör auf, mich so anzusehen. »Nein«, sagte sie und schüttelte den Kopf.

»Nein.«

»Sie können sehr schlau sein. Viel schlauer, als wir uns das vorstellen können.«

Sie schüttelte noch einmal den Kopf. »Wie kann man sie loswerden, sag mir das.« Ihre Stimme war kaum mehr als ein Flüstern.

»Als Wissenschaftler?«

»Nein«, sagte sie, und diesmal klangen ihre Worte bereits etwas forscher. »Als Mensch, der ehrlich mit sich selbst ist.«

Er sah sie an, dann schlug er die Augen nieder und rutschte unbehaglich hin und her. Er drückte nervös seine Zigarette aus und zog ein neues Päckchen unter einem dicken Papierstapel hervor.

»Es gab in der Vergangenheit nur eine wirksame Methode.« Er warf ihr einen Blick zu und richtete dann seine Aufmerksamkeit darauf, das Zigarettenpäckchen aufzureißen. »Die Kraft des Gebetes.«

Er wirkte plötzlich erleichtert, als hätte er einen tiefen inneren Widerstand überwunden, um diese Worte über die Lippen zu bringen.

»Gebete also?«

»Hrrr.«

»Was für Gebete?«

Er wurde rot und starrte so angestrengt zu Boden, als würde er von einem Spickzettel ablesen. »Exorzismus.«

Sie begann heftig zu zittern; es war noch kälter im Raum geworden. »Ist es kalt hier drinnen?«

Sie bekam keine Antwort.

»Philip?« Sie merkte, daß ihr die Stimme versagte. »Philip?« Entsetzt blickte sie sich nach allen Seiten um, dann fuhr sie herum; er stand, einen liebevoll besorgten Ausdruck in den Augen, hinter ihr. »Ist es kalt hier drinnen?«

»Ich werde das Fenster zumachen.«

»Nein.« Sie wollte nicht eingeschlossen sein, wollte nicht, daß die Außenwelt abgeschnitten wurde. »Vielleicht habe ich mich erkältet.«

Sie spürte den Druck seiner starken Hände auf ihren Schultern und versuchte, das Zittern zu unterdrücken, aber es gelang ihr nicht. »Ich würde alles tun, damit dieser Alptraum ein Ende hat.«

»Dann wende dich an einen Priester«, sagte er ruhig, indem er noch einmal ihre Schultern drückte. »Es wäre das beste für uns beide.«

27

Sie fuhr die schmale Straße hinter dem Fußballstadion von Chelsea hinauf und erreichte eine ausgedehnte moderne Wohnsiedlung, wo sie sich zum Beifahrerfenster hinüberbeugte und versuchte, die Hausnummern zu entziffern. Sie hoffte, daß es ihm nichts ausmachen würde, zur Mittagessenszeit gestört zu werden.

Nummer achtunddreißig war, wie alle anderen Adressen, eine kleine Doppelhaushälfte mit einem sorgsam gepflegten Vorgarten, und es war ihr fast ein wenig peinlich, den Mercedes davor zu parken. Sie schritt den kurzen Gartenweg entlang und klingelte an der Tür. Bitte, sei zu Hause, dachte sie, sei bitte zu Hause.

Der Kaplan kam in einer sauberen, ordentlich gebügelten Jeans und einem alten Pullover an die Tür und hielt einen Legostein in der Hand. Er sah jünger aus, als sie ihn in Erinnerung hatte.

»Hallo«, sagte sie zaghaft, dann zögerte sie, unsicher, wie sie ihn ansprechen sollte. Herr Pfarrer? Mister?

»John Allsop«, kam er, ihre Unsicherheit erratend, zu Hilfe. Er starrte sie, offensichtlich bemüht, sie einzuordnen, fragend an. Sein rechtes Lid zuckte kaum merklich. »Mrs. Hightower, wenn ich mich nicht irre?«

Sie nickte.

»Wie schön, Sie zu sehen. Wie geht es Ihnen?«

Seine freudige Begrüßung verblüffte sie, und einen Moment lang war sie um Worte verlegen. »Mir geht es gut«, antwortete sie schließlich mit einem Nicken, fragte sich aber gleich darauf, warum sie das gesagt hatte.

»Gut.« Er trat, den Blick auf den Legostein in seiner Hand geheftet, von einem Fuß auf den anderen; sie fragte sich, ob er den Bauklotz gleich wie ein Jongleur in die Luft werfen würde. »Gut«, wiederholte er.

»Hätten Sie vielleicht einen Moment Zeit für mich?«

»Selbstverständlich, treten Sie ein.«

Sie folgte ihm in einen engen Flur. Der Wohnzimmerboden war übersät mit Legosteinen, in deren Mitte so etwas wie ein halbfertiger Kran aufragte.

Er setzte ein entschuldigendes Lächeln auf. »Ein gräßliches Zeug ist das, viel zu schwierig für mich. Habe es meinem Sohn zum Geburtstag geschenkt. Haben Sie es schon einmal probiert?«

Sie schüttelte den Kopf. »Sieht sehr gut aus.«

»Das war leider mein Sohn, nicht ich.«

Er führte sie in ein winziges Arbeitszimmer auf der Hinterseite des Hauses und bot ihr den einzigen Sessel im Raum an. Sie setzte sich hin und blickte sich um. Das Zimmer war unauffällig möbliert und, im Gegensatz zu Philips Arbeitszimmer, tadellos aufgeräumt. In einem kleinen, selbstgezimmerten Regal befanden sich etliche theologische Nachschlagewerke, die aussahen, als würden sie täglich abgestaubt werden, und auf dem Kaminsims über einem elektrischen Kamin lagen einige Versteinerungen und Tonscherben.

»Ist das Ihr Hobby, die Archäologie?« erkundigte sie sich.

»Ja.« Seine Miene wurde lebhaft. »Die Sachen stammen alle von Ausgrabungen, an denen ich teilgenommen habe.«

»Interessant«, sagte sie, in der Hoffnung, daß ihre Stimme ein gewisses Maß an Begeisterung erkennen ließ.

»Wie kommen Sie zurecht? Es ist ungefähr zehn Tage her, daß ich bei Ihnen war, oder nicht?«

Sie nickte. »Leider nicht sehr gut.«

»Eine schwere Zeit für Sie. Er war Ihr einziges Kind, nicht?«

»Ja.«

»Und Sie haben überdies Eheprobleme, wenn ich mich recht erinnere?«

»Ja.«

»Manchmal«, sagte er freundlich, »kann eine solche Erfahrung die Menschen näher zusammenbringen.«

Sie schüttelte den Kopf und lächelte traurig. »Wir haben eine gute Beziehung, aber wir werden wohl nie wieder zusammenkommen, fürchte ich.« Ihr fiel plötzlich ein, daß Allsop selbst vor kurzem seine Frau verloren hatte, und sie errötete, fürchtete, daß ihm das Thema unangenehm wäre. »Wie kommen Sie mit der Erziehung Ihres Sohnes zurecht?«

»Es geht«, antwortete er, und ein trauriger Ausdruck schlich sich in seine Miene. »Die Leute denken immer, für einen Geistlichen wie mich müßte es leichter sein, Schicksalsschläge zu verkraften; aber wir sind denselben Gefühlen ausgeliefert.«

»Aber Sie haben Ihren Glauben.«

Er lächelte wieder. »Der wird manchmal auf eine harte Probe gestellt. Besonders, wenn einem der Sohn die Predigt aufißt.«

Sie grinste. »Wie kommen Sie mit Ihrem Buch voran?«

»Ach, daran erinnern Sie sich noch. Langsam, fürchte ich.«

»Das sagen meine Autoren auch immer.«

»Es ist schwer, sich selbst anzutreiben. Ich bin – na ja – leicht abzulenken.« Er warf ihr einen fragenden Blick zu.

»Ich weiß nicht recht, wo ich anfangen soll.« Sie faltete die

Hände und verschränkte die Finger. »Es sind ein paar sehr merkwürdige Dinge passiert, und ich habe Angst.«

Sein Augenlid zuckte wieder. »Was für Dinge waren das?«

»Ich weiß nicht, wie ich es beschreiben soll. Seltsame Dinge, Dinge, für die es eigentlich keine Erklärung gibt.«

»Meinen Sie vielleicht damit, daß Ihnen Ihre Phantasie Streiche spielt?«

»Nein, das ist es nicht.«

»Der Tod eines geliebten Menschen kann alle möglichen Halluzinationen zur Folge haben.«

Sie schüttelte den Kopf. »Es sind keine Halluzinationen. Wirklich nicht. Ich bin kein Mensch, der leicht aus der Ruhe zu bringen ist, und ich habe keine besonders ausschweifende Phantasie.« Sie sah ihn an und verknotete ihre Finger noch krampfhafter. »In meinem Haus gehen seltsame Dinge vor sich, und ich bin nicht die einzige, die das festgestellt hat.« Während sie ihn betrachtete, überlegte sie, daß es ihr lieber gewesen wäre, es mit einem älteren Priester zu tun zu haben; er sah so jung, so unerfahren aus, fand sie. »Man hat mir den Rat gegeben ...« Sie fühlte sich ein wenig albern unter seinem besorgten Blick und zögerte. »... einen Exorzismus durchführen zu lassen.«

Seine Augen weiteten sich, und er starrte sie lange unverwandt an.

»Einen Exorzismus?«

»Wahrscheinlich halten Sie mich für verrückt.«

»Nein, ganz und gar nicht. Aber ich finde, wir sollten uns über das, was Sie ängstigt, unterhalten, und dann sehen, ob wir einen Grund dafür finden können.« Er machte eine Pause. »Und vielleicht fallen uns andere Lösungen ein.«

»Könnten Sie es einrichten, daß wir uns in meinem Haus unterhalten?«

Seine Miene drückte Zweifel aus. »Natürlich, wenn Ihnen das angenehmer ist. Ich werde in meinem Terminkalender nachsehen.«

»Wäre es nicht möglich, daß Sie gleich jetzt mitkommen?«

Er blickte mit gerunzelter Stirn auf seine Uhr. »Ich muß

meinen Sohn um vier Uhr von der Schule abholen.« Er sah sie an, und seine Miene spiegelte wider, wie ernst es ihr war. »Ja, es wird schon gehen.«

Alex entdeckte einen Parkplatz in der Nähe ihres Hauses und trat auf die Bremse.

»Ein schöner Wagen«, bemerkte der Kaplan.

»Er ist schon alt«, entgegnete sie und bedauerte augenblicklich den herablassenden Ton ihrer Worte. »Über zwanzig Jahre.«

»Ein Pfarrer kann sich keinen Mercedes leisten.«

Sie hörte eine Spur von Neid heraus. »Eigentlich ist es ein unvernünftiges Auto. Sehr teuer im Unterhalt.«

»Jeder braucht einen Ausgleich«, erwiderte er.

Sie sah ihn neugierig an; was war wohl sein Ausgleich? Gott? Die Versteinerungen?

Mimsa war schon gegangen und hatte eine ihrer wie üblich unleserlichen Notizen hinterlassen. Alex schaltete den Wasserkessel ein und trat in die Diele hinaus. Der Kaplan ging im Wohnzimmer auf und ab und blickte mit gerunzelter Stirn zur Decke.

»Mit oder ohne Milch?«

»Mit, bitte.«

Sie brachte den Kaffee herein. »Ich muß nur kurz zur Toilette. Es gibt noch eine gleich unter der Treppe, wenn Sie...«

»Ah.« Er nickte höflich.

Während Alex die Treppe hinaufstieg, fiel ihr auf, daß es merkwürdig heiß und dumpf im Haus war, als wäre die Heizung den ganzen Tag über gelaufen. Oben war es noch wärmer. Sie befühlte den Heizkörper auf dem Treppenabsatz; er war eiskalt. Voller Unbehagen sah sie sich nach allen Seiten um, trat dann in ihr Schlafzimmer und ging ins Badezimmer weiter. Hier herrschte eine Luft wie in einem Treibhaus.

Während sie sich am Waschbecken die Hände wusch, betrachtete sie ihr Gesicht im Spiegel. Es war schweißnaß. Sie legte die Hand an die Stirn, doch die war kalt, beinahe eiskalt, fand sie und fragte sich, ob eine Grippe in ihr steckte. Sie tupfte sich vorsichtig, um ihr Make-up nicht zu verschmieren, das Gesicht ab, schloß die Augen und strich sich über die Lider.

Plötzlich fuhr ein kalter Luftzug durch den Raum, als hätte jemand die Tür zu einem Gefrierschrank geöffnet, und sie glaubte, beobachtet zu werden. Sie schlug langsam die Augen auf und blickte in den Spiegel.

Fabian stand reglos hinter ihr.

Sie spürte einen furchtbaren Schlag in der Brust, als hätte sie den Finger in eine Steckdose gesteckt, dann fuhr ihr ein gräßlicher Schmerz wie tausend Nadeln durch den Körper, und sie hätte am liebsten geschrien.

Als Alex sich umdrehte, um ihn anzusehen, stellte sie fest, daß keine Luft mehr im Raum war. Sie konnte nicht atmen.

Er stand in einem weißen Hemd und seinem weiten Lieblingspullover vor ihr, so körperlich, daß sie glaubte, ihn berühren zu können, sobald sie die Hand ausstreckte.

Aber sie bekam keine Luft.

Er sah sie mit einem merkwürdig fremden, zynischen Lächeln an, und etwas in der Tiefe seiner Augen verhöhnte sie, etwas, das sie nie zuvor an ihrem Sohn bemerkt hatte; etwas, das eine schreckliche Erinnerung in ihr wachrief.

Sie begann die Nerven zu verlieren. Die stechenden Schmerzen waren unerträglich; sie zitterte, die Lunge schmerzte, und ihr war furchtbar übel.

Halluzinationen, hörte sie die Stimme des Kaplans in ihrem Kopf widerhallen. Halluzinationen.

Sie taumelte, und als ihr die Sinne zu schwinden begannen, streckte sie die zitternden Hände nach hinten aus und klammerte sich an das Waschbecken.

Und dann war er verschwunden.

Nach Luft schnappend, wankte sie ins Schlafzimmer und blickte sich angstvoll im Raum um. Sie rannte hinaus, stolperte die Treppe hinunter und blieb dann zitternd im Flur stehen und atmete tief durch. Ihre Haut brannte wie Feuer. Dann betrat sie das Wohnzimmer. Allsop starrte angespannt in seinen Kaffee.

Mit unbehaglicher Miene hob er den Kopf, als sie hereinkam. »Ich wußte nicht – Sie haben noch einen zweiten Sohn?«

»Äh?« Sie blinzelte, unfähig, ein Wort herauszubringen.

»Der junge Mann, der gerade die Treppe hinaufgegangen ist.«

Warum lächelte er? Was fand er denn so lustig? Doch dann wurde ihr klar, daß es kein Lächeln war, sondern sein nervöses Zucken.

»Blond?« stieß sie tonlos hervor.

»Ja«, entgegnete er leise.

»Trug er einen weiten Pullover?«

Er nickte.

Sie klammerte sich haltsuchend an einer Sessellehne fest. Die Füße versagten ihr den Dienst, sie setzte sich und schloß die Augen. Nach einem Moment öffnete sie sie wieder und starrte den Kaplan an. »Ich habe keinen zweiten Sohn. Das war Fabian.«

Sie vernahm ein lautes Klirren, das sich wiederholte: Seine Tasse tanzte klappernd auf dem Unterteller. Der Löffel vibrierte in seiner Hand und trommelte an die Tasse, als würde er ein winziges Musikinstrument spielen, und der Kaffee schwappte über den Rand.

»Ich verstehe«, sagte er endlich. Sein rechtes Auge öffnete und schloß sich unaufhörlich. Sichtlich erschüttert und bemüht, seine Fassung wiederzugewinnen, stellte er ungeschickt Tasse und Unterteller ab und sah sie an. »Ist es das, was Sie meinten?«

Alex spürte etwas Weiches in den Händen und merkte, daß sie das Handtuch immer noch umklammert hielt. Sie faltete es zusammen und strich es umständlich glatt. »Ja.«

»Und es ist nicht möglich, daß sich noch jemand im Haus aufhält?«

»Wie meinen Sie das?«

»Zum Beispiel ein Fensterputzer oder Installateur, so jemand?«

Sie schüttelte den Kopf.

»Nein«, sagte er nachdenklich und öffnete und schloß den Mund dabei; wie ein Goldfisch, dachte sie.

»Verstehen Sie jetzt, was ich meine?«

Er sah sich im Raum um, dann wandte er sich wieder ihr zu. »In bezug auf den Exorzismus?«

»Können Sie mir helfen?«

Er faltete die Hände und wiegte sich bedächtig im Sessel vor und zurück. Dann senkte er den Blick auf die Hände und runzelte unter angestrengtem Nachdenken die Stirn. »Es gibt andere Lösungen als – äh – einen Exorzismus, und sie haben dieselbe Wirkung. Es ist in den seltensten Fällen ratsam, einen Exorzismus durchzuführen, und ich fürchte, es ist heutzutage ein ziemlicher Verwaltungsaufwand damit verbunden. Man muß dem Bischof seinen Fall vortragen, und ihm obliegt die Entscheidung; es kann im besten Fall einige Wochen dauern.« Besorgt blickte er zu ihr auf. »Wissen Sie, man betrachtet den Exorzismus heutzutage eher mit Mißtrauen, und ein gewöhnlicher Kaplan wie ich darf ihn nicht durchführen.«

»Ich kann nicht wochenlang warten«, sagte Alex. »Bitte, Sie müssen etwas unternehmen.«

»Es würde, bei den geltenden Richtlinien, in Ihrem Fall sogar noch wesentlich länger dauern.«

»Wie meinen Sie das?«

»Nach einem Todesfall wird die Genehmigung gewöhnlich frühestens in zwei Jahren erteilt.«

Das schreckliche Erlebnis im Badezimmer ging ihr durch den Kopf, und ein Gefühl der Hilflosigkeit überwältigte sie. »Zwei Jahre?« wiederholte sie matt.

»Die Kirche ist der Meinung, daß sich ein Mensch nach einem Trauerfall in einem Zustand psychischer Qual befindet. Erst, wenn die Dinge auch nach dieser Zeitspanne andauern, kann eine Erlösungsmesse in Erwägung gezogen werden.«

»Erlösung?«

»Der moderne Begriff.« Er lächelte, und das Zucken um sein Auge setzte wieder ein. »Die Kirche gibt dem Wort Erlösung den Vorzug, es klingt vielleicht ein bißchen weniger dramatisch.«

»Aber«, warf Alex ein, »wenn bewiesen werden kann – Sie haben es doch eben selbst gesehen.«

»Die Kirche ist sich seit Jahrhunderten darüber klar, daß Besessenheit in der Regel durch psychische Krankheit verursacht wird, nicht durch Geister. Die Oberhäupter der anglikanischen Kirche beschäftigen sich immer eingehender mit der Psychologie; es ist weithin anerkannt, daß nicht alle Probleme durch seelsorgerische Unterstützung allein zu lösen sind. Ich nehme an, daß es im Bemühen der Kirche liegt, mit der Zeit zu gehen und verantwortlicher zu handeln. Immer wieder haben sich Zustände, die Geistliche durch Exorzismus zu behandeln versuchten, als Geisteskrankheiten erwiesen, und manchmal haben sie dadurch alles nur noch schlimmer gemacht.«

»Und Sie glauben, ich bin geisteskrank?«

Er sah sie an, dann schweifte sein Blick wieder ziellos umher. »Nein. Ich glaube, daß Sie vielleicht recht haben. Irgend etwas ist hier im Haus. Eine ruhelose Seele. Aber ich glaube nicht, daß ein Exorzismus notwendig ist. Wir müssen versuchen, zu ergründen, warum die Seele ruhelos ist, vielleicht können wir ihr dann Frieden verschaffen.« Er schaukelte wieder im Sessel vor und zurück.

»Ich weiß, warum er ruhelos ist.«

Allsop blickte, ohne in seiner Schaukelbewegung innezuhalten, zu ihr auf. »Möchten Sie es mir sagen?« fragte er sanft.

Sie erwiderte seinen Blick und schüttelte den Kopf. »Nein, das kann ich nicht.«

»Es wäre hilfreich, den Grund zu kennen.«

Sie sah aus dem Fenster, dann wandte sie, überzeugt, eine Bewegung wahrgenommen zu haben, mit einem Ruck den Kopf zur Diele. Sie starrte hinaus und lauschte angestrengt, aber es war nichts mehr da. Schließlich wandte sie sich wieder dem Kaplan zu. »Ich glaube, er hat noch etwas zu erledigen.«

Er hielt inne und begann dann von neuem zu schaukeln. »Ich fürchte, die meisten von uns sterben unvorbereitet und lassen vieles, das sie im Leben geplant hatten, unerledigt.«

Sie nickte.

»Haben Sie das gemeint?«

»Nein.« Sie senkte den Blick auf das Handtuch und sah dann

wieder Allsop in die Augen. »Ich glaube, daß er zurückkommen will, um jemanden zu töten.«

Unfähig, seinen Blick zu ertragen, sich der Erkenntnis zu stellen, daß er sie für verrückt hielt, schlug sie die Augen nieder.

»Ich glaube, ein Requiem wäre das Richtige«, hörte sie ihn mit leiser, ruhiger Stimme sagen.

Sie blickte auf. »Was meinen Sie damit?«

»Wir könnten ein einfaches Requiem hier im Haus halten. Ich glaube, Sie werden feststellen, daß damit alles ein Ende hat.«

Seine Worte erfüllten sie mit einem Gefühl des Unbehagens und der Angst. »Wie – würde – was? Ich weiß nicht genau, was Sie damit meinen?«

»Wir könnten es heute halten, wenn Sie wollen. Wenn ich meinen Sohn abgeholt habe. Ich müßte nur ein paar Dinge mitbringen.«

Sie starrte ihn an. »Was für Dinge?«

Er warf einen Blick auf seine Uhr. »Gegen sechs Uhr, wäre Ihnen das recht?«

Könnte er ihr helfen, dieser ernsthafte junge Mann mit dem nervösen Zucken und den gebügelten Jeans? Könnte er alles, was vorging, mit ein paar Gebeten wieder in Ordnung bringen? Oder würden ihn die Geister mit Gelächter aus dem Haus treiben?

»Gut«, hörte sie sich sagen. »Vielen Dank.«

»Was werden Sie bis dahin tun?«

»Tun?« vernahm sie ihre Stimme.

»Ich halte es für das beste, wenn Sie heute nachmittag nicht im Haus bleiben. Können Sie irgendwo hingehen? Gibt es Freunde, die Sie besuchen könnten?«

»Das Büro. Ich werde ins Büro gehen.«

»Ja«, sagte er. »Eine gute Idee. Versuchen Sie, sich auf etwas anderes zu konzentrieren.«

Er erhob sich, blickte sich nervös nach allen Seiten um und schickte sich an, zur Haustür zu gehen. An der Treppe weiteten sich seine Augen, und ein Ausdruck der Unsicherheit trat in sein Gesicht.

Sie folgte ihm aus dem Haus, ohne einen Blick zurückzuwerfen.

28

»Da ist ein Andrew Mallins am Telefon; er sagt, er würde sich gern mit Ihnen über eine Idee für ein Stück unterhalten.«

Sie schüttelte den Kopf. »Nein, Julie«, sagte sie in die Sprechanlage. »Heute nicht.«

»Wollen Sie überhaupt mit ihm reden?«

»Bitten Sie ihn, mich nächste Woche anzurufen.«

Mutlos starrte sie auf ihren Schreibtisch; lieber Himmel, wie sich die Arbeit gestapelt hatte. Sie warf einen Blick auf den hölzernen Kalender. Mittwoch, der dritte Mai. Wieder summte die Sprechanlage.

»Ein Mr. Prior ist am Telefon«, sagte Julie.

»Mr. Prior? Ich kenne ihn nicht.«

Julie senkte die Stimme. »Vom Krematorium«, erklärte sie teilnahmsvoll.

»In Ordnung.«

Mr. Priors Tonfall war fast übertrieben ehrerbietig. »Ich wollte nur fragen«, begann er, »ob Sie schon dazu gekommen sind, sich zu überlegen, was mit der Asche geschehen soll.«

Sie sah noch einmal auf den Kalender. Dritter Mai. Ein Kälteschauer durchlief sie. Dritter Mai. Morgen, dachte sie. Morgen. Vierter Mai. »Mit der Asche?«

»Wir können sie natürlich für Sie verstreuen, wenn Sie es vorziehen.«

»Nein«, sagte sie.

»Wir haben ein paar sehr hübsche Angebote zur Auswahl. Ein Rosenstrauch vielleicht? Wir könnten sie darüber verstreuen oder die Asche darunter vergraben. Natürlich nicht in der Urne, dafür ist nicht genug Platz.«

»Nein«, entgegnete sie zerstreut, »natürlich nicht.«

»Sie brauchen sich nicht sofort zu entscheiden – wir bewahren sie drei Monate für Sie auf.«

Urne, dachte sie. Ein kleiner, schwarzer Kunststoffbehälter. Gott, wenn es doch so einfach wäre. Vierter Mai. Vierter Mai. Morgen.

»Eine Gedenktafel an der Mauer ist sehr beliebt; allerdings müssen Sie den Platz alle fünfzehn Jahre neu kaufen.«

»Natürlich.«

»Ein Eintrag in das Gedenkbuch ist etwas Bleibendes; es ist eine einmalige Ausgabe.«

Ein kleiner, schwarzer Behälter mit einem feinen weißen Pulver darin. Ihr Kind.

»Es gibt noch einige freie Stellen im Gestein – aber sie sind ein wenig unzugänglich. Für die günstigeren Plätze besteht leider eine Warteliste.«

Der vierte Mai.

»Wir können Ihnen die Urne natürlich auch aushändigen; viele Menschen verstreuen die Asche am Lieblingsplatz des Verstorbenen. Das ist jetzt sehr in Mode; verursacht keine Kosten, wissen Sie.«

Lieblingsplatz. Über dem See verstreuen. Sie stellte sich vor, wie sie die Urne in den Händen hielt, den Deckel abschraubte, wie ihr die Asche ins Gesicht geweht wurde, und sie schauderte.

»Kann ich es mir noch einmal überlegen?« fragte sie.

»Ja, es hat keine Eile, wir bewahren sie drei Monate auf, bevor wir – äh – darüber verfügen. Wir würden Sie natürlich vorher benachrichtigen.«

»Natürlich.«

Vierter Mai.

Philip Main sei am Apparat. Ob sie ihn sprechen wolle.

Wo ist der Mann vom Krematorium, dachte sie erschrocken. Hatte sie das Gespräch mit ihm beendet? Wie waren sie verblieben?

»Wie geht es dir?« fragte er liebevoll.

»Ganz gut.«

»Hast du ...?«

»Ja. Heute abend.« Ihre Augen füllten sich mit Tränen. »Sie halten ein Requiem. Er sagte, es würde lange dauern, einen Exorzismus in die Wege zu leiten, und außerdem würden sie es nicht so bald nach ... O Gott, Philip, ich habe solche Angst.«

»Es wird schon gut werden.«

»Ich wünschte, du könntest kommen.«

»Du wirst es schon schaffen, Mädchen.«

Sie putzte sich die Nase. »Soll ich dich hinterher anrufen?«

»Ja, dann trinken wir ein Glas zusammen.«

Sie schniefte vernehmlich, und ein gutes Gefühl überkam sie plötzlich; es tat gut, ihn am anderen Ende der Leitung zu wissen, und eine große Wärme durchflutete sie. »Das fände ich schön.«

Es gelang ihr, einen Parkplatz unmittelbar vor dem Haus zu finden. Es war Viertel vor sechs. Sie schaltete den Motor ab und schloß die Augen. Sie hörte Schritte und fuhr erschrocken auf; ein Mann, der einen Labrador an der Leine hielt, ging vorüber; er musterte sie anerkennend durch die Windschutzscheibe. Sie wandte errötend den Kopf ab und fühlte sich einen Moment lang seltsam erheitert. Normalität, es gab sie noch, die Normalität, sie war immer noch möglich. Alex umklammerte das Lenkrad mit beiden Händen und blickte zum Haus hinüber; wie ein Kaninchen, dachte sie, wie ein verängstigtes Kaninchen im Bau.

Vierter Mai.

Was wohl hatte das Datum zu bedeuten? Warum ging es ihr immer wieder durch den Kopf?

Wie war es möglich, daß sie hier, ein paar Meter von ihrer Haustür entfernt, im Wagen saß und nicht wagte hineinzugehen? In ihr eigenes Haus? Ihr Heim? Sie starrte auf die blaue Tür, die weißgestrichenen Mauern; sie sahen schon ein wenig angeschmuddelt aus, könnten einen neuen Anstrich vertragen. Sie versuchte sich zu erinnern, wann das Haus zum letzten Mal gestrichen worden war. Das war mindestens fünf Jahre her. Gott, wie vertrauenerweckend und normal es aussah; würde es je wieder normal werden? Würde sie je wieder darin leben können?

Sie zitterte. Im Seitenspiegel sah sie den Kaplan und einen zweiten Mann auftauchen, beide in schwarzen Soutanen. Sie schleppten etwas Schweres zwischen sich, eine braune Plastikreisetasche, wie Alex feststellte, als sie näher kamen.

Der zweite Mann war älter als Allsop, Anfang Vierzig, schätzte sie.

Sie stieg aus dem Wagen.

»Ah, gut«, begrüßte Allsop sie, »Sie sind auch gerade erst angekommen. Wir hatten schon befürchtet, uns verspätet zu haben. Sie kennen sich sicher, oder?«

Alex warf dem älteren Mann ein höfliches Lächeln zu; er hatte ein verbindliches, humorloses Gesicht, das Gesicht eines Karrieregeistlichen, nicht das eines fürsorglichen Pastors. In einem Anzug anstelle der Soutane hätte er ein ehrgeiziger Anwalt sein können. »Nein«, sagte sie.

»Derek Matthews«; stellte sich der Mann mit schneidiger Stimme vor und reichte ihr die Hand, ohne zu lächeln. »Pfarrer von St. Mary's.«

»Ah«, sagte sie, während sie seinen festen Händedruck erwiderte. »Ich fürchte, ich habe meine Pflichten als Kirchgängerin ein wenig vernachlässigt.«

»Das tun die meisten Menschen, Mrs. Hightower«, gab er ohne einen Anflug von Humor zurück.

»Ich hoffe, Sie haben es uns nicht übelgenommen, daß wir Sie nicht gebeten haben, den Trauergottesdienst zu halten, es war ein Freund meines Mannes – der meinen Sohn, unseren Sohn – kannte...« Sie zuckte hilflos die Achseln. »Wir hielten es für angemessen.«

»Selbstverständlich.«

»Sollen wir – äh?« warf Allsop ein.

»Ja.« Matthews machte sie nervös. »Natürlich, bitte, treten Sie doch ein.« Ihr Blick fiel auf die Reisetasche. Sie sah aus, als könnten sich belegte Brote für ein Picknick darin befinden. »St. Mary ist – eine sehr hübsche Kirche.«

»Nicht für den Ästheten«, gab Matthews kurz angebunden zurück. »Sie ist eine architektonische Katastrophe.«

Sie schloß die Haustür hinter sich. Matthews sah sich desinteressiert um.

«Möchte jemand eine Tasse Tee?«

»Ich schlage vor, wir fangen gleich an«, sagte Matthews mit einem Blick auf seine Uhr. »Ich habe eine Verabredung, die ich nicht versäumen darf.«

Sie sah Allsop an, der zu spät versuchte, ihrem Blick auszuweichen. Er errötete. »Ich – äh – ich dachte, es wäre von Nutzen, wenn Derek dabei ist; er hat viel mehr Erfahrung in diesen Dingen als ich.« Um sein rechtes Auge zuckte es heftig.

»Ja, natürlich.« Sie warf Matthews einen nervösen Blick zu. »In welchem Raum soll es stattfinden?« fragte sie.

»In dem Raum, in dem die Erscheinungen aufgetreten sind«, gab Matthews so kurz angebunden zurück, als hätte er einen Hotelportier vor sich.

»Die Erscheinungen sind in allen Räumen aufgetreten«, entgegnete sie kalt.

»Darf ich fragen, ob Sie hier je mit dem Okkultismus herumexperimentiert haben, Mrs. Hightower?«

»Ich experimentiere mit gar nichts herum.« Sie war sich des aufsteigenden Ärgers in ihrer Stimme bewußt.

»Sie haben hier im Haus keine Séancen abgehalten, nichts dergleichen?«

Hören Sie mal, hätte sie am liebsten gesagt, ich bin kein Schulmädchen. Doch sie verbiß sich die Erwiderung und nickte. »Wir haben letzte Woche einen Zirkel abgehalten.« Sie spürte, daß sie rot wurde und schaute Allsop, in dem unangenehmen Gefühl, ihm in den Rücken gefallen zu sein, entschuldigend an.

»Dann sollten wir den Raum nehmen, in dem Sie den Zirkel abgehalten haben«, erklärte Matthew mit wachsender Ungeduld.

»Es tut mir leid«, sagte Alex und kam sich dabei albern und hilflos vor.

Sie ging voraus, die Treppe hinauf; nichts würde passieren, sie wußte es, überhaupt nichts, und Matthew würde sie für eine vollkommene Närrin halten.

O Gott, dachte sie, als sie die Tür öffnete, und ihre Wangen färbten sich glutrot beim Anblick der Stühle, die immer noch im Kreis angeordnet standen.

Sie spürte Matthews' stechenden Blick und konnte ihm nicht ins Gesicht sehen. Sie sah zu Fabians Porträt auf, dann zu den Vorhängen, die immer noch mit Klebeband an der Wand befestigt waren.

»Diese Praktiken sind sehr gefährlich, Mrs. Hightower«, bemerkte Matthews.

»Ich weiß«, erwiderte sie kleinlaut wie ein Schulkind, und Allsops gedemütigte Miene entging ihr nicht.

Als der Kaplan die Tasche auf den Boden stellte, klirrte etwas darin vernehmlich. Matthews kniete sich davor und zog den Reißverschluß auf. »Wir brauchen einen Tisch; und wir brauchen etwas Salz.«

»Salz?«

»Ganz normales Salz. Haben Sie einen Salzstreuer?«

»Ich hole einen.« Alex holte einen Salzstreuer aus der Küche und trat dann in ihr Schlafzimmer. In dem Raum war es eiskalt, und sie hatte Angst, auch nur einen Augenblick lang von den anderen getrennt zu sein. Sie hob den kleinen Tisch am Fußende des Bettes hoch und eilte in Fabians Zimmer zurück.

»Danke.« Matthews ließ sich Tisch und Salzstreuer von ihr geben, als wären es Spielsachen, die er einem Kind abnahm.

Als sie mit den Vorbereitungen beschäftigt waren, sah es aus, als hätten sie sie vorher einstudiert. Allsop schob drei der Stühle beiseite, während Matthews alle möglichen Gegenstände aus der Tasche holte und auf dem Tisch ausbreitete.

Er stellte zwei kleine Kerzen wie Nachtlichter sorgfältig in der Mitte auf, dann folgten ein Kelch, eine Flasche Wein und ein silbernes Tablett. Die beiden Männer arbeiteten schweigend und beachteten Alex überhaupt nicht; sie hatte das unbehagliche Gefühl, völlig überflüssig zu sein.

Matthews zog eine silberne Weihwasserschale hervor und goß,

während er ein stummes Gebet mit den Lippen sprach, aus einem Behälter ein wenig Wasser hinein. Dann streute er Salz dazu. Er hob die Schale in die Höhe, drehte sich um und blickte an Alex vorbei ins Leere. »Beschütze uns, o Herr, wir flehen dich an.« Er nahm einen Silberwedel aus der Tasche, tauchte die Spitze in das Wasser, trat einen Schritt an Alex vorbei und schnippte ihn energisch zur Wand hin. Dann drehte er sich um und wiederholte die Prozedur feierlich an den übrigen drei Wänden. Dann stellte er die Schale auf den Tisch zurück, legte den Wedel daneben und zündete mit einem goldenen Dunhill-Feuerzeug, das er aus seiner Tasche zog, die Kerzen an.

Allsop goß das übriggebliebene Wasser aus der Schale in den Behälter zurück und verstaute sie wieder in der Reisetasche.

»Können wir beginnen?« erkundigte sich Matthews.

Alex setzte sich den beiden Geistlichen gegenüber.

»Ich nehme an, Sie sind gefirmt?« wandte sich Matthews an sie.

Alex nickte.

»Lasset uns beten«, rief er mit lauter, klarer Stimme aus, als hätte er das hohe Gericht vor sich.

Der Kaplan faltete fest die Hände und hob sie vor das Gesicht.

Es erinnerte Alex mehr an eine Schulstunde als an einen Gottesdienst. Schweigend, innerlich zitternd vor Wut und Demütigung, folgte sie Allsops Beispiel.

»Erhöre unsere Gebete, Herr, die wir dich demütig bitten um deine Gnade.«

Konnten sie noch etwas anderes, diese beiden? Mit ihrer Plastiktasche und ihrem prunkvollen Silberzeug? Wußten sie mehr als Ford? Als Philip? Waren sie nichts weiter als zwei wohlmeinende Scharlatane unter der schweren Flagge der allgemeinen Anerkennung? Oder waren sie die Träger der Autorität und des Wirkens göttlicher Kraft, einer Kraft, die größer war als alles andere? Welcher Kraft?

Sie beugte sich vor, schloß die Augen und versuchte, sich zu konzentrieren, Verbindung aufzunehmen mit dem Gott, mit dem sie als kleines Mädchen gesprochen hatte, der ihr zugehört und sie beschützt hatte, der dafür gesorgt hatte, daß alles gut wurde.

»Erhöre unsere Gebete, Herr, die wir dich demütig bitten um deine Gnade, daß die Seele deines Dieners Fabian, den du aus diesem Leben abberufen hast, durch dich an einen Ort des Friedens und des Lichts hinübergebracht werde, damit es ihm ermöglicht werde, unter der Schar deiner Heiligen zu leben. Durch Christus, unsern Herrn.«

»Amen«, sage Allsop.

»Amen«, wiederholte sie leise, peinlich berührt beim Klang ihrer Stimme.

»Wir bitten dich, Herr unser Gott, nimm die Seele dieses deines Dieners Fabian auf, für den du dein Blut vergossen hast. Denk daran, Herr, daß wir nur Staub sind und daß der Mensch wie das Gras und die Blume auf dem Feld ist.«

Leg ein bißchen mehr Gefühl hinein, hätte sie am liebsten geschrien, leg verdammt ein bißchen mehr Gefühl hinein. Sie öffnete die Augen und betrachtete ihn wütend durch ihre locker gefalteten Hände.

»Herr, gib ihm die ewige Ruhe.« Matthews hielt inne und warf einen Blick auf seine Uhr. »Und laß das ewige Licht über ihm leuchten. Gewähre deinem Diener Fabian, Herr, einen Ort des Friedens und der Vergebung.«

Alex blickte zu Fabians Porträt auf, dann schloß sie die Augen und schlug die Hände davor. Was hältst du von dem Ganzen, Liebling? Macht es dir etwas aus? Verstehst du es?

»O Gott, es liegt in deiner Natur, Gnade und Nachsicht walten zu lassen. Du hast deinen Diener Fabian zu dir gerufen, der an dich glaubte und seine Hoffnung in dich setzte.«

Nichts. Sie fühlte nichts als Unglauben darüber, daß all das wirklich geschah. Sie betrachtete Allsop, der die Hände fromm gefaltet und die Augen fest geschlossen hatte. Es herrschte eine stickige Atmosphäre in dem Raum; sie roch das schmelzende Kerzenwachs und spürte, daß ihr der Schweiß ausbrach.

»O Gott, du bemißt das Leben und die Zeit aller Menschen. Indem wir beklagen, daß dein Diener Fabian nur so kurze Zeit unter uns weilte, bitten wir dich demütig, daß er sich in der Freude deines Angesichts immerwährender Jugend erfreue in Ewigkeit.«

Die Kerzen flackerten und warfen Schatten auf Matthews' Gesicht, als wollten sie ihm sein Weihwasser voller Abscheu wieder entgegenschleudern.

»Unser Bruder hat gegessen vom Leib Christi, dem Brot des ewigen Lebens. Möge er am Jüngsten Tag wiederauferstehen. Durch Christus unsern Herrn.«

»Amen«, sagte Allsop.

Sie brachte es nicht über sich, etwas zu sagen.

Es folgte ein langes Schweigen.

Im Raum wurde es immer heißer.

»Heilig, heilig, heilig. Herr, allmächtiger Gott, Himmel und Erde sind erfüllt von deiner Herrlichkeit. Hosanna in der Höhe.«

Matthews bohrte seinen Blick in ihre Augen.

»Vater unser, der du bist im Himmel, geheiligt werde dein Name, dein Reich komme. Dein Wille geschehe wie im Himmel also auch auf Erden. Gib uns unser tägliches Brot heute, und vergib uns unsere Schuld, wie auch wir vergeben unseren Schuldigern, und führe uns nicht in Versuchung, sondern erlöse uns von allem Übel.«

Matthews hielt inne, und sein Blick wanderte in die Höhe, als wären die Worte viel zu bedeutend, um nur an sie allein gerichtet zu werden.

»Denn dein ist das Reich und die Kraft und die Herrlichkeit, in Ewigkeit, Amen.«

Er erhob sich schweigend und wandte sich dem Tisch zu. Dann hob er die Hostie hoch und bröckelte ein Stück davon in den Kelch.

»Lamm Gottes, das du hinwegnimmst die Sünden der Welt, erbarme dich unser.« Er drehte sich um und sah ihr direkt in die Augen. »Möge die Vereinigung des Leibes mit dem Blut unseres Herrn Jesus Christus ewiges Leben bringen, uns, die wir ihn empfangen.« Er winkte sie zu sich heran.

Langsam erhob sie sich und trat zögernd auf ihn zu. Er bedeutete ihr niederzuknien, dann hob er die Hostie. »Dies ist der Leib unseres Herrn Jesus Christus«, sagte er, indem er ihr die Hostie in die offene Hand legte.

Sie nahm den trockenen, süßlichen Geschmack wahr, dann spürte sie den dünnen, kalten Rand des Kelches und die Feuchtigkeit des Weines.

»Dies ist das Blut unseres Herrn Jesus Christus.«

Sie ging, einen dumpfen, metallischen Geschmack im Mund, schweigend zu ihrem Platz zurück.

»Herrgott, dein Sohn hat seinen Leib hingegeben, um uns auf unserer letzten Reise zu begleiten. Gewähre unserem Bruder Fabian einen Platz an seiner Seite beim himmlischen Abendmahl: der du lebst und herrschst in alle Ewigkeit.«

»Amen«, flüsterte sie.

Allsop schwieg, und Matthews starrte sie verächtlich an, ein kleines Mädchen, das nicht aufpaßte und zur falschen Zeit sprach. Sie schloß die Augen.

»Allmächtiger Gott, du hast den Tod für uns überwunden durch das Sterben deines Sohnes Jesus Christus.«

Die Worte begannen wie Hammerschläge in ihrem Kopf zu dröhnen.

»Durch sein Ruhen im Grabe und seine glorreiche Wiederauferstehung von den Toten hast du den Tod geheiligt.«

Sie hörte Wasser tropfen, scharfe, laute Tropfen wie Pistolenschüsse. Einer traf ihre Stirn wie ein Faustschlag, dann noch einer. Sie liefen ihr salzig und brennend in die Augen. Sie strich sich mit der Hand über die Stirn. Aber da war nichts, nichts als die Feuchtigkeit ihres Schweißes.

»Nimm hin unsere Gebete für die, die mit Christus gestorben und mit ihm begraben sind, und die mit himmlischer Zuversicht ihrer Wiederauferstehung harren. Gewähre, wir bitten dich, Gott der Lebendigen und der Toten, Fabian den ewigen Frieden. Durch Christus, unsern Herrn. Amen.« Wieder sah er auf seine Armbanduhr.

»Amen«, wiederholte Allsop.

Matthews kniete nieder, blies die Kerzen aus und begann, seine Utensilien wieder in der Tasche zu verstauen.

Allsop öffnete die Augen und warf Alex ein gütiges Lächeln zu, dann erhob er sich und half Matthews beim Einpacken.

Sie sah den beiden Männern zu. Ist das alles, hätte sie am liebsten gerufen, ist das wirklich alles? Aber sie zweifelte daran, daß Matthews sie überhaupt einer Antwort gewürdigt hätte.

Sie gingen in die Diele hinunter, und Alex öffnete den beiden die Tür. Matthews trat hinaus, dann drehte er sich zu ihr um. »Ich hoffe, Sie überlegen es sich gründlich, bevor Sie noch einmal mit dem Okkultismus herumexperimentieren, Mrs. Hightower.«

Sie nickte betreten.

Er wandte sich ab und stieg die Treppe hinunter. Allsop nahm die Tasche und lächelte ihr zu. »Ich rufe Sie in ein paar Tagen an, um zu sehen, wie Sie zurechtkommen.«

»Vielen Dank.«

Sie schloß leise die Tür und drehte sich um.

Fabian stand am Fuße der Treppe.

Sie nahm plötzlich Benzingeruch wahr; die ganze Diele schien davon erfüllt zu sein. Dann bewegte sich Fabian auf sie zu, glitt lautlos dahin, ohne die Beine zu bewegen, bis sie nur noch seine Augen sehen konnte, die Augen eines anderen, nicht die ihres Sohnes, kalte, böse Augen, die Haß versprühten.

»Nein!« schrie sie, indem sie die Augen schloß, sich zur Tür wandte und blindlings an der Klinke riß. Unter Aufbietung aller Kräfte öffnete sie die Tür und stolperte ins Freie. »Hilfe!«

Aber es kam kein Wort über ihre Lippen.

»Helfen Sie mir!«

Nichts.

»O Gott, bleiben Sie stehen, kommen Sie zurück, bitte, kommen Sie zurück!«

Verzweifelt starrte sie ihnen nach. »Bitte, helfen Sie mir«, wimmerte sie. Aber die beiden Geistlichen hatten bereits das Ende der Straße erreicht; mit ihren beiden Soutanen und der zwischen ihnen baumelnden Tasche hüpften sie dahin wie zwei Hampelmänner auf dem Weg zum Picknick.

29

Sie fuhr mit so hoher Geschwindigkeit durch das Tor, daß die Stoßdämpfer auf dem aufgeweichten Feldweg krachend bis zum Anschlag federten und der Wagen heftig erschüttert wurde. Schlammwasser spritzte in dicken Tropfen an die Windschutzscheibe, und sie schaltete, während sie einem tiefen Schlagloch auswich, die Scheibenwischer ein; die Haube des Mercedes senkte sich mit einem Ruck, hob sich wieder und krachte dann mit solcher Wucht erneut nach unten, daß der Wagen ins Schleudern kam und um ein Haar gegen die Umzäunung geprallt wäre.

Die Wischblätter krallten sich, kreischend wie wütende Vögel, an die Windschutzscheibe. Sie roch den Gestank der Schweine und sah, wie ein kleines, dunkles Etwas aus dem matten Lichtkegel der Scheinwerfer davonhuschte. Wieder machte der Mercedes einen Satz, aber sie trat das Gaspedal dessen ungeachtet bis zum Boden durch.

Vor sich zur Linken entdeckte sie durch die Schmutzstreifen der Scheibenwischer den See, der unter einer dünnen Nebelhaube lag; wie ein Leichentuch, dachte sie mit einem Schauder. In der Dämmerung wirkte er immer am unheimlichsten.

Davids Landrover stand vor dem Haus, und sie parkte den Mercedes daneben. Sie stellte den Motor ab, schloß die Augen und hätte am liebsten geweint vor Erleichterung. Der Motor gab ein paar Klopfgeräusche von sich und machte seinem Ärger dann mit einem lauten Zischen Luft; der Geruch von heißem Öl überlagerte den Gestank der Schweine. Der Motor klopfte und zischte noch einmal. Irgendwo in der zunehmenden Dunkelheit blökte ein Schaf.

Sie stieg aus dem Wagen und blieb mit zitternden Knien stehen. Wieder war ein Blöken zu hören, dann wurde aus der Ferne das Aufklatschen eines Fisches durch die Abendstille herübergetragen. Sie machte ein paar zögernde Schritte auf das Haus zu, und blieb dann, schwankend und um ihr Gleichgewicht kämpfend stehen. Der Schlamm gluckste unter ihren Schuhen, und plötzlich hörte sie ein schmatzendes Geräusch und spürte die Kälte an ihrem rechten Fuß.

»Verdammt«, rief sie und zog den Fuß vorsichtig, damit der Schuh nicht in der Schlammpfütze steckenblieb, heraus. Im Haus war es dunkel, aber durch die Scheunentür schimmerte Licht, und sie lief quer über den Hof darauf zu.

David stand mit dem Rücken zur Tür und starrte zu dem Flaschenzug hinauf, den er an dem Balken angebracht hatte. Der Haken schaukelte leicht über dem großen neuen Faß, das immer noch mitten im Raum stand.

»Hallo«, sagte er, ohne sich umzudrehen. »Hattest du einen schönen Tag?«

»Nein«, entgegnete sie leise.

»Das ist ein Mistding; ein richtiges Mistding.«

»Woher wußtest du, daß ich es bin?«

Er hatte ihr immer noch den Rücken zugekehrt. »Der Wagen. Ich erkenne deinen Wagen immer – obwohl du etwas schneller gefahren bist als sonst. So ein Mistding, was hältst du davon?«

»Wovon?«

»Ich überlege, ob ich das Faß einfach da stehen lasse, wo es ist – findest du, daß es komisch aussieht?«

Alex starrte zu dem Seil hinauf. »Es sieht aus wie ein Galgen.«

»Ein Galgen?« Er wandte sich um, dann beugte er sich vor, um sie genauer anzusehen. »Himmel, du siehst ja schrecklich aus.«

Sie spürte, daß ihr die Tränen in die Augen schossen und senkte mit einem Schniefen den Kopf.

»Komm«, sagte er, indem er besänftigend den Arm um sie legte. »Ich mache dir etwas zu trinken.«

In der Küche setzten sie sich an den Tisch, und sie erzählte.

»Das finde ich nett«, bemerkte David. »Deine ganz persönliche Messe.« Er lächelte. »Das zeigt, daß die Kirche sich anstrengen muß. Wenn die Gläubigen nicht in die Kirche gehen, muß die Kirche zu den Gläubigen kommen und den Konkurrenzkampf gegen Pizzas, kalte Platten und Masseusen, die ins Haus kommen, antreten. Messeservice, was? Wir bringen Ihnen die Kommunion direkt ins Haus – und Sie brauchen sich keine Gedanken um den Klingelbeutel zu machen. Ich nehme doch an, es gab keine Kollekte, oder?«

»Nein, es gab keine Kollekte.«

»Das würde ich den Halunken auch noch zutrauen.«

»David«, sagte sie mit schneidender Stimme.

»Es tut mir leid.«

Er hob das Weinglas und schwenkte den Wein. »Wird mit jedem Tag besser, weißt du das?«

Alex nahm einen Schluck von ihrem Whiskey und lächelte. »Gut.«

»Das heißt also, daß du wieder zurückfährst?«

Der Anflug von Traurigkeit in seiner Stimme entging ihr nicht; sie umklammerte ihr Glas mit beiden Händen.

»Ich dachte – weißt du ...«, stotterte er errötend, »wir scheinen ganz gut miteinander auszukommen. Ich dachte – vielleicht – möglicherweise ...«

Tränen quollen ihr aus den Augen, sie saß da, angespannt und am ganzen Leib zitternd, schloß fest die Augen und wiegte sich auf dem Stuhl vor und zurück. Sie nippte an ihrem Whiskey, der sich mit dem salzigen Geschmack ihrer Tränen vermischte. Dann öffnete sie die Augen wieder und sah ihn an. »Es ist noch nicht vorüber, David.« Ein krampfhaftes Zittern durchlief ihren Körper und erschütterte sie so heftig, daß es schmerzte. »Es fängt gerade erst an.«

Sie spürte seinen festen, starken Arm um ihre Schultern, und seine rauhen Finger strichen liebevoll über ihr Gesicht.

»Hier bist du sicher, Liebes«, sagte er. »Ich passe auf dich auf, keine Sorge. Fahr für eine Weile nicht mehr nach London, nicht, bevor du – bevor alles zur Ruhe gekommen ist.«

Sie nickte; eine große Träne rollte ihr über die Wange.

Sie erwachte von einem tropfenden Geräusch, harte, laute Tropfen wie Schüsse aus einem Luftgewehr. Einer traf ihre Stirn wie ein Faustschlag, dann noch einer. Der Laut hallte in dem Raum wider, als würde sie sich in einer Höhle befinden.

Ihre Füße waren wie Eisklumpen. Ein bitterkalter Wind blies ihr ins Gesicht. Plong, drang es an ihr Ohr. Sie hob die Hand, um das Wasser wegzuwischen.

Ihr Gesicht war vollkommen trocken.

Sie runzelte die Stirn; ihr Herz hämmerte, und Fabians erbärmlicher Schrei während der Séance fiel ihr ein. »Hilf mir, Mutter.«

Und dann die knurrende Stimme: »Hört nicht auf den kleinen Mistkerl.«

Was ist los mit dir, Liebling? Bitte, sag es mir. Bitte.

Plong. Es tat weh, so weh, als wäre sie von einem Tennisball getroffen worden; sie spürte, wie ihr das Wasser seitlich am Kopf herunterlief und tastete wieder danach. Nichts.

Und plötzlich begriff sie.

Zitternd schloß sie die Augen. Sie wußte, was sie zu tun hatte, aber sie wußte nicht, ob sie den Mut dazu aufbringen würde.

Von der Wohnzimmertür drangen zwei schrille Schläge herüber. Sie hörte ein schleifendes Geräusch, das Rascheln von Stoff, dann ein scharfes Einatmen. Das Fenster knarrte, es folgte ein stoßhaftes Ausatmen, und dann bauschten sich die Vorhänge und flatterten im Luftzug.

Ihr Herzschlag verlangsamte sich wieder; der Wind und die Vorhänge. Das war alles. Sie lächelte erleichtert und ließ sich in das weiche Kissen zurücksinken, spürte, wie ihre Füße wieder warm wurden, wie die Anspannung der Muskeln nachließ, wie der Schmerz sich legte.

Plötzlich empfand sie einen neuen, stechenden Schmerz am Finger, und ihr Körper krampfte sich zusammen. Es durchzuckte sie, und wieder verkrampften sich ihre Muskeln. Ebenso plötzlich, wie er gekommen war, ließ der Schmerz wieder nach, sie spürte nur noch ein Brennen am ganzen Körper, als wäre sie in ein Brennesselfeld gefallen.

Kurz danach wurde sie von einem gewaltigen Schlag erschüttert, der sie im Bett hochriß und gegen das Kopfende preßte. Sie stöhnte auf. Etwas stand vor ihr, am Fußende des Bettes. Ein Schatten, dunkler als die Nacht.

»Heute, Mutter.«

Die Stimme war so deutlich, so unglaublich deutlich.

»Was meinst du damit, Liebling?«

Ihre Haut hatte aufgehört zu brennen.

»Liebling?«

Sie streckte die Hand zum Nachttisch aus und tastete nach dem Lichtschalter. Das Licht ging an, und sie blinzelte mit schmerzenden, brennenden Augen zu dem dunklen Garderobenständer am Fußende des Bettes.

Der Vorhang bauschte sich flatternd im Zimmer, als würde jemand wütend daran rütteln, und sie hörte das Fauchen der Windstöße. Sie faltete die Hände und schloß die Augen. »O Gott, bitte, hilf mir. Bitte, gib mir die Kraft, daß ich es schaffe. Bitte, schütze Fabians Seele, schenk ihm deinen Segen, und laß ihn in Frieden ruhen. Bitte, laß nicht zu, daß er ...« Sie hielt inne.

Jemand beobachtete sie.

Sie öffnete die Augen, aber es war niemand da, nur die Möbel, die wehenden Vorhänge und der nächtliche Wind.

Sie war überrascht, David in der Küche anzutreffen, als sie am Morgen herunterkam.

»Wie hast du geschlafen?«

»Ganz gut«, erwiderte sie. »Der Wind hat mich eine Weile wach gehalten.«

Er blickte aus dem Fenster. »Scheint sich gelegt zu haben; es wird ein schöner Tag werden. Bleibst du heute hier unten?«

Sie nickte.

»Gut. Möchtest du Kaffee?«

»Danke.«

Er stellte den Wasserkessel auf den Kamineinsatz.

»Ich dachte, du würdest um diese Zeit normalerweise schon arbeiten?«

»Ich erwarte einen Anruf. Vielleicht hab ich ein wirklich gutes Geschäft an der Angel. Das hier ist das einzige Telefon das funktioniert, den Apparat im Büro habe ich neulich fallen lassen, seither klingelt er nicht mehr.«

»Ich bleibe hier und rufe dich.« Sie lächelte. »Ich kann ein bißchen Sekretärin für dich spielen.«

»Ist schon gut. Ich muß ohnehin Papierkram aufarbeiten – das mache ich hier im Haus.«

Verdammt, dachte sie.

»Abgesehen davon habe ich nicht oft das Glück deiner Gesellschaft an einem Wochentag.«

Verstehst du denn nicht, dachte sie, Himmel noch mal, begreifst du nicht?

Er sah sie mit fragend gerunzelter Stirn an, und sie warf ihm ein beruhigendes Lächeln zu; dann glitt ihr Blick an ihm vorbei zu dem rostigen Schlüssel am Wandhaken hinter ihm.

»Ich glaube, ich gehe ein Stück spazieren.«

»Das ist herrlich um diese Zeit.« Er lächelte. »Eine der Entschädigungen. Ich mache den Kaffee für dich fertig. Ach – könntest du kurz nach den Schafen in den Weinbergen sehen?«

Sie nickte und warf einen Blick auf ihre Armbanduhr. »Ich rufe lieber im Büro an und hinterlasse, wann ich zurückkomme.«

»Das erledige ich für dich. Ich sage ihnen, daß es dir nicht gut geht und daß du ein paar Tage nicht ins Büro kommst.«

»Bei dir klingt alles so einfach«, sagte sie mit gereiztem Unterton. Sie versuchte, es mit einem Lächeln wiedergutzumachen. »Kannst du einfach deine Arbeit hier liegen- und stehenlassen und wegbleiben, solange du willst?«

Er schüttelte den Kopf.

»Ich auch nicht.«

»Es gibt Zeiten, da geht es nicht anders.«

Mit einem Seufzer trat sie in die Morgenluft hinaus, in den schalen Schweinegestank und den frischen, süßen Duft des feuchten Grases. Die Luft war noch kühl, und das frühe Morgenlicht hatte einen milchigen Schimmer, etwas Wäßriges, fast Ätherisches.

Sie entfernte sich auf dem Fußweg vom Haus und bog dann nach rechts auf den Pfad ein, der zum See führte. Die Zementinsel war durch den Nebelschleier, der dicht über dem Wasser lag, nur als Schatten sichtbar. Mittelalterlicher Teich. Sie schauderte;

der brackige Geruch stieg ihr in die Nase. Nicht einmal die Vögel sangen in der Nähe dieses Sees. Sie blieb stehen und betrachtete den schmalen, von Brombeerranken überwucherten Weg. Vorsichtig, um sich nicht an den Dornen zu verletzen, hob sie eine der Ranken hoch und hielt sie in der Hand.

Jemand hatte sie abgeschnitten und wieder an ihren Platz zurückgelegt.

Sie stand wie versteinert da und starrte den Zweig in ihrer Hand an. Mißtrauisch sah sie sich nach allen Seiten um, dann betrachtete sie forschend das Gestrüpp; sie spürte etwas hinter ihrem Rücken und fuhr mit hämmerndem Herz herum. Niemand. Vorsichtig prüfte sie eine andere Ranke; auch sie löste sich mühelos.

Wer immer das getan hatte, er hatte gute Arbeit geleistet. Der Weg und die rissige, verwitterte Eichentür mit dem zementierten Rahmen waren sehr sorgfältig getarnt worden.

Sie drehte am Knauf und drückte gegen die Tür, aber sie war verschlossen. Wieder spürte sie etwas hinter sich und drehte sich zitternd um. Aber da war nichts. Sie blieb lange reglos stehen und lauschte. Die einzigen Geräusche, die sie vernahm, waren das Tuckern eines Traktors und das Blöken der Schafe in der Ferne.

Sorgsam arrangierte sie die Ranken wieder vor der Tür und über dem Weg, dann blickte sie auf ihre Uhr. Neun Uhr fünfzehn. Zu früh, viel zu früh. Sie drehte sich noch einmal um und starrte auf den See hinaus, dann kehrte sie langsam, widerstrebend zum Haus zurück.

David saß, eine zerdrückte Zigarette im Mund und seinen Papierkram um sich ausgebreitet, am Küchentisch; er schien sich für den Vormittag in Arbeit vergraben zu haben.

»Hast du deinen Anruf schon bekommen?«

Er schüttelte den Kopf. »Ich erwarte ihn erst etwas später.«

Alex nickte, ging ins Wohnzimmer hinüber und setzte sich. Es war dunkel und still im Raum.

Laß es sein, mahnte sie ihr Instinkt; laß es sein, vergiß es, geh weg, wende dich an den Kaplan. Erzähl es ihm.

»Wenn eine der Kammern undicht ist und sich mit Wasser gefüllt hat, würde man ertrinken, wenn man die Tür öffnet.«

»Lassen Sie es nicht zu, Mrs. Hightower.«

»Mutter.«

»Hören Sie nicht auf den kleinen Mistkerl.«

»Vierter Mai.«

Vierter Mai.

Heute.

Ruhelos erhob sie sich wieder und trat an den erkalteten Kamin. Sie nahm die Fotografie von Fabian auf dem Dreirad in die Hand. Kleine Äuglein blickten unschuldig aus seinem runden, lachenden Gesicht. Man konnte es nur sehen, wenn man genau, ganz genau hinsah. Schweren Herzens stellte sie das Bild langsam zurück.

Vierter Mai.

Heute.

»Heute, Mutter.«

»Lassen Sie es nicht zu, Mrs. Hightower.«

Carrie.

»Heute lassen sie mich heraus, Mutter.«

Sie ging in die Küche hinüber. David blickte lächelnd auf.

Um Himmels willen, geh hinaus in deine Scheune, geh irgendwohin, nur hinaus. Warum muß es ausgerechnet heute vormittag sein? Laß mich an diesen Schlüssel heran. Ich muß ihn haben.

»Wir könnten in einen Pub gehen und etwas Gutes zu Mittag essen.«

»Etwas Gutes essen?« wiederholte sie verständnislos.

»Ein Mittagessen im Pub? Ein echtes Pubessen? Das haben wir schon seit Jahren nicht mehr gemacht.«

»Wirklich nicht?«

Sie sah, wie er sie anstarrte.

»Alex? Ist alles in Ordnung?«

Sie sah ihn verständnislos an. Seine Worte hallten in ihrem Kopf.

»In Ordnung? In Ordnung? In Ordnung?« Sie bemerkte, daß sie fiel, und griff nach der Wand, aber die glitt unter ihren

Händen weg. Ein Stuhl wurde gerückt, dann spürte sie seinen festen Griff.

»Setz dich hin... hin... hin...«

Der Holzstuhl knarrte leise, dann sah sie, wie die Wände kippten und die Decke plötzlich direkt nach unten stürzte. Der ganze Raum neigte sich zur Seite, der Fußboden kam ihr entgegen und traf sie krachend an der Schulter.

David kniete über ihr. Sie hörte seine Stimme, irgendwo, weit weg. »Ich rufe einen Arzt... Arzt... Arzt... Arzt...«

Sie schüttelte den Kopf; die Decke kreiste über ihr, als wäre sie mit einem Faden an ihrem Kopf befestigt. Sie spürte die harten Holzdielen unter ihrem Hinterkopf. »Nein«, widersprach sie. »Es geht schon wieder. Wirklich, es geht schon wieder.«

Sie sah ihm ins Gesicht, auf seine gelockten Barthaare. »Es geht schon wieder«, versicherte sie noch einmal, während sie sich auf unsicheren Beinen aufrichtete und im Raum umsah. Die Wände blieben, wo sie waren. Sie setzte sich auf den Stuhl. »Muß die Anspannung sein«, erklärte sie.

»Du solltest Urlaub nehmen. Wir könnten irgenwohin fahren – getrennte Zimmer –«

Ein trauriges Lächeln huschte über ihr Gesicht. »Ich wünschte, es wäre so einfach.«

Das Telefon surrte, dann ertönte die Klingel. David sah es an und ließ es ein paarmal klingeln. »Ich möchte nicht allzu eifrig wirken«, wandte er sich mit einem Lächeln an sie.

Nimm ab, nimm um Gottes willen ab; ich halte das nicht aus. Bitte, nimm ab.

Das Gespräch war kurz und sachlich, dann legte David auf und wandte sich zu ihr um. »Nicht der Anruf, den ich erwartet habe.« Er warf einen Blick auf seine Uhr.

Bitte, ruf bald an. Du mußt bald anrufen. Du mußt.

Gegen Mittag hatte er die Schreibarbeit satt. »Ich gehe lieber in den Weinkeller hinüber«, sagte er. »Sehe nur mal nach, ob alles in Ordnung ist.«

Die Scheune mit ihren Fässern, den seltsamen Apparaturen, der weingeschwängerten Luft: das war sein liebster Platz, dachte sie sich. Er konnte es nicht aushalten, ihm fern zu sein, nicht einmal für ein paar Stunden.

»Ich rufe dich«, versprach sie.

»Butler. So heißt er. Geoffrey Butler.«

»Gut«, sagte sie. Sie sah ihm nach, bis er den Hof überquert hatte, dann ging sie in den Flur hinaus und öffnete den Schuhschrank. Vom obersten Bord holte sie eine große Plastiktaschenlampe herunter. Sie knipste sie an, richtete den Strahl auf ihr Gesicht und mußte blinzeln, so hell war er. Dann knipste sie die Lampe wieder aus und legte sie an ihren Platz zurück.

Es vergingen noch zwei Stunden, bevor Geoffrey Butler anrief. Viertel vor vier. Zwei Stunden, in denen sie auf den Schlüssel starrte, wartete, nervös den Tag verstreichen ließ. Vierter Mai.

»Geoffrey Butler ist am Apparat«, rief sie durch die geöffnete Tür des Weinkellers, dann eilte sie zurück, in der Befürchtung, Geoffrey Butler könnte seine Meinung geändert und aufgehängt haben. »Er kommt sofort, Mr. Butler«, sagte sie, den Blick gebannt auf den Schlüssel gerichtet, den Schlüssel, der bald in ihrem Besitz sein würde.

O Gott, bitte, beeil dich. Aber nein, er kramte in seinen Papieren, machte sich Notizen und noch mehr Notizen. Sie konnte den Schlüssel einfach an sich nehmen, während er mit seinem Anruf beschäftigt war. Aber wenn er bemerken würde, daß er fehlte? Ein zu großes Wagnis.

»Kalziumkarbonat«, sagte David. »Kalk. Ja«, kicherte er, »ja, gewöhnlicher Kalk; verringert den Säuregehalt. Nein, ganz genau, einfach gewöhnlicher Kalk. Außerdem wollen doch heutzutage alle Kalzium – soll gut sein für die Gesundheit. Ja, natürlich, absolut im vorgeschriebenen Rahmen der EWG-Normen.«

Mach schon, mach schon.

Endlich legte er auf; dann eilte er zu ihr, schlang die Arme um sie und küßte sie überschwenglich auf beide Wangen. »Ich hab's geschafft«, sagte er. »Ich hab's geschafft! Es wird ein Riesenknüller!«

»Gut.«

»Geoffrey Butler. Er nimmt ihn auf Lager, setzt ihn auf seine Liste.«

»Das freut mich sehr.«

»Ich will dir was sagen, wenn er ihm schmeckt, muß er gut sein. Heute abend gehen wir aus; feiern. Hast du Lust?«

»Sicher.«

»Macht es dir etwas aus, wenn ich noch ein Weilchen in den Weinkeller zurückgehe – ich muß nur noch ein paar Kleinigkeiten für ihn testen –, würde es dir sehr viel ausmachen?«

»Nein«, entgegnete sie. »Es würde mir nicht das geringste ausmachen.«

Sie sah ihm durchs Fenster nach, bis er den Hof überquert hatte und in der Kellerei verschwunden war, und wollte eben die Hand nach dem Schlüssel ausstrecken, als sie Motorengeräusche hörte. Ein Kunde oder Besucher, dachte sie. Jederzeit kostenlose Weinprobe. Besucher willkommen. Geh weg, dachte sie bei sich, geh weg, wer immer du auch sein magst.

Sie ließ den Schlüssel, wo er war; jeden Augenblick würde er hereingestürzt kommen, um einen Korkenzieher, ein paar Gläser oder sonst irgendeinen verdammten Gegenstand zu holen.

Wütend ging sie ins Wohnzimmer hinüber, setzte sich auf das Sofa und starrte den kleinen Jungen auf dem Dreirad an, den pummeligen kleinen Kerl mit den düsteren Augen.

Draußen erhob sich Stimmengewirr, und dann hörte sie Davids erbost erhobene Stimme. »Alex? Alex? Wo bist du? Was zum Teufel hat das zu bedeuten? Hast du diese Leute herbestellt? Schon wieder diese verdammten Irren?«

Sie blickte zum Kaminsims hinüber, und Fabian grinste von seinem Dreirad auf sie herunter.

»David«, wollte sie rufen, doch ihre Stimme war kaum mehr als ein Flüstern. Sie hörte seine aufgebrachten Worte wie aus weiter Ferne.

»Verstehen Sie denn nicht – sie ist hierher gekommen, um Abstand von allem zu gewinnen. Und Sie haben nichts Besseres zu tun, als es hierher zu bringen – was auch immer es ist. Warum lassen Sie sie nicht einfach in Ruhe? Sie wird sich erholen, sie wird darüber hinwegkommen; ein bißchen frische Landluft, das ist es, was sie braucht.«

»So einfach ist das nicht, Mr. Hightower. Ich wünschte, es wäre so.« Alex erkannte Morgan Fords melodische Stimme.

»David.«

Es folgte ein langes Schweigen.

Vierter Mai.

Sie schauderte.

»David.«

Fords Stimme drang, sanft aber bestimmt, an ihr Ohr. »Ich denke, wir sollten gleich anfangen.«

»Nein«, protestierte David. »Sie will es nicht.«

»Um Ihrer beider willen«, setzte Ford hinzu.

Nein, versuchte sie zu rufen. Nein. Aber es kam kein Laut über ihre Lippen.

»Der Geist Ihres Sohnes findet keine Ruhe, Mr. Hightower. Sie dürfen ihn so nicht allein lassen. Bevor wir seinem Geist nicht geholfen haben, den Übergang zu vollziehen, wird Ihre Frau keinen Frieden haben.«

Laß es nicht zu, David, bitte, laß es nicht zu.

»Könnten Sie es nicht ein andermal machen? Wenn sie wieder bei Kräften ist?«

»Sie wird nicht zu Kräften kommen, solange er noch hier ist. Er bedient sich ständig ihrer Kraft, entzieht ihr die Energie.«

Nein. Das haben Sie falsch verstanden. Begreifen Sie denn nicht? O Gott, begreifen Sie nicht?

»Er benutzt sie wie eine Batterie; er bedient sich ständig daran. Wir müssen ihr wieder Energie zuführen – oder die beiden voneinander lösen.«

»Was meinen Sie mit Batterie?«

»Die Geister verfügen über keinerlei eigene Energie, Mr. Hightower. Sie beziehen ihre Energie aus den lebenden Geschöpfen.«

»Und Sie sagen, er bezieht seine Energie von Alex?«

»Erdgebundene Geister leben in einer Welt der Finsternis, Mr. Hightower. So, wie die Menschen in der Dunkelheit jedem Licht zustreben, das sie sehen, suchen die Geister die Quellen der Energie. Trauer ist eine starke Energiequelle. Die Trauer Ihrer Frau wirkt wie ein Leitstrahl auf ihn.«

Es trat ein kurzes Schweigen ein. »Und das ist Ihre Theorie?«

»Nein, Mr. Hightower; es ist keine Theorie. Ich weiß es.«

»Und was geschieht, wenn wir nichts tun?«

»Es besteht die Gefahr, daß sie am Ende vollkommen von ihm besessen ist.«

»Ich würde gern mit meiner Frau unter vier Augen sprechen.«

»Selbstverständlich. Es gibt da einen wichtigen Punkt zu bedenken. Wissen Sie, Ihre Frau muß sich darüber klar werden, daß sie vielleicht die Verantwortung trägt.«

Davids Stimme nahm einen schärferen Klang an. »Verantwortung?«

»Wir glauben, daß sich die Seele Ihres Sohnes noch im Diesseits aufhält«, bemerkte Ford in sachlichem Ton. »Aber wir wissen nicht, ob es daran liegt, daß er nicht davon losgelöst ist, oder ob er zurückgezogen wurde. Wissen Sie, vielleicht hat Mrs. Hightower seinen Geist verwirrt, indem sie zu mir gekommen ist. Oftmals wollen Geister nicht zurückkehren – sie werden gegen ihren Willen herbeigerufen wie Samuel, als Saul den Beistand eines Mediums suchte. Und manchmal ist es die Macht des Kummers einer trauernden Person, die den Geist zurückholt.«

Wieder trat Stille ein.

»Ich wollte Sie nur darauf hinweisen, Mr. Hightower. Es ist wichtig.«

»Dann ist also meine Frau an allem schuld?«

»Nicht unbedingt, Mr. Hightower. Nicht unbedingt. Aber es ist durchaus möglich.«

Lange sagte niemand etwas. Dann hörte sie David rufen: »Alex? Alex!«

Sie blickte sich um.

»Wo zum Teufel ist sie?«

Sie hörte Schritte, dann wieder seine Stimme.

»Hier bist du! Bist du taub, ich habe dich überall gesucht!«

Sie antwortete nicht.

Die Tür schloß sich mit einem Klicken.

»Dein verdammter Freund, das Medium, ist hier – und Sandy, diese Irre – und der ganze verrückte Haufen. Warum hast du sie hierher bestellt, zum Teufel?«

»Das habe ich nicht.«

»Was?«

»Ich habe sie nicht herbestellt.«

»Wer, zum Teufel, hat es dann getan?«

»Fabian«, entgegnete sie ruhig.

Sie hörte das Klappern seiner Zigarettendose, das Knistern des Zigarettenpapiers, dann war wieder Stille.

»Was soll das heißen?«

Sie betrachtete das Kind auf dem Dreirad; ihr Kind, das sie zur Welt gebracht hatte. Ihr Baby, das in der Nacht geschrien hatte. Ihr Baby, das im Dunkeln geweint hatte. Sie schauderte. Das lächelnde Kind auf dem Dreirad war dort draußen in der Dunkelheit, es war verwirrt und hatte Angst.

»Hilf mir, Mutter.«

Wie?

»Ich weiß es nicht. Ich weiß nicht, was es heißt.«

»Hilf mir, Mutter.«

Sie hörte ein Klicken, sah ein Licht aufblitzen und roch dann den süßlichen Rauch seiner Zigarette.

»Morgan Ford hat dich beim letzten Mal ziemlich aus der Fassung gebracht.«

»Hilf mir, Mutter.«

»Es ist meine Schuld«, sagte sie mit zitternder Stimme. »Es ist alles meine Schuld.«

»Natürlich nicht.«

Vierter Mai.

Die Tür ging auf.

»Sollen wir anfangen?« fragte Ford.

Alex drehte sich um. Der junge Mann mit dem goldenen Ohrring trug einen Holzstuhl herein und stieß damit gegen die

Tür. Er schaute zu ihr und begrüßte sie mit einem Nicken. Das glatt zurückgekämmte Haar; das unheimliche Gesicht. Orme, fiel ihr ein. Er hieß Orme.

Ein großer, hagerer Mann in einem braunen Anzug folgte ihm, ebenfalls mit einem Stuhl in den Händen. Er hielt ihn vor sich und sah sich verlegen um, als warte er darauf, daß ihn jemand aufforderte, ihn abzustellen. Der Briefträger.

Davids Zorn hatte sich gelegt, und er stand schweigend mit gerunzelter Stirn da.

Morgan Ford hatte sich über Alex gebeugt. Grauer Anzug, graues Hemd, graue Krawatte, graues Haar, alles farblich perfekt aufeinander abgestimmt. Er warf ihr ein sicheres, beruhigendes Lächeln zu. Sein Rheinkieselring blitzte, und Alex sah in sein Gesicht; dann wanderte ihr Blick weiter zu Sandys schwarzem Haar, Ormes goldenem Ohrring und Milsoms braunem Polyesteranzug; zu David, der widerstrebend, mit einem seltsam besorgten Ausdruck in den Augen, nickte.

Nein. Laß es nicht zu, David. O Gott, laß es nicht zu.

»Ich spüre Energie hier«, erklärte Ford. »Soviel Energie.«

Laß es nicht zu, David.

»Sie kann auf dem Sofa bleiben«, sagte Ford. »Das ist ein guter Platz für sie. Sie soll es bequem haben.«

Nein. Bitte. Nein.

»Die Befreiung eines Geistes kann manchmal als qualvoll empfunden werden«, erklärte Ford mit sanfter Stimme und sah dabei David und Alex an. »Manchmal durchlebt der Geist noch einmal die letzten Augenblicke seines irdischen Daseins.«

Das Licht erlosch.

»Lieber Gott, wir bitten dich, beschütze unseren Zirkel und laß uns kein Leid widerfahren.«

Begreift ihr denn nicht, was passieren wird?

Ein Klicken ertönte, und sie hörte Vivaldi, leise, schwerelos, wehmütig.

»Sie spüren das Gras, weich und federnd; es tut gut, darauf zu laufen. Sie sehen ein weißes Tor vor sich. Sie gehen hindurch und sehen einen Fluß.«

Halte sie auf. Bitte, David. Halte sie auf.

»Sie sehen Menschen am anderen Ufer stehen. Ihre Freunde, die Sie erwarten. Überqueren Sie jetzt die Brücke, gehen Sie zu ihnen, begrüßen Sie sie, umarmen Sie sie, bleiben Sie bei ihnen. Haben Sie keine Angst, seien Sie vergnügt und glücklich miteinander.«

Sie spähte über den Fluß zur anderen Seite der alten Steinbrücke und erblickte Morgan Ford in seinem makellosen grauen Anzug, der sie zu sich winkte. Hinter ihm standen, in Grüppchen plaudernd wie auf einer Cocktailparty, weitere Personen. Sandy, Orme, Milsom und David.

Ich bin hier. Hier drüben.

Sie setzte den Fuß auf die Brücke, doch sie wandten sich alle ab und beachteten sie nicht.

Ich bin hier.

Sie wollte die Brücke betreten, aber zwei Hände packten sie an den Armen und hielten sie zurück.

Laß mich gehen.

Du wirst ertrinken; es ist eine Falle; die Brücke ist nicht sicher.

Wer bist du?

Sie hörte ein Klicken, dann Stille; vollkommene Stille. Sie schlug die Augen auf und sah sich angstvoll in dem dunklen Raum um.

»Es hat begonnen«, sagte Ford. »Er ist ungeduldig. Er ist nicht gewillt, das Ende unserer Meditation abzuwarten.«

Strudel eiskalter Luft umgaben sie.

Ein Auto brauste draußen vor dem Fenster vorüber, gefolgt von einem Lastwagen. Die Erschütterung ließ das ganze Haus erbeben. Sie drehte sich furchtsam um. Unmöglich. Da war keine Straße. Keine Straße, dachte sie noch einmal. Hatte David es auch gehört? Hatten sie es alle gehört?

»Mutter!« Ein rauhes, heiseres Flüstern, kaum lauter als die Stille im Raum. Es kam von dem Briefträger.

»Wie heißt du?« fragte Ford mit so sachlicher, geschäftsmäßiger Stimme, als würde er ein Telefongespräch führen.

Wieder folgte eine lange Stille.

Es ist ein Schwindel. Das ist nicht seine Stimme. Merkt ihr nicht, daß es ein Schwindel ist?

»Würdest du uns bitte deinen Namen sagen? Wenn nicht, laß das Medium augenblicklich in Ruhe.«

Alex hörte dicht neben sich Atemzüge, zögernd, stoßweise, gierig, dazwischen lange Pausen.

»Bist du Fabian Hightower?«

Beißender Benzingeruch erfüllte den Raum. Alex hörte, wie die anderen die Luft einzogen, sie rochen es also auch.

»Bist du Fabian Hightower?«

Der Geruch wurde intensiver, und die Gase brannten in ihren Augen.

»Wir wollen dir helfen, Fabian.«

Sie bekam keine Luft mehr.

»Wir wollen dir helfen, den Übergang ins Jenseits zu vollziehen.«

Es war, als hätte man ihr eine Maske auf das Gesicht gepreßt. Je krampfhafter sie atmete, um so fester sog sie die Maske an. Die Atemzüge neben ihr wurden ruhiger, gleichmäßiger, wie das Atmen eines Tauchers.

Nein.

Ein Zittern durchlief ihren Körper. Gib mir etwas ab, nimm nicht alles; o Gott, nimm nicht alles. Luft. O Gott, gib mir Luft.

Sie kämpfte mit dem Vakuum, das ihr Gesicht umschloß, versuchte, es wegzuschieben, darunter wegzutauchen, sich davon abzukehren. Ihre Brust schmerzte.

Die Gase; die Gase hatten die Luft verdrängt.

Dann bemerkte sie es. Das Atmen an ihrer Seite. Regelmäßig, konzentriert.

Unter immer heftigerem Beben schaukelte sie vor und zurück.

Die Gase. Benzin. Es würde explodieren.

Laß mich atmen, Liebling. Gib mir Luft. Bitte, gib mir Luft.

Etwas bewegte sich in ihrem Innern, etwas Kaltes, etwas Eiskaltes. Eine kalte Hand strich ihr über die Stirn, strich ihr sanft die Haare aus dem Gesicht, drückte ihre Schultern. Und sie hörte das Klappern, Ächzen und Prasseln des Sofas in der Stille, während sie am ganzen Leibe zitternd um Atem rang. Sie spürte jetzt etwas Kaltes im Ohr, das in ihren Kopf sickerte wie eine Flüssigkeit.

Und plötzlich fühlte sie sich stark. Stärker, als sie sich je zuvor gefühlt hatte. So stark, daß sie nicht einmal mehr zu atmen brauchte. Nein. Bitte, nicht. Bitte, nicht.

Wieder raste draußen ein Auto vorüber und entfernte sich. Plötzlich vernahm sie ein schleifendes Geräusch, ein gräßliches, furchteinflößendes Geräusch, das nicht enden wollte. Nein. Sie versuchte aufzustehen, aber eine gewaltige Kraft stieß sie auf das Sofa zurück. Sie versuchte es noch einmal, und eine Hand zog sie gebieterisch zurück; wessen Hand? Davids? Fords? Sie riß sich los und richtete sich wieder auf. Etwas versuchte, sie zurückzustoßen, mit der Wucht einer einstürzenden Mauer. Sie stemmte sich mit ihrer ganzen neuerworbenen Kraft dagegen und spürte, wie der Boden sich mit einem Ruck vor ihr hob. Sie ließ sich auf die Knie nieder und schob sich, indem sie sich krampfhaft im Teppich festklammerte, Zentimeter um Zentimeter zur Tür. Dort angekommen, hängte sie sich mit ihren ganzem Gewicht an die Klinke und hielt sich daran fest, um nicht in den dunklen Raum zurückzustürzen.

Das unheimliche, schleifende Geräusch war immer noch zu hören, wie ein Auto, das mit blockierten Rädern über eine nasse Straße schlittert.

Sie stemmte die Tür auf und fiel dann ganz plötzlich hindurch, wurde bis zur Küchenwand geschleudert, wo sie schmerzhaft gegen das Spülbecken prallte.

Ihre Lungen drohten zu bersten. Sie atmete in gierigen, tiefen Zügen, während sie einen Augenblick lang erschöpft liegenblieb und angstvoll die Tür zum Wohnzimmer beobachtete, die Tür, durch die sie gerade gekommen war und die sich hinter ihr geschlossen hatte. Sie spürte ein kaltes Prickeln im Nacken, richtete sich mit wackligen Knien auf und lauschte. Aber sie konnte nichts hören. Dann warf sie einen Blick auf den Schlüssel, der an einem Nagel hing, und zu dem Schrank, in dem sich die Taschenlampe befand. Zeit. Hatte sie Zeit? Der Schlüssel war kalt, rauh und schwer. Hatte sie noch Zeit?

Der Schlüssel drehte sich leicht, zu leicht. Das Schloß war geölt worden. Die Tür ging allerdings nicht so mühelos auf; sie hatte sich verzogen und hing in den Scharnieren, und Alex mußte sich mit aller Kraft dagegen stemmen, bis der Spalt groß genug war, daß sie durchschlüpfen konnte. Dann schloß sie die Tür hinter sich.

Sie wandte sich dem dunklen Gang zu und sog die dumpfe, abgestandene Luft ein. Das Geräusch ihrer Schritte hallte durch den Gang.

»Ich bin da, Liebling«, sagte sie, und ihre Stimme verklang dumpf in der Dunkelheit. Sie knipste die Taschenlampe an und sah wenige Schritte vor sich die Steintreppe. Genau, wie sie es in Erinnerung hatte.

Als sie die Treppe hinabstieg, wurde die Luft immer feuchter und kälter. Am Fuße der Treppe befand sich eine massive, wasserdichte Stahltür, an der wie bei einem U-Boot eine radähnliche Drehvorrichtung angebracht war.

»Wenn eine der Kammern undicht ist und sich mit Wasser gefüllt hat, würde man ertrinken, wenn man die Tür öffnete.«

Sie drehte an dem Rad, und es bewegte sich ohne Mühe.

Es beschrieb sechs volle Umdrehungen bis zum Anschlag. Alex schluckte, dann stieß sie die Tür auf. Sie öffnete sich ohne Widerstand, nur die Scharniere gaben ein ganz leises Quietschen von sich, das wie die Klage eines verletzten Tieres durch den dunklen Gang hallte, der jetzt vor ihr lag.

Sie leuchtete mit der Taschenlampe auf den Zementboden und ließ den Lichtstrahl dann über das Mauergewölbe gleiten. Zu ihrer Rechten bemerkte sie eine Reihe von Ventilen, überschattet von einem zweiten, mächtigen Rad an der Wand. »Die dürfen Sie nie berühren«, hatte der Makler sie gewarnt. »Man weiß nicht, was passiert.« Im Schein der Lampe konnte sie am Ende des Ganges undeutlich eine ähnliche Tür erkennen wie die, die sie gerade geöffnet hatte. Sie richtete die Taschenlampe wieder auf den Boden, wo eine Pfütze schimmerte. Nervös leuchtete sie zur Decke. Der Putz war mit großen braunen Flecken überzogen und bröckelte ab.

Ein kleiner Wassertropfen löste sich mit einem leisen Schmatzen aus der Mitte eines feuchten Flecks. Er klatschte auf den Zementboden. Plong. Der Ton hallte durch den Gang, und sie fuhr schaudernd herum und leuchtete zu der Tür, durch die sie gerade gekommen war. Sie vernahm schwere Atemzüge und erstarrte. Als sie die Luft anhielt, verstummte das Geräusch. Erleichtert atmete sie auf, dann trat sie in den Tunnel, tief unter dem stillen, schwarzen See, unter dem Nebel und den Fischen, die aus dem Wasser sprangen, und den Schilfrohren, die sich wie die Finger einer Leiche in die Höhe reckten.

Der Boden war mit Schlick überzogen, an den Wänden hatte sich Schimmel gebildet. Der Strahl ihrer Taschenlampe warf Lichtstreifen und lange Schatten auf den Boden, das dumpfe Echo ihrer Schritte folgte ihr und eilte ihr dann voraus. Sie näherte sich der Tür zum Ballsaal. Wenn der Ballsaal überflutet war ... wenn.

Als sie die Tür erreicht hatte, blieb sie stehen und drehte sich ängstlich um.

Plong. Das Geräusch hallte durch den Gang wie das Zuschlagen einer Tür. O Gott, nein. Sie leuchtete mit der Taschenlampe in den Gang zurück, sah den Lichtkreis erst an der Decke, dann auf dem Boden tanzen. Die Tür stand noch offen.

Plong. Plong.

Sie drehte an dem Rad, und es bewegte sich lautlos, gut geölt, sechs Umdrehungen, genau wie das erste.

Plötzlich erlosch ihre Taschenlampe.

Nein. Sie schüttelte sie. Nein. Sie schüttelte sie noch einmal. Nein. Sie knipste sie an, aus. Nichts; sie schüttelte sie. Nichts. Bitte, wimmerte sie. Bitte. Sie schüttelte sie wieder und hörte das leise Klirren von Glas hinter der Linse. Sie schloß die Augen, öffnete sie wieder. Nichts hatte sich verändert. Sie hielt den Atem an und lauschte in die Stille. Noch nie zuvor hatte sie eine solche Stille vernommen.

Plong. Plong.

Und dann wieder Stille.

Sie schob die Tür auf. Licht. Es war hell, so hell, daß sie erschrak. Verwundert starrte sie zur Deckenkuppel empor, deren dicke Glasscheiben mit Schlick und schlaffen Seegräsern überzogen war, genauso, wie sie es in Erinnerung hatte. Aber die Glasscheiben waren so hell, als würden sie von oben angestrahlt werden; es sah aus, als könnte man hindurchfassen und den Himmel berühren.

Einen Augenblick lang war sie so sehr von der Helligkeit geblendet, daß sie nichts erkennen konnte in dem grünen Schein, der den Raum erfüllte.

Dann schlug ihr der Gestank entgegen. Ein entsetzlicher, scharfer Geruch, der ihr in die Nase stieg und durch die Kehle bis tief in den Magen drang. Etwas Ähnliches hatte sie noch nie gerochen.

Sie hielt sich die Nase fest mit den Fingern zu, der Magen drehte sich ihr um, sie würgte. Etwas prallte gegen ihre Schulter, und sie schrie laut auf, stellte dann mit leichter Verlegenheit fest, daß es nur die Wand war, gegen die sie zurückgewichen war.

Wieder stieg ihr der Gestank in die Nase; sie preßte beide Hände davor und nahm einen tiefen Atemzug durch den Mund.

Und dann sah sie die Gestalt am Boden auf der anderen Seite des Saals, die sie beobachtete.

Sie erstarrte.

Sie spürte, wie ihre Knie weich wurden. Sie wollte hinaus, wich zurück und fühlte den schmerzhaften Schlag der schleimigen Mauer. Sie streckte die Hand danach aus und tastete sich, Zentimeter um Zentimeter, daran entlang.

Wo war der Ausgang? Wo war er? Wo war er?

Jemand hatte die Tür geschlossen.

»Nein. Nein.« Sie wirbelte herum und sah sich der Wand gegenüber. Die Tür stand immer noch offen, der Durchgang in die Dunkelheit des Tunnels, nur ein paar Schritte zu ihrer Rechten.

Sie warf einen Blick über die Schulter. Die Gestalt lachte sie an, lachte lautlos und unbewegt. Der Gestank drang ihr in die Nase, und sie würgte erneut.

»Heute lassen sie mich hinaus.«

»Lassen Sie es nicht zu, Mrs. Hightower.«

»Hört nicht auf den kleinen Mistkerl.«

Ich will hinaus. Bitte, lieber Gott, ich will hinaus. Sie wandte sich um und spähte in den dunklen Tunnel, dann blickte sie noch einmal über die Schulter zurück. Wer bist du? Was willst du?

Plong. Plong.

Wirst du mich hier angreifen? Oder in der Dunkelheit des Tunnels? Aber sie wußte, wer es war. Und sie wußte, daß sie sie nicht angreifen würde; sie nicht und auch sonst niemanden.

Alex hörte einen Schrei, ein kurzes, dünnes Wimmern. Ihre eigene Stimme. Sie hallte durch den Saal, wurde zu ihr zurückgeworfen.

»Es tut mir leid«, sagte sie. »Es tut mir so leid.«

Sie löste sich von der schützenden Mauer und ging quer durch den Saal. Ein Schatten huschte an ihr vorüber, und sie fuhr herum. Nichts. Wieder sah sie einen huschenden Schatten, und als sie aufblickte, bemerkte sie die dunklen Umrisse eines Fischs, der an der Außenseite der Glaskuppel an einem Seegras zupfte.

Schritt für Schritt bewegte sie sich vorwärts.

Bewege dich. Bitte, bewege dich. Bitte, sag etwas.

Der Gestank wurde immer schlimmer.

Unter ihr ertönte ein lautes Knacken. Sie stieß einen angstvollen Schrei aus und hörte nicht auf zu schreien. Dann senkte sie den Blick, und ihr Schreien ging in leises Gewimmer über, als sie sah, daß es eine Bodenplatte war, die unter ihrem Fuß zerbrochen war.

Sie ging noch einen Schritt weiter, und dann war sie nah genug. Zitternd vor Entsetzen starrte sie in das Gesicht des Mädchens, eingeschrumpft wie getrocknetes Leder, auf die Augen, die hoffnungslos auf die Tür gerichtet waren, die sie viel zu spät geöffnet hatte, auf ihren Mund, der wie zu einem gräßlichen Lachen verzerrt war.

»Nein«, wimmerte Alex. »Nein.« Und sie starrte entsetzt auf

die Kette am Hals des Mädchens, die zu einer Verankerung irgendwo jenseits der Dämmerung lief. »Nein.«

»Er war in letzter Zeit oft hier bei mir.« Davids Worte hallten ihr durch den Kopf. »Ungefähr seit Weihnachten. Er schien wirklich ein Interesse dafür zu entwickeln. Ich habe ihn manchmal beobachtet, wie er drüben auf der Insel saß und stundenlang angelte. Ich habe mich immer gefragt, was er wohl denkt.«

»Nein.«

Sie wich langsam zurück, unendlich langsam, Schritt für Schritt, als müßte sie gegen eine gewaltige Kraft ankämpfen. Sie wollte den Blick abwenden, zur Wand, zur Decke, aber ihre Augen wurden immer wieder zu dem Gesicht hingezogen wie von einem Magneten. »Hallo, Mutter, hier ist es wirklich angenehm, es passiert allerhand, habe ein paar tolle Leute kennengelernt, schreibe dir bald wieder.«

Es tut mir leid. Sie formte die Worte mit den Lippen, tonlos. Es tut mir leid; es tut mir so furchtbar ...

Sie hörte dicht hinter sich ein Geräusch.

Entsetzen überfiel sie, und sie blieb wie versteinert stehen. Unfähig, sich umzudrehen, blickte sie zu Boden, dann wieder auf das lederartige Gesicht.

Ein Schatten bewegte sich; der Schatten eines Menschen, der hinter ihr stand.

Sie schüttelte den Kopf. Bitte nicht.

Das Scharren eines Schrittes.

Bitte nicht.

Das Rascheln eines Mantels.

Nein.

Sie wirbelte herum.

Nichts.

Nichts als der schwarze Schlund der Tunnelöffnung.

Jetzt hörte sie ein Geräusch hinter sich, aus der Richtung des Mädchens.

O nein. Lieber Gott, nein.

Langsam, angstvoll drehte sie sich um.

Das Mädchen grinste. Grinste sie an, lachte über ihre Angst.

Nein, bitte, tu das nicht. Bitte nicht.

»Bewundern Sie das Werk Ihres Sohnes, Mrs. Hightower?«

Die Stimme durchfuhr sie wie ein elektrischer Schlag; sie verlor das Gleichgewicht und stürzte beinahe auf das Mädchen. Sie blinzelte, Übelkeit stieg in ihr auf, und einen Moment lang verschwamm ihr alles vor den Augen. Otto. Sie wollte den Namen sagen, aber kein Laut kam über ihre Lippen.

Otto.

Er stand, den Mantel über die Schulter geworfen, unter der Tür.

Ein heftiges Zittern ging durch ihren Körper. Etwas Furchtbares lag in seiner Miene. Sie versuchte zu schreien, aber es kam kein Laut. Sie schlug die Hand vor den Mund und starrte ihm in die Augen, diese beiden unterschiedlichen, höhnischen Augen. Und dann bemerkte sie es. Die Augen; derselbe Ausdruck. Fabian auf dem Dreirad. Das Porträt in seinem Zimmer. Bosley. Otto.

Sie wich zurück, trat auf etwas, was unter ihrer Sohle knirschte, und sprang erschrocken zur Seite. Sie wirbelte zu dem Mädchen herum, das sie anstarrte, tat einen Schritt zurück, blickte zu der Decke hinauf, suchte die Mauern ab und wandte sich dann wieder Otto zu, der in der einzigen Tür des Saales stand.

Sie versuchte, etwas zu sagen, aber es wollte immer noch kein Ton über ihre Lippen kommen. Sie drehte sich wieder um und starrte das Mädchen an; es schien sich zu bewegen. Sie wollte schreien. Nichts. O Gott, hilf mir. Sie sah Otto an. Beweg dich, Himmel noch mal, beweg dich! Sag etwas. Sie zitterte am ganzen Leib; es war jetzt eiskalt im Raum; die Lunge brannte ihr bei jedem Atemzug, und ihr Atem hing sichtbar in der Luft wie eine Wolke.

»Was wollen Sie?« Mühsam formte sie die Worte mit gepreßter, brüchiger Stimme, die so leise war, als käme sie aus weiter Ferne.

Er lächelte.

Sag etwas, sag um Himmels willen etwas.

Otto lächelte unaufhörlich.

Die Luft wurde knapp, das Atmen fiel ihr schwer; sie blickte sich keuchend um, Panik ergriff sie.

»Ich – will – jetzt – gehen...« brachte sie mühsam hervor, während sie begann, auf Otto zuzugehen, sich gegen eine schier unüberwindliche Kraft anstemmte, die sie zurückdrängte.

»Er wird gleich hier sein, Mrs. Hightower; wollen Sie nicht auf ihn warten?«

»Würden Sie mich bitte vorbeilassen, Otto!« Ihre Stimme hatte plötzlich einen ruhigen, festen, ganz normalen Klang.

Immer noch lächelnd, trat Otto beiseite. Sie hatte das Gefühl, daß es eine Ewigkeit dauerte, bis sie den Ausgang erreicht hatte. Dort blieb sie stehen und starrte ihn furchtsam an, wartete darauf, daß er sich bewegte, daß er sie festhielt, aber er lächelte nur mit unveränderter Miene.

»Er wird sehr enttäuscht sein, daß er Sie nicht angetroffen hat.«

Sie kehrte ihm den Rücken und hastete stolpernd den Tunnel entlang.

Plong. Der Wassertropfen traf sie wie ein Faustschlag und schleuderte sie zur Seite.

»Nein!«

Sie taumelte vorwärts.

Wieder schlug ein Tropfen mit der Wucht eines Hammers auf ihre Stirn. Sie schwankte, prallte gegen die Wand und fiel mit dem Gesicht nach unten in den Schlick. Ein Tropfen hämmerte wie ein Tritt auf ihren Nacken. Sie raffte sich mühsam auf und stolperte weiter. Wohin lief sie? In die falsche Richtung. Nein. Sie sah das Licht vor sich. Der Ballsaal. »O Gott, hilf mir.«

Ein Tropfen fiel auf ihren Nasenrücken; ihre Augen füllten sich mit Tränen. Der Ballsaal verschwamm, sie taumelte vorwärts, stieß gegen die Mauer. Ein Tropfen traf auf ihren Schädel, er brannte wie Säure. Sie machte kehrt und wankte in die Dunkelheit; die Dunkelheit, die kein Ende zu nehmen schien. »Hilf mir, lieber Gott, bitte, hilf mir.«

Ein Lichtstrahl fiel ihr ins Gesicht und blendete sie.

Ihr Schrei hallte durch den Tunnel und wurde von allen Seiten zu ihr zurückgeworfen.

Einen Augenblick lang blieb sie, reglos wie ein verängstigtes Tier, stehen.

Zwei Arme legten sich um sie.

Sie spürte den rauhen Stoff von Davids Jacke, schmiegte sich fest daran.

»O Gott.« Jetzt wallte die Erschütterung in ihr auf, überschwemmte sie, und sie begann zu schluchzen. Ihre Hände glitten über seine Jacke, vergruben sich in den weichen Locken seines Hinterkopfs. »Gott sei Dank.« Sie spürte seinen Hals, das Dickicht seines Bartes und schluchzte haltlos. Dann vernahm sie seine Stimme.

»Es ist schon gut, Mutter, es ist ja gut.«

Ein Zittern durchlief sie.

»Es wird alles wieder gut.«

»Nein.«

Ihr Arm wurde gepackt wie von einer Eisenzange.

In einem Keller angekettet.

»David?«

Und er hat sie dort allein gelassen?

»David, laß mich bitte los.«

Die Stimme klang sanft und beschwichtigend. »Mach dir keine Sorgen, Mutter.«

Mit einem Schrei riß sie sich los, stolperte, stürzte zu Boden und rollte sich voller Entsetzen herum.

Als sie auf die Füße kam, sah sie das Licht am Tunnelende, sah die dunkle Gestalt, die es gleich darauf verdeckte. Sie machte wieder kehrt, rannte los, rutschte aus und fiel. Sie schlug mit den Armen um sich, kam, immer wieder ausgleitend, auf die Füße und rannte, so schnell sie konnte. Sie stolperte wieder, stürzte und hob suchend den Kopf. Tür. Eine Tür in der Nähe. Sie richtete sich auf die Knie auf, bemüht, nicht laut zu keuchen, und stieß sich den Kopf an. Sie schrie vor Schmerz auf und riß die Hände hoch. Etwas Rundes, Kaltes. Die Türverriegelung.

Sie stand auf und ergriff das große Rad mit beiden Händen.

Aber es bewegte sich nicht. Komm schon; komm schon. Sie drehte das Rad mit einem Ruck, drehte es einmal ganz herum und zog noch einmal daran. Oh, komm schon, bitte; sie drehte wieder daran; es saß sehr fest, knirschte und quietschte. Sie werden es hören; sie werden es hören. Himmel, es war doch vorher nicht so schwer gewesen.

Ein feiner Wassernebel sprühte ihr ins Gesicht.

Sie drehte wieder an dem Rad und zog dann. Ein Wasserstrahl traf sie an der Brust und schleuderte sie gegen irgend etwas. Die Wand. Sie hörte das bösartige Zischen des Wassers, das immer lauter wurde.

»Mutter!« Fabians gellender Schrei drang an ihr Ohr.

Die dürfen Sie nie berühren; man weiß nie, was passiert.

Das falsche Rad; darum hatte es sich nicht bewegt. Nein, o Gott, nein.

Das Wasser brannte ihr in den Augen wie Säure. Sie öffnete sie, blinzelte vor Schmerz. Wo war das Licht? Welche Richtung mußte sie nehmen? Wasser sprühte ihr von allen Seiten entgegen.

Sie hörte ein knirschendes Geräusch, zuerst leise, dann ein lauteres Krachen wie splitterndes Holz. Es klang, als würde jemand eine riesige Kiste aufbrechen. Der Lärm breitete sich aus, hüllte sie ein, betäubte sie. Und plötzlich brach er ab, und einen Augenblick lang herrschte vollkommene Stille.

Sie sah sich angstvoll nach allen Seiten in der Dunkelheit um, versuchte, sich zu orientieren, die richtige Richtung zu finden. Aber sie konnte nichts erkennen als Finsternis.

Sie hörte ein Grollen, leise erst, wie ein ferner Donner. Es steigerte sich zu einem wütenden Brüllen dicht hinter ihr. Sie wirbelte herum, und einen Augenblick lang sah sie es: das Licht, den Ballsaal. Dann die Wasserwand.

Nein.

Die Wasserwand, die auf sie zugestürzt kam.

Zuerst war das Licht verschwunden. Dann verstummte der Lärm. Es war still um sie, als das Wasser sie hochhob, umspülte und mit sich riß.

Vollkommen still.

30

Um sie herum war alles weiß, weich, gedämpft, milchig. Weiße Gestalten glitten lautlos umher, und stille Wellen kräuselten sich in ihrer Spur. Ihr Bewußtsein regte sich nur schwach. Pillen, dachte sie; Pillen, die ihr Wohlgefühl und schöne Träume verschafften, aus denen es schwerfiel, zu erwachen.

Der unnachgiebige Blick; Schnurrbartfransen; stahlblaue Augen. Wie lange war er schon da?

»Alles in Ordnung, Mädchen?«

Sie lächelte matt.

»Es ist ziemlich stickig hier – soll ich ein Fenster aufmachen?«

Sie nickte. Die Jalousie schnellte mit einem scharfen Schnappen nach oben, und der Raum war plötzlich von hellem Licht erfüllt. Die Täuschung war vorbei, und die Wirklichkeit gewann wieder Oberhand. Ein neuer Tag. Wieder ein Tag, der ohne Bedeutung sein würde.

»Was für ein Datum haben wir heute, Philip?«

»Den achtzehnten Mai.«

Himmel. Sie versuchte, sich aufzusetzen, aber der Schmerz in ihrer Schulter hinderte sie daran.

»Keine Veränderung?«

»Ich glaube, es geht ein bißchen besser.«

Ein paar Minuten lang herrschte Schweigen zwischen ihnen. Alex sah Philip zu, wie er rauchte, sah, wie seine Lider flatterten, und versuchte nachzudenken, kämpfte gegen die Medikamente an, die sie am Nachdenken hindern sollten.

»Ich habe sie umgebracht«, sagte sie unvermittelt.

»Es war nicht mehr sicher. Das hätte jederzeit passieren können. Man hätte den Gang versiegeln müssen.«

»Ich dachte, David wäre Fabian geworden, und er wollte – sie wollten mich anketten – ich habe das Ventil geöffnet. Ich dachte, es wäre die Tür.«

Sie starrte in seine blauen Augen. Licht tanzte darin wie auf der

Oberfläche von zwei Teichen. Mittelalterliche Teiche. Ein Zittern durchlief ihren Körper. »Ich habe sie umgebracht.«

»Nein, lieber Gott, nein.«

»Doch.«

»Es war ein Unfall, Mädchen. Ein Unfall.«

»Ich war nicht einmal bei seinem Begräbnis. Ich bin nicht zum Begräbnis meines eigenen Mannes gegangen.« Sie sah Philip nach, der sich erhoben hatte und zum Fenster trat. Er stützte sich auf die Fensterbank und blickte hinaus. »Ich hätte auch zu Ottos Begräbnis gehen sollen. Er ist zu Fabians gekommen.«

»Deutschland«, entgegnete Philip leise. »Ich habe gehört, man hat ihn nach Deutschland überführt.«

»So viele Begräbnisse«, sagte sie.

Wieder trat ein langes Schweigen ein. Sie schauderte. »Ich habe nicht einmal Blumen zu Ottos Begräbnis geschickt – auch nicht zu dem des Mädchens.«

»Welches Mädchen?«

»Carrie.«

»Carrie?«

»Das Mädchen, das ...« Sie hielt inne, starrte ihn unsicher an. »Du weißt schon. Das dort unten war.«

»Das wo war?«

»Unter dem See.«

»Welches Mädchen unter dem See?«

»Das Mädchen, das Fabian ...« Sie zögerte. Warum wollte er nicht darüber sprechen? Warum leugnete er es ständig?

Er kam vom Fenster zurück und setzte sich neben das Bett. »Der See ist trockengelegt worden.« Er zog eine neue Zigarette heraus. »Man hat nur Otto und David gefunden. Niemanden sonst.«

»Aber ich – ich habe es gesehen, Philip?«

Er schüttelte unerbittlich den Kopf.

»Im Ballsaal«, fügte sie mit gesenkter Stimme hinzu.

»Schutt«, sagte er. »Alles Schutt. Das ganze Ding ist implodiert. Eine außergewöhnliche Konstruktion.« Er erhob sich und ging wieder zum Fenster hinüber.

»Sie ist dort unten«, erklärte Alex leise.

Er starrte aus dem Fenster. »Es hat dir das Leben gerettet«, bemerkte er.

»Wie meinst du das?«

»Die technische Konstruktion. Bestimmte Kammern standen unter Druck. Du mußt herausgequetscht worden sein wie Zahnpasta.«

»Warum hat es den beiden anderen nicht das Leben gerettet?«

Er sah schweigend aus dem Fenster.

»Philip – sie war dort unten.«

Er wandte den Blick lange Zeit nicht vom Fenster ab. »Es gibt ein Gleichgewicht«, erklärte er dann leise, ohne sich umzudrehen. »Es gibt immer ein Gleichgewicht. Zwei Staubkörnchen; positiv und negativ; sie treffen im leeren Raum aufeinander; peng. Eines ohne das andere wäre unbrauchbar gewesen – kein Leben; nichts.« Er wandte sich zu ihr um. »Draußen scheint die Sonne.« Er deutete mit einer Kopfbewegung zum Fenster. »Kannst du dir vorstellen, dich ihr zu nähern? Die Hölle. Das Inferno, Mädchen. Aber wir brauchen sie zum Leben. Begreifst du, Alex?«

Die Tür ging auf, und eine Krankenschwester in weißer Uniform kam herein. Sie hob den Arm und sah auf ihre Uhr. »Ich fürchte, es ist Zeit für Ihre...« Sie warf Philip einen vielsagenden Blick zu.

Er errötete und erhob sich verlegen. »Schon gut, ich werde – äh – morgen?«

Alex lauschte auf das Klicken, als sich die Tür hinter Philip schloß. Der neue Lebensalltag. Angenehm; so angenehm; manchmal wünschte sie, sie könnte für immer hierbleiben.

31

Der Umzugswagen traf um neun Uhr ein. Sie konnte ihn erkennen, ohne aufzublicken; ein großer, blauer Schatten vor dem Fenster. Sie hörte das Dröhnen des Motors, Türenschlagen, Stimmen.

»Sie da, Missy Eyetoya, sie da.«

»Machen Sie ihnen die Tür auf, Mimsa.«

Mimsa sah sie mit großen fragenden Augen an.

»Nun machen Sie schon.« Alex nickte ihr mit einem aufmunternden Lächeln zu.

Zuerst trugen sie die Umzugskisten hinaus, dann die Möbel. Alex sah zu, wie das Haus, das schon fast leer war, ausgeweidet wurde. Gereinigt, dachte sie bei sich, während sie prüfend durch die Zimmer ging. Gott, wie klein sie plötzlich aussahen. Winzig.

Sie stand vor dem Haus und sah dem Möbelwagen nach, der sich im Rückwärtsgang in Bewegung setzte. Achtzehn Jahre. Achtzehn Jahre, und sie wußte nicht einmal genau, wie ihre Nachbarn aussahen. Sie würden sie nicht vermissen; niemand in der Straße würde sie vermissen. Sie ließ keine Gefühle hier zurück. Die waren nur in ihrem Herzen.

Als Alex in den Mercedes einstieg, kam das junge Paar eben in einem blauen BMW an und parkte den Wagen auf der gegenüberliegenden Straßenseite. Er war elegant und modisch gekleidet und trug einen Paul-Smith-Anzug, sie war eine schlanke Blondine. Er hob einen kleinen Jungen aus einem Kindersitz im Fond und stellte ihn energisch auf den Gehsteig. Dann standen die drei nebeneinander und betrachteten das Haus.

»Ich schlage Rot vor für die Eingangstür«, hörte sie die Frau sagen.

»Oder Schwarz«, entgegnete er. »Schwarz wäre schick. Sieh mal dort, Nummer sechsundvierzig, die ist auch schwarz.«

Dieselbe Unterhaltung, die sie geführt hatten, ging es ihr durch den Kopf, und Tränen rollten langsam ihre Wange hinunter; vor achtzehn Jahren; damals hatten sie zu dritt auf dem Gehsteig gestanden, David in seinem Tom-Gilbey-Anzug, sie selbst und ihr Sohn. Fabian. Die Aufregung. Die Hoffnung, die Träume, die Pläne. Mit einem Seufzer ließ sie den Motor an.

Ein Neubeginn. Es war ein guter Tag dafür, ein schöner Augustmorgen. Als sie am Lenkrad drehte, zuckte ein kurzer Schmerz durch ihre Schulter. Man hatte ihr gesagt, daß es noch eine Weile weh tun würde. Aber es würde heilen, alle Wunden heilten, die körperlichen wie die seelischen. Die Erinnerungen waren es, die sich am längsten halten würden. Sie wünschte, sie hätte ihren Kopf ebenso leicht freiräumen können wie ihr Haus.

Der Umzugswagen hatte den Cheyne Walk bereits erreicht, und die Männer türmten ihre Möbel auf dem Gehweg auf.

Sie stieg die Treppe zum obersten Stockwerk hinauf und wanderte in der geräumigen, leeren Wohnung umher. Sie fühlte sich plötzlich frei, frei von so vielen Dingen. Sie bemerkte die Möbelträger kaum, die ihre Habseligkeiten hereintrugen; alles schien ohne Anstrengung zu gehen, vollkommen ohne Anstrengung. Selbst der üppige Blumenstrauß, den Philip schickte, rief wenig mehr als ein leises Lächeln in ihrem Gesicht hervor.

In dieser Nacht schlief sie gut, ohne Tabletten, ohne irgend etwas; schlief, wie ihr bewußt wurde, zum ersten Mal gut, seitdem der Schrecken begonnen hatte.

So vieles war geschehen. Man hatte versucht, Erklärungen zu finden. Der Pfarrer von Broadmoor. Der Psychiater im Krankenhaus. Aber sie alle würden nie mehr als nur einen Teil der Geschichte kennen. Solange die Leiche fehlte, hatte Fabian nichts Unrechtes getan. Solange die Leiche fehlte, die unter dem Schutt am Grunde des Sees begraben war, begraben unter dem Schutt ihres Wissens. Ohne die Leiche konnte alles ein Produkt ihrer Phantasie gewesen sein. Und genau das glaubten die Leute. Alle, außer Philip, der es besser wußte.

Philip war es, der ihr durch die vergangenen Monate geholfen hatte. Philip mit seinen Theorien und Erklärungen, mit denen er ihr geholfen hatte, die Dinge aufzuarbeiten. Er war es gewesen, der ihr jedesmal abgeraten hatte, wenn ihr der Gedanke gekommen war, ihr Wissen zu offenbaren.

»Wenn sie nachsehen und nichts finden würden? Was dann, Mädchen?«

Das, sie wußte es, wäre das Entsetzlichste von allem gewesen.

Sie blickte hinaus über die Themse, auf die die Sonne ihre Lichtflecken warf, über die Baumwipfel des Parks am anderen Ufer und über die Dachgiebel von Battersea, Clapham, Wandsworth in die Ferne.

Plötzlich hatte sie Davids Geruch in der Nase, den dumpfen, säuerlichen Geruch seiner Jacke; sie spürte die Wärme seines Körpers, seine stacheligen Bartspitzen und hörte Fabians Stimme, die aus seinem Innern kam. Sie schauderte. Leiter, Kanäle, Empfänger; die technischen Begriffe; die Erklärungen; Philip; der Pfarrer; Morgan Ford; es klang immer, als hätte es etwas mit Elektrizität zu tun, nicht mit der... Etwas in ihr sträubte sich, den Gedanken zu Ende zu führen.

»Im Falle eines gewaltsamen Todes, wie es beispielsweise ein Unfall oder ein Mord ist, braucht die Seele Hilfe, um den Übergang zu vollziehen. Sie weiß vielleicht nicht, daß sie gestorben ist.«

»Wenn ein besessener Mensch stirbt, was geschieht dann mit dem bösen Geist?«

»Er fährt mit ihm zur Hölle.«

»Wäre es möglich, daß ihn jemand zurückbringt?«

»Vielleicht.«

»Wenn ein Exorzismus erfolgreich durchgeführt wird, wohin geht dann der Geist – der Dämon – oder was immer es ist, was ausgetrieben wird?«

»Er muß einen neuen Gastkörper finden.«

»Es war entsetzlich, Philip. Es war David, aber er sprach mit Fabians Stimme.«

»Das ist früher auch schon vorgekommen.«

»Aber diesmal war es anders.«

»Weil du in dem Tunnel Angst hattest.«

»Nein. Es war Fabian. Er hat David zu seinem Gastkörper gemacht. Ford hat sich geirrt. Er sagte, David sei nicht medial veranlagt. Ich wußte, daß das nicht stimmt.«

»Woher?«

»Ich wußte es einfach.«

»Nein, Mädchen. Wenn David medial veranlagt wäre, wärest du nicht herausgekommen.«

»Das Böse dringt nicht in einen Menschen ein, der es nicht freiwillig aufnimmt.«

»Glaubst du, daß David gekommen ist, um mich zu suchen? Um mir zu helfen?«

»Vielleicht.«

»Der Geist wollte mich. Ich habe mich geweigert, ihn aufzunehmen, und darum hat er versucht, in David einzudringen?«

»Vielleicht.«

»Und der hat sich auch dagegen gewehrt?«

»Böse Geister können sehr raffiniert sein. Sie sind gute Schauspieler. Nehmen die Eigenschaften von Verstorbenen an. Ihre Stimme. Ihre Gewohnheiten. Ihr Äußeres.«

»Der Zirkel erzeugt Energie, die wie ein Leitstrahl wirkt. Er kann seinen Weg zum Zirkel finden.«

»Erzeugt auch das Böse seinen Leitstrahl? Könnte Otto als Leitstrahl fungiert haben?«

»Mrs. Hightower, kein Geistlicher, der wahrhaft gläubig ist, kann den Teufel leugnen.«

Ein einsamer Jogger in einem ärmellosen Trikot und Shorts lief über die Albert Bridge. Laufen, dachte sie. Das war lange her. Morgen würde sie wieder mit dem Laufen beginnen.

Sie verspürte eine seltsame Ruhe und Gelassenheit. Davids Tod hatte eine Spannung von ihr genommen. Sie war traurig, tieftraurig, und manchmal vermißte sie seine Anrufe und die Begeisterung in seiner Stimme, wenn er über seinen Wein sprach, aber auf eine merkwürdige Art war sie trotz ihrer Trauer frei.

Es war, als hätte die Vergangenheit begonnen, sich selbst auszutreiben.

Sie stieg die Treppe zu ihrem Büro hinauf. Die Vorstellung, wieder zu arbeiten, erfüllte sie mit Freude. Die Aussicht auf Vertragsverhandlungen, auf die Stöße von Manuskripten, auf die Beschäftigung mit anderen Dingen.

»Wie ist es gelaufen?« erkundigte sich Julie.

»Sehr gut; ich dachte, es würde viel schlimmer sein. Die Wohnung ist herrlich – der Blick heute morgen war phantastisch.«

»Ich wünschte, meine Wohnung würde auch eine Aussicht bieten«, gab Julie zurück.

Alex lächelte. »War gestern irgend etwas los?«

»Nichts Dringendes; Philip hat eine Nachricht hinterlassen – wegen dem Theater am Donnerstag; er sagte, Ihr Telefon hätte gestern nicht funktioniert.«

Alex ging in ihr Büro hinüber. Sie fand es kühl, da sie gerade aus dem warmen Sonnenschein kam, und so zog sie die Jalousien hoch, öffnete die Fenster und ließ die milde Sommerluft herein.

Auf ihrem Schreibtisch türmten sich die Briefe, Manuskripte, Notizzettel. Eine Herausforderung. Himmel, sie hatte soviel nachzuholen nach den Wochen im Krankenhaus und der Arbeit wegen des Umzuges. Einen Moment lang blickte sie sich im Raum um, ordnete ihre Gedanken und überlegte sich einen Tagesplan. Dann lächelte sie in sich hinein. Es war vorbei. Ihr Blick wanderte in den blauen Himmel hinaus. Der lange, beschwerliche Aufstieg hatte begonnen, dahin zurück, wo sie sich einst befunden hatte, dahin zurück, wo es nie wieder so sein würde wie zuvor. Mit einem Seufzer streckte sie die Hand aus und schaltete ihren Bildschirm ein.

Zwei grüne Worte leuchteten ihr ohne zu flimmern entgegen.

HALLO, MUTTER.